LES DAMES DE ROME

Après une carrière au Conseil d'État, Françoise Chandernagor quitte le droit et la magistrature pour se consacrer à l'écriture. Certains de ses romans peignent la société contemporaine, d'autres sont « dans l'Histoire ». Membre depuis 1995 de l'Académie Goncourt, ses romans sont traduits en une quinzaine de langues et deux d'entre eux – *L'Allée du Roi* et *L'Enfant des Lumières* – ont fait l'objet d'adaptations télévisuelles.

FRANÇOISE CHANDERNAGOR
de l'Académie Goncourt

Les Dames de Rome

La Reine oubliée **

ROMAN

ALBIN MICHEL

© Éditions Albin Michel, 2012.
ISBN : 978-2-253-17741-8 – 1ʳᵉ publication LGF

Rome. Une ville rouge qui cuit à l'étouffée dans ses vieilles murailles, une ville étranglée entre ses collines couronnées de temples raides. Du creux des vallons jaillissent des tours crénelées ; çà et là, des immeubles étroits, dressés comme des pieux, crèvent le maillage serré des tuiles brunes. Tout est vertical ici, tout semble hérissé. Une ville bossue et pleine d'épines…

« C'est ça, leur fameuse cité ? s'exclame Alexandre en écartant le rideau de la litière. Mais il n'y a même pas la mer ! » À dix ans, le fils de Cléopâtre n'a connu que des ports. « Et leur Tibre ? Si c'est ce bout de rivière jaune qu'on voit derrière les entrepôts, alors là, vraiment… »

Séléné ne répond pas. Elle tourne le dos à la ville et garde les yeux fixés sur son petit frère Ptolémée qui somnole sans même avoir mangé son beignet. Il respire vite, elle est sûre qu'il a la fièvre. Deux ou trois kilomètres avant l'octroi de la porte Capène, entre une auberge funéraire et une tombe abandonnée, leur équipage tourne brusquement dans une allée de cyprès et s'arrête à l'entrée du domaine où ils vont loger. Elle réveille son frère d'une caresse sur la joue.

Il ouvre des yeux embrumés et, d'une voix lente : « Est-ce qu'on est arrivés à la maison ? »

Il n'y a plus de maison, Ptolémée. Rome n'est pas « la maison », juste le terme du voyage – un voyage qui a duré près d'une année. Le bout du chemin. « Encore un effort, et après… » Après ? Il n'y aura pas d'après.

Sans ménagement, les soldats ont remis l'enfant malade sur ses pieds, il s'accroche à la robe de sa sœur, se laisse traîner jusqu'à l'atrium de la grosse ferme, timidement elle demande un médecin, mais les cavaliers qui les escortent depuis Brindisi ne parlent pas le grec, pas même ce grec international, abâtardi, des ports et des marchés. On installe les prisonniers à l'étage. Sous les toits il fait très chaud, Ptolémée pleurniche, se couche par terre. Alexandre se met à la fenêtre, il suit son idée : « D'ici, on la voit bien, leur ville, elle est affreuse ! Et même pas grande ! Tu devrais regarder… Je ne peux pas croire que Pappas était né dans ce patelin ! » Elle met un doigt sur sa bouche, lui fait les gros yeux : et si quelqu'un les entendait ? Ils ne doivent plus parler de leur père, on le leur a bien expliqué « dans l'île » – *damnatio memoriae*.

Condamnation de la mémoire, interdiction du souvenir. Pour certains de leurs ennemis, les Romains ont inventé un châtiment pire que la mort, un châtiment qui se poursuit bien au-delà de l'exécution ou du suicide des condamnés. Tuer n'est pas assez, il faut supprimer toute trace des réprouvés. Dès qu'ils ne sont plus, on décrète qu'ils n'ont pas été. Des registres publics on ôte jusqu'à la preuve de leur naissance ; on efface toute mention de leurs actes et des fonctions qu'ils ont remplies ; on brûle leurs écrits, on détruit leurs portraits ; à leurs descendants, on défend de porter leur nom et, aux citoyens, de le prononcer.

Cette *damnatio memoriae* de Marc Antoine, Octave – qu'on n'appelle plus maintenant que *César Imperator* – vient de la faire voter par le Sénat. Ce que jamais son grand-oncle ne songea à réclamer contre Pompée, ni Antoine contre Brutus, il l'a obtenu. Mais, dans sa vengeance, il a eu la main trop lourde : non content de bannir son rival de l'Histoire, il a fait déclarer « jour néfaste » le jour de sa naissance.

Un « jour néfaste » est un jour chômé, mais tous les jours chômés ne sont pas des jours de fête : le *natalis* d'Antoine n'aura rien de drôle – interdiction des actes publics et des cérémonies privées, défense aux riches de recevoir, aux pauvres de travailler. Les forums resteront déserts, les boutiques et les tribunaux, fermés. Pas de théâtre, pas de jeux. Nul doute que, pendant des siècles, les Romains vont maudire celui dont l'anniversaire les empêche ainsi de vivre et de s'amuser. Mais, tant qu'ils le maudiront, ils ne l'oublieront pas tout à fait. Longtemps, ils se souviendront que cet empêcheur était né un quatorze janvier. Maladresse du vainqueur : commémorer, même à l'envers, communier, même dans l'exécration, c'est encore se remémorer… Doué pour le despotisme, Octave garde à trente-deux ans des naïvetés de tyran débutant.

Le quatorze janvier de l'an 29 avant Jésus-Christ, premier « jour néfaste » de la longue série qui commence, le quatorze janvier, fête de l'oubli et seconde mort de son père, où se trouvait Séléné ? Elle était encore dans l'île de Samos. À huit cents mètres de la côte d'Asie Mineure, près de la grande ville d'Éphèse. Samos, où ses parents avaient passé tout un printemps à attendre leur flotte neuve ; mais la petite fille ne le savait pas et, si elle avait interrogé les gens du cru, ils auraient feint l'ignorance : non, ils ne se rappelaient rien… *Damnatio memoriae.*

Sous la garde des soldats romains, les jeunes captifs étaient restés dans l'île tout l'hiver. Ils attendaient César Imperator et ses légions qui revenaient lentement d'Alexandrie par la Judée et la Syrie, reprenant en main, royaume après royaume, toute l'Asie, faisant prêter serment aux uns, aux autres, et poussant même jusqu'à l'Euphrate, histoire d'apercevoir l'ennemi parthe sur la rive d'en face.

À Samos, les enfants regardaient la mer, regardaient vers le sud, persuadés que, par beau temps, ils apercevraient Alexandrie. Ils avaient froid ; on leur avait donné des vêtements de laine et, en guise de couvertures, des peaux de mouton noir, mais ils grelottaient. Se tenaient serrés les uns contre les autres. Parlaient bas. Jouaient sans bruit sur le pavé. Avec un bout de ferraille, Séléné avait creusé des lignes dans la pierre tendre pour dessiner un damier. Ils poussaient de case en case des galets ramassés le long de la grève. Quand ils en avaient assez, Séléné demandait gravement à son jumeau : « Où en es-tu avec Homère ? » Et Alexandre récitait en chuchotant les généalogies légendaires dont il se souvenait. Quelques vers aussi. Ils n'avaient plus de précepteur. Pas de livres. Pas de tablettes. Jamais ils ne prononçaient le nom de leurs frères assassinés, de leurs parents suicidés, de leurs serviteurs morts.

Pour survivre, ils contournaient leur passé, ne se rappelant que le voyage, les péripéties du voyage.

La trirème militaire qui les avait arrachés à l'Égypte, enlevés à Alexandrie le soir même du suicide de leur mère, avait d'abord, selon les ordres de César Imperator, fait voile sans escale vers la Phénicie ; mais quand le légat qui commandait avait voulu accoster à Sidon, une tempête d'équinoxe avait repoussé le bateau vers le large. Le navire avait dû poursuivre jusqu'à Byblos, un port sans garnison où personne ne les attendait. Les enfants avaient débarqué comme ils étaient partis : en tunique de lin, sans bagages et sans serviteurs ; car on ne pouvait considérer comme des domestiques adéquats les quelques esclaves ramassés en hâte juste avant l'appareillage – deux garçons de bain, un préposé à l'argenterie, trois valets d'écurie, et une vieille portière. Ces gens-là n'avaient aucune habitude des enfants, et les princes ne les connaissaient pas.

Les petits furent mal soignés et mal nourris. « Au reste, comment les nourrir, se demandait le légat, puisqu'ils ne veulent rien manger ! » À Byblos, on leur avait présenté toutes sortes de coquillages et de poissons diversement accommodés, mais ils les refusaient. Ils refusaient aussi la viande de porc. Et, sans les avoir goûtés, la plupart des légumes : « Il y a de l'oignon dedans, murmurait invariablement la petite fille, et peut-être du poireau… Nous n'avons pas le droit d'en manger. » Ils n'acceptaient que le pain blanc et les figues fraîches.

Fantaisies d'enfants gâtés, pensait le légat. Comment se serait-il douté que Séléné, égarée, se raccrochait à sa religion, s'infligeant à tout hasard le régime isiaque le plus strict ? Elle savait confusément qu'on approchait du mois de Phaophi et qu'on entrerait bientôt dans les semaines qui précèdent la mort d'Osiris, une mort qu'elle confondait maintenant avec celle de ses frères aînés. Si, jusqu'à la renaissance du *Seigneur parfait*, du *Bienfaiteur*, elle s'abstenait de nourritures sales comme font les prêtres d'Isis et si elle laissait, en signe de deuil, ses cheveux flotter sur ses épaules, la déesse, touchée, ressusciterait peut-être Antyllus ou Césarion ? Césarion, sûrement – puisqu'il était pharaon. Le soir, avant de se coucher, Séléné suppliait les dieux d'être assez indulgents avec son fiancé, son frère-époux assassiné, pour qu'elle le vît au moins pendant les heures de la nuit…

Mais, même la nuit, il restait mort.

Dix fois par jour, elle défaisait les nattes que la vieille portière aux doigts gourds retressait si maladroitement. « Je suis veuve, protestait-elle avec douceur, tu ne sais donc pas que je suis veuve ? »

Ils avaient exigé de dormir tous les trois dans le même lit. Leurs cauchemars les réveillaient en même temps.

Abattus, amaigris, ils tombèrent malades. Le légat fit venir un vieux médecin juif qui comprit tout de suite que ces enfants n'agissaient pas par caprice, mais respectaient des interdits – à part quelques disciples de Pythagore, les Romains et les Grecs n'entendaient rien à ces choses-là… Le vieillard tâcha seulement de réduire la liste des aliments dont se privaient les enfants. « Pour le porc et les huîtres, je ne vous donne pas tort. Non plus que pour certains poissons : ceux qui n'ont pas d'écailles. Mais pourquoi repousser les rougets ?

— Les écailles n'y changent rien », dit la petite fille et, comme une mère souffle sa leçon à un enfant ignorant, elle ajouta : « Tu sais bien que tous les poissons sont impurs, tous complices du poisson au nez pointu qui a mangé un morceau d'Osiris, ce morceau que Seth le Cruel avait jeté dans le Nil et qu'Isis n'a pas retrouvé.

— C'est son zizi que les poissons lui ont mangé, à Osiris », précisa gravement Ptolémée Philadelphe.

Renonçant à discuter les sottes croyances des *goyim*, le médecin recommanda un régime alimentaire à base de lait de chèvre, de fruits secs et de gâteaux au miel. Mais il prévint le légat que le plus jeune des garçons, qui toussait beaucoup, souffrait d'une maladie de poitrine ; quant aux deux autres, ils étaient d'une tristesse telle qu'on ne pouvait répondre de leurs jours. Il n'avait qu'une certitude : ces enfants étaient hors d'état de rejoindre l'Imperator à Damas comme on l'avait prévu, et plus incapables encore de le suivre, dans la poussière et le vent des légions. En revanche, à bord d'un bateau de commerce – plus confortable qu'un navire de guerre –, ils pouvaient être à Éphèse en deux semaines et devancer les troupes romaines. Ils se rétabliraient en les attendant.

Avec l'accord de Valerius Messala, nouveau gouverneur de Syrie, le légat décida de faire monter les trois petits et leurs esclaves sur un vaisseau marchand qui transportait des planches de cèdre ; avec eux, on embarqua deux chèvres pour le lait et une amphore de miel.

Les enfants atteignirent leur destination avant la « fermeture » de la mer. Séléné regrettait de ne pas s'être noyée : puisque Isis n'avait pas permis à ses frères disparus de revenir vers elle, elle souhaitait les rejoindre. Un bon naufrage donnerait même à Alexandre et Ptolémée une chance d'être de la partie. Toute la famille à nouveau réunie – et à jamais errante sur les chemins de la nuit. Ensemble au milieu de nulle part, pour l'éternité... Quand la fièvre et les malaises lui laissaient un peu de répit, elle priait l'Isis du Phare : « Maîtresse des mers, fais que les flots avalent le bateau ! »

Lorsque le navire jeta l'ancre à Samos, elle était déçue d'être encore en vie et fâchée contre les dieux. D'une voix mourante, elle réclama du jambon et des tétines de truie.

Quand, entre eux, les enfants évoquaient le passé, ils ne parlaient que de ce long voyage. Comme si rien ne l'avait précédé. Le plus souvent, ils n'avaient pas su où ils étaient : au nord, à l'est, à l'ouest ? Ils longeaient d'effrayantes montagnes, eux qui n'avaient connu que les plaines basses du Delta. Les rivages déchiquetés d'Asie Mineure les terrifièrent. Pourtant, ils n'imaginaient pas que, chaque jour, ils s'éloignaient davantage de l'Égypte. Ils ne connaissaient plus leur place, ni sur la terre, ni dans la société – princes pour les esclaves qui les servaient, esclaves pour les Romains qui les gardaient...

Dès qu'ils n'étaient plus seuls, ils avaient peur. Peur du sang, des couteaux, des mains. Surtout des mains.

Séléné, qui espérait se noyer, craignait d'être égorgée ; chaque matin, en s'éveillant, elle tâtait sa gorge, puis remuait lentement les jambes pour s'assurer que les Romains ne lui avaient pas coupé les tendons et qu'elle pourrait encore s'enfuir si « l'homme rouge » la poursuivait. Rassurée, elle serrait Ptolémée contre elle à l'étouffer.

Des trois, le petit était le seul qui osât réclamer sa nourrice, ses chats, ou demander quand « Mère » viendrait les chercher. Puis, comme on ne lui répondait pas, lui aussi cessa d'interroger. L'Égypte, les souvenirs d'Égypte n'apparaissaient plus dans ses phrases que par hasard : par exemple, quand, voyant sa grande sœur penchée sur le lit où il reposait, épuisé par une quinte de toux, il prenait dans ses mains le visage aimé en disant « ma petite hippopotame ». Il l'appelait « ma petite hippopotame », elle secouait la tête en gonflant les joues, faisait mine de souffler de l'eau par les narines. Il souriait.

D'Alexandrie, ils avaient surtout gardé des mots. Qui, parfois, ne renvoyaient à rien. Ou à des images déformées. Ainsi, la « petite hippopotame » de Ptolémée n'était-elle plus la femelle de ce gros *cheval du fleuve* qu'il avait souvent admiré dans la ménagerie du cap Lokhias, mais, au mieux, le minuscule porte-bonheur de céramique rose, symbole de la fécondité, que les femmes de « là-bas » mettaient au cou quand elles venaient d'accoucher. Puis, à son tour, cette figure stylisée de l'animal s'effaça de sa mémoire. Le mot resta, sans support, sans signification, il resta pour le seul plaisir de sa consonance, de la répétition comique des syllabes ; tout ce qui l'amusait encore, le petit malade, par jeu, se mit à l'appeler « hippopo- tame » – une crevette, un papillon, sa sœur…

Lorsque à Samos on avait signifié aux trois enfants l'interdiction d'évoquer le souvenir de leur père et de prononcer son nom, cette perte leur avait été peu sen- sible ; depuis plusieurs mois déjà, leur vocabulaire se réduisait, sans pourtant coller à la réalité toujours plus pauvre qu'ils découvraient : un camp militaire étran- ger, des inconnus interchangeables, la vie ramenée aux besoins élémentaires de la captivité. Riches d'un monde dévalué, ils gardaient en réserve quantité de syllabes inutiles et de noms inemployés – ibis, Sérapis, crocodile, sphinx, lotus, Reine des rois, pharaon…

Leur langage flottait encore, comme un vêtement trop large, autour d'un destin rétréci.

Rome au loin… Dans la ferme des faubourgs où les enfants sont gardés, Séléné pousse un tabouret sous la fenêtre et ouvre le volet. Au bout de la route étroite, dans la poussière du soleil couchant, la ville est rouge sang.

Alexandrie était blanche et bleue. Couchée le long de la mer. Avec de l'or sur ses paupières. Rome la rouge, Rome la sanglante, semble tassée sur elle-même, accroupie entre ses collines pouilleuses comme une mendiante entre des tas d'ordures. Son frère avait raison, tout à l'heure, de dire que cette vieillarde devait sentir mauvais. Et son Tibre ? Une rigole d'urine qui sort de dessous ses jupes. De la pisse de chèvre… Séléné rabat le volet.

Elle n'a personne à qui parler, les deux garçons dorment déjà, accablés de chaleur. Ptolémée respire trop fort. Quand elle a joué avec lui « à l'hippopotame » avant le dîner, elle a senti la brûlure des petites mains fiévreuses. Contre son « bébé » malade, elle pose l'unique trésor qu'on lui ait laissé, son talisman : le sachet qui contient les trois dés verts de Césarion et leur cornet. Puis, se penchant sur l'enfant endormi, elle prononce le seul mot magique qu'elle connaisse, celui que son grand frère, autrefois, lui a confié avec le gobelet : « *mau-ré-ta-nie* ».

En vérité, les petits prisonniers et leur escorte ont pris trop d'avance sur le reste de l'armée, cette longue caravane qui remonte de Brindisi jusqu'à Rome au rythme lent des cohortes. Car Octave et son butin ne voyagent pas en « carrosse », ils cheminent au pas des bœufs et des légionnaires, à travers les Pouilles et la Lucanie, sous un soleil de craie.

Par précaution, César Imperator a choisi pour les enfants de Cléopâtre un moyen de locomotion plus confortable : l'épaule des hommes. C'est ainsi que, dans la litière portée par deux équipes de solides Bithyniens, les petits princes ont rapidement distancé leurs propres bagages et leurs esclaves. D'autant que, derrière eux, le cortège officiel ralentissait au gré des humeurs du Maître.

Pour la première fois Octave se sent las. Sa victoire l'a déçu, il en avait attendu plus de joie. Sur le moment, quand on lui a annoncé la mort d'Antoine, il exultait. Mais lorsqu'il est entré dans Alexandrie, quatre jours après, son exaltation était tombée. L'emballement n'est pas son fort ; depuis l'enfance, il bride ses sentiments, ne laisse pas flotter ses rênes. Qui veut dominer le monde doit savoir se gouverner. Les dionysiaques aux passions relâchées finissent toujours dans la débâcle et dans le sang. Lui reste fidèle à Apollon. Un dieu clair, qui apparaît à heure fixe, brille pour tout le monde mais mesure ses bienfaits. Un dieu prévisible et juste. Le plus romain de tout l'Olympe : ordre, symétrie, ponctualité. Jamais de surprise. Jamais d'ivresse non plus…

Quand, vainqueur, César Imperator a quitté Alexandrie, qu'il est arrivé chez Hérode, que les défilés ont commencé à succéder aux défilés, les discours convenus aux discours pompeux, il ne sentait déjà plus que la fatigue et l'ennui accumulés. La fatigue de quatorze années de luttes politiques, et l'ennui d'un pouvoir désormais solitaire… Depuis l'âge de dix-huit ans, il n'avait pas pris un jour de repos. Depuis l'âge de dix-huit ans, il poursuivait, sans se laisser distraire, un rêve secret : arriver jusqu'où César s'était arrêté.

L'y voici enfin, et… ce n'était que ça ! Dès Ptolémaïs-de-Phénicie, son corps l'a lâché. Des suées inopinées, des maux de gorge, une laryngite tenace. Plus question de haranguer ses troupes, il donne ses ordres en chuchotant. Son autorité passe par le regard seul, et c'est épuisant.

Un peu avant Naples, il a décidé de s'arrêter quinze jours à Atella, une station thermale réputée que fréquentent les chanteurs en vogue. Pour ne pas être tenté de parler et de fatiguer sa voix pendant qu'il y prend les eaux, il a convoqué Virgile, un poète qu'entretient Mécène, son principal ministre, et que protège le sénateur Pollion. Asinius Pollion n'est certes pas la meilleure des recommandations : républicains, les Asinii ont beaucoup fricoté avec Antoine. Mais puisque Mécène se porte garant de la soumission du faiseur de vers…

Dans les bains d'Atella, le poète lui a lu avec talent sa dernière œuvre, des chants qui célèbrent les moissons, la fécondité de l'Italie, la vie heureuse du paysan.

Maintenant que la paix est rétablie, les milliers de soldats qu'on va mettre à la retraite devront apprendre à labourer. Alors, vanter le charme des bergères, c'est le moment. Ce Virgile sait d'où vient le vent. Il faudra doubler sa pension.

Quand la caravane a repris sa route, le Maître allait mieux, quelqu'un l'a entendu fredonner. Mais il n'avait toujours pas l'air pressé de rentrer « à la maison ». Il s'est arrêté à Baïes, la plage à la mode. Il lui a même pris envie, en passant, d'acheter à la ville de Naples l'île de Capri. L'affaire s'est réglée dans la journée.

Capri, un climat délicieux… S'y retirer peut-être ? Quand il était encore à Samos, l'île des roses, Mécène lui avait envoyé le petit poème d'un autre de ses protégés, le jeune Horace, qui invitait les Romains à célébrer la paix retrouvée en se donnant de la joie, « *Nunc est bibendum* », « Maintenant il faut boire ». Banqueter, aimer, boire, oui… Malheureusement, l'estomac du nouveau César n'a jamais supporté plus d'une coupe de vin. Les plaisirs ne l'aiment pas.

Il termine son voyage par petites étapes, et de nuit, pour éviter la chaleur qui ne lui vaut rien ; il rentre par le chemin des écoliers – pour donner le temps à ses ministres, Mécène et Agrippa, de parachever la préparation de son Triomphe, ses Triomphes plutôt, puisqu'on en célébrera trois : soumission des Balkans, victoire d'Actium, et prise d'Alexandrie. Trois jours de Triomphe ! La commémoration d'Actium devrait être très réussie, les victoires navales se prêtent admirablement à la mise en scène. Mais le clou du spectacle sera le Triomphe sur l'Égypte. Résolument dépaysant. Avec des éléphants, des sphinx roulants, la maquette du Phare d'Alexandrie, et une grande statue de Cléopâtre couchée, le serpent autour du bras. Sans oublier, bien sûr, les trois jeunes captifs enchaînés…

Ceux-là, Octave se demande s'il n'aurait pas dû les expédier directement à Rome dès l'été dernier. Mais le médecin de la reine, Olympos, prétendait que les princes d'Égypte, élevés dans la soie, ne supporteraient pas un an d'internement dans les cachots du Tullianum. Et puis, si les petits prisonniers étaient arrivés avant lui, sa sœur Octavie les aurait tout de suite réclamés : elle veut les élever. La pauvre se croit mère universelle – mère de tous les descendants d'Antoine du moins, y compris ceux que le jean-foutre lui faisait dans le dos ! Elle aime déjà, lui écrit-elle, les enfants de Cléopâtre… Il n'en doute pas. Il n'y a guère de jour où l'on ne puisse appliquer à son aînée le vers d'*Antigone*, « Je ne suis pas née pour la haine, mais pour l'amour ». Née pour l'amour… C'est bien pourquoi il ne lui donnera pas ces petits-là. Pas maintenant.

D'ailleurs, si elle se fait des illusions sur leur charme, si elle s'attend à découvrir trois Cupidons (forcément, n'est-ce pas, les rejetons de Mars et de Vénus !), eh bien, la chère âme en rabattra dès qu'elle les aura vus. Lui-même, quand il a rencontré les enfants pour la première fois dans l'île de Samos où ils l'attendaient, n'a pu masquer sa déconvenue ; le plus jeune avait l'air hébété et mal portant, et les jumeaux ne se ressemblaient pas : le garçon plus beau que la fille, et l'un brun, l'autre blond. Comment faire un bon spectacle avec des prisonniers pareils? Certes, on pourrait toujours, pour le Triomphe et la procession du sacrifice, habiller les jumeaux de la même façon, mais personne ne les prendrait pour Castor et Pollux! Parviendraient-ils seulement à marcher du même pas?

Du coup, malgré sa mauvaise humeur, il avait fait un geste en faveur de ces souffreteux en leur envoyant une des dernières esclaves ramassées à Alexandrie, une Chypriote qui prétendait avoir été la nourrice de l'un des trois et saurait peut-être les rendre présentables avant le spectacle.

Cypris avait marché depuis Alexandrie jusqu'à Éphèse et Priène. Marché avec l'armée. Raflée dans le Quartier-Royal, elle avait fait partie du lot attribué à un vieux décurion de la Douzième Légion. Devenue esclave à tout faire et concubine forcée de ce caporal sicilien qui sentait l'huile rance mais n'était pas mauvais bougre, elle avait fini par lui avouer qu'elle n'avait pas toujours eu les cheveux coupés au ras des oreilles, qu'elle n'était pas l'une de ces esclaves de dernière catégorie auxquelles on interdit les boucles, elle avait même été longtemps parée comme une dame : elle était la nourrice de « la princesse ». Le caporal l'avait regardée sans comprendre, elle dut expliquer : « Cléopâtre-Séléné. La fille de l'autre Cléopâtre... »

Quand à Samos elle se retrouva face aux enfants, Cypris les reconnut à peine, et ils ne la reconnurent pas : ses cheveux commençaient juste à repousser, sa robe était si courte qu'on lui voyait les jambes, et, à force d'aller à pied derrière les légions, sa graisse avait fondu.

Les jumeaux la regardèrent distraitement sans quitter leur jeu. Accroupis au pied du rempart, au milieu d'un troupeau de chèvres, ils jouaient à « pair-impair » en secouant une poignée de cailloux pour amuser Ptolémée. Doucement, Cypris se mit à chanter : « Dors, souhait-de-mon-cœur, petit enfant de la splendeur... » Séléné releva la tête. « Ah, dira le Roi ton fiancé, que ne suis-je le fleuve où tu descends te baigner... » La berceuse ! Le petit visage amaigri de Ptolémée s'illumina : il se la rappelait, cette berceuse ! Il se redressa, voulut courir vers la voix – une voix qui lui rendait d'un coup l'odeur verte de son *paradis*. Mais Séléné le retint par sa tunique ; l'inconnue était escortée de soldats, il fallait se méfier, la vie est un piège, la douceur tue, tout nous ment.

Le cœur navré, Cypris regardait ces trois étrangers craintifs, dans leurs peaux de mouton noir. À mi-voix, elle persévéra : « Ah, dira le Roi ton fiancé, que ne suis-je la grenade qui mûrit au fond du jardin, je te griserais de ma liqueur... » Ptolémée, n'y tenant plus, échappa à sa sœur pour se jeter dans les jambes, les bras de la nourrice, qui le couvrit de baisers.

À son tour, Alexandre s'approcha d'elle, à pas lents, l'air buté : « Pourquoi n'es-tu pas revenue plus tôt ? Nous ne sommes pas contents de toi, Cypris ! Où est Taous ?

— Tu sais bien qu'elle est morte ! fit Séléné entre ses dents. Tu l'as vue morte, imbécile, tu l'as vue toi-même.

— Alors, explique-moi pourquoi celle-là vit encore ? Hein ? C'est peut-être parce qu'elle est à toi ? ... Je veux *ma* Taous ! Et Thonis aussi ! » Mais, à la fin, il s'apprivoisa et se laissa câliner comme un bébé.

Séléné, elle, ne bougeait pas. Elle s'était relevée, mais restait là, raide, la main serrée sur ses cailloux. Ce fut Cypris qui, tout encombrée des deux garçons, vint jusqu'à elle et lui caressa les cheveux. La fillette garda les yeux baissés. Elle ne fit aucun geste.

La nourrice pensa d'abord que sa princesse, sa petite perdrix, son pigeon doré, craignait, en remuant, de briser un charme : elle devait la prendre pour un fantôme ! Puis, se rappelant que les enfants en veulent toujours à ceux dont on les a séparés, Cypris parla de sa longue marche jusqu'à Gaza, jusqu'à Damas, jusqu'à Antioche, jusqu'à Tarse, jusqu'à Éphèse, racontant les fardeaux, la soif, la tristesse.

Mais elle ne parvint pas à toucher Séléné car la petite n'éprouvait nullement la rancune qu'elle lui prêtait. Au contraire, en reconnaissant cette voix si familière l'enfant avait d'abord fondu de joie, elle ne demandait qu'à être rassurée, bercée. Ce qui avait tout gâché, c'étaient les paroles de la chanson : depuis que Séléné savait parler, le « Roi fiancé » de la berceuse, celui pour qui elle devait garder ses voiles, son corps, sa liqueur, ce roi s'appelait *Kaïsariôn* ; et Kaïsariôn était mort. Elle ne voulait plus, ne pouvait plus y penser, ne voulait pas, ne pouvait pas pleurer. Elle ferma ses oreilles comme elle fermait son cœur. N'écouta plus un mot.

Se dégageant d'un mouvement d'épaule au moment où sa nourrice cherchait à l'embrasser, elle dit seulement : « C'est bien que tu sois là, Nourrice. C'est bien pour Ptolémée. »

Le passé ? Terre interdite. Zone infestée. Ceux qui en reviennent sont contagieux, susceptibles, à tout instant, de contaminer les habitants du présent ; le passé est une épidémie. Séléné mit Cypris en quarantaine.

Elle fuyait ce que sa nourrice pouvait lui révéler, fuyait les douleurs qu'une caresse, une phrase trop tendre risquaient de réveiller.

Après la chute d'Alexandrie elle n'avait jamais pleuré. Au fil des mois, elle s'était rendue étrangère à ses souvenirs, indifférente à ses besoins, insensible aux déménagements, inattentive aux avanies. Sa seule peur ? Qu'on la prît en pitié. Si on la plaignait, elle se plaindrait, si on la plaignait, elle pleurerait.

Il suffit, pour qu'un rescapé s'effondre, d'un geste de sollicitude, d'une réminiscence inopinée : le passé est une maladie infectieuse, une terre empoisonnée. D'instinct, Séléné évitait d'y retourner.

À Samos, elle se tint à l'écart des embrassades. Puisque Cypris s'occupait maintenant des garçons, elle rentra dans sa solitude comme on regagne une forteresse. Fière de n'avoir pas livré son secret : Antyllus tué sous ses yeux, ses cris qu'elle entendait sans cesse, « Sauve-moi, Séléné ! ». Elle savait ce qu'Alexandre et Ptolémée ignoraient encore, comment on piège les enfants, comment on les égorge de la pointe du glaive, et comment ils se débattent... Elle savait ce que personne ne devait savoir qu'elle savait. Parce qu'elle était coupable de l'avoir surpris, salie de l'avoir appris. Elle avait vu le souterrain, les mains rouges, le sang qui gicle. Elle avait vu l'interdit. Elle se taisait.

Cypris lui reprochait sa froideur : « Mon miel d'azur, mon scarabée, comme tu as changé ! »

Déchargée du souci de ses frères vivants, que sa nourrice cajolait, elle se rappela ce qu'elle devait à ses frères morts. De nouveau, elle se sentit pressée de les rejoindre. Ou de les venger. De les rejoindre en les vengeant… Puisque Isis était restée sourde à ses appels et ne l'avait pas aidé à se noyer, elle s'adresserait à Poséidon. Ou, plutôt, elle le défierait : si les dieux ne répondent pas aux prières, peut-être répliquent-ils aux provocations ?

Dans le naufrage qu'elle préparait, l'enfant avait résolu d'entraîner l'assassin de sa famille.

Avant de rencontrer César Imperator à Samos, elle lui croyait la force d'un géant : Marc Antoine, descendant d'Hercule, n'avait pu être vaincu que par l'un de ces Titans qui déchiquetèrent Dionysos ; aucun mortel, elle en était sûre, n'aurait pu se mesurer à son père… Mais, à sa grande surprise, elle découvrit que le nouveau maître n'avait rien d'un colosse. Lorsqu'il vint examiner les princes – comme des esclaves achetés au marché –, elle vit un jeune homme étriqué qui portait des brodequins à semelles triples pour se grandir. Avec ça, des cuisses maigres que sa tunique grossière cachait mal, des foulards entortillés autour du cou, et une voix cassée qui n'aurait pu couvrir le chant d'une flûte. Un homme aussi dénué de majesté n'avait pu gagner la guerre que par traîtrise… C'est donc par traîtrise qu'elle l'abattrait ! Car, si démunie qu'elle parût, elle possédait désormais l'arme absolue : Cypris, Cypris la naufrageuse dont Poséidon haïssait l'odeur et qui attirait la tempête sur tous les bateaux qu'elle empruntait.

La petite captive, qui ne savait pas que Samos est une île et que sa nourrice venait de passer la mer sans péril pour l'y retrouver, chercha un prétexte pour faire embarquer « la maudite » sur le navire du Romain.

Quand le vent devint tiède, que les matelots commencèrent à tirer vers les flots les longs vaisseaux noirs, elle avait déjà exécuté à la perfection la première partie de son plan : séduire. Grâce à Cypris, elle était maintenant bien coiffée, « nos guerres n'épargnent pas les enfants laids ». Se faisant aussi belle qu'elle pouvait, elle s'était placée cinq ou six fois sur le passage du Maître pour avoir l'occasion de se prosterner. Brusquement, elle s'agenouillait, inclinait la tête, « s'aplatissait », il la remarquait d'autant plus que, chez ces Romains mal élevés, personne ne se courbait jamais. Il la remarquait, et il la relevait : « Arrête ces cérémonies ! Je ne suis pas un roi ! » Alors elle, battant des cils : « Tu es un dieu, en Égypte nous nous prosternons devant les dieux. »

Les flagorneurs, pourvu qu'ils soient assez habiles pour avoir l'air naïf, réussissent toujours. Séléné, ingénue au point de se croire rusée, obtint par hasard le même succès – elle en fit tant qu'Octave crut à sa sincérité. Qu'une princesse égyptienne le prît pour un dieu et l'admirât du fond de son âme lui parut, à la réflexion, tout naturel. Les Égyptiens ne lui rendaient-ils pas maintenant les mêmes honneurs divins qu'à tous leurs pharaons ? Loin du regard des Romains, il était un dieu vivant… Il s'habitua donc à Séléné, à ses manières peu républicaines mais élégantes.

Pour récompenser cette petite de sa ravissante soumission, il lui fit donner une cage en osier qui retenait prisonniers un couple de chardonnerets ; et il ne la repoussa pas lorsque, deux jours avant l'embarquement, échappant à sa nourrice, elle se jeta encore à ses pieds. « Par pitié, César…

— Que t'arrive-t-il ? T'aurait-on menacée du fouet ? Non ? Ce n'est pas du fouet qu'il s'agit ? Que crains-tu ?

— La mer, Seigneur, j'ai peur de la mer, elle est trop grande, je suis trop petite… Permets-moi de monter à ton bord, laisse ta Fortune me protéger. Je t'en prie, César, ton bon génie est si puissant, les dieux t'aiment tant », et, se relevant peu à peu, elle lui embrassait les genoux, lui baisait la main droite comme une suppliante.

« C'est bon, c'est bon, fit-il, gêné. On va te chercher une place sur mon navire.

— Qu'Osiris te donne l'eau fraîche ! » s'exclama Séléné. Et César Imperator, peu au fait du rituel isiaque, prit pour une politesse ce vœu que les Égyptiens réservaient aux agonisants…

C'est ainsi qu'à la mi-mars, accompagnée d'une suite minimale – sa nourrice et une esclave –, la criminelle en puissance embarqua avec Octave sur un vaisseau doré, tandis que ses frères et leur escorte quittaient Samos sur la modeste trirème d'un questeur.

Mourir. Mourir pour tuer… À quel moment le dieu des mers châtierait-il l'audace de Cypris et l'imprudence de l'Imperator : dès aujourd'hui, ou seulement demain ? Entendraient-ils, pendant la nuit, le sifflement de la tempête ? Seraient-ils jetés, en plein jour, contre des récifs ? Et elle ? Aurait-elle le courage de boire à longs traits l'eau salée pour couler plus vite ? Avec candeur, avec terreur, Séléné attendait le trépas. Mais le ciel restait sans nuages, le vent n'était qu'un zéphyr, la mer ne blanchissait pas – se pouvait-il que l'Apollon de César fût plus fort que le Poséidon de Cypris ?

Quand la flotte eut relâché à Délos et laissé les Cyclades à main gauche, elle décida d'employer les grands moyens. « J'ai trop chaud, coupe-moi les cheveux, ordonna-t-elle à sa nourrice.

— Es-tu folle, Princesse ? Pourquoi pas, pendant que tu y es, attaquer la coque à la hache ? Il y a des choses dont tout le monde sait qu'à bord d'un bateau elles fâchent les dieux : manger du poisson, se tailler les ongles, se couper les cheveux… Tu veux savoir ce qui a causé mon premier naufrage ? Un matelot qui avait éternué bien fort en montant l'échelle de coupée, et ça, ça ne pardonne pas. Misère de sort ! Et mon deuxième naufrage ? Sur le pont, dans un coin, deux impudiques s'étaient serrés de trop près, et voilà les nuées qui se rassemblent et qui nous tombent dessus ! Parce que la pureté d'un navire, c'est sacré… Je connais toutes les lois de la mer, moi, ma petite ! Ce qui fait que, rapport aux tempêtes, je n'ai jamais "naufragé" personne… Alors, si tu te figures que je te laisserai manquer de respect à Poséidon, tu te trompes : tes cheveux, je vais juste te les natter plus serré et les relever pour qu'ils ne te gênent plus. »

« Je n'ai jamais naufragé personne » – Séléné, abasourdie, tenta de résister : « Pourtant, chaque fois que tu prends un bateau, il coule !

— Oh ça, c'est des ragots ! Des ragots du Palais ! Ces filles qui me jappaient après, elles n'avaient jamais quitté le port. Moi, quand j'étais jeune, je te jure que j'en ai vu, du pays ! Et des mers aussi : l'Égée, l'Ionienne, l'Hospitalière, même la Tyrrhénienne ! Toujours dans l'honneur, sans insulter les dieux. Deux fois, deux seulement, j'ai eu le malheur de voyager avec des impies. Ce qui peut arriver à n'importe qui. Mais si tous ceux qui naviguent étaient aussi dévots que moi, on n'entendrait plus parler de naufrages ! »

Se couper les cheveux elle-même : Séléné ne voyait plus d'autre solution ; le temps pressait, bientôt le Pirée, les Longs Murs, Athènes. Octave, qui n'avait pas pris l'air depuis la dernière escale, paradait déjà sur le pont au milieu de ses officiers. Cypris, badaude, les admirait. Profitant de sa distraction, la fillette s'empara de la trousse qui contenait le rasoir dont se servait le barbier pour lui tailler les ongles. Avec cet instrument, une petite fille devait pouvoir scier l'une de ses nattes. Une au moins, pour la lancer dans les vagues. Poséidon la recevrait en pleine figure, comme une gifle… Vite, vite, Séléné ôte ses épingles, attrape une mèche, et tranche, tranche aisément. Une deuxième, une troisième mèche, vite ! Et elle jette par-dessus bord ses cheveux coupés.

Où sont les dieux ? Sont-ils aveugles ? Sont-ils sourds ? Pour ses frères assassinés, Séléné avait imploré la pitié du Ciel, puis la fureur des flots. En vain. Isis n'éprouvait plus de compassion, et Poséidon, plus de colère. Comme ses prières, ses cheveux morts s'en allèrent au vent… Les navires de Rome tiraient dans leur sillage le long ruban de ses supplices inutiles et de ses fourberies ratées ; elle vivait, Octave vivait.

D'avril à juin, elle traversa la Grèce sans la voir. Ses paupières s'étaient recollées, prétendait-elle, et des essaims de mouches la persécutaient. « Mais, grondait Cypris, tu n'es pas malade, tes yeux sont aussi propres qu'au jour de ta naissance ! Arrête de pleurnicher !

— J'ai mal, Nourrice, j'ai trop mal… »

À Actium, rebaptisée Nicopolis, « ville de la victoire », elle ne put assister à l'inauguration du temple que César Imperator avait dédié à sa Fortune, elle ne vit pas, sur le rivage, les hautes carcasses des vaisseaux de l'armée d'Orient – éperons rompus, mâts arrachés, carènes brûlées.

Alexandre, lui, a reconnu les traces de la défaite, il a senti la persistante odeur d'incendie et de chair pourrie. Le soir de la cérémonie, il est venu auprès de sa sœur alitée, il a dit : « Je tuerai ce porc, cette vipère à cornes. Quand je serai grand, je le tuerai ! »

Elle ne lui dira pas ce qu'elle sait déjà : aucun dieu ne les aidera. Les dieux sont passés à l'ennemi ; les enfants de Cléopâtre sont maudits.

Les Anciens considéraient la solitude comme le pire des maux. On vivait en famille, en village, en tribu. On était de sa cité, de sa religion. À défaut, on était de son métier. L'homme sans société ? Un égaré. L'étranger ? Un condamné en sursis.

Les enfants de Cléopâtre et Marc Antoine sont seuls. Ils sont trois, mais ils sont seuls – plus de toit, plus de temple, plus de nation, plus de parents ni d'amis. De leur ancienne *familia*, ils n'ont gardé qu'une esclave, qui ne leur appartient même plus.

Cette solitude, à laquelle Séléné s'est trouvée si tôt confrontée, personne n'avait pu l'y préparer. L'isolement, les hommes libres n'en connaissaient rien ; encore moins les membres des familles régnantes : jusque dans la mort, Cléopâtre s'était fait accompagner.

De jeunes princes prisonniers, privés déjà de leurs serviteurs, perdaient non seulement leur patrie, mais la protection de leurs dieux. À cet abandon, aucun bambin de l'Antiquité n'était censé survivre. Les historiens antiques citaient comme des raretés ceux qui atteignaient l'âge adulte. Ainsi, au deuxième siècle avant notre ère, le plus jeune fils du roi de Macédoine qui, après le Triomphe et une longue captivité, devint ferronnier à Rome – et même excellent ferronnier…

Il existait aussi un cas plus récent, encourageant pour les petits Égyptiens s'ils l'avaient connu : celui d'un prince de Numidie, royaume d'Afrique dont la capitale était Cirta – qu'on appellera plus tard Constantine. Vaincu par Jules César, ce roi de Numidie s'était suicidé, et son fils, âgé de trois ans, avait dû prendre sa place dans le défilé final, sous les huées ; il s'en était remis. Recueilli dans la maison du dictateur vainqueur, puis passé, après l'assassinat de celui-ci, dans celle de son beau-frère, Calpurnius Pison, l'enfant y avait reçu une bonne éducation. Comme il avait l'esprit vif, à quinze ans il discutait d'égal à égal avec les disciples d'Épicure qui vivaient chez Calpurnius. Lequel, charmé de son intérêt pour la philosophie en général, et pour sa secte en particulier, fit de lui un érudit – et accessoirement un guerrier, commandant de cavalerie dans l'armée d'Octave. De sa naissance berbère, le jeune homme avait gardé un curieux patronyme, que les Romains écrivaient *Juba*, et les Grecs, *Ioba*. Lui préférait la forme grecque de son nom. En tout, il préférait le grec. À vingt ans, il ne savait d'ailleurs plus un mot de sa langue maternelle.

Sa patrie, celle qu'il s'était trouvée tout enfant, c'était la bibliothèque de son riche protecteur sur le mont Cælius. Il régnait sur les livres et, entassant les boîtes à rouleaux pour mieux escalader les rayonnages et fouiller ces casiers qu'on appelait *nids*, le jeune otage soumettait sans cesse de nouveaux territoires à son empire.

Apatride enrichi de la mémoire des autres, prisonnier conquérant, Juba – qui jouera plus tard un si grand rôle dans la vie de Séléné – était l'exemple du captif heureux.

Si, dès ce temps-là, elle avait connu cet étrange vaincu, Séléné aurait-elle pu l'imiter ? Sans doute pas.

Il lui restait encore trop de souvenirs. Au moment du « Grand Fracas », de la chute et des arrachements, la fille de Cléopâtre, elle, n'était pas un bébé… Quant aux livres, elle n'en avait plus. À Byblos, quand tout lui manquait et que le médecin, ému, lui avait demandé si elle avait envie de quelque chose, elle avait hésité, puis murmuré « Un livre… Avec un *bouton* doré, des cordons rouges, et beaucoup de mots ». Le médecin avait été surpris et désolé ; les livres étaient rares ; il ne possédait que quelques rouleaux de médecine. Il avait regardé la fillette avec désespoir, aussi incapable de satisfaire son désir raisonnable que si elle avait exigé, par caprice, une girafe ou une fleur de lotus.

Sans parents, sans dieux, sans livres, Séléné est seule au monde.

La solitude dont souffre Octave est, convenons-en, moins radicale. C'est la solitude de l'homme de pouvoir. La solitude au milieu d'une foule, d'une cour. Autour de lui, on s'empresse tellement qu'il se méfie. Il sourit peu, parle encore moins. Dans la vie d'un chef, tout doit être contrôlé, et, d'abord, les élans d'amitié et les confidences sur l'oreiller. Par exemple, bien qu'il aime sa femme Livie autant qu'on peut aimer une épouse pour laquelle on a divorcé en scandalisant la bonne société, il prépare toujours les conversations importantes qu'il aura avec elle. En note par avance les principaux points sur ses tablettes. Tâche de prévoir leurs répliques à tous deux.

Ce grand jeune homme, ce jeune grand homme, est déjà un homme verrouillé. Aucun être n'a plus aujourd'hui la moindre chance de s'introduire dans son cœur – pas même son unique enfant, Julie. C'est à Atella, pendant sa cure, qu'il s'est brusquement rappelé que sa fille aura dix ans cet hiver et qu'il y a près de trois années qu'il ne l'a vue. D'après Livie, qui n'est pas sa mère mais l'élève de son mieux, elle ne grandit pas en sagesse… À peine aura-t-il rejoint leur maison du Palatin qu'il lui faudra sévir. Punir Julie l'effrontée, qui pourrait tout de même essayer de comprendre qui il est et ce qu'elle devrait être ! Pour écarter l'image importune de cette enfant dissipée, il fait le vide dans son esprit.

Jusqu'au Triomphe, il veut chasser tout souci. Apprendre à savourer son succès. Encore huit jours de repos, c'est ce que vient de lui écrire Agrippa, « Profites-en bien ». Mécène lui donne le même conseil, dans l'une de ces lettres délicieusement maniérées dont il a le secret – des papillotes parfumées ! Tous deux lui répètent qu'il est heureux. Qu'il *faut* l'être. Bonheur, loisir : un travail comme un autre…

Presque une année depuis qu'Alexandrie est tombée, et il n'a toujours pas fait son entrée dans Rome. Il s'est logé hors de la Cité. Puisque la coutume lui interdit de pénétrer dans l'enceinte sacrée de la capitale avant le Triomphe, il a décidé de faire une retraite à Prima Porta. Dans une *villa* de la voie Flaminia qui appartenait au père de sa femme. Une maison de campagne que les dieux ont bénie quatre ans plus tôt : un aigle y a lâché sa proie, une poule blanche qui tenait dans son bec un brin de laurier. Livie a nourri la rescapée, qui a couvé plusieurs nichées, et elle a planté la brindille, qui s'est multipliée. Double prodige ? ou conte à dormir debout ?

Octave n'est pas un sceptique. Il croit aux signes, aux prédictions, et même aux remèdes de bonne femme ; au moindre orage, il se protège de la foudre en s'enveloppant dans une peau de veau marin. C'est donc en toute bonne foi qu'il veut, à Prima Porta, remercier l'aigle divin de sa protection et cueillir, sur le laurier du miracle, les rameaux qui formeront sa couronne de victoire.

Tandis qu'au Champ de Mars, à l'extérieur de la vieille ville, on rassemble sous les murailles les légions qui le conduiront au Capitole, les chefs des grandes familles accourent vers lui. Comme la volaille dans le poulailler de Livie à l'heure où on lui jette du grain. Les Silani, les Domitii, les Lepidi, les Sempronii, tous ces aristocrates hautains, qui, avec leur ami Antoine, le traitaient de laborieux, de peine-à-jouir, de mal fringué, de tyran et de rabat-joie, craignent une nouvelle épuration du Sénat ; à Prima Porta, ils viennent lui manger dans la main… Il ne ferme pas la main.

Puis il reçoit son camarade d'études, celui dont il a fait son amiral, Agrippa. L'une des fermes du soldat, au sud de la ville, du côté de la porte Capène, abrite les décors prévus pour le « deuxième jour », celui de la bataille d'Actium, ainsi que les trois jeunes prisonniers. Dont Agrippa lui donne d'excellentes

nouvelles : leurs petits costumes sont prêts, leurs chaînes aussi.

Il reçoit Mécène. Pour la célébration de la prise
d'Alexandrie, ils ont décidé de bouleverser l'ordre
protocolaire. Sénateurs et consulaires ne marcheront
plus devant le vainqueur, mais, pour la première fois
de l'Histoire, derrière lui – une révolution douce.
Mécène en profitera pour suggérer au Sénat d'ajouter
aux titres de César et d'Imperator celui de *Princeps* –
le Premier, le Prince… Un titre neuf, plutôt sobre.
Pas cette appellation désastreuse de « dictateur perpétuel » que son grand-oncle avait arrachée à la République. Plus de violences. On transformera l'intérieur
sans toucher à la façade. Il suffit de sauver les apparences. Y compris celles de l'élection et du consulat.
Dictateur à vie ? Vous plaisantez ? Rien d'autre que
le « premier des sénateurs », très aimé de ses pairs,
un consul qui entame son sixième mandat. L'an prochain, il en acceptera un septième. Puis on l'élira pour
un huitième, un neuvième… *Ad libitum*.

Ad nauseam. La seule perspective de ces rééléc-
tions perpétuelles lui coupe l'appétit. Il éprouve du
dégoût. Un malaise indéfinissable. Depuis la défaite
d'Antoine, il se sent inquiet, fiévreux. Atella n'a guéri
que sa voix. Il dort mal. Est-ce la perspective d'avoir à
défiler devant des centaines de milliers de spectateurs
qui l'angoisse ? Six heures à rester debout sur ce char
de parade inconfortable et exigu – les triomphateurs
de plus de cinquante ans s'en remettent rarement !
Six heures à guider d'une seule main (l'autre tient
un sceptre) quatre chevaux trop fringants – César
lui-même est tombé ! Six heures à garder, quoi qu'il

arrive, les traits impassibles sous l'épaisse couche de minium dont on lui aura barbouillé le visage, et à suer, au plus fort de l'été, sous la triple carapace de cette peinture obligatoire, de la tunique de laine frangée d'or et de la pourpre brodée, sans pouvoir seulement réclamer un verre d'eau. Et trouver encore la force, après ça, de monter, à pied ou à genoux, les escaliers du Capitole, d'arroser là-haut de vin et de farine salée le dos des taureaux furieux et des béliers rebelles, de les sacrifier dans les formes, puis, redescendu dans la plaine, de présider un banquet de vingt mille tables – quelle épreuve ! Cette épreuve, il ne la fuit pas, bien sûr. Il aime se contraindre ; même enfant, il n'a jamais pu s'abandonner, rassuré seulement s'il avait souffert et « mérité ». Demain, il va, il veut « mériter ». Mais il craint, comme toujours, que son corps le trahisse. Il n'a pas l'aisance et la beauté d'un Marc Antoine, il a peur de glisser, de faire un faux pas, d'être pris de coliques, de vertige, d'emmêler ses rênes, de laisser échapper un soupir, un sentiment…

Ces appréhensions, il aimerait pouvoir les confier à sa sœur. Son unique, son aînée. « Première dame » de Rome, désormais. Quand il était petit et qu'ils vivaient tous les deux chez leur grand-mère Julia, Octavie savait le rassurer. Mais maintenant, il est plus vieux qu'elle : ce qu'il a appris en quatorze ans de combats, elle ne l'apprendra jamais.

Et Livie ? Non, il ne demandera pas d'aide à Livie. Une épouse idéale, pourtant, qui ne lui reproche ni refuse rien. Mais au moindre aveu de faiblesse, elle le dévorerait : elle a la beauté lisse d'un grand requin. Quand il l'a épousée, après l'avoir arrachée à un vieux mari républicain, il avait vingt-trois ans, elle dix-neuf, et il se plaisait à dompter les insoumis. Aujourd'hui, elle approche de la trentaine, ne lui a pas donné d'enfant, et il la mène aussi rudement qu'il s'administre. S'il l'aime, c'est comme un second lui-même : sans faiblesse…

Alors, qui pourrait lui changer les idées ? Terentilla peut-être ? Terentilla est la femme de Mécène. Une délurée, et Mécène, un véritable ami. Octave couche avec Terentilla, et Mécène, son ministre, ferme les yeux. Se sacrifie. À moins que, comme Terentilla l'a assuré un jour à son amant, il n'y trouve son compte : « Ne me dis pas que tu ignores son faible pour les mignons ! Pour ce Bathylle surtout, son affranchi, dont il s'emploie à faire une grande vedette de la scène ! Il est ravi que je sois adultère, il n'a plus à me faire lui-même les enfants nécessaires à sa lignée… »

Octave s'était senti libéré par cet aveu. Jusque-là, sa liaison avec Terentilla ne lui avait inspiré qu'une crainte : que Mécène pût espérer tirer de sa complaisance un avantage politique. S'il n'en escomptait qu'un soulagement privé, leur amitié restait intacte. Une si belle chose que l'amitié ! Lui, Mécène et Agrippa, inséparables comme les trois dés du cornet…

Alors, ce soir, pourquoi pas Terentilla ? Elle est drôle, n'a pas la tête politique, n'a pas de tête du tout, et, avec la fortune de son mari, elle n'attend aucune reconnaissance financière de ses amants. Une maîtresse inoffensive. Elle viendrait à Prima Porta aussi discrètement que possible, en litière de louage. Une litière fermée… Seulement, à la veille d'un Triomphe éreintant, la bagatelle n'est pas recommandée ; c'est ce que lui dirait Antonius Musa, son médecin – récupéré, comme tant d'autres serviteurs, parmi les affranchis d'Antoine.

Antoine. Ses enfants survivants, son ex-femme Octavie, ses amis aristocrates, ses affranchis dévoués… Décidément, ce mort est partout ! Finissons-en !

César Imperator demande qu'on lui apporte ses corbeaux. Des corbeaux apprivoisés achetés sur la route du retour à un oiseleur de Capoue. Cher payés ? En effet. Mais au moins en a-t-il eu deux pour le prix d'un.

Le premier lui avait été directement présenté par le marchand : « Une merveille, César Imperator ! Trois ans de dressage. Mais j'ai toujours cru en ta victoire. Écoute plutôt. » L'oiseleur ayant agité un bout de charogne au-dessus du bec noir, l'oiseau, avant de happer la nourriture, lança d'une voix éraillée : « Salut, Octave César, victorieux Imperator ! » L'homme, un octavien de la première heure, tenait, dit-il, à lui faire cadeau de son corbeau. Le genre de don qui coûte cher au bénéficiaire – pour le remercier de ce présent, Octave avait dû offrir au vieil homme vingt mille sesterces. Mais à peine la caravane avait-elle quitté Capoue qu'un autre oiseleur, concurrent du précédent, se présentait à l'état-major : « Le marchand t'a trompé, Seigneur. Il n'a pas un corbeau, mais deux. Demande-lui de te présenter l'autre. »

L'autre avait été retrouvé au-dessus de la boutique, dans la soupente du vieux. Dès qu'on fit danser devant ses yeux un mulot crevé, l'oiseau se jeta sur sa pitance en criant : « Salut, Antoine, Imperator victorieux ! »

« Qu'on partage les vingt mille sesterces entre le dresseur et son dénonciateur, avait conclu Octave.

— Comment ? Tu ne fais pas tuer cet imposteur ! s'était indigné le gros Plancus.

— Imposteur, non : cet homme est un bon oiseleur, même s'il n'est sans doute pas l'un de mes plus chauds partisans. Disons qu'il s'agit d'un citoyen resté long-temps indécis... Ce qui me touche, c'est sa conscience professionnelle. Il lui aurait été facile d'écarter tout danger en se débarrassant du deuxième corbeau dès l'annonce de la mort d'Antoine. Mais il n'a pu détruire ce qu'il avait mis tant de soin à former. L'amour du métier... C'est un scrupule que je peux comprendre. »

Ce soir, dans la maison « des Poules blanches », on lui a amené « Octave César » et « Antoine » atta-chés par une patte à leur perchoir. Au soleil couchant, leur plumage noir prend des reflets verts et pourpres. Pour qu'il puisse les nourrir lui-même (il y tient), on leur a rogné les ailes et raccourci la queue : il craint leurs brusques tentatives d'envol. En vérité, il a peur d'eux, et peur de leur peur ; mais toutes ces peurs, la sienne, la leur, il les domine. Il adore se maîtriser et se réjouit de les forcer. « Tu n'as rien à craindre de moi, Antoine, plus rien ! », du bout de l'index il gratte la base grisâtre de leur bec noir, puis il glisse la main au chaud sous leurs ailes, « Paix, mon Octave, paix ! », il lui plaît de voir les petites plumes de leur gorge se hérisser de terreur, leurs ailes coupées se déployer en vain, et leurs yeux ronds, si durs, s'affoler sans qu'ils puissent fermer les paupières. D'eux, il exige mainte-nant qu'ils croassent en chœur leurs louanges oppo-sées, « Antoine vainqueur », « Octave vainqueur » ;

cette cacophonie à l'image de la vie publique l'amuse. Pour l'obtenir, il les excite, il les affame, il les cajole, il les effraie, il les console. Braves petits ! Enfin soumis… Bientôt, ils vont l'aimer.

Demain, dans le char étroit du Triomphe, l'esclave du Grand Pontife qui tiendra la couronne d'or suspendue au-dessus de sa tête lui répétera mille fois, selon l'usage : « Souviens-toi que tu es mortel, souviens-toi que… » On craint qu'à cause des ovations, de la foule en liesse, le triomphateur n'oublie sa condition. Lui n'a pas besoin de cet esclave perroquet pour l'en faire souvenir, il a ses corbeaux, « Salut, Octave », « Salut, Antoine » – la politique est un jeu, il a eu de la chance, mais la partie n'est pas terminée, jamais gagnée, un seul mot maladroit, un mouvement de fatigue, un mouvement de bonté, et tout peut basculer. Pas question de se laisser aller.

Il prend entre ses mains le corbeau d'Antoine, qui se débat, s'égosille, donne des coups de bec dans le vide. Malgré sa répugnance instinctive, il serre le petit corps. L'immobilise peu à peu sans l'étouffer. « Inutile de t'agiter. Je suis ton nouveau maître. Tu vas apprendre à m'apprécier. »

Sa dernière nuit avant d'entrer dans Rome, Octave la passe seul dans une chambre sans lumière, entre deux corbeaux mutilés.

MÉMOIRE VIVE

La petite fille s'attarde sous la maigre treille du péristyle. Au-delà des colonnes peintes en rouge, un minuscule jardin clos : quatre buis jaunis, un moignon de poirier (les chèvres mangent tout), une fontaine presque tarie. Il fait chaud. L'air sent la paille et le suint. Un vent sec apporte par bouffées les clameurs d'une foule lointaine, une houle qui ne rafraîchit rien. « L'enfant d'hier n'existe plus. »

À quel moment cesse-t-on d'être un enfant ? Lorsqu'on a compris que tous les hommes ne vous veulent pas du bien ? que ce visage souriant, penché sur un berceau, peut être celui d'un assassin ? L'âge de la confiance, Séléné en est sortie depuis longtemps. Pourtant, elle n'a pas fini de quitter Alexandrie.

Il arrive encore que, malgré elle, son corps se souvienne. Quand elle se couche sur le vieux muret du péristyle, dans la ferme d'Agrippa, elle sent sous sa joue le grain tiède de la pierre, sous ses doigts le lichen qui ronge le mortier, sous ses reins le soleil nu. Alors, elle ferme les yeux et retourne à Alexandrie. Sur la terrasse du Palais Bleu.

Elle sait qu'elle peut, immobile, s'enfoncer dans le rocher, « pierre caresse, me console douce »… Il lui suffit, pour cela, de rester à l'extérieur d'elle-même. De se tenir à la surface. Elle est un fruit sans noyau, sans cœur, un fruit tout en peau.

Un Triomphe romain. On sait ce que c'est, non ? Quelque chose comme le défilé du Quatorze-Juillet. Un Quatorze-Juillet où les autorités produiraient, outre leurs vaillantes troupes, une demi-douzaine d'animaux rares et des rois enchaînés. Tout lecteur croit pouvoir l'imaginer… Mais il se trompe. Davantage qu'une parade militaire, le Triomphe est une procession religieuse, une Fête-Dieu, un Pardon breton, doublé d'une gigantesque kermesse villageoise avec orphéon municipal, saucisses grillées et chars fleuris. Le tout saupoudré de safran, arrosé de vin, et abreuvé de sang.

Le parcours, interminable car en zigzag, respecte un itinéraire obligé : depuis le théâtre de Pompée, dans la plaine du Champ de Mars, jusqu'au sommet du Capitole – en passant par l'antique champ de courses de Flaminius, la porte Triomphale, le marché aux Herbes, la rue des Jougs, celle des Étrusques, le marché aux Bœufs, le Grand Hippodrome, le Forum (où sont dressées les tribunes officielles), puis la prison Tullianum et la montée Capitoline.

Un exercice codifié dans tous ses aspects. Même si en plusieurs siècles il a dû changer un peu, il débute toujours par une cérémonie religieuse sur le front des troupes, près de la porte Carmentalis, à l'extérieur de la vieille ville, et s'achève sur une autre cérémonie religieuse, célébrée devant les corps constitués, au point le plus élevé de la Cité : le temple, couronné d'or et d'airain, de Jupiter « Très Bon-Très Grand ». Entre les deux, et pour l'instruction du peuple, un long cortège ritualisé et, à l'occasion de certaines stations (autel d'Hercule ou escalier des Gémonies), des sacrifices ou des exécutions. Une procession qui avance sous une pluie de roses et finit dans un flot de sang...

En tête, les sonneurs de cor et les joueurs de trompette. Puis, portés sur des brancards, les maquettes géantes des villes conquises, les statues et les tableaux panoramiques représentant les royaumes détruits, les peuples exterminés, les fleuves soumis, les mers subjuguées. Derrière ces reproductions, le butin militaire : tirés par des bœufs, des centaines de chariots chargés d'armes prises à l'ennemi et les cuirasses les plus remarquables, érigées verticalement en trophées sur des troncs d'arbre. C'est ce qu'il reste des insensés qui osent résister à la puissance romaine – un peu de quincaillerie... Après les engins de siège et les proues des vaisseaux vaincus montées sur roues, viennent les vraies richesses : le butin civil. Mobiliers royaux, œuvres d'art célèbres, dieux colossaux arrachés à leurs sanctuaires, le peuple s'en met plein les yeux.

On passe ensuite aux « victimes », animales et humaines. Les premières sont les moins dociles ; il arrive qu'un taureau blanc aux cornes dorées s'en prenne à une blanche génisse couronnée de violettes ou qu'un bouc joue les fortes têtes ; les sacrificateurs au torse nu qui marchent au milieu des bêtes, la hache sur l'épaule, peinent à faire rentrer tout ce monde dans le rang sans se départir de leur double gravité de prêtres et de bourreaux. Heureusement, l'homme est un animal qu'on mène à l'abattoir plus aisément. Il est rare qu'il faille l'y traîner. Au pire, on attache les plus rebelles des chefs captifs à un poteau placé sur un châssis de litière ou un chariot. On les sert aux spectateurs sur un plateau. Mais la plupart des prisonniers se montrent raisonnables ; ils marchent les uns derrière les autres, sagement, et si on les enchaîne, c'est à seule fin d'amuser le public. Pour la même raison, on a pris soin, avant la fête, de les revêtir de leurs costumes nationaux – tels du moins que les ont imaginés les magasins de l'armée.

Déguisés en Barbares, les mains liées, la corde au cou, ces étrangers aussi pittoresques que pitoyables titubent et trébuchent, sans parvenir à ralentir l'allure du cortège. À cause des licteurs qui, derrière eux, avec des haches et des verges, les pressent d'avancer. Et à cause des chevaux. Les chevaux du vainqueur dont ils sentent dans leur dos le souffle chaud. Juché sur son quadrige d'ivoire et d'or et entouré de cavaliers choisis – ses fils, petits-fils ou neveux –, le vainqueur lui-même ne peut pas manœuvrer, pas s'arrêter. Parce qu'il est suivi de près par des centaines de sénateurs et d'élus en habits de cérémonie, que talonnent, dans les rues resserrées du vieux centre, des milliers de légionnaires vêtus de blanc marchant au « pas militaire » derrière leurs *aigles* de bronze et leurs sonneurs de buccin coiffés de peaux d'ours.

Bientôt, le cortège s'étire d'un bout à l'autre de la ville ancienne; car les rues de Rome sont étroites, les places exiguës. Au point que le Romain moyen, s'il n'a pas noué d'utiles relations avec un propriétaire de balcon ou envoyé son esclave s'asseoir dans les gradins du Grand Cirque pour y garder sa place, ne verra rien du spectacle, sauf les enseignes métalliques des légions, quelques bouquets d'épées au sommet des trophées, et les mains rouges, le visage enduit de cinabre du triomphateur grimpé sur un escabeau en haut de sa tour-char. Mais il aura mangé gratis aux marmites ambulantes, respiré le violent parfum des dieux exotiques et la sueur des armées, entendu meugler les vaches, pleurer les captives et tinter les pièces du butin – il sera content. Et il entonnera, avec les militaires, l'hymne consacré: « Io, io, Triomphe! »

Voilà ce qu'on sait. Sur le Triomphe en général. Sur celui d'Octave en particulier, son Triomphe du troisième jour (quinze août de l'an 29 avant Jésus-Christ), quelques détails de plus: l'origine des lauriers qui formaient sa couronne de vainqueur; la présence, à côté de son char, de deux cavaliers de douze ans – son neveu Marcellus et son beau-fils Tibère – et juste devant ces enfants heureux, deux malheureux: les jumeaux de Cléopâtre qui suivaient, enchaînés, une grande statue aux yeux de verre représentant leur mère couchée, leur mère et son serpent, leur mère morte.

Du petit Ptolémée Philadelphe, de sa participation au Triomphe sur la reine d'Égypte, rien n'est dit. En 29 avant Jésus-Christ, les historiens antiques ne le mentionnent plus. Parce qu'il est déjà mort? parce qu'il ne défile pas avec les autres? ou ne défile pas comme les autres – hissé sur un chariot peut-être ? attaché au pied d'un trophée, pour ne pas freiner le défilé ? À moins que, seul de son espèce, il ne constitue pas, à l'inverse d'Alexandre et Séléné, une attraction digne d'être notée ? Un enfant banal, banalement triste et d'âge banal, aucun intérêt…

S'il n'y avait eu ce cri de Séléné, ce cri, autrefois, dans mon rêve, « Vous ne voyez pas qu'il va mourir ? », s'il n'y avait eu l'angoisse de Séléné, cet appel désespéré qui déchirait mes nuits, obsédait mes jours, je n'en aurais moi-même jamais parlé. Jamais parlé du plus innocent des innocents qu'Antoine entraîna dans sa chute et Octave dans sa haine.

La petite charrette à claire-voie sur laquelle est assis l'enfant saute de dalle en dalle et de pierre en pierre. Trop étroite pour s'engager dans les rails creusés par les charrois, cette carriole légère, presque un jouet, qu'un ânon suffit à tirer, cahote sur le pavé. On y trimballe le jeune captif, attaché à la ridelle comme une pièce de butin par peur que, dans un virage, il ne roule à terre et s'y brise. L'ensemble, néanmoins, reste si bas sur pattes qu'on ne voit pas plus l'enfant prisonnier que s'il marchait à pied. Dans les venelles bondées, peu l'aperçoivent et nul ne s'en souviendra… Pourtant, il fait partie du « show » : on l'a déguisé, lui aussi. En Égyptien. Pas un Égyptien grec. Un indigène. Il porte un pagne ; mais rien sur la tête (les costumiers ont oublié la coiffe des « fellahs »), et rien sur la poitrine ni sur les épaules – une nudité que la foule jugerait indécente si elle lui prêtait attention, « Ah, ces Orientaux, aucune pudeur ! ». Mais il n'y aura pas de protestations : non seulement on ne le voit guère, ce garçon aux mains liées, mais quand on le voit, on ne le remarque pas – il est coincé entre la statue géante de sa mère, qui excite la colère du peuple, réveille ses terreurs, déchaîne ses quolibets, récolte ses crachats et ses fruits pourris, et le couple magnifique des jumeaux.

Le blond et la brune, symétriquement parés, attirent d'autant plus l'œil qu'ils avancent seuls, après un large espace vide. Des soldats rouges armés de fouets tâchent, en effet, de maintenir une distance minimale entre le chariot du cadet et les chaînes d'or des aînés. Pour que le public puisse jouir pleinement de leur beauté et de leur humiliation.

Et il jouit, le public, il jouit. Jouit de ce bouleversant tableau vivant : des princes de dix ans, en tenue de princes, qu'on tire par leur laisse comme des chiens, tandis que, sur le côté, leurs anciens serviteurs – peut-être pas assez nombreux pour être décoratifs, dommage –, leurs esclaves égyptiens en robe sombre, la tête couverte de cendres, hululent en chœur et montrent à leurs jeunes maîtres comment demander grâce à la foule, bras tendus à l'horizontale et mains ouvertes, paumes en l'air. Un numéro très réussi. D'autant que les enfants, tout jumeaux qu'ils soient, n'adoptent pas une attitude identique. On jurerait qu'ils se sont partagé les rôles. Le garçon (« Par Jupiter, qu'il est beau ce gamin ! Vois comme il est bien tourné ! Et tout doré, la peau, les cheveux ! »), le garçon baisse les yeux, incline le buste, présente ses paumes comme des excuses ; la fille, plus fière, garde la tête droite et serre ses coudes contre son petit corps (« Est-elle fluette, celle-là ! Par Pollux, une brindille ! Elle a du mal à porter sa coiffure de reine… Et ses chaînes ? Ho, toi la servante, aide-la donc, oui, toi l'Égyptienne, aide ta maîtresse au lieu de pleurnicher ! »). Parfois les soldats doivent presque la traîner, cette pauvrette, sa chaîne est si tendue que le collier d'or pourrait lui briser la nuque, « Attention ! » crie la foule émue.

« Prends garde ! » crient encore les spectateurs quand, passé le carrefour avec la rue Neuve, la fillette ralentit brusquement le pas au point que les chevaux du vainqueur, du grand César Imperator costumé en Jupiter Très Bon, viennent lui frôler la tête. « Bon sang, ils vont la piétiner ! » Non. Sauvée. Sauvée par une initiative du jeune Tibère qui a poussé son cheval en travers – acclamations, « Quelle maîtrise, ce gosse ! ». Sauvée, la petite prisonnière. Enfin pour cette fois… Car, déjà, elle se remet à traîner ; de nouveau elle se retourne vers le quadrige, crie quelque chose derrière elle, « Qu'est-ce qu'elle dit ? ». Avec tous ces applaudissements, tous ces clairons, on ne s'entend plus, « À qui parle-t-elle ? ».

Maintenant elle semble se tourner vers eux, les citoyens, d'abord à droite, puis à gauche, les prendre à témoin d'on ne sait quoi, ses lèvres forment des mots. « Elle doit pleurer en égyptien… — Je vois pas de larmes, pousse-toi un peu. Peut-être qu'elle chante ? À moins qu'elle nous supplie… — Ah ça, par exemple, ce serait pas trop tôt ! Mais oui, regarde, la voilà qui avance ses mains, dénoue ses doigts. Ça y est : elle nous supplie ! — Eh bien, moi, je l'aimais mieux quand elle faisait la fière. Je la préférais avec ses mines de princesse. Ce qui me plaît chez les rois, c'est quand ils sont pas comme nous, qu'ils ont pas peur de mourir et qu'ils nous regardent comme du pipi… »

Même en ce temps-là, il arrivait que la victime volât la vedette au vainqueur. Quoique, sur l'attitude espérée de « ceux-qui-vont-mourir », le public se soit souvent divisé : parlant des captifs qui marchent devant les chevaux, le poète Ovide dira avec quelle attention la populace scrute leurs traits, commente leur allure et observe, avec un appétit égal, « ceux dont le visage a chaviré avec la fortune » et « ceux, plus altiers, qui semblent tout ignorer, même la façon dont ils sont traités ». Impossible, bien sûr, de savoir à l'avance lequel de ces comportements aura la faveur de la foule et vaudra sa grâce au prisonnier.

Ces lignes d'Ovide, et la description qui les précède, je suis certaine qu'un jour Séléné les lira : *L'Art d'aimer* sera un best-seller de l'Antiquité, comment pourrait-elle ne pas en avoir entendu parler ? Alors, dans son Jardin de cendres, elle se souviendra, encore une fois, et refera pas à pas son « chemin de croix ».

Si un Triomphe réussi est un spectacle qui mêle le plaisir à la douleur (définition d'époque), le Triomphe d'Octave sur l'Égypte fut un succès complet. Grâce au beau temps, à la fleur de safran, à l'argent dépensé, aux crocodiles empaillés, aux riches parures des jumeaux, et aux hippopotames en cage présentés dans le butin. Grâce aussi au sang versé, à la terreur des bêtes et des gens immolés, et aux souffrances invisibles de Ptolémée qui se reflétaient dans le désespoir de Séléné.

Elle criait, la petite fille, tantôt vers les mains rouges derrière elle, les mains qu'elle apercevait au-dessus du char et des chevaux blancs, tantôt vers les balcons, les trottoirs, les gradins, vers cette multitude indistincte qui n'avait plus d'oreilles – rien qu'une bouche, une seule pour tous, immense, hurlante et noire : « Lève-toi de ta couche, Cléopâtre ! Ressuscite, Reine des rois ! *Basiléôn Basiléia*, salope, vas-y, lève-toi ! » À cette bouche obscure et vociférante, l'enfant criait que son frère allait mourir, qu'il ne tiendrait pas jusqu'au bout, qu'il avait chaud, qu'il avait soif, besoin d'ombrelle, besoin d'eau, qu'il brûlait, elle criait qu'il mourait, là devant ses yeux, elle criait, et personne ne l'entendait.

« D'après notre maîtresse Octavie (que les dieux la protègent !), le petit serait mort dans la soirée, dit Cypris. Dans le cortège, il dodelinait de la tête, le pauvre trésor, pire qu'un buveur de bière à Canope ! Sans cesse il glissait d'une ridelle à l'autre, ça faisait pitié ! De le voir affaissé sur sa charrette, plus rouge que le fruit du jujubier, on en avait le cœur serré. Les enfants, quand on les tue, faut les tuer comme je tue les pigeons, couic, d'un coup, sans les faire souffrir… En tout cas, en sortant de cet hippodrome qu'ils appellent le Grand Cirque, au moment où on passait devant la statue de leur vieux pharaon, "Romulus" qu'ils le nomment, j'ai vu que le petit n'était plus devant nous, ils avaient dû profiter d'un carrefour pour l'emmener – ah, pour sûr que ce n'était plus un joli spectacle ! Et même, si ça se trouve, pendant que nous autres on suivait de loin à travers les ruelles, notre prince était déjà mort ! Dis bien, Neilos, dis bien à Nicolas de Damas : "Ptolémée Philadelphe, ton élève, est mort le dernier jour du mois de Thot. Parti pour le Champ des Roseaux sans barque ni prières." Pauvre petiot ! Mort de soleil. Ou de tristesse… Il n'avait jamais été très vaillant, c'est vrai. Mais depuis que je les avais retrouvés à Samos, mes nourrissons, je te jure que je leur avais rendu la santé ! Tous les jours, pour leur fortifier la poitrine, je leur donnais de l'ail pilé, avec du cresson bouilli dans du lait. Le malheur, c'est de nous avoir encore séparés. Quand les Romains m'ont remise avec eux, juste avant la cérémonie, le petit était au plus bas. Il faut dire que par ici l'air est mauvais. Rome, c'est tout fièvres, brouillards et fumées… Vu l'état de cet enfant, je n'aurais jamais cru que ces sans-cœur le feraient défiler ! Et quasi nu, par-dessus le marché ! Non, je pensais qu'ils allaient juste l'étrangler. Et même ça, au fond, je ne l'avais peut-être pas pensé : il était encore assez petit pour qu'on en fasse un esclave, pas vrai ? Un bon esclave qui ne se rappelle rien… Pour ma princesse, j'étais davantage au courant, on m'avait montré son petit costume. Beau, le costume ? Beau… si on veut ! D'accord, c'était du voile de Sidon, et tissé de fils d'or. Mais avec un plissé bizarre. Guère convenable pour une orphe-line, une quasi-veuve même, "je suis veuve" comme elle dit toujours. En plus, ils lui avaient fabriqué un bandeau de pierreries à mettre sur le front. Pas un diadème, non : un bandeau. Soi-disant que ça faisait égyptien ! Moi, je n'ai jamais vu personne porter ce genre de chose chez nous… Surtout qu'ils y avaient ajouté des tresses en cheveux des Indes sur les côtés et une résille d'argent à l'arrière – tout ça, mon pauvre Neilos, c'était d'un poids pour cette enfant, mais d'un poids !… Vois comme c'est curieux, la vie : notre Ptolémée, je pensais qu'il serait esclave, et ma princesse, qu'elle serait morte. Et nous aussi, leurs serviteurs, tous égorgés à la fin de la fête, devant la prison, au pied du grand escalier. Comme les Dalmates et les Celtes d'Adiatorix, le jour d'avant. Voilà ce que je croyais, et c'est sûrement ce que les Romains voulaient que je croie. Pour que je force mes jumeaux à les implorer. La fille de Cléopâtre en train de supplier, c'est ce qu'ils avaient envie de voir, je parie. Mais ma princesse, tu la connais, et Nicolas la connaît aussi : plus têtue qu'un chameau ! Implorer ? "Pas question, qu'elle m'a dit de sa petite voix, j'aime mieux mourir que m'abaisser." Alors là, elle exagérait ! Moi qui l'avais vue, à Samos, supplier César Imperator à genoux pour trois fois rien, un caprice, une histoire de bateau sur lequel elle voulait monter ! Non, quand même !... Du coup, me voilà fâchée contre elle et je lui déballe tout ce que m'avait raconté Démétris, un gars de mon pays que je venais de retrouver commis aux écritures dans cette ferme où les enfants m'attendaient – oui, là, dans ce faubourg de Rome, un garçon de mon village, figure-toi, presque un voisin ! On a beau dire, pour nous autres esclaves, le monde est petit... Bref, ce Démétris m'explique que les lois des Romains leur défendent d'exécuter des vierges. Alors, pour ne pas violer les lois, ils violent les vierges. À ce qu'il paraît, leur bourreau dépucelle les petites filles pour pouvoir les étrangler. Et pendant qu'il les entraîne dans le noir, on entend ces innocentes crier : "S'il te plaît, bourreau, ne me donne pas le fouet, si j'ai été vilaine je te promets de ne plus recommencer..." Est-ce que vous savez ces choses-là, à la cour du roi Hérode ? Ah, vraiment ? Nicolas t'en avait parlé ? Oh, que le Prince de Rome n'aurait pas laissé faire une chose pareille sur notre Séléné, c'est facile à dire après ! En attendant, moi, quand j'ai entendu raconter ça, j'en ai eu les sangs tournés. Qu'on nous tue, ma tourterelle et moi, d'accord, je ne discute pas si c'est la volonté des dieux. Mais que ma colombe, avant de mourir, endure une horreur si noire !... Nous les esclaves, sur le viol on en sait long, pas vrai ? Et on l'a appris tôt. Seulement, qu'est-ce qu'on se dit, chaque fois ? Fille ou garçon, qu'est-ce qu'on se dit ? "Pleure toujours, t'en mourras pas !" Ce qui fait passer la douleur, c'est de penser qu'en l'acceptant on vivra. Qu'en se mettant à quatre pattes ou en léchant le derrière des autres, on se garde une chance de continuer à respirer, "Fais-moi boiteuse, fais-moi borgne, casse-moi les dents, Maître, mais laisse-moi en vie !". L'espoir bête, quoi ! Tandis que là... Être jetée, si petite, si étonnée, dans un cachot plein de sang. Voir les cordes, les couteaux, les haches, les garrots. Se demander si on va mourir et comprendre d'un coup que, oui, on va mourir, là, tout de suite, et qu'avant la mort, cette mort si proche que c'en est pas croyable, il faudra, en plus, relever sa tunique, écarter les jambes, s'ouvrir au sexe de l'assassin... Quelle honte ! Un supplice inutile, mon pauvre Neilos, puisque personne ne le voit ! Rien de public. Du mal sans profit pour personne... Oh, comme elles doivent trembler, ces pauvres gamines qui découvrent en même temps le glaive du mâle et celui du bourreau ! Et comme elle doit souffrir, la fille qui endure une douleur pareille sans pouvoir espérer !... Voilà ce que je lui ai dit, à ma princesse, avec des mots un peu entortillés vu que je respectais sa pudeur, mais, vrai, je l'ai suppliée, "ô ma splendeur, mon palmier, ma grenade", suppliée d'avoir pitié de son honneur et d'implorer les Romains. Mais elle, butée, raide, plus sèche que le vent des sables, elle faisait mine de ne pas m'entendre. Et le fait est qu'elle n'a supplié personne. Même pas un petit salut poli avec les mains posées sur les genoux, ce que son frère Alexandre (qu'Isis le bénisse!) a fait de son mieux, lui, tout au long de la procession. Et quand notre petit a disparu du cortège, qu'on s'est retrouvés en première ligne, jumeaux et serviteurs, et que toutes les ordures que les Romains jetaient sur la statue de la Reine, c'était sur nous autres qu'elles tombaient, eh bien, ma Séléné ne bougeait toujours pas d'un cil! Même sur leur Forum, devant ces tribunes remplies de dames si ornées, quand on avançait vers cet escalier maudit, cet escalier de la prison, si terrible aux prisonniers, rien – pas un geste, pas un soupir. Elle ne s'était émue, ma gazelle, que pour son Ptolémée, elle n'avait crié que pour lui. Et si la sœur de l'Imperator, qui est si douce, si généreuse, n'avait pas tout arrangé pour nous sauver, je crois bien qu'elle serait allée à la mort sans regarder de côté! Maintenant encore, elle est plus dure qu'une corne d'oryx, plus fermée qu'un temple juif! À Nicolas (que Zeus le garde en bonne santé!) tu pourras dire que sa petite élève d'autrefois est devenue muette. Elle mange, mais elle ne veut pas jouer avec les enfants de cette maison, qui sont pourtant si nombreux et si gais. Et elle ne parle plus à son frère Alexandre. Ni à moi. Sauf de temps en temps, pour me demander de prononcer des paroles saintes en y mettant le nom de Ptolémée. Comme si une pauvre servante était capable

d'écrire un "livre des morts" ! Et elle me crie, furieuse :
"Laisse-moi au moins payer son passage, laver son
corps !" Mais comment faire, hein, puisque ses os ont
été brûlés ? Va, va, il faut céder devant le malheur…
À propos de deuil, est-ce que par hasard tu aurais des
nouvelles de Diotélès le Pygmée ? Diotélès l'affranchi,
qui mettait tout son gain de côté pour se payer un
beau sarcophage ? Ah, ce Diotélès, quel phénomène !
Et quel bonimenteur ! En voilà un qui savait l'amuser,
mon hirondelle… Si à Jérusalem tu croises Abrex,
Abrex le roux, porte-enseigne aux Celtes de la Reine,
ceux que le *Princeps* a donnés au roi Hérode, salue-le
bien de la part de Cypris, qui était nourrice au Quartier-
Royal. Dis-lui que j'ai réussi à garder son talisman, la
petite pierre rouge avec l'oiseau à tête de cheval. Et
que je sais par cœur les mots secrets qui sont gravés
autour. Dis-lui – il comprendra –, dis-lui juste: "Ta
Cypris n'a rien oublié"… »

OUBLIER

Dans la maison d'Octavie, Séléné s'allonge sur son petit lit de bois. On n'a laissé qu'un lucubrum à son chevet, une minuscule lampe à bec décorée d'un palmier, qui jette un jour blafard sur le mur sans tirer la chambre de l'obscurité.

Certains soirs, en s'endormant, elle se souvient d'Alexandrie comme d'un matin : l'ordre clair de la ville, la lumière de la mer, les mouettes du Palais Bleu. Des femmes, hautes et nues, passaient sur les terrasses. Si lentes.

Certains matins, en s'éveillant, elle se souvient d'Alexandrie comme d'un soir : la lueur lointaine et rassurante du Phare sur le bassin des Mille Colonnes, et ces guirlandes de lampes, ces labyrinthes de torches qui travestissaient les roseraies quand la Reine mettait la nuit en robe de banquet.

Puis, brusquement, il est midi. Des portes qui éclatent. Le feu noir, le galop d'un cheval aux sandales de fer, le sang. La terre qui s'ouvre et aspire Césarion, Antyllus, Ptolémée. Un trou béant… Alors elle voit, elle sait : ses jardins n'ont plus de pays, ses mouettes n'ont plus de nid.

La maison d'Octavie n'était pas un nid pour la petite prisonnière hébétée, pas encore, non. Parce que ce nid débordait et qu'on en chassait les tard-venus à coups de bec.

Il y avait là, en effet, les filles aînées du premier mariage de la *Domina* avec un vieux patricien dont elle était restée bientôt veuve : Marcella, seize ans, et Claudia, onze. Il y avait aussi leur frère, Marcus Marcellus, douze ans, qui venait de figurer à cheval auprès de son oncle Octave dans le Triomphe sur l'Égypte.

Il y avait encore Iullus, Iullus Antonius, quatorze ans, fils orphelin d'Antoine et de sa première femme Fulvia – Iullus qu'aucune parenté ne liait aux trois autres, mais qui était, comme eux, le demi-frère des cadettes d'Octavie, les filles que la *Domina* avait eues, en secondes noces, de Marc Antoine : Prima, un an de moins que les petits Égyptiens, et Antonia, huit ans.

Il y avait enfin ceux qu'ensemble ils appelaient « nos cousins » : Julie, la fille d'Octave et de sa première femme – neuf ans et demi, comme Prima et comme Drusus, le fils de Livie et de Nero, son premier mari. Drusus, dont le grand frère Tibère allait, lui, sur ses treize ans…

On s'y perd, hein ? On s'embrouille ? Pas étonnant ! C'était une famille recomposée. Et nombreuse, très nombreuse, par-dessus le marché ! Depuis que les jumeaux de Cléopâtre avaient rejoint la maison, ils n'étaient pas moins de onze enfants de huit à seize ans qui grandissaient dans les courettes du Palatin, à l'ombre de l'austère demeure du Prince.

Cette fratrie à géométrie variable déconcertera jusqu'aux historiens antiques : Tacite lui-même s'égare à deux ou trois reprises dans cette famille à tiroirs, où les enfants non plus ne savaient pas vraiment ce qu'ils étaient les uns pour les autres, mais trouvaient à longueur d'année de quoi se chamailler, se réconcilier, se défier et s'aimer sans sortir du groupe. Déjà, ils formaient un monde à part, enchanté et hermétique, où les rares étrangers admis étaient des « promis ».

Faisaient ainsi partie de la bande la toute petite Vipsania, fille unique d'Agrippa, promise à Tibère, et Lucius, quinze ans, fils de Domitius « Barberousse », fiancé à la jeune Prima. Quant aux autres, qu'un jour leurs familles accoupleront entre eux tels des chiens de bonne race pour ne pas perdre une goutte de leur sang précieux, celui du Prince, jamais ils ne s'évaderont du cercle magique de leur enfance. Tournoyant jusqu'au vertige, jusqu'à l'inceste.

Pourquoi, d'ailleurs, quitter la ronde ? N'avaient-ils pas été heureux lorsqu'ils se poursuivaient dans les cours et les couloirs du Palatin, couraient de la maison d'Octavie à la maison de Livie, formaient des clans, des sociétés secrètes, montaient des embuscades dans le dédale des portiques ? « N'étiez-vous pas heureux autrefois ? », c'est ce que leur dira le Maître quand plus tard, devenus adultes, ils rechigneront à ne s'épouser que pour lui plaire, à divorcer dès qu'il l'exigera, à se joindre, se disjoindre et se rejoindre à son gré, « Soyez gentils, leur conseillera-t-il de sa voix cassée, amusez-vous entre vous comme de bons petits »…

En cette année 29, c'est aussi ce que disait Cypris à Séléné effondrée : « Cesse de pleurer, je t'en prie ! Cesse de pleurer Ptolémée ! Tu as bien assez de compagnons de jeu ici pour te distraire. Encore plus qu'en Égypte. Des demi-frères, des demi-sœurs, des demi-sœurs de demi-sœurs, des cousins de demi-frères, ça t'en fait du monde ! Regarde comme notre Alexandre s'amuse déjà, lui ! »

Non, Alexandre ne s'amusait pas, il faisait semblant. Car « les autres » ne jouaient pas avec eux, ils se jouaient d'eux. Tous soudés contre les intrus, ces étrangers ridicules qu'ils avaient vus porter leurs chaînes sous les huées derrière le faux cadavre de leur mère, que tout un peuple accablait d'injures, de pommes vertes et d'œufs pourris. Des captifs, des ennemis. Enfants humiliés d'une Orientale lubrique, « une putain, même », avait précisé Julie qui ne manquait ni d'informations ni de vocabulaire.

C'était toujours la même chose ; dès qu'un des jumeaux s'approchait du groupe, il entendait quelqu'un siffler entre ses dents, « Sss », pour imiter le serpent qui avait tué leur mère. Aussitôt, un autre lançait d'une voix aiguë « Reine des rois, relève-toi, menace-nous, Reine des rois », comme des Romains l'avaient crié par dérision le jour du Triomphe au passage de la statue couchée de la reine d'Égypte. On se moquait aussi de la prononciation des petits étrangers. Non seulement les jumeaux savaient peu de latin (dont ils n'employaient, le plus souvent, que des mots vulgaires, un argot appris des soldats), mais ils parlaient grec avec l'accent égyptien – celui de Cypris et de la poignée d'esclaves qui les avaient suivis dans leur voyage. Les enfants du Palatin, qu'Octavie faisait éduquer dans le grec le plus chic, le plus attique, raillaient ces intonations méridionales, cette manière, par exemple, de confondre le *l* et le *r*, le *d* et le *t* – « Arexantle ! », « Séréné ! », clamaient en chœur Claudia et Antonia, et les autres crevaient de rire. « Ô Créopâcle, ma glande leine », reprenait Julie en s'esclaffant. Plus âgée, plus raisonnable, Marcella grondait les rieurs : « Vous n'êtes pas très polis ! », « Pas tlé poris, pas tlés », acquiesçait gravement Julie, et les rires redoublaient. « Julie, le fouet ! » menaçait Marcella, mais la petite fille, endiablée, se perchait aussitôt sur le socle d'une statue ou la margelle d'une fontaine en répétant « Jurie, re fouet ! », jusqu'au moment où son *pédagogue* l'attrapait et, d'une main ferme, la reconduisait dans la maison de son père, où elle aurait les verges, en effet. « Ça m'est égal », disait-elle en s'éloignant, et elle tirait la langue à Tibère qui la regardait d'un air de reproche, « Tibère, fils de ta mère, va raconter partout comme je suis méchante. Vas-y, face de lune ! » …

Peut-être y eut-il encore pire : les aînés de la petite bande pouvaient-ils ignorer la pratique de l'inceste propre aux pharaons ? À Rome, on en parlait comme d'une infamie – le comble de la barbarie !

S'ils eurent vent de cette tradition égyptienne, les jeunes Romains crurent sans doute Séléné fiancée à son jumeau et formant avec lui un couple monstrueux… Alors, ils durent regarder les nouveaux venus avec horreur. S'écarter d'eux comme de pestiférés. Les traiter en criminels. Cris, coups, tout devint permis. Car rien au monde n'est plus cruel aux enfants « différents » qu'une cour de récréation. « Vous vous trompez, protestait faiblement Alexandre, je ne suis pas le mari de "celle-là", moi j'étais fiancé à Iotapa. » Et Séléné, qui ne comprenait pas ce que leurs tortionnaires leur reprochaient, précisait à son tour : « Je ne suis pas la femme d'Alexandre, oh non, je vous jure ! Celui que j'allais épouser, c'était mon frère Césarion… » « Ah, les cochons, les cochons ! hurlaient les autres. Et ils avouent, en plus ! Tape dessus, Marcellus ! Tape dessus, Claudia ! »

Si Octavie avait su que les enfants du Palatin mettaient en quarantaine ceux d'Alexandrie, elle aurait sans doute expliqué, sermonné, puis sévi. Mais depuis le retour de son frère, elle manquait de temps.

Chaque matin, dans son bureau, elle gérait ses propriétés d'Ombrie et de Lucanie comme un chef de famille, et expédiait des ordres aux régisseurs des grands domaines égyptiens que son frère lui avait attribués. Ensuite, debout dans sa cour couverte et tenant son fils Marcellus par l'épaule, elle accueillait les *clients* des Marcelli et des Antonii. Anciens esclaves affranchis, parents proches ou éloignés, quémandeurs de toute sorte, ils repartaient avec un panier garni. À midi, assise à sa tapisserie – Octave avait ordonné aux femmes nobles de se remettre au tissage et elle devait montrer l'exemple –, elle ouvrait sa galerie du premier étage aux épouses et aux filles de sénateurs ; ou aux amies de sa belle-sœur Livie, qui n'étaient pas forcément les siennes. Enfin, deux heures avant le coucher du soleil, elle recevait à dîner tout ce que Rome comptait de beaux esprits.

Sur ses lits de table s'allongeaient des octaviens de toujours et d'anciens antoniens, des patriciens philosophes et des poètes épicuriens. Pour le rayonnement, sa société égalait alors celle de Mécène, qui, ayant renoncé aux fonctions officielles, prétendait maintenant se consacrer aux arts.

Certes, Octavie était moins riche que lui, mais sa compagnie semblait plus douce – Mécène dirigeait encore la police secrète tandis que, chez elle, on pouvait se croire libre. Du reste, leurs goûts différaient ; si le chef du renseignement patronnait les auteurs bienpensants, les tenants du bon goût latin, s'il voulait remettre à la mode le panégyrique et l'épopée, la sœur du Prince protégeait les jeunes élégiaques qui chantaient l'amour. Elle pensionnait aussi les « asiatisants », les maniéristes, les hermétiques, tous les littérateurs raffinés qui avaient fui Alexandrie abaissée. Pour ne pas être accusée, cependant, de préférer la Grèce à Rome, « le vin de Chio au falerne », comme on disait, elle subventionnait les travaux d'un architecte romain, le vieux Vitruve, qui rassemblait dans un traité tout le savoir technique moderne, de l'hydraulique jusqu'à la mécanique : « Rien, expliquait-elle, ne doit être étranger à qui veut loger les hommes et les dieux. »

Jeune, elle avait adoré bâtir. Bâtir et collectionner. D'Athènes où elle avait vécu, avec Marc Antoine, ses jours les plus heureux, elle avait rapporté des tableaux sur bois peints à l'encaustique par Pausias et des copies remarquables des statues de Praxitèle. Mais quand Marc, en 32, l'avait répudiée, elle avait dû les abandonner dans la vaste maison des Carènes qui les abritait. Obligée de se réfugier près de son frère, et contrainte d'accepter de son impérieuse générosité une petite maison mitoyenne de celle de Livie, elle n'avait pu y réunir tous les chefs-d'œuvre qu'elle désirait, désirait maintenant comme on désire un baiser, un bonbon. Fringales de vieille, songeait-elle (elle avait quarante ans). Des fringales qu'il n'était plus question de satisfaire, faute de place.

Car sa maison du Palatin, constituée de la réunion de trois maisonnettes plus anciennes, restait étriquée, sans dégagements et sans commodité : on y disposait de trois vestibules donnant sur trois rues, trois bassins de pluie et trois cuisines, mais pas la moindre salle à manger d'été… Néanmoins, puisque Octave et sa femme se contentaient d'une demeure à peine plus grande et que son frère faisait profession de mépriser le luxe au point de n'avoir pas encore de bains privés, elle ne pouvait envisager ni d'acheter les jardins voisins pour s'agrandir, ni d'abattre les vieux murs pour rebâtir.

Elle n'aurait pas osé non plus, maintenant que Marc était mort, revendiquer leur ancienne résidence des Carènes, cette maison où Antonia avait vu le jour, où Prima avait appris à marcher, où Claudia avait prononcé ses premiers mots : Octave en avait fait don à son numéro deux, le général auquel il devait sa victoire d'Actium, Agrippa. Au même, il venait d'accorder les anciens Jardins d'Antoine au Champ de Mars – des bosquets délicieux proches du théâtre de Pompée, tout un morceau de campagne avec son étang, son ruisseau, son bois sacré et sa prairie, où les enfants avaient l'habitude d'aller jouer en été.

Désormais, quand les petits avaient besoin d'air et d'espace, elle devait demander à des propriétaires plus fortunés la permission de les faire conduire chez eux – elle envoyait sa « nichée » jouer dans le grand parc de Mécène sur l'Esquilin, ou, plus au nord, dans les vergers de Lucullus ou la résidence des Sallustes sur le Pincio, cette « Colline des Jardins » qui dominait la vallée du Tibre et les toits de la vieille ville : la thébaïde des nouveaux riches, le quartier des milliardaires.

Depuis qu'elle avait renoncé à amasser des objets, Octavie collectionnait les enfants. N'ayant pas assez des cinq qu'elle tenait de ses deux mariages, elle y avait ajouté ceux d'Antoine (il en avait eu de trois lits) ; puis, aux heures de récréation, elle avait recueilli sa nièce Julie, qui fuyait l'hostilité sournoise de Livie, et, plus tard, les propres fils de Livie, Tibère et Drusus ; elle abritait aussi, dans d'anciennes resserres transformées en élégant péristyle autour d'un parterre d'ifs, de petits otages étrangers que les rois leurs pères, « alliés du peuple romain », avaient remis en gage à Octave. Son frère les lui confiait en disant : « Je ne t'interdis pas de les aimer, petite mère (*nutricula*), mais, par pitié, apprends-leur le latin ! »

C'est ainsi qu'après avoir recueilli Tigrane, le jeune prince arménien arraché aux prisons de Cléopâtre, elle espérait recevoir bientôt deux enfants tirés du « harem » d'Hérode. Deux petits garçons de huit et neuf ans dont le roi de Judée avait fait exécuter la mère, laquelle passait en son temps pour une beauté rare. S'ils ressemblaient à cette malheureuse, les enfants seraient charmants. D'autant que leur nouveau précepteur, un philosophe syrien du nom de Nicolas, les avait bien débrouillés ; à ce qu'on disait, ils parlaient le grec mieux que l'hébreu ou l'araméen. Beaux et éveillés : déjà, elle se promettait de ces deux bambins autant de merveilles que s'ils allaient naître d'elle. Chaque fois, quand elle accueillait des « nouveaux », c'était la même surprise, le même éblouissement qu'après un accouchement. Mais sans la douleur et sans le risque…

Cet étrange appétit d'enfants – une folie, elle en convenait – croissait avec le temps. Aujourd'hui, elle aurait donné tous les Cupidons de marbre et tous les Amours des fresques pour le corps souple et tiède d'un bébé. Elle aimait la variété des physiques enfantins, la diversité des caractères qu'ils annonçaient. Tous de bonne race, ses protégés, et tous ravissants ; mais plus différents entre eux que les tableaux d'une pinacothèque. De ces œuvres d'art qui chatoyaient au gré des heures, elle aimait tout – jusqu'à leur sommeil. Dès qu'elle avait un moment, elle courait respirer l'odeur de leurs cheveux, de leur peau, tentait de les apprivoiser, entrait dans leurs jeux. Alors, revoyant le monde avec leurs yeux, à hauteur d'enfant, il lui semblait neuf. Surprenant. Prometteur ?

« Pourtant, constatait-elle parfois avec regret, j'aurais bien voulu qu'on m'envoie de Bretagne une petite princesse rousse » ou « À la mort de mon oncle, j'aurais dû prendre son petit otage africain, ce jeune Juba qui est aujourd'hui si beau et si lettré. » Puisqu'elle avait commencé une collection d'enfants…

Mais, pour cette collection aussi, la place lui manquait. Et le temps. Elle devait se consacrer d'abord au succès et au bonheur de son frère, à la grandeur du gouvernement, et à l'avenir de Marcellus, son fils unique. Toutes choses qui, d'ailleurs, allaient de pair : Marcellus, seul parent mâle d'Octave, serait appelé un jour à tenir sa place dans ce gouvernement – comme il l'avait déjà tenue, assez crânement, dans les cérémonies du Triomphe.

À moins que… à moins que Livie – jusque-là très effacée, voilée d'austérité, et comme poudrée de honte – à moins que Livie ne finît par donner un fils à son mari.

« Après tout, elle n'a que trente ans. Pourquoi n'auraient-ils pas d'enfants ensemble ? » disaient certaines de leurs amies en picorant, sur les plats d'argent de la maison d'Octavie, des œufs de caille et des escargots grillés. Octavie, silencieuse, pesait sa laine ou passait avec précaution sa navette entre les fils du métier – elle n'était pas très douée pour le tissage, son frère allait-il exiger aussi qu'elle se mît à la quenouille ?

« En tout cas, précisa un jour la grosse Pomponia Attica, je ne vois pas pourquoi deux êtres si parfaits ne pourraient pas concevoir ensemble puisqu'ils ont déjà eu des enfants séparément. Ni l'un ni l'autre ne sont stériles… » Quelques dames, effrayées, braquèrent dans leur dos l'index et l'auriculaire de la main droite pour conjurer le sort : il y avait des mots, *stérile*, *fausse couche, mort-né*, qu'on ne devait jamais prononcer, pas même entendre, de peur d'en être soi-même blessé par ricochet.

« Pomponia est encore saoule, glissa Marcella à sa mère (bonne à marier, l'aînée d'Octavie n'échappait plus à la corvée de tissage). Je te jure qu'elle a bu, elle a croqué des feuilles de laurier pour masquer son haleine ! C'est de pire en pire. Maintenant, elle teint ses cheveux et elle est saoule dès midi !

— Non, à midi elle n'est pas saoule. Mais à toute heure elle est sotte. »

Pomponia, héritière du plus proche ami de Cicéron, avait l'assurance que donne une grande fortune. Une fortune telle que, huit ans plus tôt, son père avait pu lui offrir pour mari l'homme qui montait, Marcus Agrippa, aujourd'hui consul avec le Prince. Sans s'arrêter à l'émotion des autres, Pomponia poursuivait, gaffeuse péremptoire : « Si notre chère Livie n'a pas d'enfant de son mari, c'est à mon avis parce qu'il ne partage plus sa couche assez souvent. »

Quelques jeunes femmes verdirent sous leur rouge : comme Terentilla, l'épouse de Mécène, elles usaient parfois de cette « litière couverte » qui, depuis le retour du Maître, déposait les moins farouches au pied d'une petite tour du Palatin où Octave avait installé son bureau privé (« mon atelier », disait-il modestement aux sénateurs lorsqu'il leur en faisait les honneurs, ou, plus lyrique, avec les dames, « ma Syracuse »). Mais Pomponia n'avait pas visité « Syracuse ». D'ailleurs, naturellement bonne, elle n'accusait personne et, résolument bête, ne soupçonnait rien. Elle s'en prenait juste à ces guerres qui séparent les conjoints : « Entre le départ du *Princeps* pour la campagne d'Orient et son Triomphe, il s'est passé trois ans. Oui, j'ai bien compté : trois ans sans qu'il puisse serrer sa Livie dans ses bras ! À un âge où la femme est si féconde ! Moi-même, avec mon Agrippa... tenez, c'est simple, si nous n'avions pas conçu notre petite Vipsania quelques mois avant la guerre, j'en serais encore à espérer une héritière !

— Tais-toi, Pomponia. Nous ne voulons pas connaître les secrets de ta chambre à coucher. Il y a ici des jeunes filles dont la robe ne s'orne pas du *volant matrimonial* », dit Octavie en désignant Marcella. Deux ou trois vierges baissèrent les yeux. « Ces jeunes filles sortent encore tête nue dans la rue, couvertes de leur seule innocence : crois-tu que mon frère aimerait apprendre que c'est dans ma maison qu'elles entendent des discours peu convenables à leur pudeur ? »

Silence gêné. Que troubla seul le crissement des dents du peigne qui tassait la laine entre les fils de chaîne. Les dames de Rome, le nez sur leur métier, se taisaient. Jetant un coup d'œil rapide à leurs femmes de chambre alignées le long des murs, Octavie se demanda combien Mécène appointait de mouchardes dans ce ramassis d'esclaves. Trois ? quatre ? Parfait, ce soir même son frère saurait tout des imprudences de Pomponia, mais il ne le saurait pas par elle. Lorsqu'il l'interrogerait (« Il paraît que Pomponia ne me trouve pas assez présent dans le lit de ma femme ? »), elle n'en serait que plus à l'aise pour défendre – maladroitement, bien sûr – l'amie de Livie. Plus qu'amie : alliée, puisque sa jeune belle-sœur avait réussi à fiancer son fils Tibère à la petite Vipsania. Joli coup financier et politique – Livie, sans avoir l'air d'y toucher, avait ainsi mis dans son jeu Marcus Agrippa, le soldat indispensable au nouveau régime.

À son frère, Octavie dirait : « Oh, Pomponia ne pensait pas à mal ! Elle ne pensait pas du tout. Comme d'habitude. Tu la connais, c'est une gentille femme au fond, mais elle n'a pas le sens commun. Et bavarde, avec ça. Une pie d'oreiller ! Je me demande si elle convient encore à un homme de la qualité morale d'Agrippa. Il y a six ans, je ne dis pas, il avait besoin d'argent. Mais maintenant… »

Maintenant, Octave laissait son ami puiser directement dans les caisses de l'État – depuis la victoire sur l'Égypte, ces caisses débordaient. Agrippa pouvait divorcer sans crainte et restituer la dot de sa femme : on le remarierait. Il méritait mieux que cette fille de bourgeois. Il lui fallait une patricienne. Une Marcella, par exemple. Marcella, seize ans, nièce du Prince, helléniste accomplie et tisseuse émérite. « Ne serait-il pas temps, mon cher frère, que deux amis comme Agrippa et toi marient leurs sangs ? Tu vas me dire que, déjà, en fiançant Tibère et Vipsania… Malheureusement, Tibère n'est pas de ton sang. Aussi obéissant que soit un beau-fils, il est moins sûr qu'un fils, une nièce ou un neveu. Comme disait notre chère grand-mère, "Le genou est…

— … le genou est toujours plus près que le mollet" ! » compléterait Octave, et ils riraient, comme autrefois quand ils vivaient chez leur grand-mère Julia.

Bien qu'elle fût de haute naissance, Julia, sœur de César, qui résidait souvent dans son grand domaine des monts Albains, s'était plu aux manières rustiques ; aussi ses petits-enfants avaient-ils conservé dans leur vocabulaire nombre d'expressions triviales, locutions villageoises ou proverbes populaires, qui déconcertaient les aristocrates romains, « Plus vite qu'on ne cuit les asperges » ou « Avoir du foin aux cornes ». Ils étaient seuls, tous les deux, à savoir d'où venaient ces métaphores qui sentaient l'étable et le potager.

« Le genou plus près que le mollet » : Octave rirait, mais il repenserait à cette possibilité – faire divorcer Agrippa en lui proposant sa nièce –, il y repenserait lentement, posément, comme il faisait tout, pesant sans hâte le pour et le contre, ne hasardant rien, « Inutile d'accrocher à la ligne un hameçon d'or si c'est pour prendre un goujon » (encore une de ces formules grand-maternelles qu'il adorait). Puis, un jour, il déciderait. Déciderait, sans aucun doute, que la prise d'Agrippa valait bien de risquer cet hameçon-là.

Et ce serait tant pis pour Livie. La pieuse nitouche pouvait toujours avancer avec discrétion, Octavie la voyait venir de loin ! Mais, Zeus soit loué, elle savait comment reprendre la main. Elle avait payé trop cher la victoire de son frère pour en abandonner le bénéfice à sa belle-sœur.

Jamais le temps. Octavie n'a plus jamais le temps de jouer avec les petits. À cause de Livie. D'Octave, de Mécène, d'Agrippa. À cause du Sénat. Son trousseau de clés pendu à sa ceinture comme une matrone d'autrefois (quelle comédie, mon cher frère, quelle comédie), son voile de mousseline flottant autour de son chignon, Octavie court à travers la ville et la maison. Elle passe des réceptions mondaines aux travaux d'aiguille sans cesser de démonter des intrigues, de pousser des carrières, d'échafauder des stratégies.

Loin d'être la niaise sentimentale que la propagande impériale érigera en modèle des épouses romaines, la sœur d'Octave est une femme forte, comme Marc Antoine les aimait : la première femme de l'Imperator d'Orient, Fulvia, ne commandait-elle pas une armée au temps des guerres d'Italie ? Cléopâtre ne gouvernait-elle pas le plus grand royaume du monde ? Elle, Octavie, avait réussi pendant sept ans à maintenir l'apparence de la concorde entre deux hommes que tout opposait. Elle avait suggéré des traités, imposé des trêves. Plaidé, plaidé sans relâche pour la paix. Parce qu'elle ne voulait renoncer à aucun d'eux. Ne pouvait pas choisir : en Octave, elle aimait se retrouver ; avec Antoine, elle aimait se perdre.

« Quand je te l'ai donné pour mari, je n'avais pas prévu que tu t'attacherais à ce bellâtre ! protestait son frère à l'époque.

— Tu aurais dû : toutes les femmes sont folles de lui.

— Mais tu n'es pas comme toutes les femmes ! Pas toi… »

Son « petit frère » était le premier enfant qu'elle eût élevé. Quand leur mère, Atia, en se remariant, les avait confiés à leur grand-mère pour suivre son époux en Asie, Octave avait quatre ans, Octavie dix. Elle l'avait consolé, soigné (il était toujours malade), elle s'asseyait près de son lit, calmait ses terreurs (dieux, qu'il était peureux en ce temps-là, un rien le faisait trembler !) ; puis, comme elle ne voulait pas qu'il se fît fouetter par son précepteur, battre par ces maîtres à la main leste qui dégoûtent les enfants de la lecture, elle lui avait elle-même appris ses lettres. Plus tard, à la mort de leur grand-mère, lorsqu'elle avait dû épouser un Pompéien de bonne famille, le vieux consul Marcellus, elle avait continué à surveiller les études de l'enfant solitaire qui n'ouvrait son cœur qu'à elle.

Aussi est-elle touchée aujourd'hui chaque fois qu'elle voit une sœur s'occuper maternellement d'un frère cadet : l'été dernier, la petite Égyptienne qui criait derrière son frère mourant l'a bouleversée. Cette fillette était plus émouvante encore, dans ses gestes désespérés, que les peintures les plus tragiques d'Aristide de Thèbes dont elle a, en Grèce, admiré les chefs-d'œuvre : guerriers mourants, femmes agonisantes, enfants blessés… Le soir du Triomphe, sur le visage de Séléné enchaînée derrière la charrette de son petit frère, on lisait quelque chose d'aussi farouche que chez ces mères éventrées peintes sur la toile, ces mères impuissantes à sauver leurs nouveau-nés affamés.

Et dire que la plèbe romaine était restée insensible à la noblesse des attitudes de l'enfant et à la grandeur de cette scène ! La plèbe romaine ne connaît rien à l'Art… Il est vrai aussi que la fillette n'est pas très jolie, « une moricaude », disent les esclaves – ressemble-t-elle à sa mère ? Qui sait, ici, à quoi ressemblait sa mère ? Il faudrait interroger Octave, et il se moquerait : « Tu restes jalouse ? Amoureuse ? Il est mort, tu sais ! »

Le jumeau de Séléné, lui, avec ses boucles blondes et sa solidité, est le portrait de Marc. Le portrait d'Antyllus aussi, qui était un bel enfant. Quel âge aurait-il aujourd'hui ? Voyons, Iullus va sur ses quatorze ans. Antyllus, son aîné, aurait seize ans. Seize… En peu de mots, Octave lui a expliqué pourquoi, à Alexandrie, il a dû le supprimer : « C'est la faute de ton mari, il lui avait fait prendre la toge virile ! Je ne pouvais plus tenir ton beau-fils pour un enfant. Les antoniens risquaient de l'ériger en successeur virtuel… Je l'ai traité comme son père avait choisi qu'il le fût : en homme. En homme vaincu. »

Et Iullus ? Elle retardera au maximum sa prise de toge, évidemment. On peut encore gagner deux ou trois ans. Pourvu qu'après…

« Octavie n'aime pas qu'on tue les enfants qu'elle a élevés », dit Pomponia à Livie en caressant d'une main potelée et chargée de bagues le citronnier en pot de sa maison des Carènes. Une rareté, ce citronnier, un vrai luxe. « Si, si, insiste la riche Pomponia, on sent que les enfants, ta belle-sœur déteste en perdre… D'autant qu'avec les petits elle a la "main verte", il faut le reconnaître : il ne lui en meurt jamais ! Je compte pour rien le petit Égyptien qu'on a incinéré le lendemain du Triomphe, celui-là était gaucher. Mais les autres ! Regarde, elle a toujours les cinq que lui ont donnés ses deux maris. Et aucun de ceux qu'elle a recueillis n'a succombé à une maladie… Est-ce qu'elle fait plus attention que nous ? Junon Reine m'est témoin que, normalement, tout le monde perd des enfants, au moins les bébés. J'en ai enterré deux avant ma Vipsania, et toi-même, tu…

— Moi, rien ! Ne parle pas tant, Pomponia.

— Bon, mais tu ne m'ôteras pas de l'idée que la chance d'Octavie a quelque chose de suspect, il y aurait de la magie là-dessous que ça ne…

— Pomponia !

— En tout cas, nos enfants à nous, ta belle-sœur les ensorcelle : dès qu'elle l'aperçoit, ma Vipsania lui saute au cou. Pourtant, tu sais comme les enfants sont capricieux à trois ans. Si je dis à Vipsania : "Viens m'embrasser", elle me fuit. Octavie lui dit : "Va faire un baiser à ton fiancé", et, aussitôt, la petite court vers ton grand Tibère et se suspend à son cou. Au point qu'il en a honte, le pauvre ! À douze ans, tu penses… Antonia et Julie se moquent de lui, elles chantonnent : "Il va épouser une poupée, hé !, coucher avec une pisse-au-lit, hi !" Antonia me paraît très mal élevée. Si tu veux mon avis, c'est elle qui entraîne Julie, elle qui lui souffle de vilains mots dès que son précepteur a le dos tourné…

— Les choses vont changer. Le Prince a décidé que nous tiendrions, sa sœur et moi, un "journal de maison" où seront consignés toutes les activités des enfants, tous leurs propos. Mécène nous fournira des esclaves spécialisés qui noteront les conversations en abrégé. Chaque semaine, le Prince lira ces comptes rendus et décidera des récompenses et des sanctions. Octavie est une sœur exemplaire, une belle-sœur merveilleuse, mais elle est faible comme une nourrice avec ses protégés : ils ne respectent rien, courent partout, jouent du matin au soir… Je ne suis pas surprise qu'ils l'adorent, elle les gâte tellement ! Ce ne sont que caresses et friandises. Elle a formé leur palais avant d'éduquer leur bouche ! Elle est si bonne… »

Octavie ne perd jamais d'enfants. Elle espère que les fils d'Hérode, s'ils lui arrivent un jour, lui arriveront en bonne santé. Quant aux jumeaux de Cléopâtre, elle ne nourrit guère d'inquiétudes pour le garçon : il est solide ; l'autre jour, elle l'a vu disputer une partie de bras de fer avec Marcellus, et, bien qu'il ait deux ans de moins, il marquait des points.

C'est plutôt la fille qui la soucie. Depuis les arcades de la galerie, elle l'observe. Sous l'auvent où ses demi-sœurs prennent leur leçon de musique, la petite ne touche pas aux cordes de sa lyre, elle se tient à l'écart, regarde ailleurs. Absente. Octavie a fait consulter l'ancien médecin d'Antoine, le Marseillais Musa, devenu premier médecin de son frère. Musa a parlé d'anémie, de tempérament humide : « Peut-être souffre-t-elle aussi du mal du pays ? Une étrangère, ses dieux doivent lui manquer… »

Bien sûr, ses dieux lui manquent ! Octavie s'en veut : comment n'y a-t-elle pas songé elle-même ? Sur-le-champ, elle fait conduire Séléné au temple de Vénus – tous les gens bien informés savent qu'Isis et Vénus sont les deux noms d'une même déesse, les philosophes grecs l'ont prouvé.

« En plus, Vénus est la cousine de notre bonne maîtresse, a expliqué Cypris à l'enfant. Les Octavii et les Julii sont de sa famille… Ah non, ne me demande pas par quel côté, je ne suis pas assez savante, mais je sais qu'avec cette déesse ils sont au mieux. Extrêmement liés. C'est de leur part à eux qu'il faut demander à la déesse de te rendre la santé. Vu tout ce qu'ils ont fait pour elle, elle ne peut rien leur refuser. »

Sur un petit morceau de papyrus, Séléné a écrit quelques lignes sous la dictée du *grammairien*. Puis elle est allée avec Cypris introduire ce papyrus roulé entre deux pierres du temple de Vénus Génétrix sur le

Forum de César, un grand temple neuf, élevé sur une place fermée de colonnades bariolées et de boutiques de luxe. Le bâtiment est si récent que les ex-voto de terre cuite n'en ont pas encore recouvert le podium de marbre.

Caprice ou curiosité, la fillette a voulu déposer son message aux pieds mêmes de la déesse. Toucher sa statue, lui *cirer les genoux.*

« Mais tu vois bien que le temple est fermé, a dit Cypris.

— Allons dans un temple ouvert.

— Impossible. Ici, les temples n'ouvrent qu'une ou deux fois par an. L'anniversaire de cette Vénus est passé.

— Bon. Je remettrai mon vœu aux prêtres. Allons voir les prêtres.

— Il n'y en a pas.

— Menteuse !

— Non, ils n'ont pas de prêtres, les Romains. Crois-moi ! Ce sont leurs élus, quelquefois leurs généraux, qui mènent les cérémonies… Quand il y a des cérémonies !

— Mais l'office du matin ? l'office du soir ? Qui s'occupe des offices ?

— Pas d'offices. Ni d'initiations. Rien de rien. »

Stupeur de Séléné : comment des dieux si maltraités, qui doivent sentir le renfermé, des dieux négligés et qu'on ne nourrit jamais, ont-ils pu l'emporter sur Isis et sur l'Égypte ? Isis que tout un peuple adorait quotidiennement, Isis dont les statues étaient sorties en haut des marches depuis l'aube jusqu'au coucher du soleil, Isis dont l'effigie se trouvait chaque jour rhabillée et parfumée avec respect... La petite fille se sent troublée, aussi désespérée que lorsqu'elle a découvert, à Samos, le vainqueur de son père – ce petit jeune homme sans muscles, que le premier gladiateur venu aurait taillé en pièces...

Dans le temple de Vénus Génétrix où Séléné n'est pas entrée, la statue de bronze et d'or est un portrait de Cléopâtre. C'est là, et là seulement, que l'enfant aurait pu se remettre en mémoire les traits, l'allure de sa mère : à la déesse protectrice des Julii, César n'avait pas craint de dédier le portrait de sa maîtresse. Mieux, il avait confondu les deux, Cléopâtre et Vénus. Cléopâtre à demi nue, comme Vénus, et serrant, comme Isis, son enfant sur son sein. Vénus Génétrix : Cléopâtre et Césarion...

Octave n'a pas osé détruire la statue. Par respect. Et par peur : la déesse d'or est l'ancêtre de sa famille, on ne peut supprimer ses ancêtres sans se nier soi-même. D'ailleurs, il craint les dieux.

Aujourd'hui, assis sur les genoux d'une statue poussiéreuse dans la pénombre d'un temple fermé, l'enfant que le Prince a assassiné semble avoir engendré la lignée de l'assassin.

Après la visite au temple de Vénus, Octavie n'a constaté aucun changement dans le comportement de Séléné. À se demander si la fillette n'est pas un peu débile. La nourrice assure que non, la petite était normale, jusqu'à… « Jusqu'à quand ? »

La servante se tait. « Je crois, finit-elle par risquer, que ta prisonnière n'a pas encore l'habitude de traiter avec Vénus. Et Vénus s'en est aperçue. Si tu le permets, Maîtresse, il vaudrait mieux qu'Isis intervienne elle-même. Sans intermédiaire. »

Octavie n'aime guère la nouveauté religieuse et les cultes non homologués. Son frère aussi craint les sectes, bien qu'il tolère les Galles châtrés et les Bacchants ivres, les « Chiens » mendiants et les mages interlopes – aussi longtemps, du moins, que sa police les suit de près et que les pratiquants respectent la loi. Il n'a proscrit qu'un seul culte (mais c'est là que le bât blesse) : Isis, la prétendue *Mère des dieux*.

Pendant la guerre, il ne supportait plus l'omniprésence dans les rues de ce clergé au service de Cléopâtre : la robe orientale des desservants, leurs conciliabules dans les sacristies, leurs trafics d'eau du Nil, leurs appels bruyants à la prière quotidienne. Ces étrangers à la mine grave obtenaient de leurs fidèles romains, en échange de traites tirées sur l'Au-Delà, une obéissance absolue. Politiquement dangereuse… Il avait donc ordonné la démolition de tous les autels consacrés à la déesse dans l'enceinte de la ville et ses faubourgs immédiats; puis déporté les prêtres en Sicile, et interdit toute pratique du culte sur le sol romain.

Il ne reste de temples isiaques que dans les ports. Les marins, qu'ils soient d'Ostie, de Naples ou de Pouzzoles, n'embarquent jamais sans avoir prié la *Maîtresse des éléments*… Le Prince a fait la part du feu.

Il feint même d'ignorer qu'il subsiste, au-delà de l'ancienne muraille, en limite du Trastevere, une chapelle de la *Mille-Noms* encore fréquentée par quelques esprits faibles, et que de riches commerçants, dans le mystère de leurs appartements, dressent à la déesse de discrets autels privés derrière leur oratoire domestique. Il ferme les yeux… Mais de là à admettre que sa sœur fasse conduire dans de pareils lieux une enfant de sa maison !

« Tu me réponds de ton silence sur ta vie, dit Octavie à la nourrice. Non, pas sur ta vie : sur *sa* vie – ta Séléné mourra si tu lâches un mot. Et, avant, je te jure que je te ferai couper la langue et que je l'obligerai à la mâcher ! C'est compris ? »

Au bout d'une ruelle campagnarde aux maisons basses, non loin du quartier juif, Séléné découvre la chapelle du Trastevere. Deux palmiers déplumés en ornent l'entrée. Elle retrouve, dans la cour minuscule, une odeur de crypte, de mousse et de moisissure, qui lui semble familière : le temple sent l'eau bénite, l'eau d'Égypte, celle des réservoirs d'Alexandrie et du *purgatorium* des recluses. Devant l'entrée du saint des saints, Isis porte un manteau couleur de lune, elle est belle. Un prêtre en lin blanc allume sur l'autel une lampe en forme de nacelle. Il prend le message que lui tend l'enfant, le glisse directement dans la main de la *Reine des mânes*, la *Passeuse de vie*. Puis il brûle quelques grains d'encens. « Que ton vœu soit exaucé ! » dit-il en se penchant vers Séléné. Cypris lui tend une bourse pleine de petite monnaie – de la monnaie de cuivre, il ne faut pas se faire remarquer.

Elles redescendent les marches. Derrière elles, le prêtre chante l'office du soir pour quelques femmes encapuchonnées. Il fait froid. C'est l'hiver. Un brouillard blanc monte du fleuve. Le givre couvre d'une carapace étincelante le dieu-crocodile posé au bord de l'allée. « Maintenant tu vas te sentir mieux, murmure Cypris.

— Oui, dit Séléné. Beaucoup mieux. Où est Ptolémée ? »

« Cléopâcle, Cléopâcle-Séréné ! C'est tliste. Ton Arexantle est mort ! Tu te souviens d'Arexantle-Hélios ? Tlès mort. Le pauvle ! »

Julie imite, Julie persifle, Julie chante, plaisante, se déchaîne, mais, comme les autres, elle reste hantée par les cris d'Alexandre. Elle a peur. C'est allé trop vite, aucun des enfants n'a eu le temps de comprendre : le matin, le petit Égyptien jouait à la balle et, le soir, il était mort. Entre les deux, il avait beaucoup crié.

Oh, comme il criait ! Même quand les esclaves l'eurent transporté à l'autre bout de la maison, on continuait à l'entendre hurler de douleur. On l'entendait jusqu'au fond du jardin des Paons et dans le péristyle des Ifs, où, sous la terrible férule de leurs pédagogues, les enfants s'appliquaient à réciter.

S'appliquaient de moins en moins, d'ailleurs. Les filles frissonnaient. Même Tibère, déjà assez fort pour percer une pomme en y enfonçant le pouce (les Romains adorent ce genre de tour), même ce « grand » Tibère n'en menait pas large, le regard plus opaque que jamais, et le silence, plus serré. Crassicius, un ancien familier d'Antoine, resté dans la famille comme précepteur de Iullus, tâchait d'occuper les plus âgés en leur expliquant un vieux poème latin. Mais personne, ce jour-là, pas même son élève qui versifiait déjà à merveille, ne se souciait de poésie. On avait dû donner deux fois le martinet à Prima. Marcella tenait serré contre elle le plus jeune fils de Livie, Drusus, qui tremblait. À trois reprises, un esclave du médecin était venu chercher Séléné. Lorsque ensuite la fillette rejoignait en silence son tabouret et reprenait sa tablette sur ses genoux, tous les yeux se détournaient. Seule Julie, profitant de sa réputation d'écervelée, se permettait des commentaires. « C'est son frère qui la demande… », chuchotait-elle à sa cousine Antonia, ou, à voix haute et secouant ses bouclettes : « En voilà du bruit pour une colique ! Si je pleurais aussi fort dès que j'ai mal au ventre, le Prince mon père me priverait de petits pâtés… »

Vers le soir, les cris avaient faibli. Les enfants ne savaient pas s'ils devaient s'en réjouir ou s'en inquiéter. Leurs grammairiens, à bout de nerfs, leur tapaient sur les doigts pour un oui, pour un non. Tous étaient épuisés, comme si un chien leur avait jappé aux oreilles toute la journée… Pendant la nuit le silence se fit, enfin. Jusqu'au moment où éclatèrent les hurlements de Cypris… Réveillés en sursaut, les enfants furent enfournés trois par trois dans des litières et conduits à la villa de Mécène. Séléné n'était pas du voyage.

Quand ses compagnons de jeu la revirent deux jours après, elle portait une écharpe brune sur une robe violette et avait les cheveux dénoués.

Plus personne ne prononça le nom d'Alexandre-Hélios, prince d'Égypte, roi d'Arménie et empereur des Parthes. Sauf Julie, par étourderie ou par défi.

La fille d'Octave ne parvenait pas à chasser de sa mémoire les cris sauvages du mourant. Si, dans le jardin du fond, les paons se mettaient à crier, s'ils lançaient leur appel désolé, pareil à la plainte d'un enfant ou aux lamentations d'une pleureuse, elle se prenait la tête dans les mains en se plaignant que les ongles d'un fantôme lui déchiraient la peau…

Comme tout le monde, Octavie avait d'abord pensé à un empoisonnement. D'autant que le petit garçon lui-même, dans ses souffrances, criait qu'il était empoisonné. Il repoussait les médecins, s'accrochait à sa sœur, lui répétait, entre deux râles, que les Romains l'assassinaient. On essayait bien de le faire vomir : la nourrice égyptienne lui écartait les mâchoires tandis qu'un autre esclave, avec une plume, lui chatouillait l'arrière-gorge ; mais il avait beau être secoué de nausées, il n'avait plus grand-chose dans l'estomac. Son ventre était dur comme du bois.

Empoisonné… Octavie est sûre, en tout cas, que la fillette s'en est persuadée. Comme toute la maisonnée. Les accusations du garçon, entrecoupées de haut-le-cœur et d'appels au secours, ont terrifié les témoins.

Empoisonné. Octavie essaie maintenant d'examiner cette hypothèse sans émotion. Elle se rappelle les accusations portées contre son frère pendant la guerre civile : à l'époque, on lui reprochait d'avoir fait empoisonner à Pérouse deux anciens consuls qui le gênaient… Alors, Alexandre-Hélios, ce bel enfant, empoisonné lui aussi ? Mais pourquoi ? Et qui, dans ce cas, aurait-on cherché à éliminer ? Le dernier fils de Cléopâtre ? ou le fils d'Antoine ?

Voyons, si le Prince son frère avait voulu décapiter la lignée des Antonii, il s'en serait d'abord pris à Iullus ! Iullus, le fils cadet d'Antoine et de Fulvia. Iullus qui lui a été confié tout bébé, à la mort de sa mère, pour qu'elle l'élève avec son propre fils. Iullus que son affection a préservé jusqu'ici du sort cruel d'Antyllus, son frère aîné… Quant aux rejetons de Cléopâtre, les deux derniers Ptolémées, à quoi bon les supprimer maintenant que l'Égypte est enchaînée, la Syrie, agenouillée, la Judée, apaisée ?

De toute façon, le médecin Musa assure avoir déjà vu des enfants en bonne santé foudroyés par une colique sèche, comme celle qui vient d'emporter le rayonnant Alexandre-Soleil, l'Égyptien blond au profil si pur, aux cheveux si doux.

Octavie, rassurée, s'est donc bornée à faire purifier sa maison souillée par cette mort prématurée : les funérailles expédiées (de nuit, aux bougies, comme il convient pour un garçon impubère), elle a fait brûler du soufre dans chaque pièce afin d'en chasser les esprits mauvais. Avant qu'on ne ramène les enfants de chez Mécène, elle a couvert l'autel domestique de boules d'encens qui réveilleront de leur parfum les dieux protecteurs assoupis… Puis elle a jeté par-dessus son épaule les fèves noires destinées à racheter la vie des survivants et ordonné de sacrifier son plus beau paon pour apaiser l'âme du pauvre défunt : « Ne reviens jamais, enfant. Efface-toi sans nous troubler. »

À présent, elle attend Cléopâtre-Séléné dont la raison, au dire des servantes, est ébranlée par la mort si rapprochée de ses deux jeunes frères. Elle voudrait lui ordonner « Trêve de larmes ! », mais ce serait inadéquat, Séléné n'a pas pleuré.

Quand la petite arrive du quartier des enfants, toute menue dans sa robe violette, elle lui prend les mains et dit seulement : « Regarde-moi, Séléné. J'ai perdu, il y a trois ans, quelqu'un que j'aimais tendrement. Séléné, regarde-moi bien : je n'ai même pas un cheveu blanc. C'est la preuve qu'on ne meurt pas de chagrin. »

« La branche cassée ne tue pas l'arbre », voilà ce que Cypris, de son côté, répète à sa princesse.

Une invitation à la résignation qui fait bon marché du caractère de l'enfant. Du reste, il faut être honnête, ce n'est pas une, mais quatre « branches cassées » que « l'arbre » vient de perdre en moins de dix-huit mois. Quatre frères. Outre, naturellement, les deux parents, les amis, les serviteurs, la maison, la patrie…

Quelle chance un arbre déraciné, dont on a coupé quatre branches maîtresses, garde-t-il de reprendre vie sur un sol étranger ?

Cypris sent bien que ce combat-là n'est pas gagné. Pas gagné malgré les bontés de la Maîtresse, indulgente et attentive, qui redouble d'attentions pour la petite, lui envoie des rubans, une ceinture, un bracelet. Que Séléné, cette entêtée, refuse, bien sûr, de porter. Elle ne veut pas d'autre bijou que son Horus d'or, cette babiole que lui ont donnée les recluses d'Alexandrie. Une amulette dont l'efficacité, selon Cypris, reste à prouver, car, avec les enfants de la Grande Reine, les dieux égyptiens ont été au-dessous de tout ! Même Isis ! Celle-là, c'était bien la peine d'aller la prier, au péril de leurs deux vies, dans cette chapelle des faubourgs ! Isis les a abandonnés. Les dieux qui vous abandonnent, il faut les lâcher. Après tout, il existe d'autres puissances, d'autres recours pour les désespérés.

Séléné ne dort plus. Ou si peu. Dans ses rêves, des mains rouges la poursuivent. Les mains d'un homme invisible. Elle a peur de s'endormir.

Le médecin a ordonné une décoction de pavot. Elle refuse de l'avaler. Pour l'obliger à ouvrir la bouche, Cypris doit lui pincer le nez. Et elle s'en veut de malmener ainsi son ibis d'or, sa divine, sa beauté, de la livrer peut-être à ses ennemis. Puisque chacun, ici, pense que tôt ou tard la fille de Cléopâtre, elle aussi, périra empoisonnée…

Grâce à la tisane de Musa, la petite finit par dormir. Elle dort, mais sans cesser de crier. Dix fois par nuit, Cypris, couchée par terre devant sa porte, se précipite pour la calmer. Elle trouve le lit sens dessus dessous, les couvertures arrachées, mais l'enfant ne s'est pas réveillée. Elle gémit dans son sommeil – sans qu'on puisse, d'une parole ou d'une secousse, dissiper ses visions, puisqu'elle dort. Elle dort et se débat jusqu'au matin dans des cauchemars sans fin.

Une nuit, à la lueur du *lucubrum* qu'on n'éteint jamais, Séléné a cru voir Cypris jeter de la poudre sur les charbons ardents du brasero, elle a cru l'entendre marmonner : « Myrrhe. Feuilles de laurier. Crin d'âne… Pas trouvé la graisse de chèvre. » Les braises grésillaient. « Je sais les noms, murmurait la nourrice, les noms barbares du dieu éternel, *onomata barbarika*. »

La dormeuse voyait Cypris se balancer d'avant en arrière, Cypris qui chantonnait : « Tu es Ousmethôt à l'aurore, Baï Solbaï à la troisième heure, Besbouki Adonaï à la sixième », des phrases étranges où le grec, l'égyptien et l'hébreu se mêlaient. Est-ce une prière ? est-ce un rêve ? Cypris, en se balançant face au bra-sero, disait : « Je sais tes noms, Alaous Salaos, Iakôb Laïlam, et je t'en conjure, par ce feu qui brûle et par le corps des pendus, sauve cette enfant du poison et fais périr son ennemi : Octave César, fils d'Atia. Envoie-lui les démons du Tartare, frappe-le, retire le souffle de ses narines… »

Séléné a senti sous ses doigts quelque chose de froid. Un couteau ? Non, c'est une lamelle de plomb. Dans l'autre main, on lui glissait un poinçon, comme ceux dont elle se sert le matin pour écrire sur ses tablettes de cire. Quelque chose était déjà gravé sur la lamelle, il suffisait, disait le fantôme, d'y ajouter une signature. La nourrice ne sait pas écrire. Pas lire, pas écrire. Son fantôme non plus. Séléné aurait préféré lire avant de signer, mais elle ne pouvait pas, elle dormait. Le fan-tôme a dû lui tenir la main pour l'obliger à appuyer le poinçon sur la tablette. Qu'a-t-elle fini par gribouil-ler ? Des ronds ? des traits ? Endormie, elle entendait la femme de l'ombre chuchoter : « Que le Romain soit froid comme cette écriture et immobile comme ce plomb !… Ton message, ma toute belle, j'irai l'enter-rer dans la tombe d'un suicidé, j'ai l'adresse des dieux d'en bas. » Puis il lui a semblé que la nourrice se bais-sait pour ramasser quelque chose sur le carrelage – un chiffon ? ou cette robe usée qui lui sert d'oreiller quand elle dort à même le sol, contre la porte ? Tout en poursuivant ses incantations, la nourrice « liait » la tablette de malédiction et la roulait dans ses haillons. Mais pourquoi, se demandait Séléné engourdie, pourquoi écrire sur du plomb avec « un poil d'âne » pour des « suicidés » ? Et pourquoi surtout, pourquoi toujours, les mains rouges, ensanglantées, de cet homme qui la poursuit et qu'elle ne voit jamais ? Est-ce le même qui, au bas du grand escalier, écarte les jambes des petites filles avant de les étrangler ? Séléné se plaint en dormant, se plaint de ces mains sans corps qui la traquent jusqu'au fond de ses cachettes, et jusque sous sa tunique…

Le lendemain, en s'éveillant, elle était sûre d'avoir rêvé. Rêvé cette fausse Cypris penchée sur le brasero. Une chimère, un simulacre. Mais elle s'aperçut qu'elle serrait un poinçon dans sa main droite. Vite, elle le dissimula sous son traversin, comme l'assassin cache le poignard avec lequel il a tué. Se pouvait-il qu'elle eût frappé l'homme rouge ? vengé ses frères ? Avec un poinçon ?

Une heure après, habillée par sa nourrice et coiffée à la romaine, elle était déjà retombée dans son apathie ; sur la table réservée aux exercices de géométrie, au lieu de dessiner des triangles, elle faisait lentement passer le sable entre ses doigts. Ses doigts sont des sabliers, et le temps coule à travers.

Effet du pavot ? ou lente dérive vers la folie ? Peu à peu, l'enfant devient poreuse à ses propres rêves. Des paysages inventés, des êtres inconnus surgissent brusquement au milieu de ses journées. L'empreinte de ses cauchemars, quand elle la distingue encore des souvenirs réels, c'est à des couleurs peut-être, ou à une qualité particulière de la lumière : il n'y a jamais d'ombre dans ses rêves, et les teintes y sont plus vives, posées en larges aplats. Parfois aussi, elle voit les paysages d'en haut comme si elle volait... Peu à peu, elle en vient à supposer que rien n'est vrai. Même sa douleur, ses terreurs. Qu'ils appartiennent à *l'autre monde*, un monde où des ciels roses sont parcourus d'ibis noirs.

La réalité doit désormais, pour l'atteindre, traverser plusieurs couches de rêves superposées ; et les reproches des maîtres, les discours d'Octavie ne lui parviennent plus qu'assourdis – comme les cris d'Antyllus et ceux d'Alexandre. Elle dort. Et Cypris, où est Cypris ? Disparue ? Il faudrait sûrement s'en inquiéter, mais elle dort. Elle est seule, abandonnée, le sable lui file entre les doigts, tout la fuit, mais elle ne souffre pas, elle dort, anesthésiée. Elle dort sa vie.

MAGASIN DE SOUVENIRS

Catalogue, vente bijoux-argenterie, Paris, Drouot-Richelieu :

...123. Groupe des intailles magiques : intaille ovale gravée d'un oiseau à tête de cheval, montée par une souris brandissant un fouet. Au verso, une inscription magique en caractères syriaques. Jaspe rouge. Dépoli de la surface. Usure ancienne. Asie Mineure, Ier siècle av. J.-C.

H. : 2 cm ; L. : 1,8 cm.   3 000/3 500

Octavie est soulagée, vraiment soulagée qu'on ait trouvé la coupable : l'empoisonnement est une spécialité égyptienne, elle aurait dû s'en souvenir ! La magie aussi… Un porteur d'eau avait découvert une *tablette de malédiction* cachée dans la vieille robe que la nourrice roulait chaque soir sous sa tête pour se coucher à la porte de Séléné. Émotion. Enquête. « Qui as-tu tenté d'envoûter ? » La tablette était illisible. « Allez, parle, sorcière ! À qui jetais-tu des sorts ? » L'Égyptienne n'avait rien dit, même quand l'excellent bourreau privé engagé pour la circonstance lui avait brisé les membres et brûlé les tétons. Mais il fallait se rendre à l'évidence : c'était elle, la « bonne nourrice », qui avait fait entrer le malheur et la magie dans cette maison. Une maison jusque-là préservée, pure de tout sacrilège, bénie du haut en bas, et voilà qu'une nourrice venue d'Orient y ensorcelait des enfants ! ses propres maîtres ! Qu'elle avait même réussi à en tuer un ! Pourquoi ? Oh, ne cherchons pas, la raison en est bien connue, le meilleur des esclaves ne vaut rien…

Octavie se sent délivrée d'un grand poids. Rend grâce à Apollon le clairvoyant qui a permis que le complot fût dévoilé, et la criminelle, discrètement exécutée. Le mal n'ira pas plus loin. Le scandale non plus. Même Octave n'en saura rien.

Mais, songeant à la peur rétrospective que risque d'éprouver Séléné, elle ordonne de lui cacher la vérité : « Dites-lui que j'ai renvoyé sa nourrice en Égypte. Que j'avais besoin d'elle dans mes domaines du Delta et qu'elle est déjà en route pour la Campanie… »

Quand on lui a parlé de Cypris « en route pour la Campanie », Cypris partie sans lui dire au revoir, Cypris effacée comme Ptolémée, Séléné jouait avec le sable, debout devant la table de géométrie. Elle n'a pas interrompu son jeu solitaire, le jeu sans fin du sablier. Mais maintenant, sitôt qu'elle sort de sa chambre, elle s'arrange pour se blottir dans un coin, se rencogner dans l'angle des cours, se placer le long du mur au fond du jardin, comme si quelqu'un allait l'attaquer par-derrière. Un animal acculé. Une petite sauvage qui refuse les plats à table, mais vole le pain des esclaves ou la gamelle des chiens ; repousse les « douceurs », mais se goinfre de mûres noires ; renverse les timbales, mais lape l'eau des bassins et se désaltère, langue tendue, sous tous les jets d'eau, mouillant ses robes et ses cheveux. Personne ne la comprend plus et elle n'entend plus personne.

C'est une rescapée qui marche « pieds nus sur du verre brisé ». Une enfant écorchée que chaque pas vers la lumière fait saigner.

Un péplum, j'écris un péplum. Pourquoi, sinon, me donner la peine de reconstituer les costumes et les décors ?

Je voyais très bien, par exemple, la petite toge que portait Alexandre avant sa mort. Cette toge blanche à bandes pourpres, j'avais senti combien elle embarrassait ses gestes. Lui qui avait été un enfant grec souvent nu, libre de ses mouvements, se trouvait obligé, dès qu'il sortait, de se draper dans le large manteau dont les Romains avaient fait leur costume national. Il n'arrivait plus à courir : le bras gauche caché sous les plis de la cape, le droit ramené en écharpe à travers la poitrine, il perdait l'équilibre dès que sa sandale accrochait le trop long pan rejeté sur l'épaule gauche… Les garçons du Palatin riaient de ses chutes. Pourquoi son père, qu'il avait vu quelquefois enveloppé jusqu'aux pieds dans ce drap flottant, pourquoi son père ne lui avait-il pas appris à le porter ? Il était prêt à faire des efforts, pourtant. Il voulait plaire, être aimé, il s'appliquait. « Lumière de mes yeux », lui disait en l'embrassant l'Imperator d'Orient. Qui l'appelait aussi « Roi de Médie » ou « Empereur des Parthes ». Et l'enfant tâchait de suivre, d'entrer dans tous les noms que son père lui donnait… Qui sait quel magnifique Romain il aurait fait ? On ne lui a pas laissé sa chance.

Et Séléné ? Dès le premier moment elle a détesté, sur sa peau, le contact rugueux de la laine. Le lin égyptien était si léger, et la soie du « pays-des-fruits-qu'on-tisse », si douce… Ici, l'hiver est froid. Il pleut. Et la laine gratte. D'autant plus qu'elle est mal tissée : on oblige les plus jeunes enfants à porter les lainages produits par les dames de la famille, le « textile maison ». Le Prince, dans sa grande vertu, n'affecte-t-il pas de s'en contenter ? Voilà pourquoi il a toujours l'air si mal fagoté. Il n'est pas laid, il a même un beau visage, mais ses choix politiques (« un simple citoyen ») lui interdisent d'aspirer à l'élégance.

La petite fille n'aime pas non plus la façon dont on la coiffe, une mode lancée, dit-on, par Octavie elle-même : une grosse mèche au-dessus du front, lissée au fer et roulée vers l'arrière, une coque énorme qui surplombe toute la chevelure tirée sur la nuque. Elle regrette les « côtes de melon » torsadées des Alexandrines.

Elle a tort. Le *nœud* romain agrandit son front, que sa mère trouvait trop bas, et étire ses sourcils immenses qui vont se perdre dans la ligne de ses joues. Avec ses grands yeux d'or et sa bouche triste, elle commence à devenir intéressante. Dommage que sa peau reste brune – « mais quand tu seras grande, tu la poudreras à la craie », lui assure sa nouvelle *ornatrice*. Être, ou se faire, belle, première préoccupation de toutes les filles de la maison d'Octavie. Mais la beauté est le dernier souci de la « survivante » : elle pressent maintenant qu'il vaut mieux ne pas se faire remarquer, se fondre dans le paysage.

Ce paysage dont Séléné espère qu'il la dérobera au regard des assassins, je le distingue de mieux en mieux. Péplum ? Pas tant que ça. Peu de grands monuments, de colonnades ou de dalles de marbre. Aucune avenue. Pas la moindre perspective, à dire vrai. Même le Forum, le vieux Forum, autour de son figuier sacré et de sa Pierre Noire, est étroit, asymétrique, encombré de bâtiments publics mal alignés, d'échoppes à touche-touche, d'estrades en bois, d'éventaires de changeurs, de chapelles ruinées, de statues disparates, de stèles orphelines et de socles veufs. Une Rome de ruelles obscures. D'immeubles branlants. Une Rome de brique et de terre, de tuf et de chaux. Des crépis ocre ou sang-de-bœuf, couverts de graffitis. Le Palatin est un « beau quartier », celui des vieilles familles, mais il ressemble à une médina. Des ruelles comme des couloirs, bordées de murs sans fenêtres, des murs rouges d'où descendent parfois quelques grappes de glycine. Pas d'arbres. Peu de portes. Le regard se cogne partout.

Du dehors, en effet, on ne devine rien des maisons, de la vie des maisons, repliée autour des cours intérieures.

J'entre tout de même. Dans l'Histoire j'entre où il me plaît. Et je vois. Ici, sur une façade cachée, un cadran solaire. Dans l'atrium, une corbeille de raisins, un brûle-parfum qui fume encore près d'un oratoire. Plus loin, l'empreinte d'un pied mouillé sur une mosaïque noire, une litière abandonnée à l'ombre d'un laurier entre deux taches de soleil…

Je sais ce qui, à Rome, étonne Séléné, ou l'étonnait quand elle gardait la force de s'étonner – avant la mort d'Alexandre et la disparition de Cypris, avant la dernière secousse, l'ébranlement final. Ce qui surprenait les jumeaux, au début, c'étaient les aqueducs et les fontaines. Dans leur patrie, l'eau n'arrivait que dans des canaux, des bassins ou des citernes : au ras du sol. On la puisait, ou la tirait, mais elle ne bondissait jamais. À Rome, l'eau tombe de haut, elle descend des collines par des ponts à arcades dont les larges piliers barrent les rues et surplombent les places. Quand on vient de loin, pour trouver la Ville il suffit de suivre ses aqueducs. Et sans cesse on en construit de nouveaux. Marcus Agrippa, qui vient de répudier Pomponia pour épouser Marcella, Marcus Agrippa, devenu le neveu du Prince, s'y emploie. Partout – merveille aux yeux d'une Égyptienne ! – l'eau tombe ou jaillit, court et éclabousse : fontaines monumentales des places, dont les cascades tombent dans d'immenses bassins superposés, ou humbles fontaines des carrefours, pas plus larges que des éviers. L'eau à tous les coins de rues, les jets dans les jardins, les robinets qu'on tourne dans les maisons riches, voilà ce qui stupéfie Séléné. Et ce qui aurait pu la charmer, si elle ne s'enfonçait chaque jour davantage dans un deuil effaré. Toutes les sources ont maintenant pour elle un éclat noir, et l'eau gicle des nymphées comme le sang d'une gorge percée…

Elle défait son chignon, son *nœud*, et, cheveux épars, roule sa tête dans la cendre de l'autel familial. Elle arrache ses vêtements romains ; la nuit, elle crie dans son sommeil, crie comme une chienne. Comme Hécube la Troyenne, elle hurle à la mort. Julie a peur, Antonia fuit, Octavie se désespère.

À quel moment Séléné se résigna-t-elle enfin à prendre « le ton » – mimétisme et discrétion – qui convient à une survie de longue durée ? L'Histoire ne le dit pas.

Peut-être s'est-elle un jour rappelé cette fable d'Ésope apprise ailleurs, il y a longtemps – dans « l'autre famille », sous la houlette de Diotélès ou de Nicolas de Damas : l'histoire d'un homme assis sur le rivage d'une mer houleuse et qui essayait de compter les vagues ; en les comptant il s'embrouillait, s'énervait ; survint un renard qui lui dit : « Pourquoi t'attrister à cause des vagues qui sont passées ? Recommence à compter à partir de maintenant... »

Peu à peu, la fille de Cléopâtre a laissé refluer les anciennes vagues et les vieilles tempêtes, elle compte « à partir de maintenant ». Bien sûr, elle ne s'est pas réveillée un beau matin avec l'idée de reprendre tout de zéro, mais elle vit méthodiquement, au jour la journée. Obéit avec rapidité, salue avec politesse, parle peu, ne dérange jamais, ne se plaint plus ; elle n'oublie pas, mais elle se fait oublier.

SOUVIENS-TOI

Elle a laissé son enfance derrière elle comme une ancienne peau. Laissé les vieux lieux, les vieux noms, mausolée du Précieux Corps, colline de Pan, cap Lokhias, Phare, Port des Rois. Elle en a appris de nouveaux, voie Sacrée, Forum, Trastevere, roche Tarpéienne.

Avec d'autres fleurs, elle compose maintenant d'autres guirlandes pour d'autres dieux.

Les proverbes d'hier, grecs, égyptiens – « Les rayons du soleil illuminent la face de l'homme pieux » ou « Nul n'est parfait dans la main de Zeus » –, ont cédé la place à une sagesse plus terre à terre, des dictons prosaïques : « N'essaie pas de toucher le plafond avec tes pépins de raisin », « On ne prend pas le fromage à l'hameçon », « Une main lave l'autre », ou, plus universel, « Souviens-toi de te méfier ».

De tous les proverbes latins, c'est celui que Séléné connaît le mieux. Pas besoin de le lui rappeler, il la suit sans cesse, ronronne derrière elle comme un chat familier, « Souviens-toi de te méfier ».

De Tibère, elle ne se méfie pas. Parce qu'il lui a sauvé la vie deux fois. Le jour du Triomphe déjà, il avait fait faire à son cheval un écart brusque pour ne pas la piétiner. « Par ta faute, le pauvre a bien failli tomber, pour t'éviter il a tiré si fort sur les rênes que son cheval s'est cabré, lui a raconté Prima, l'aînée de ses demi-sœurs. Tu as vraiment multiplié les folies pendant ce défilé ! Avec tes cris, ta bouche grande ouverte, on aurait dit une Gorgone. Tu faisais peur… »

Tibère n'a peur de rien, lui. Il vient encore de sauver la « Gorgone ». La sauver du fouet, cette fois.

C'était un jour où on les avait tous conduits sur la Colline des Jardins, dans l'ancienne villa de Lucullus, pour y admirer les cerisiers en fleur. L'arbre, que le riche gastronome avait rapporté d'Orient quarante ans plus tôt, s'était acclimaté et envahissait maintenant tous les vergers riches d'Italie. Nulle part, pourtant, on ne trouvait une cerisaie aussi vaste que celle des Luculli, dont Valerius Messala Corvinus, l'orateur favori d'Octave, son pamphlétaire attitré, s'était emparé à la faveur des guerres civiles. Main basse sur la ville… Chaque année maintenant, au mois de Junon, Messala invitait les enfants d'Octavie à goûter les fruits que de jeunes esclaves couronnés d'iris jetaient pour eux dans des paniers d'osier. Mais c'était dès avril qu'on conviait la même « petite bande » à admirer les fleurs dont les larges pétales blancs se détachaient sur les feuilles vert tendre ou brun foncé. Et l'on avait beau, alors, expliquer à Julie que si elle secouait les branches pour les faire neiger elle n'aurait plus, en été, de cerises à manger, elle n'écoutait pas. Sans souci du lendemain, elle s'obstinait à traiter ces rameaux comme de vulgaires aubépines – pour le seul plaisir de voir sur-le-champ voler leurs flocons blancs. Drusus, Claudia, Antonia couraient la rejoindre sous l'averse ; et Marcellus, malgré ses treize ans, finissait toujours par s'associer à leur jeu…

Ce matin-là, dans la cerisaie, Tibère soupirait, l'air soucieux : « Voilà des enfants qui ne savent pas ce que signifient les mots "plus tard" et "conséquence"… » Aussitôt, Prima avait protesté : « Marcellus connaît aussi bien que toi le sens des mots ! Mais il aime Julie, qui est belle, bonne, gaie, et très malheureuse dans la maison de ta mère… » Sans répondre, Tibère s'était borné à rappeler son jeune frère Drusus à ses côtés. « Les sbires de Mécène sont en train de noter toutes tes bêtises sur leurs tablettes, avait-il murmuré à l'oreille du petit en désignant le groupe des pédagogues qui se tenaient à l'écart. Ce soir, Mère inscrira la liste complète de tes désobéissances dans notre "journal de maison", et après-demain Octave te fera fouetter… Et puis, Drusus, je t'en prie, mange tout ton pain au déjeuner, n'en laisse rien, Mère a dit qu'elle ne tolérerait plus nos "caprices d'enfants gâtés". Son Octave saura, à la miette près, ce que nous aurons avalé ! »

Lorsqu'ils allaient ainsi s'amuser dans les Jardins de Messala, de Salluste ou de Mécène, tous intimes conseillers du Prince, les enfants avaient en effet l'habitude d'y déjeuner – debout et sur le pouce, comme faisaient à midi tous les Romains. Bien entendu, les intendants des propriétaires se mettaient en quatre pour satisfaire la famille du « chef ». Sous les tonnelles, les serviteurs disposaient les galettes de sésame, les fromages fraîchement pressés, les petits concombres sans graines, les sèches bouillies, les raisins secs.

L'intendant de Messala leur avait fait servir, ce matin-là, des œufs de pigeon écaillés. Profitant de ce que leurs surveillants avaient le dos tourné, Prima, qui préférait la purée d'olives et les anchois, se débarrassa de son œuf dur en le fourrant dans la bouche grimaçante d'un mascaron de pierre. Comme la fontaine était à sec, elle n'eut aucune peine à enfoncer la main jusqu'au fond du gosier pour faire disparaître toute trace de son forfait.

Séléné, qui était dans l'un de ces jours de défiance triste où elle refusait toute nourriture, voulut imiter sa sœur, mais elle était trop loin du mascaron. Cherchant des yeux où cacher son déjeuner, elle avisa, à deux pas devant elle, un « Milon de Crotone » en bronze. Le bras coincé dans un tronc fendu, le héros hurlait sa douleur dans les règles de l'art, mais sa bouche se trouvait trop haut pour que Séléné pût l'atteindre. En revanche, le lion qui se jetait sur la cuisse de Milon était juste à sa portée. Séléné glissa son œuf entre les mâchoires ouvertes. Mais il ne descendit pas. En essayant de le pousser du bout des doigts, elle découvrit avec horreur que la gorge du lion n'était pas creuse : le cou était plein ! L'œuf restait coincé derrière les dents du fauve, tout blanc sur la langue noire et aussi visible qu'une pleine lune dans un ciel nocturne... Déjà, les sévères pédagogues approchaient avec un plateau : « Prima ! Séléné ! Où êtes-vous ? Nous vous apportons de la saumure, pour assaisonner vos œufs. »

Soudain, sortant de l'ombre, Tibère se faufila sans bruit entre la petite fille et la statue. S'appuyant contre le lion de toute sa taille pour dissimuler le forfait de Séléné, il croquait lentement un radis noir en feignant de s'intéresser, tel un amateur éclairé, à la jambe musclée du Milon... Comment il parvint ensuite à escamoter l'œuf, Prima et Séléné qui avaient dû suivre leurs chaperons ne le surent jamais.

En fin d'après-midi, Séléné retrouva le fils de Livie. Accoudée seule à la balustrade d'une terrasse, elle regardait du côté de l'Aventin, dans l'espoir vague d'apercevoir le Phare d'Alexandrie. Tibère vint s'accouder près d'elle et contempler en contrebas Rome et ses toits. Elle aurait pu en profiter pour le remercier, elle n'osa pas. Ce grand garçon l'intimidait. Ce fut lui, d'ordinaire silencieux, qui fit l'effort de parler. Désignant au loin le Capitole, cette colline que Séléné, en enfant grecque, s'entêtait à appeler « l'Acropole », il dit : « C'est une chance : d'ici, le temple de Jupiter Très-Grand cachera le temple d'Apollon que César Imperator fait construire à côté de nos maisons...

— Pourquoi "une chance" ? demanda Séléné. Il paraît qu'il sera beau, ce nouveau temple.

— En tout cas, il sera gros ! Pour son dieu préféré, son dispensateur de bienfaits, le Prince ne trouve rien trop grand. S'il avait seulement gardé pour nous la moitié du terrain qu'il va consacrer à son favori, nous n'aurions plus besoin de traverser la ville pour nous dégourdir les jambes ! Enfin, l'essentiel c'est qu'il reste encore dans Rome quelques endroits d'où on ne le verra pas, ce fichu sanctuaire.

— Tu n'aimes pas Apollon ?

— L'aimer ? Lui qui a dénoncé à Vulcain l'adultère de Vénus et de Mars ? » Tibère semblait indigné par le comportement d'Apollon (toujours prêt à se mêler des affaires des autres) et par la candeur de Séléné (naïve au point de ne pas soupçonner la détestable prétention de ce dieu à vouloir tout éclairer, tout régenter). « Même sa lyre nous ment, poursuivit à mi-voix le fils de Livie, très pâle. Avec Apollon, il faut sans cesse se méfier. C'est un dieu oblique. Qui s'amuse de nous comme un chat d'Égypte avec les souris... Tu te crois dans l'ombre, bien protégé, et brusquement ses rayons te percent comme des flèches ! Garde-toi de son chant trompeur, de sa fausse modestie, de ses regards en biais – un dieu oblique... »

Comme le latin de Séléné reste sommaire et qu'elle ne veut plus user du grec (un signe de bonne volonté, croit-on), elle n'exprime que des sentiments convenus et des idées élémentaires – comment les Romains pourraient-ils imaginer qu'elle s'enferme à dessein dans ce vocabulaire exigu ? Elle est un peu « bêtiaude », pensent-ils… De l'avis général, elle a mauvaise mémoire et la géométrie excède ses capacités. Résignés, professeurs et pédagogues la laissent briller dans le seul art où elle excelle : la musique. La jeune étrangère chante juste et, du jour où elle a enfin consenti à toucher sa lyre, elle en a tiré d'emblée de si jolis accords qu'on l'a mise à la cithare, et même à la cithare à seize cordes ! « D'évidence, dit le précepteur des filles, elle a reçu à Alexandrie une excellente éducation musicale. Mais c'est tout ce qu'on lui a enseigné ! » Alors, Octavie s'est souvenue que Cléopâtre avait une voix ample et mélodieuse dont elle se servait, dit-on, comme d'un instrument. L'enfant tient de sa mère. Dommage qu'elle n'ait pas hérité aussi sa finesse d'esprit…

À travers leur époux commun, Octavie a conçu une grande admiration pour l'intelligence de Cléopâtre. Marc, au début de leur mariage, parlait toujours de la reine d'Égypte avec estime ; on sentait qu'elle l'avait étonné – par son audace, son énergie, ses appétits, mais aussi par sa culture et sa malice. Quand il l'évoquait, il ne mentionnait guère sa beauté : plutôt la séduction de ses mouvements (« de la grâce jusqu'au bout des ongles ») et ses réparties foudroyantes. On savait, tout le monde savait, qu'il avait fait d'elle sa maîtresse. Pour autant, la regrettait-il ? L'aimait-il avec passion ? Non, pas en ce temps-là puisqu'il l'avait quittée pour l'Italie et pour elle, Octavie. L'Égyptienne, il ne l'aimait pas vraiment. Pas encore. C'est seulement quand il l'avait revue quatre ans plus tard en Syrie, accompagnée de ses jumeaux, c'est seulement là que...

Octavie regarde Séléné. De sa fenêtre, elle regarde la fille de Cléopâtre qui jette des grains d'orge aux paons ou chuchote à l'oreille d'Issa, la petite chienne qu'on a donnée à Claudia. Peu loquace avec les enfants et muette avec les adultes, Séléné a de longs entretiens avec les bêtes. C'est un progrès. D'ailleurs, elle « pousse » mieux, a grandi d'un coup, comme les enfants qu'on autorise à se lever après une longue maladie.

Mais d'après Musa, le médecin de la famille, elle n'est pas près d'être formée, « Prima, plus jeune, sera femme avant elle ». En effet : au matin, avec ses boucles violettes emmêlées, sa peau sombre et son corps androgyne, l'Égyptienne a l'air d'un pâtre grec.

Ce qui ne l'empêche pas de s'intéresser au maquillage. Souvent, elle suit Prima qui adore assister à la toilette de sa mère. Les deux enfants, presque jumelles par l'âge, semblent s'entendre, et Octavie constate que Séléné ne regarde pas la palette de l'ornatrice et les parures étalées sur la coiffeuse avec moins de gourmandise que sa demi-sœur. Prima, d'un naturel exubérant, commente et suggère : « Oh, Mère, avec ton collier vert, tu devrais essayer les pendants d'oreilles d'améthyste ! Ou bien les longues perles. Tu sais, ces boucles qui font du bruit quand les femmes bougent, les "grelots", comme on dit... Non ? Tu ne veux pas de grelots ?

— Je suis veuve, Prima, deux fois veuve. Que dirait ton oncle Octave si j'attirais les regards sur moi ?

— Il dirait... il dirait sûrement que tu es belle, Mammidione. » C'est un surnom d'affection, « petite Maman », et Prima est affectueuse. « Quand tu souris, tu es magnifique ! Je trouve seulement que tu ne portes pas assez de bagues, c'est la mode d'en mettre beaucoup, mon oncle ne te grondera pas, Livie en a une à chaque doigt.

— Ta tante Livie n'est pas veuve, ma chérie.

— Pourtant, mes cousins Tibère et Drusus sont comme nous : ils n'ont plus de père...

— Livie et le père de Tibère étaient divorcés depuis longtemps lorsque cet homme est mort. Et puis, cesse de dire que Tibère est ton cousin : ces deux garçons vivent avec ton oncle, c'est vrai, mais ils n'appartiennent pas à notre famille. Livie et son premier mari étaient des Claudii. Des Claudii Nerones. Excellente naissance, mais ces gens-là ne nous sont rien. Rien du tout. Et je ne crois pas que dans la Rome de demain ils soient appelés à devenir quelque chose...

— Oh, ces familles, Mammidione, c'est trop compliqué !... Ce qui me plairait, c'est que tu te peignes les paupières avec du noir de fumée, comme Marcella depuis qu'elle est mariée. Non ? Tu n'as pas le droit ? Et les ongles ? Tu pourrais les teinter avec du jus de roses, puisque toutes les dames le font… Non plus ? Tant pis ! Moi, quand je serai grande, je me ferai des masques de beauté aux pétales de lys ! »

Et Prima continue à tourner autour des cameristes, à tripoter les peignes, à essayer les parfums, à frotter des boules d'ambre dans ses mains et à babiller, tandis qu'à deux pas derrière elle Séléné – qui avale tout des yeux – se tait. Une seule fois, pendant sa toilette, la « première dame » de Rome a entendu la voix de la fillette : « Pourquoi ne mets-tu pas de bracelets de chevilles ? »

La question semblait venir de loin, avec un grand élan ; elle a fracassé le silence comme le boulet d'une catapulte. Aussi vite, Octavie a répondu que, pour oser porter de tels bracelets, il n'y avait que les femmes de mauvaise vie, les « louves » (elle a usé du mot latin) qui hantent les allées des cimetières, nues sous des toges vertes.

Elle a aussitôt regretté sa réponse : Séléné avait rougi – peut-être sa mère portait-elle des bracelets de chevilles ? Peut-être cette Orientale était-elle plus lascive qu'Antoine n'avait osé le lui dire ? aussi débauchée qu'Octave le prétendait dans ses pamphlets ? Dieux du ciel, quelle éducation pour une enfant ! Par bonheur, la petite était encore assez jeune pour qu'on pût espérer en faire une femme vertueuse, une solide Romaine. Qui oublierait tout de ce vilain passé. *Leur* vilain passé… Marc, ô Marc, Dionysos a préféré son Ariane timide aux Bacchantes échevelées – c'était moi, Marc, que ton dieu aurait choisie ! Marc, pourquoi ?

J'avais tant accepté déjà… Octavie secoue la tête, chasse le souvenir de Marc Antoine comme on chasse une mouche. *Damnatio memoriae*. Damnatio.

Pour ce qui est de la fillette, elle reste confiante. Et ferme dans son propos : elle fera d'elle « une Cornélie », une Romaine exemplaire qui ne se souviendra que de Rome. Tout est affaire de temps et de volonté. Comme dit son frère, « même aux singes, on apprend à danser ».

Séléné vit par habitude et rit de mémoire, mais l'illusion est parfaite. Bien abritée derrière sa réputation de gentillesse un peu sotte, elle progresse. Progresse dans l'intelligence de sa situation et la compréhension de celle des autres. Elle commence à y voir clair dans les relations privées et publiques de ceux qui l'entourent.

Il y a ici sur le Palatin, dans le minuscule jardin d'Octavie et l'austère maison de Livie, trois familles réunies, elle l'a compris. Mais « réunies » est-il le mot juste ? Bien qu'elles soient alliées, ces familles ne se sont jamais unies : elles se haïssent.

La plus puissante est celle des Julii, dans laquelle, depuis l'assassinat de Jules César mort sans fils légitime, ont été absorbés ses petits-neveux et héritiers, les Octavii, collatéraux passablement riches mais profondément obscurs. Jusqu'à l'ouverture du testament de César, ces provinciaux n'avaient même pas le droit, au Sénat, de chausser les souliers rouges de la noblesse… À la génération de Séléné, le clan, qui prétend descendre tout entier de Vénus et d'Énée, n'est plus représenté que par un unique enfant, la fille du premier mariage d'Octave, qui n'a duré qu'un an.

Cette Julie ravissante sur laquelle repose l'avenir de la lignée, Séléné a d'abord songé à la tuer.

Oui, la tuer avec le poinçon de Cypris, ce poinçon en forme de stylet qu'elle cache sous son traversin, à l'intérieur du gobelet donné par Césarion. Ce semblant de poignard, dont la possession l'aide à feindre et à obéir, elle sait comment l'utiliser. Se jeter en courant sur « l'ennemi », le viser au ventre et frapper de bas en haut, c'est l'ABC du soldat. Chaque matin, Séléné révise sa leçon mentalement tandis que les autres piochent leur *Iliade*. Ils consultent fébrilement leur *lexique homérique*; elle, immobile, les yeux dans le vague, transperce, comme Achille, ses adversaires…

Faute de pouvoir s'attaquer au « monstre » lui-même (quoique fluet, Octave est encore trop grand pour une petite fille de douze ans), Séléné voudrait l'atteindre à travers un enfant. Le sien? Non. Après avoir cru détester la fille du Prince, elle s'est peu à peu abandonnée au charme de cette rebelle joyeuse, aussi démonstrative que son père est glacé, aussi frondeuse que sa marâtre est conventionnelle. Avec ses cheveux fous échappés aux nattes obligatoires, ses joues rougies par la course ou les jeux de balle, ses mimiques de pitre et ses réparties cinglantes, Julie lui plaît : qui, à part cette enfant gâtée, oserait se moquer ouvertement du Prince et de sa femme? L'autre jour, comme son père lui reprochait publiquement de toujours choisir pour compagnons de jeu les enfants les plus dissipés (« Prends donc modèle sur Livie, qui ne fréquente que des personnes raisonnables »), « Moi aussi, a répliqué Julie en imitant le sévère maintien de sa belle-mère – sourire pincé et gestes secs –, moi aussi quand je serai vieille, j'aurai de vieux amis ! » Le Prince en est, dit-on, resté muet. Séléné sourit…

Alors, qui tuer ? Marcellus ? Octave, il est vrai, a depuis longtemps assimilé aux Julii les enfants du premier mariage de sa sœur : Marcellus, Marcella, et Claudia, qui n'ont plus de père. De loin, comme Apollon, il veille sur leur avenir. Il a déjà marié l'aînée de ses nièces au premier de ses ministres, Agrippa, et il songe maintenant, dit-on, à adopter son neveu. À tout hasard, Séléné a tenté d'imaginer le stylet pénétrant dans la chair tendre du garçon ; mais elle n'y arrive pas : l'enfant, si prévenant, si attentif à sa mère, lui rappelle trop Césarion…

La deuxième famille, moins ancienne que les Julii mais plus noble que les Octavii, est celle de son père, les Antonii, enfin les débris des Antonii. En dépit des assassinats, des exécutions, et des morts subites, il reste encore un garçon : Iullus Antoine, le rêveur, « le poète », fils de Marc et de sa première femme Fulvia, Iullus qu'Octavie élève avec tendresse depuis l'âge de dix-huit mois. Il reste deux filles, aussi : Prima et Antonia, nées d'Octavie. Des filles qui, politiquement, à Rome compteront peu.

De ce clan-là, réduit à des miettes, la fille de Cléopâtre ne peut à l'évidence éliminer personne : tous, même sa demi-sœur Antonia qu'elle n'aime guère, sont de la même race qu'elle, celle d'Antoine et d'Antyllus.

Reste la troisième lignée, les Claudii, de loin la plus illustre du lot. Si les Octavii sont entrés dans la « carrière des honneurs » voici trente ans, les Antonii il y a un siècle, et les Domitii depuis huit générations, les

Claudii, eux, peuvent se prévaloir de cinq siècles de gloire au service de Rome. Associé aux grandes heures de la République, leur nom n'a jamais cessé d'être prononcé : vingt-cinq consuls, cinq dictateurs, six triomphateurs ! Tantôt menant le parti des aristocrates, tantôt flattant le populaire, ils sortent toujours de l'ordinaire par leurs talents ou leur arrogance. C'est un Claude qui, en 451 avant Jésus-Christ, a rédigé les premières lois romaines, le Code des Douze Tables ; un autre Claude qui, cent cinquante ans plus tard, a doté Rome de son premier aqueduc et de la voie Appienne ; un troisième Claude, « l'Amiral », qui, avant une bataille contre Carthage, a méprisé l'avertissement des augures et jeté à la mer les poulets sacrés (« S'ils ne veulent pas manger, qu'ils boivent ! »), causant ainsi la perte de la flotte romaine…

À cette orgueilleuse lignée – plus ancienne même que les Ptolémées d'Égypte – appartiennent les deux beaux-fils d'Octave, Tibère, bientôt quatorze ans, et son frère Drusus, onze.

Claudii, ces enfants le sont doublement : par leur mère, Livie, et par leur père, Tiberius Claudius Nero, maintenant disparu – le cousin avait épousé la cousine. Oh, bien sûr, ils n'appartiennent pas à la branche aînée. Juste une branche cadette, une branche tombée. Ruinée par les guerres civiles. Le père de Livie et son premier mari, républicains convaincus, avaient fait des choix désastreux. Pompéiens contre Jules César, partisans de Brutus contre Antoine, antoniens contre Octave, ils ont, avec un flair remarquable, perdu tous leurs paris. Réduits à fuir leur pays, et parfois la vie, les « hommes de Livie » furent des proscrits, des condamnés dont la tête était mise à prix. Mais aujourd'hui « les hommes de Livie », ce sont ses fils, Tibère et Drusus, qu'elle tient soumis et entend mener à la baguette jusqu'à... Jusqu'à quoi, au fait ? L'autre jour, à sa toilette, Octavie a dit que, n'étant pas parents des Julii, ces garçons n'ont rien d'extraordinaire à espérer. Séléné s'interroge.

Protégée par son air amorphe et ce latin maladroit qui la fait paraître plus bête qu'elle n'est, elle ne perd pas un mot des échanges entre les serviteurs, des méchancetés lancées par les enfants, ou des allusions qui émaillent les conversations entre Octavie et sa fille aînée, la nouvelle femme d'Agrippa. Silencieuse, occupée en apparence à jouer par terre avec des osselets ou à dévider une quenouille, elle ramasse tout ce qu'elle peut : les sous-entendus, les piques, les bribes. Le soir, dans son lit, elle trie.

Par exemple, elle soupçonne maintenant un grand scandale autour de Livie, autour du mariage d'Octave et de Livie – même si les courtisans du Prince n'ont jamais de mots assez élogieux pour parler de la vertu de la « deuxième dame » du pays. Elle sent aussi que, si elle tuait Livie, Octavie n'en serait pas tellement fâchée... Et le Maître ? Sans doute ne pleurerait-il pas longtemps la mort d'une femme de trente ans – « une vieille », comme dit Julie. Une vieille qui ne lui a même pas donné d'enfant ! Mieux vaut sûrement, pour son malheur, laisser vivre cette épouse stérile...

Quant à Tibère, Séléné ne peut pas l'assassiner : il lui a sauvé la vie, et chaque fois que Claudia ou

Antonia insultent l'Égypte et sa Reine, il les gronde. Ce garçon boutonneux que personne n'aime, ce garçon fort comme un Hercule et triste comme un orphelin, la « survivante » ne lui veut que du bien.

Reste Drusus. Livie l'adore, ce fils-là. Octave aussi – même lorsqu'il le punit. Il est vrai que le plus jeune des Claudii a le regard doux, et la bouche jolie comme une framboise. Mais il fait partie de la petite clique de Claudia et d'Antonia, et quand Julie, l'étourdie, répète à haute voix les sottises que les trois autres lui ont soufflées tout bas, Drusus la laisse fouetter à leur place sans lever le petit doigt. Et puis il est trop gâté : parce qu'il est plus beau que son aîné, tout le monde le croit plus gentil. Les esclaves, qui devinent toujours les préférences des maîtres et les exagèrent pour se faire bien voir, le favorisent outrageusement, « ô mon moineau », « mon petit poulet »… Une injustice à l'égard de Tibère. Qui souffre en silence mais reste un grand frère exemplaire, attentif à ce cadet qui ne le mérite guère.

Donc, elle frappera Drusus. Et mourra après… Tant pis.

Tout de même elle voudrait bien, avant de s'exposer au châtiment, être sûre que le Prince ne se remettra pas du crime. Qu'il mourra de chagrin et que Rome elle-même périra de cette mort.

Faute d'avoir acquis cette certitude, elle attend. Attend d'avoir bien compris. Attend d'avoir grandi. Et se contente de caresser son faux poignard en cachant ses intentions homicides sous un masque de niaiserie.

C'est Nicolas de Damas qui a fait tomber ce masque.

Le précepteur amenait à Rome ses jeunes élèves, Alexandre et Aristobule, les fils du roi Hérode de Judée et de sa deuxième femme, Mariamne, accusée d'adultère et exécutée deux ans plus tôt. Nicolas devait installer dans la maison d'Octavie les deux garçons d'une dizaine d'années. Leur père, qui ne répugnait guère à se débarrasser d'eux (il avait d'autres épouses et d'autres fils), offrait ces innocents au Prince des Romains en gage de fidélité : « Qu'on les égorge, si jamais je trahissais notre amitié ! » Les enfants rejoindraient dans l'aile adjacente à la cour des Ifs le jeune Tigrane, frère du nouveau roi d'Arménie, et d'autres otages étrangers.

Nicolas, lui, ne comptait pas s'attarder. Hérode venait de le nommer précepteur de deux autres de ses héritiers : Antipas et son frère Arkhélaos, un nouveau-né. Contraint encore une fois de changer de poulain, l'ambitieux philosophe se demandait avec impatience s'il mènerait jamais l'une de ses montures jusqu'à la ligne d'arrivée…

Octavie le reçut dans son grand bureau du rez-de-chaussée, entourée d'hommes affairés – commis, comptables, sténographes. Nicolas se rappela que, pour la première fois à Rome, un décret du Sénat avait reconnu à cette femme le droit d'administrer sans tuteur ses biens et ceux de ses enfants : à sa sœur, « première dame » de la Cité, le Prince avait octroyé le pouvoir d'un mâle. Qu'elle semblait n'exercer qu'avec modestie, son fuseau à la main et sa pelote de fil sous le bras. C'est bien en femme, d'ailleurs, qu'elle interrogea le précepteur sur les enfants d'Hérode, leur santé, leurs goûts. Puis : « Tu as su, j'imagine, le sort des derniers fils de Cléopâtre ? dit-elle en changeant de sujet. Quant à la jeune Séléné, elle décourage nos grammairiens. Que lui avais-tu enseigné à Alexandrie ?

— Mais tout ! Enfin, tout ce qu'une princesse d'Égypte devait savoir à cet âge. Et même, je l'avais poussée assez loin…

— Loin ? Elle connaît à peine l'ordre alphabétique, mets-lui entre les mains un *lexique homérique*, elle ne sait pas comment chercher, elle roule son papyrus dans tous les sens ! Quant à l'arithmétique, je ne t'en parle même pas…

— C'est impossible, *Domina*.

— S'il te plaît, ne m'appelle pas *Domina* ! Tu n'es pas un esclave et je ne suis pas Cléopâtre… Et n'affirme pas non plus, insolemment, que je raconte des choses "impossibles" quand je les ai moi-même constatées !

— Je te jure pourtant que mon élève avait l'esprit vif. Pour l'étude, je n'ai jamais eu besoin des verges. Elle connaissait ses "listes pergamiennes" bien avant l'âge : les sept merveilles du monde, les sept sages, les neuf poètes, les dix philosophes… et elle savait déjà par cœur tous les multiples et sous-multiples du pied et de la coudée ! J'ai ici avec moi un vieil Éthiopien qui fut son pédagogue à la Cour et qui m'a rejoint à Jérusalem : il témoignera que je dis vrai. »

Octavie eut soudain l'intuition du pire : la fillette avait été substituée ! Dès la chute d'Alexandrie, à la place de la princesse les Égyptiens avaient mis sa sœur de lait, voilà pourquoi les « jumeaux » se ressemblaient si peu ! Quant à l'affreuse nourrice, désireuse de protéger la fortune de sa propre fille qu'Octavie faisait élever avec la fleur du panier, c'est par peur que le jeune Alexandre ne vînt à trahir ce terrible secret qu'elle l'avait empoisonné… Dieux du ciel, si cette supercherie s'ébruitait, son frère serait ridiculisé : n'avait-il pas produit au Triomphe une simple servante ? Les Romains s'indigneraient, les Grecs ricaneraient, et les Égyptiens, enchantés, leur jetteraient dans les pattes des troupeaux de *vraies* Séléné !

Il fallait, au plus vite, tirer l'affaire au clair, et, s'il y avait imposture, supprimer l'enfant. Elle décida que Nicolas et son Éthiopien rencontreraient la fillette, mais sans la voir ; ainsi, ils ne pourraient être assez sûrs d'eux, assez formels, pour ébruiter l'histoire. Elle, par contre, serait fixée… Elle mit le précepteur et son élève dans deux pièces séparées par un rideau encloué. « Attends-moi ici, Séléné », dirait la duègne de l'enfant en s'éloignant ; Nicolas ferait aussitôt mine de découvrir la présence de la « prisonnière » et, à travers l'épaisse portière, il lui parlerait, tandis qu'à côté de lui la maîtresse de maison assisterait à l'entretien, dissimulée.

En vérité, cette mise en scène – qu'Octavie croyait indispensable à la sûreté de l'Empire – lui était surtout très agréable : la sœur du Prince, si rationnelle dans la conduite de ses affaires, avait été infectée dans sa jeunesse par le théâtre de Ménandre, histoires de sœurs jumelles, d'amoureux travestis, substitutions de bébés, enlèvements et reconnaissances… Son goût du romanesque n'ayant été comblé que pendant les trois années passées avec Marc Antoine (lui-même grand amateur de coups de théâtre, coups d'éclat, coups de foudre, doubles méprises et mascarades), elle compensait tant bien que mal cette frustration dans l'intimité de sa maison. La comédie du rideau tiré nourrissait cette imagination avide de sensations.

Nicolas n'obtint d'abord de Séléné aucune démonstration de ses facultés. Derrière la draperie, elle ne répondait que par dénégations. « Te souviens-tu du joli poème de Sappho que tu chantais si bien ? *"Hector et ses compagnons conduisent l'étincelante et souple Andromaque à travers la mer salée et…"*, quel est le vers suivant ? Aide-moi !

— Je ne m'en souviens pas.

— Mais si, il est question de bracelets d'or, j'ai un trou de mémoire, rappelle-moi la suite…

— Je ne sais pas. »

Volant au secours de Nicolas, Diotélès ne suscita que l'incrédulité. « Diotélès ? dit l'enfant. Tu mens ! Diotélès est mort… »

Le Pygmée dut expliquer qu'il n'était pas un fantôme : « Mon sarcophage, hélas, a disparu pendant le siège. Mais je vis encore – aussi vrai que je suis le fils de Démophon, fils de Lurkiôn, fils de Protomakhos le Lion ! »

Derrière le drap de pourpre, il y eut un long silence. Une larme, qu'ils ne virent pas, coulait sur la joue de Séléné. Une larme de joie : et si tous ceux qu'elle n'avait pas vus morts, vus de ses yeux, étaient encore en vie ? Césarion… Néanmoins, l'enfant ne baissa pas sa garde. Quand le pédagogue, désireux de balayer les doutes d'Octavie, tenta de faire répéter à son interlocutrice invisible les exercices de grammaire auxquels il avait habitué sa princesse (« Te souviens-tu de nos jeux de "cas" : *"Le philosophe Pythagore conseillait à ses disciples de s'abstenir de viande"*…? Tu excellais à trouver toutes les autres formes de la proposition »), elle ne répondit pas.

Diotélès dut décliner lui-même les fastidieuses variantes scolaires (« *On rapporte l'avis du philosophe Pythagore qui…*, *Du philosophe Pythagore on dit que…* »), espérant chaque fois que son ancienne élève mordrait à l'hameçon. Mais l'enfant ne réagit que lorsqu'il en arriva à la conjugaison archaïque du « duel », « *Les deux philosophes Pythagores conseillaient…* ». On entendit un soupir excédé, puis un murmure : « Exercice idiot. Il ne saurait y avoir *des* Pythagore ! »

Diotélès leva la tête vers Octavie : cette enfant, une demeurée ? La grande dame continuait pourtant à afficher une moue dubitative. Elle était d'autant plus sceptique qu'elle n'avait jamais entendu dire qu'un Pygmée pût être pédagogue… Quelle étrange cour que celle d'Alexandrie ! Y prenait-on aussi les chameaux pour pontifes et les éléphants pour ministres ?

Diotélès sortit alors son arme ultime – cette littérature démodée qu'il avait découverte sans maître et fait aimer à Séléné : ah, Apollonios de Rhodes, l'éveil de l'amour dans le cœur de Médée ! Mais ses mots semblaient tomber au fond d'un puits. Il finit par douter, lui aussi, de l'identité de la fillette ou de sa santé mentale. Ce fut avec l'accent du désespoir – et le chevrotement caractéristique d'un vieillard en proie à l'émotion esthétique – qu'il termina par Euripide :

les plaintes d'Hécube la Troyenne que Séléné avait apprises de lui, « *Le malheur au malheur succède…* ».

Et soudain, la voix de Séléné, frémissante, monta de l'autre côté, monta peu à peu jusqu'au cri, jusqu'au sanglot : « *Toi, ma vieille servante, prends un vase, plonge-le dans la mer et apporte-le ici, pour que je donne son dernier bain à mon enfant assassinée… Ô grandeur de ma maison, ô demeure jadis heureuse ! Toi, Priam, qui avais de si beaux enfants, et moi, esclave à présent, à quel néant nous a-t-on réduits ?* »

Même Nicolas, que ses ambitions protégeaient d'ordinaire contre les sentiments, parut gagné par un malaise confus – de l'autre côté du rideau, une petite fille souffrait, une petite fille saignait. Octavie aussi avait les yeux mouillés… Il y eut un nouveau silence, puis la petite voix, un peu raffermie, mais timide, demanda dans un souffle : « Resteras-tu avec moi, Diotélès ? » Bouleversée, Octavie fit un signe d'acquiescement et quitta la scène.

Le lendemain, dès le lever du soleil, elle convoqua Séléné : « Maintenant que Nicolas m'a tout dit, je te défends de jouer encore les imbéciles ! Je garde ton Pygmée. Non comme pédagogue, ce qui devient ridicule à ton âge, mais comme curiosité. Un nain éthiopien étant d'une grande rareté, on comprendra que tu sois fière de te faire accompagner par ce "dresseur d'autruches". Parions même que ma belle-sœur tentera tout pour te l'arracher ! Quant à moi, je te préviens, Séléné : à la moindre plainte d'un de tes professeurs contre ton ignorance, je renvoie ton vieux Pygmée en Judée. Après lui avoir fait caresser les côtes avec un nerf de bœuf ! » Et la grande dame s'éloigna, pressée de descendre, dans l'aube naissante, jusqu'au temple de « la Mère matinale » à qui toutes les matrones romaines offraient ce jour-là des galettes grillées et demandaient de bénir leurs enfants.

MÉMOIRE MORTE

« *La Mère matinale* ». Mater Matuta. *Pourquoi cette déesse réclamait-elle des galettes grillées ? Aujourd'hui, personne ne sait. Sur l'empire des Romains vainqueurs comme sur le royaume vaincu de Cléopâtre, une double nuit est tombée – d'abord la ruine, l'enfouissement, puis, quand il advient qu'on déterre les mots et les faits, la nuit du sens.*

Du monde ancien, les sentiments nous arrivent codés, les vestiges se confient dans un langage étranger. Comme les apôtres à la Pentecôte, il nous faut « parler en langues », apprendre à traduire les ombres, devenir bilingue présent-passé pour que les dames de Rome nous livrent leurs secrets. Octavie, Antoine, Auguste, Juba, Séléné : j'aimerais rendre aux vivants ce que ces morts m'ont donné.

Car je sais bien que la rencontre avec un mort peut changer une vie… Il est vrai que je ne suis guère contemporaine de mon époque. Le monde moderne me blesse : trop neuf, trop anguleux, trop rugueux… J'attends des nouvelles du passé. Impatiente qu'on déchiffre les rouleaux calcinés d'Herculanum, qu'on décode l'écriture des premiers Crétois, qu'on tire de leurs fosses d'argile les derniers soldats de l'empereur Qin. J'espère encore

*des scoops venus du fond des âges : « En creusant un
parking, des ouvriers d'Alexandrie trouvent la tombe
de Cléopâtre et de Marc Antoine… »*

*Passeuse de mémoire, je m'éclaire à des étoiles mor-
tes. J'écoute parler des fantômes. Murmures sur papyrus,
froissements de vieux papiers… J'attends des nouvelles
du passé.*

Les Romains de ce temps-là vivaient la première mondialisation de l'Histoire. Certes, une mondialisation limitée aux terres connues, l'*Oïkoumènè*. Il n'empêche : leur suprématie s'imposait à des peuples divers, à des cultures variées, Europe, Afrique, Asie… Et cette hégémonie, que Séléné vit s'installer, allait durer quatre siècles : qui dit mieux ?

Justement, en 27, enfermé dans sa tour *syracusaine*, son « atelier », Octave tente de résoudre les problèmes de gouvernance de cet empire en expansion. Pas une mince affaire ! Quoique, sur la capitale du monde « globalisé », il n'ait pas de doute, n'en ait jamais eu. Ce sera Rome, même si elle est excentrée. Et une Rome résolument romaine. Un seul Capitole pour tous. Qu'on ne lui parle plus de raffinement grec ou de cités démocratiques, de fédérations de royaumes ou de luxe pharaonique ! Tout cela, qui fut vaguement antonien, est déconsidéré. Octave ne se veut pas « citoyen du monde », lui. Il est romain. Rome gouvernera. Mais comment gouverner Rome ?

On dit que le jeune chef consulte là-dessus ses amis de toujours, Mécène et Agrippa. Agrippa surtout, le soldat du nouveau régime, qui, en peu de temps, en est devenu l'homme fort. Mécène n'en est plus que le financier ; et, à l'occasion, parce que la chose l'amuse, le premier des policiers. Il adore, ce sybarite lassé, découvrir les secrets des autres, animer leurs intrigues, acheter les beaux esprits, orienter l'opinion.

C'est lui qu'on trouve derrière les récentes propositions de Munatius Plancus. Ce Plancus, d'abord proche de Marc Antoine, chacun à Rome se souvient qu'il a révélé à Octave, six ans plus tôt, l'existence, et le contenu, du testament de son trop confiant ami – ouvrir le testament d'un homme vivant, il fallait l'oser ! Même lorsqu'ils sont résolument octaviens, les Romains regardent Munatius Plancus comme l'archétype du traître et, chaque fois qu'il a l'audace de se montrer aux courses ou au théâtre, ils le conspuent. Même chose pour son inséparable neveu, Titius, autre transfuge, et assassin du populaire fils de Pompée. Lui aussi, le peuple a plaisir à le huer. D'accord, d'accord, on ne regrette pas la défaite d'Antoine, son Égyptienne l'avait envoûté, *damnatio memoriae*, mais il reste permis de manifester du dégoût à l'égard de ces deux stipendiés qui ont vendu tous leurs amis et vivent grassement de leurs forfaits.

Mépris que Mécène partage. Voilà pourquoi il continue d'employer ces deux-là à ses basses besognes ; leur réputation ne craint plus rien, il finit de les user. À Plancus, il a demandé de suggérer aux sénateurs une nouvelle loi : Octave, « Premier du Sénat », se verrait attribuer le titre de *Romulus*.

« Comme le fondateur de Rome ? Comme… comme notre premier roi ? (Plancus, qui, pour la flagornerie, ne le cède à personne et l'a prouvé cent fois à Cléo-pâtre, Plancus a tout de même l'air abasourdi.)

— Eh bien, quoi ? gronde Mécène. Qu'est-ce qui te choque ? Le nom d'un roi ? Ne me dis pas que tu es sincèrement républicain ! Pas *sincèrement*, en tout cas. Non, pas toi… »

Mécène passe pour royaliste. Les historiens antiques diront que, dans ses tête-à-tête avec le chef, il lui conseille de faire basculer le régime vers la monarchie. Foin des faux-semblants, martèle-t-il, il faut supprimer ces élections bidon (« Nous trouve-rons d'autres occasions pour acheter les citoyens »), supprimer aussi ce Sénat croupion (« Nous aurons beau l'épurer sans cesse, ce sera toujours un nid de conspirateurs, un repaire de faux jetons, tu le sais bien, César, puisque chaque fois que tu y vas tu passes une cotte de mailles sous ta toge… »). Une monarchie héréditaire, comme au beau temps de Romulus, mais éclairée par la sagesse moderne, telle est la bonne solution : « Pourquoi tergiverser ? Tu ne comptes pas, j'imagine, en revenir à un système où, par précaution, on changeait de dirigeants tous les ans ? où l'on tirait au sort les administrateurs des provinces ? La république, c'était bon pour gérer une petite cité. Maintenant qu'il s'agit de gouver-ner le monde entier, il faut de la constance dans les décisions. Finissons-en avec la brigue des partis, le jeu des factions : une volonté unique, continûment tendue vers son but, voilà ce dont Rome a besoin. Ne trahis pas la Fortune qui t'a choisi pour cette mission. Et puisque l'État n'a plus qu'une seule tête, laisse-nous la couronner. »

Le Prince ne dit rien. Il a trop de finesse pour sortir aussi brutalement de l'ambiguïté. Il se veut calme, impénétrable, prudent – par principe, plus encore que par tempérament. Enfant, il était impatient et ombrageux. Octavie, qui s'efforçait alors de modérer ses émotions, l'avait poussé à suivre les conseils de son précepteur, un stoïcien : « Avant de répondre à une question ou de réagir à une insulte, oblige-toi à réciter la moitié de l'alphabet. » Maintenant, quand on lui reproche ses mystères et ses lenteurs, il réplique qu'« on a toujours assez vite fait ce qu'on a assez bien fait ». « Hâte-toi lentement », *festina lente*, c'est sa devise.

Sur la forme du régime, il est d'ailleurs d'autant moins enclin à se presser qu'Agrippa ne partage pas l'avis de Mécène. Plus tard, les historiens présenteront Agrippa, ce « self-made-man », comme un républicain. « Ne t'étonne pas, César, si j'entreprends de te détourner de la monarchie, aurait dit cet "homme nouveau" au menton carré et au nez de boxeur. Je veux considérer l'intérêt de l'État plutôt que le mien. Je sais que la tyrannie est inévitable quand un pays se laisse posséder par un seul. Tôt ou tard, un pouvoir excessif ramène la violence », etc.

Beau discours… Agrippa l'a-t-il tenu ? Certes, il était roturier. Pour autant, qu'avait-il à attendre de la république ? La République romaine n'avait rien d'une démocratie : quelques grandes familles patriciennes s'y disputaient le pouvoir, exerçant à tour de rôle les fonctions suprêmes – une formule qui inspirera plus tard la République de Venise, où l'on ne risquait guère de voir un savetier devenir Doge…

Alors, Agrippa, ce plébéien, chantre de la république ? Et Mécène, un simple *chevalier* qui, malgré ses immenses richesses et sa prétention à descendre des rois d'Étrurie, n'appartenait pas à la noblesse, Mécène monarchiste ? Rien de moins sûr que ce clivage-là. Les deux amis du Prince sont également octaviens, octaviens de la première heure, octaviens inconditionnels, et dans la Rome nouvelle cette seule opinion vaut programme.

Les sénateurs, eux, ont regimbé devant la proposition de Plancus. Appeler désormais leur Prince *Romulus*, c'était tout de même un peu gros... Plancus « le traître » a dû revenir à la charge avec une nouvelle motion (Mécène lui fait boire le calice jusqu'à la lie) : cette fois-ci, Plancus est chargé de pousser ses pairs à décerner au « chef » le titre d'*Augustus* – le Consacré, le Favorable, le Vénéré. Une appellation toute neuve, et même un néologisme. Sans connotation historique, mais à tonalité religieuse. Le Sénat, qui n'ose se montrer réticent une seconde fois, accepte, quoique sans enthousiasme. Et voilà comment, à trente-quatre ans, Octave, pour la postérité, devient Auguste.

Le nouvel *Auguste* n'a plus l'intention de changer de nom. En quinze ans, il en a tant porté que la tête lui tourne : Octave (des Octavii), puis Octavien *César* (des Julii), puis *César Imperator* (des légions), puis *le Prince* (du Sénat), puis *Auguste*. Auguste, de Rome. Simple et de bon goût. Il n'y a plus que sa sœur pour l'appeler parfois par son prénom : Gaius. Même Agrippa, même Mécène, qui l'ont connu adolescent, semblent l'avoir oublié, ce premier nom ; ils lui donnent du *César*. À l'exemple de Livie.

Elle, la femme de César, voit désormais la porte de sa maison ornée en permanence d'une couronne de lauriers : ce privilège est inclus dans le paquet-cadeau offert par le Sénat à son mari – avec une délégation de pouvoir de dix ans sur la moitié des provinces étrangères où stationnent les troupes, le gouvernement exclusif de l'Égypte, et le « bouclier d'or ». Bouclier des *quatre vertus* républicaines, qu'Auguste est censé réunir toutes : bravoure, clémence, justice, piété.

De ces qualités, les vieux Romains, en leur for intérieur, ne lui reconnaissent que la quatrième : il est pieux, en effet. Restaure les temples laissés à l'abandon pendant les guerres civiles et ne trouve rien trop beau pour son Apollon : dans l'enceinte du sanctuaire neuf attenant à sa maison, on entre par un arc triomphal, surmonté des statues du dieu et de sa sœur Diane ; les colonnes du portique sont en marbre jaune importé d'Afrique, et les portes du temple en ivoire sculpté ; tout autour de l'esplanade, cinquante statues représentent les Danaïdes et cinquante autres, leurs époux ; au sommet du toit, le char du soleil étincelle d'or, tandis qu'à l'intérieur du bâtiment les dévots peuvent admirer les neuf Muses du dieu ainsi qu'une collection de trésors égyptiens volés au Sérapéum d'Alexandrie et solennellement déposés par le maître de l'Empire et son neveu Marcellus.

Oui, pour la piété, rien à reprocher à Auguste… Quant aux autres vertus, les honneurs décernés par le Sénat font ricaner – tout le monde sait à quoi s'en tenir. La bravoure ? Octave Auguste n'a jamais pu supporter le bruit d'une bataille ! Et si, depuis sa campagne des Balkans, il est assez fier de sa blessure de guerre (au genou), il ne l'a pas gagnée en combattant mais dans l'effondrement accidentel d'un pont… Et pour ce qui est de la clémence ! Dès l'âge de dix-huit ans, il était impitoyable. Même après s'être récité l'alphabet tout entier, il tuait avec un plaisir cruel, tuait en humiliant, en abaissant, en torturant celui qu'il tuait – on se rappelle encore, dans les maisons nobles, la façon dont, à Pérouse, il a fait égorger trois cents sénateurs sur un autel dédié à son oncle César. À l'un des condamnés qui implorait une sépulture, il avait répondu en souriant que les vautours s'en chargeraient. À deux autres, le père et le fils, qui lui demandaient leur grâce, il ordonna de tirer entre eux, aux dés, celui qui mourrait ; le père, refusant cette ultime avanie, se jeta sous le couteau pour sauver son fils, et le fils se suicida aussitôt sous les yeux de son vainqueur. C'est qu'on ne l'appelait pas « Auguste » alors, ce jeune homme au visage de marbre, on l'appelait « Apollon Bourreau » …

S'est-il corrigé depuis ? Pas vraiment. À peine l'avait-on décoré du bouclier d'or qu'il en démentait déjà les vertus : comme, au tribunal, un ancien magistrat s'approchait de lui en portant un paquet sous sa toge, d'un signe il le fit arrêter par ses soldats. Puis, se jetant sur le vieillard immobilisé : « Tu veux m'assassiner, traître ! s'écria-t-il. Sors-le, sors-le, ce glaive que tu caches ! — Mais, gémissait le vieux que les centurions rouaient de coups, je n'ai pas d'arme, pitié ! Ce ne sont que mes tablettes de cire, des tablettes triples que j'apporte pour noter tes décisions… »

On le déshabilla ; il disait vrai. Mais Auguste, s'emparant alors d'un poinçon qui traînait sur une écritoire, fit agenouiller le magistrat que les gardes tiraient par les cheveux et il lui creva les yeux. Les creva lui-même. Puis il ordonna d'emmener ce vieillard sanglant et de le tuer sur-le-champ. Il avait eu trop peur...

La *clémence d'Auguste* est inversement proportionnelle à la crainte qu'il a ressentie. Anxieux dès l'enfance, il vit dans la terreur depuis l'assassinat de son grand-oncle. Il ne s'en est jamais remis. C'est la peur qui l'a mené où il est. Parce qu'il la combat et que, quelquefois, il la dompte. Il a peur, mais chevauche sa peur, et elle l'emporte toujours plus haut.

« Tu sais combien j'aime ceux qui m'aiment, dit-il à sa sœur Octavie.

— Je sais.

— J'ai besoin que vous m'approuviez, Marcellus, Julie, Livie, toi. Toi, surtout. Besoin que tu…

— Je sais, Gaius.

— Les mauvaises langues recommencent à m'appeler "Apollon Bourreau". "Bourreau", moi qui ai rétabli la sécurité dans la Ville, la justice dans l'État, et la paix dans cette nation après cent ans de guerres civiles ! »

Sur la tempe gauche, il a toujours cette veine bleue qui gonfle dès qu'il s'indigne, cette veine bleue qu'elle embrassait chaque soir quand il avait huit ans… Il parle du Sénat maintenant, des pouvoirs qu'il avait remis au Sénat et dont le Sénat n'a pas voulu, « je leur rends tous mes mandats, je restaure la république, et ils me reconduisent pour dix ans ! Qu'y puis-je ? Était-ce le geste d'un tyran ? Est-ce celui d'un bourreau ? », etc.

Quand va-t-il en venir au fait ? Il prétend priser la brièveté : « Mes harangues sont plus courtes qu'une lettre de Laconie ! » Voire. En public, il abrège car il se sait piètre orateur ; mais avec sa sœur chérie… Elle est habituée à ses détours, elle patiente.

Enfin, le voilà dans le vif du sujet : « Cet ancien magistrat, tu en as sans doute entendu parler, celui qui en voulait à ma vie, eh bien je ne l'ai pas tué, ceux qui prétendent le contraire vous mentent ! J'avais juste ordonné qu'on l'exile sur l'heure. Mais à peine était-il sorti de Rome qu'il a été assassiné par des brigands. Là, tout de suite, oui, dans la nécropole de la voie Flaminia… »

Intraitable sur les mensonges des enfants, Octavie respecte les mensonges des adultes aussi longtemps que leurs fables ne lui nuisent pas. Elle a une théorie là-dessus : l'enfant menteur, il faut l'obliger à distinguer ses songes de la réalité ; l'empêcher aussi de se croire assez fin pour duper les autres (la tromperie est un art délicat, réservé à des talents confirmés). Punir l'enfant donc, pour lui développer l'esprit. Mais l'homme mûr, mieux vaut l'écouter mentir, le laisser s'avancer sans y mettre obstacle. Rien de plus révélateur qu'un mensonge : l'adulte ment pour dissimuler et, en mentant, il dévoile la conscience douloureuse qu'il a de ses manques, de ses fautes, de ses désirs honteux. Ces faiblesses qu'il nous découvre par le soin qu'il met à les cacher, un adversaire habile peut en jouer…

Au reste, son frère n'est pas un menteur invétéré, non ! Ni systématique. Tout juste, à l'occasion, un menteur fieffé… Qui aujourd'hui, par ses dénégations, avoue à quel point il a honte d'avoir craint le vieux magistrat et de s'être laissé emporter comme le petit Gaius d'antan. À sa manière, le pauvre est sincère, il attend qu'elle le rassure, lui pardonne,

« *Nutricula*, aime-moi ». Cette fois, pourtant, elle est obligée de lui faire comprendre que ses explications ne la trompent pas. Ses amis ont si mal verrouillé leur version des faits qu'elle doit l'alerter : « Je suis sûre, Gaius, que les choses se sont passées comme tu le dis. Et que tu n'as pas voulu la mort de cet homme. Simplement, tant que ton ami Mécène répandra le bruit que ton "conspirateur", sitôt relâché, a péri dans un naufrage au large d'Ostie, les Romains resteront dubitatifs : mourir en même temps poignardé au nord de la Ville et noyé au sud, n'est-ce pas trop de malchance pour un seul homme ? Peut-être serait-il préférable que vous accordiez vos discours ? »

Puis aussitôt, pour ne pas l'humilier davantage, elle change de conversation. Parle avec légèreté du dernier ballet offert au théâtre de Pompée ; avec admiration de l'énorme mausolée qu'on construit pour leur famille au bord du Tibre ; avec affection de la nouvelle coiffure de Livie, des robes, si sobres, de Livie, des principes, toujours excellents, de Livie, et même, pour faire bonne mesure, des poules, superbes, de sa *villa* : « Oh, à propos du domaine de Prima Porta, il paraît que tu as perdu l'un de tes corbeaux ?

— Oui. Je le regrette…

— Lequel des deux ?

— À ton avis ? » Il sourit avec un brin de fatuité. « Le *sien*, évidemment : *Antoine victorieux*… Les signes me restent favorables, Octavie. »

Un autre jour. À la fin de l'hiver. Peu après cette fête des Lupercales où les jeunes hommes courent nus dans les rues. Auguste, qui vient d'interdire aux vierges d'assister à cette course indécente, est de mauvaise humeur : mal de gorge. Il a dû laisser un crieur public lire à sa place son dernier discours aux Comices. Sa voix cassée ne peut même plus couvrir le chant d'une flûte, le rire d'un enfant. Dès qu'il passe la porte, Octavie fait conduire sa dizaine de petits protégés dans les Jardins de Mécène pour que leurs jeux ne troublent pas les murmures de son frère.

On ne sait jamais, en effet, à quel moment le Prince surgira, passera sans bruit d'une maison à l'autre, de la demeure de sa femme à celle de sa sœur, en empruntant le cryptoportique qu'il a fait creuser pour relier les deux. Ce long couloir, aux trois quarts souterrain à cause des différences de niveaux (la maison de Livie, au flanc de la colline, se trouve sensiblement en contrebas de la cour des Paons et du grand atrium d'Octavie), ce long couloir sombre et glacé effraie les enfants. Ils ne veulent pas passer par là, évitent même d'en approcher. « On se demande toujours ce qui va en sortir, a expliqué comiquement le petit Aristobule, le plus jeune des fils d'Hérode. Peut-être un serpent à sept têtes ? Et moi, tu sais, je ne suis pas Hercule ! Ou bien c'est un Goliath qui apparaîtra… et, pauvre de moi, je ne suis pas David ! » Non, ni Goliath, ni hydre de Lerne : celui qui débouche par surprise de cette galerie obscure, c'est Atlas, l'homme qui porte le monde sur ses épaules. Mais un Atlas fluet, constamment menacé par la peur et la maladie, un Atlas épuisé par l'énormité de la tâche entreprise. Maître de l'univers… Il arrive sans clairon ni licteurs. Il vient chez Octavie désarmé, circule chez elle sans protection. Elle est le seul être au monde qu'il ne

142

craigne pas – sa grande sœur, sa « petite mère », son refuge.

Sa chose, aussi. Dont il lui plaît de disposer à son gré. Aussi ne la prévient-il jamais de ses visites ; il peut rester plusieurs jours sans venir, ou venir plusieurs fois dans une même journée. Dès qu'il paraît, Octavie renvoie ses femmes, son masseur, ses poètes, elle cache ses enfants, roule son livre : elle l'écoute. Surtout lorsqu'il ne parle pas et qu'il reste là, debout, le bras droit serré contre la poitrine, la main accrochée au repli de sa toge, l'air buté. Ou qu'il se laisse tomber sur le premier siège venu en se plaignant, comme un petit garçon grognon, de sa santé et ou du mauvais temps. Elle écoute. Elle attend. Attend que, de sa voix brisée, dans un murmure déchirant, il se mette à mentir. Effrontément. Et qu'à son insu il révèle ainsi la vraie raison de sa visite…

Elle l'aime. Voudrait pouvoir un instant alléger le poids de ses fonctions, partager avec lui les soucis que causent à ses légions les peuplades rebelles des Pyrénées ou les tribus de la mer Rouge. Mais elle s'illusionne de moins en moins ; comme elle le dira plus tard à Séléné, Séléné devenue sa confidente : « Ne crois pas que tu pourras jamais aider un homme de pouvoir à porter son fardeau. Certes, il gémit sous la charge, mais il préfère la porter tout seul… »

Elle sait de quoi elle parle, elle a été la femme de Marc Antoine et elle est la sœur d'Auguste.

Donc, son frère a mal à la gorge. Comme d'habitude. Vite, elle lui fait servir un vin au miel, bien chaud. Elle l'aide à ôter sa toge – grands dieux, pourquoi s'impose-t-il, même en privé, ce vêtement malcommode ? Ah oui, pour l'exemple : « Les Romains sont *le peuple de la toge*, n'est-ce pas ? Puisque, par respect pour les traditions, j'ai interdit aux citoyens d'assister aux spectacles de l'hippodrome et des arènes sans toge blanche, il est juste que je m'inflige, comme leur chef, une peine encore plus lourde – toge à toute heure ! » Il essaie de se moquer de lui-même. Mais son extinction de voix rend son rire pathétique...

Il se laisse envelopper sans résister dans une pèlerine gauloise de laine épaisse. Il renverse la tête contre le dossier de son fauteuil d'osier. « Je me sens faible comme un chiffon mouillé, reconnaît-il.

— Tu es épuisé, mon pauvre Gaius, et gelé. Tu ne devrais pas, en ce moment, emprunter notre galerie couverte : ce souterrain est si humide, si malsain... Tiens, prends quelques dattes dans ce panier, les douceurs sont bonnes pour ta gorge. »

Des *enfants délicieux* très bruns, comme il les aime, allument avec grâce les larges braseros, puis s'agenouillent devant lui afin qu'il puisse essuyer à leurs longs cheveux parfumés ses mains empoissées par les fruits. « Qu'on apporte au Prince Auguste des petits poissons séchés », ordonne Octavie. Elle sait qu'il adore manger chez elle – des pois chiches grillés, des cœurs de laitue, de ces mets simples qu'on servait chez leur grand-mère ; il a les banquets en horreur, ne se couche même pas pour dîner, mais il grignote, grappille toute la journée, et Livie ne veille pas assez à ce que ne lui tombent sous la main que des aliments sains, reconstituants.

Si son frère est souvent malade, pense Octavie, c'est qu'il se nourrit peu et ne dort pas. Pourquoi fait-il encore tant de cauchemars maintenant que les guerres sont finies ? Des rêves terribles, absurdes, auxquels ses devins et son philosophe, l'inévitable Areios, peinent à trouver des interprétations rassurantes... Il a peur de la nuit. Ne se contente plus d'un *lucubrum*, comme les enfants et les esclaves de service. Il lui faut, dans sa chambre, des flambeaux allumés. Et des conteurs de toutes les nations, disponibles à n'importe quelle heure. C'est bercé par leurs récits merveilleux qu'il parvient quelquefois à se rendormir au matin. Il s'endort quand le jour se lève...

Comme si ses pensées et celles de sa sœur s'étaient croisées, le Prince murmure : « Je voudrais un conteur égyptien. Pour changer. J'ai essayé un Numide, tu sais, ce Juba qui vit chez Calpurnius Pison, mais il était si jeune quand notre oncle l'a amené à Rome qu'il ne connaît plus que des contes grecs, de ces histoires "milésiennes" qu'on m'a déjà racontées cent fois... Alors, j'ai pensé à cette créature, cet horrible Pygmée que Nicolas de Damas t'a laissé, peut-être sait-il des contes du Nil ? Des histoires d'hippopotames ou d'oiseau-phénix ? Donne-le-moi.

— J'ai toujours pensé que cet Éthiopien finirait dans ta maison, mais j'imaginais plutôt qu'il me serait demandé par Livie, pour sa collection de nains... Quant à veiller près de toi toutes les nuits, à son âge mon Pygmée ne le pourra pas : ses cheveux sont blancs, son front est ridé, la peau de ses mains, fripée. Prends ce vieillard deux ou trois fois pour te distraire, puis rends-le à Séléné, elle a besoin de lui. »

Il a presque fini son plat de poissons ; chez elle, il a toujours bon appétit. Il lui sourit. Beau, très beau sourire. Ne pas s'y laisser attraper. En chuchotant, il reprend : « Encore besoin de son bouffon, ta protégée ? Pourtant, on m'assure qu'elle a retrouvé sa santé, et même son esprit. Pour ma part, je ne l'ai jamais crue idiote. »

Depuis le Triomphe, il n'a fait que croiser la petite Égyptienne, mais il se souvient parfaitement d'elle à Samos. La fille lui avait paru bien élevée. Plus soumise que Julie, en tout cas. Très polie, et même obséquieuse – ah, sa fichue manie des prosternations ! Mais il se rappelle, amusé, la manière dont, au moment de quitter l'île, elle l'a flatté pour qu'il cède à son caprice : embarquer avec lui sur le plus beau des vaisseaux, le navire amiral. Certes, il était un peu surpris (« Après tout, dit-il à Octavie, je venais de tuer ses parents, ses frères, elle aurait pu être fâchée »), mais il l'avait exaucée. « Je suis ainsi fait, conclut-il, que la rouerie me touche toujours... », et il sourit.

Il se veut capable d'ironie, mais Octavie sent bien que toutes ses pensées aujourd'hui le ramènent à l'Égypte – il a envie qu'on lui parle du Nil, des crocodiles, et même des Ptolémées... Pourquoi ? Problèmes de frontière avec les Arabes ? ou difficultés avec Gallus, le préfet qu'il a nommé trois ans plus tôt pour administrer le pays conquis ?

Cornelius Gallus... Un ancien ami d'Antoine. Dans leur jeunesse, ils étaient allés tous les deux jusqu'à partager la même maîtresse, la danseuse Cythéris. Ou, plus exactement, Gallus avait « recueilli » Cythéris quand Marc Antoine l'avait abandonnée. À la danseuse (qui finit par le quitter pour un officier du Rhin), le jeune homme avait dédié quatre volumes de vers. Car il était poète et ami de Virgile. Pour le jeune Properce, qu'Octavie patronne aujourd'hui, Gallus est même « le maître », un grand lyrique dont, assure-t-il, les siècles futurs honoreront la mémoire. Ce nouvel Orphée est aussi un stratège ; sans le ralliement des légions de Gallus au lendemain d'Actium, sans la manière dont le poète avait fermé les ports de Cyrénaïque à la flotte d'Antoine et pris Alexandrie en tenailles, Octave n'aurait jamais pu conquérir la ville. Mieux, sans Gallus l'élégiaque, qui, après la chute d'Alexandrie, avait trouvé le moyen de s'introduire par ruse au premier étage du Mausolée de la Reine, jamais on n'aurait pris Cléopâtre vivante…

Le préfet d'Égypte, voilà ce qui tracasse son frère aujourd'hui, Octavie est prête à le parier. Mais elle sait aussi qu'il ne parlera pas : « Le silence apporte une récompense sans risques » – encore un de ses grands principes ! Moyennant quoi, la bile lui brûle le foie tandis qu'il fait mine de s'intéresser à Séléné, au Pygmée de Séléné, aux amitiés de Séléné. « J'ai lu dans le *journal* de ta maison, poursuit-il en forçant sa voix, que ton Égyptienne s'entend à merveille avec ta fille Prima.

— Oui, elles ont le même âge.

— Et elles sont sœurs, après tout… J'ai vu aussi qu'elle passe beaucoup de temps avec mon beau-fils Tibère. Que peuvent-ils se dire ?

— Tu dois le savoir mieux que moi… Tes scribes n'en ont-ils pas pris note ? Il est vrai que ces deux enfants ne sont guère bavards, je suppose qu'ils se contentent d'être ensemble. »

Tibère et Séléné. Elle les trouve souvent assis sur un banc ou un muret, non loin l'un de l'autre ; ils regardent en même temps les mêmes choses – un vol d'hirondelles, un figuier taché de violet, les étoiles suspendues au couvercle du ciel…

Une seule fois, elle a su le contenu d'une de leurs conversations – par la petite Antonia qui avait surpris un échange de propos quand les enfants, en groupe avec leurs pédagogues, étaient descendus à pied suivre un grand procès à la basilique Julienne.

D'après Antonia, Séléné, profitant de ce que leurs chaperons traînaient en arrière, avait interrogé Tibère sur la manière dont, à Rome, on fait mourir les condamnés. « Est-ce qu'on les oblige à boire du poison, comme Socrate ?

— Non, avait répondu le fils de Livie, ici nous ne pratiquons ni l'empoisonnement, ni la lapidation, ni le pal. »

Mais, soucieux sans doute de permettre à la jeune Égyptienne de suivre avec plus d'intérêt les plaidoiries, d'en saisir au mieux les enjeux, il s'était mis à décrire, avec force détails, les différents modes d'exécution romains : l'égorgement (« banal et militaire, disait-il, inutile de s'y attarder ») ; la suspension à un *arbre stérile*, qui pouvait – « c'est l'avantage » – être mise en œuvre à la maison, par des bourreaux privés ; la crucifixion, variante (avec clous et poteau préinstallé) du châtiment précédent, à l'usage des esclaves et des bandits de grand chemin ; la décapitation après jugement, exécutée à la hache, en public, et au son des trompettes ; la strangulation au lacet, réservée par faveur aux femmes et aux enfants ; la flagellation à mort, pratiquée dans le cadre domestique, au gré du père de famille ; l'emmurement, qu'on n'appliquait qu'aux vestales coupables d'impudeur ; la *præcipitatio*, qui punissait les « monstres » – parricides ou traîtres, cousus dans un sac de cuir avec un coq, une vipère et un chien vivants, avant d'être jetés du haut d'un pont ou de la roche Tarpéienne ; l'*inanitio* par privation totale d'eau et d'aliments, un châtiment doux, quoique lent, « parfait pour les femmes adultères » ; le bûcher, prévu pour les seuls incendiaires, « mais les incendiaires, à Rome, avec toutes ces maisons en bois, tu te doutes que nous n'en manquons pas ! » ; enfin la condamnation aux bêtes, qui tendait de plus en plus à remplacer la crucifixion des esclaves et la décapitation des *humiliores*, « bien qu'entre nous, Séléné, voir des lions ou des ours dévorer un homme attaché, ce soit plus curieux que passionnant… C'est même vite répugnant quand on a le sens artistique. Du coup, on groupe ces exécutions autour de midi, quand le public sort des arènes pour aller déjeuner et qu'il ne reste plus sur les gradins que des gros paysans qu'amusent le repas des fauves et les hurlements de la viande fraîche… »

« Mère, c'est horrible, disait Antonia, ils se racontaient des choses horribles, Tibère et Séléné ! Je vais en faire des cauchemars ! »

Il n'y avait rien d'horrible dans le traitement infligé à des criminels, c'est ce qu'Octavie avait expliqué à sa benjamine. Un bon citoyen devait regarder leur châtiment sans trembler, et même en se réjouissant que l'ordre règne : « Et puis, tu n'es pas une poltronne, qui tourne de l'œil à la première goutte de sang ! Souviens-toi de tes ancêtres, Antonia. » Du coup, Octavie s'était reproché de n'avoir pas encore, à la faveur de grands *jeux funéraires*, envoyé les cadets de sa maison assister à un beau spectacle de gladiateurs, cette école de courage. « Même quand il manque de talent, un gladiateur qui va mourir ne pleure jamais, il ne change pas de visage, avait-elle expliqué à sa fille en caressant ses doux cheveux blonds, il reste ferme, il garde les yeux ouverts, tend la gorge sans faiblesse, tu verras, ma chérie, tu admireras, et tu apprendras. »

De là à décrire complaisamment les affres de la mort, il y avait une marge. Tibère et Séléné n'étaient pas des enfants gais – même si maintenant Séléné s'appliquait à jouer autant qu'à étudier et Tibère à manier l'épigramme aussi bien que l'épée. Écrans de fumée, qui ne trompaient pas Octavie. Derrière ces faux-semblants, le garçon était comme une lune triste, la fille comme une aile brisée…

« En tout cas, ton Égyptienne a bien de la chance que mon beau-fils lui adresse la parole, dit Auguste entre deux quintes de toux. Moi, quand je lui pose une question et qu'il y répond, il a l'air aussi embarrassé que s'il tendait une pièce de monnaie à un éléphant ! La raideur de ce garçon m'exaspère. Et cet orgueil, cette morgue infernale des Claudii ! » La veine bleue réapparaît sur sa tempe.

« Ne t'énerve pas, Gaius. Tibère fait de son mieux. Mais il n'a pas l'amabilité de mon Marcellus, c'est vrai… Je ne sais comment cet enfant s'y prend, mais il touche tous les cœurs !

— Parce qu'il est beau. En politique, la beauté lui fera gagner du temps : les peuples jugent sur la mine… Quant au reste, je suis là pour l'instruire. Et j'y songe. Très précisément. »

Il se relève sans en dire plus. Deux esclaves accourent pour lui ôter la pèlerine et l'aider à replacer sa toge. Une opération difficile, minutieuse, d'autant qu'il est un peu maniaque sur le tombé des plis. « Je ne veux pas, explique-t-il, me présenter devant Livie dans une tenue négligée : une Claude, tu penses ! », et il rit avec sa sœur.

Octavie n'a pas été très étonnée quand elle a appris la disgrâce de Cornelius Gallus, le préfet d'Égypte : elle se doutait bien qu'en venant tousser chez elle, son frère cherchait à lui annoncer une nouvelle de ce genre…

Ce qui la surprend, c'est l'ampleur de cette disgrâce : le Prince a déclaré publiquement qu'il retirait à Gallus son « amitié ». Le mot, dans la politique romaine, a un sens fort – Auguste ne prive pas seulement Gallus de sa confiance, mais de toute forme de protection légale. Désormais, n'importe qui peut assassiner ce « non-ami »… Gallus le sait si bien qu'il n'a pas attendu : il s'est tué lui-même, dans le Palais Bleu d'Alexandrie.

Encore un compagnon d'hier qui disparaît, songe Octavie, et quelqu'un qu'il faudra prendre garde à ne plus mentionner. Car Auguste a poussé le Sénat à voter la *damnatio memoriae* du suicidé, tout en gémissant qu'on lui forçait la main : « Suis-je donc le seul à ne pouvoir limiter les effets de ma colère contre mes amis ? »

Les sénateurs n'ont pas à connaître directement du gouvernement de l'Égypte, soumise au Prince seul, ils ignorent donc les raisons de la disgrâce du préfet (Mécène a vaguement parlé d'« ingratitude » et de « mégalomanie »), mais ils ont voté la *damnatio* à une très large majorité.

Asinius Pollion, un ancien consul familier d'Octavie, a été l'un des rares à s'y opposer. Prudent, il ne conteste pas que Gallus, en tant que préfet, a mérité son châtiment, mais, lettré, il soutient que Gallus, comme poète, est trop grand pour être effacé. Il ne veut pas qu'on saisisse ses livres dans les bibliothèques pour les brûler, qu'on interdise aux libraires de les recopier. Il fait valoir que les vers écrits par Gallus en Égypte sont à la gloire du Prince autant que ceux de Virgile – Virgile qui, justement, fut le condisciple de Gallus à Milan et que Pollion presse maintenant d'intervenir avec lui pour sauver quelques poèmes.

Mais Virgile se défile. Par crainte – il ne vit que des largesses de Mécène. Ou par jalousie – un confrère « interdit de mémoire », c'est toujours un concurrent en moins dans la course à la postérité. Pire : alors que, douze ans plus tôt, il avait dédié à Gallus « ami d'Antoine » deux de ses *Bucoliques*, et qu'il avait récidivé après Actium en terminant ses *Géorgiques* sur une invocation au même Gallus « ami d'Octave », Virgile s'empresse de réviser sa copie. Il supprime de ses œuvres toute mention du pestiféré. Non sans regrets esthétiques : la composition de ses *Géorgiques*, auxquelles l'éloge du préfet servait de conclusion, va s'en trouver déséquilibrée… Mécène le rassure : « À tout prendre, de Gallus ou de moi, il valait mieux que ce fût lui le disgracié : tu citais mon nom dès ton deuxième vers, mon pauvre ami ! … »

Isolé dans son combat, Pollion a fini par se résigner. Il a fait retirer les ouvrages de Gallus de la bibliothèque publique qu'il finance sur le Forum. Il y a ajouté, conformément à la loi, les exemplaires qu'il détenait dans sa propre maison. Dans les mains sales du bourreau, il a posé les doux papyrus polis à la pierre ponce, les rouleaux à la tranche dorée, aux *boutons* ornés, ces longues coquilles où sont lovés les mots tendres et fragiles d'un poète amoureux des danseuses et des eaux lentes du Nil.

Sur le marché aux Bœufs, quinze jours après, on alluma un grand bûcher. Du premier étage de sa maison de l'Aventin, Pollion en vit monter la fumée. C'était le génie de Gallus qui s'envolait dans le ciel de Rome.

Séléné a les yeux qui pleurent. À cause des fumées, dit-elle.

Ses yeux la brûlent, Musa lui prescrit des pommades, elle pleure ? – Rome la rouge est trop enfumée. Ici, le ciel n'est jamais bleu, jamais pur. À Alexandrie, si douce, si belle, elle n'aurait pas eu autant de cendres sur les cils ni tant de larmes sous les paupières, elle en est sûre…

Quand elle s'assied au bord du grand bassin de pluie de la cour d'Octavie et renverse la tête en arrière, elle voit, au-dessus de l'auvent aux tuiles noircies, les volutes grises que la brise pousse vers l'Esquilin. Non que le Prince ordonne tous les jours des autodafés. Mais il y a la fumée des crémations, qui s'élève, épaisse, au-dessus des cimetières ; celle, plus rousse, des sacrifices divins devant les temples et les autels privés ; les minces spirales qui montent des tas d'ordures où agonisent les nouveau-nés « exposés » ; les tourbillons noirs des incendies allumés par des promoteurs pressés d'acquérir les ruines ; et les panaches bleuâtres qui s'échappent des immeubles : un million de braseros, de réchauds, de fours et de foyers sans cheminée rejettent par les fenêtres des appartements leurs bouffées asphyxiantes… Les « fils de la Louve », qui ont doté le monde entier de conduites d'eau, n'ont pas été capables d'inventer le conduit de fumée.

Voilà pourquoi les crépis écarlates virent tout de suite au brun, pourquoi le tuf des murailles s'assombrit, pourquoi le travertin grisaille, et pourquoi Rome la rouge est aussi une ville noire. Alexandrie était blanche et bleue…

Séléné ne se sent à l'aise que dans l'hippodrome, le Cirque Maxime : le plus large espace dégagé de toute la ville, le plus grand champ de courses du monde. Sur ce terre-plein aménagé pour deux cent mille spectateurs, on respire ; en haut des gradins, où s'installent autour d'elle les femmes qui n'ont pas accès aux loges officielles, on a de l'air, enfin ! Beaucoup d'air !

Au son des trompettes, la fillette ose rouvrir ses yeux douloureux – lentement, prudemment…

Dans la loge du *préteur* en fonction, Auguste a pris place sous le dais avec les membres de sa famille et quelques invités : deux ou trois anciens consuls et une demi-douzaine de sénateurs décrépits, ravis de faire leur cour au maître. Leurs femmes, encore adolescentes, ont sorti leurs rires aigus et leurs plus beaux bijoux ; elles tintinnabulent, scintillent, breloquent de partout.

Le Prince, attifé d'une tunique « faite maison » et d'une toge dont la laine grossière lui gratte le cou, se tourne, agacé, vers un vieux patricien : « Pourquoi, par Jupiter, vos femmes ne peuvent-elles s'habiller aussi modestement que ma Livie ? »

Octavie croise le regard étonné de son ami Asinius Pollion : modestement vêtue, Livie ? Elle réprime un fou rire. Dès qu'on quitte la politique, son frère est un grand naïf ! Livie a su le persuader qu'elle est habillée à l'économie… Oh, certes, elle n'abuse ni de la pourpre ni des soieries. Peu de colliers, peu de perles, pas de « grelots », cinq bagues seulement, et jamais de ces brocarts d'or si lourds qu'ils gênent la démarche. Mais plus l'élégance est discrète, plus elle est coûteuse. La beauté des « petites robes toutes simples » de la deuxième dame de Rome tient à la qualité rare des matières qu'elle emploie : de la laine, oui, mais une laine si fine que ses tuniques et ses étoles pourraient passer dans un anneau ; du lin de Retrovium, le plus blanc, le plus serré ; des voiles légers en mousseline de coton, qui l'enveloppent comme un nuage ; et un tout petit volant matrimonial que souligne à peine un étroit galon, mais brodé de nacre ou tissé d'argent… La simplicité de Livie est ruineuse.

Auguste a fait asseoir près de lui son neveu Marcellus et sa fille Julie. Octavie et Livie, derrière eux. Avant qu'on ne donne le départ de la première course, il leur montre avec satisfaction la bonne tenue du peuple romain : jusqu'au vingtième rang au moins, tous les hommes sont en toge – blancs de pied en cap. Le bras droit nu. Sans capuchon ni manteau, même en hiver. Dignes. Le Prince est heureux de voir ses instructions respectées : « Vois-tu, Marcellus, au peuple il faut parler doucement, mais avec un fouet dans la main. Pour son bien… »

Il a rétabli un peu d'ordre aussi dans l'attribution des places : plus de mélange entre les classes, de confusion entre les sexes. Désormais, les sénateurs, avec leur toge à bande pourpre, siègent tout en bas, sur les coussins du premier rang ; les *chevaliers*, bourgeois enrichis, occupent les rangs suivants ; puis viennent les garçons de moins de quatorze ans avec leurs péda-gogues, dans un carré réservé, et, à côté, les *honestio-res*, la plèbe décente, celle qui peut encore s'offrir un coupon de laine blanche et les frais de détachage ; au-dessus, dans les virages et sur des bancs de bois trop étroits, les tuniques brunes ou grises des *humiliores* dans la débine et des affranchis sans le sou ; plus haut encore, sur des plates-formes branlantes, les immigrés et les esclaves. Debout.

Les femmes sont assises à part, avec les jeunes enfants. Hors d'atteinte des gestes obscènes et des propos scabreux. D'en face, Auguste regarde avec tendresse leur petite foule, toutes ces taches roses et jaunes posées en bordure du ciel comme des fleurs sur un balcon. Et même si, d'où elles se trouvent désor-mais placées sur les gradins, les épouses et les vierges sont trop loin pour pouvoir admirer le mâle visage des conducteurs de chars ou le masque viril du gladiateur blessé qu'on égorge, personne, constate le maître, ne s'est plaint du changement – sauf les libertins et les coureurs de dot.

Aucun Romain, à son avis, ne regrette la pagaille d'autrefois. L'anarchie, c'est la mort des faibles, c'est le vol, c'est l'assassinat... Le Prince se penche vers Marcellus : « Souviens-toi qu'un chef doit traiter les citoyens en enfants s'il veut en être respecté comme un père. » Les chevaux sont sortis des écuries, ils se rangent derrière la corde blanche, le juge va jeter sa serviette. « N'oublie pas non plus, ajoute l'oncle dans un murmure, qu'en tout il suffit de vouloir. Mais vouloir sans répit, sans relâche, sans pitié pour soi… » Déjà, le grondement du galop, les ronflements de l'orgue hydraulique et les cris des supporteurs qui encouragent leur équipe (« Allez les Verts ! », « Allez les Bleus ! ») interrompent sa leçon de gouvernement : Marcellus, passionné de courses (il a parié sur la victoire des Rouges, contre sa cousine Julie), Marcellus ne l'écoute plus.

Ce soir, le prince dira à sa sœur qu'il trouve son neveu puéril – plus qu'il n'est permis à quinze ans. Il est temps qu'il découvre la vie des camps, la guerre, la peur. Cette peur qui fait grandir les enfants… Il l'emmènera dans l'expédition qu'il projette en Espagne, contre les Basques. Maintenant qu'il a repris en main l'administration de l'Égypte et verrouillé le pays en l'interdisant aux sénateurs et aux chevaliers – bref, à tout ce qui peut compter, donc comploter –, il va s'occuper des provinces de l'ouest. Imposer à tous la paix romaine. Contraindre les peuples au bonheur. La fin de l'Histoire…

Douze courses. Douze ! On verra même aujourd'hui des attelages à huit chevaux. Et, pour finir, des cavaliers thessaliens chevauchant des taureaux sauvages, et une loterie gratuite avec des milliers de cadeaux à distribuer. C'est dire qu'on en a pour la journée… Quand Auguste s'ennuie, pas question qu'il s'absente : a-t-on jamais vu un dieu quitter son temple ? D'ailleurs, la plèbe veut qu'on partage ses plaisirs, qu'on aime ce qu'elle aime, qu'on s'y donne tout entier. Le grand César n'a pas su s'y prendre : il se faisait haïr lorsque, dans l'hippodrome, pour ne pas perdre de temps, il lisait son courrier. Son petit-neveu a retenu la leçon et trouvé le juste équilibre : comme le dernier des citoyens, il regarde, applaudit, sourit. On vante sa simplicité. Sa dignité aussi. Car il ne laisse jamais oublier ce qu'il est et garde, jusque dans ces distractions, la gravité qui convient. Tout au plus s'autorise-t-il, entre deux courses, quelques bavardages sans façon avec ses voisins. À la sixième heure, il a rétrogradé Marcellus et Julie au rang de Livie pour faire « remonter » près de lui Octavie et Agrippa.

Assis entre ces deux-là, il se rassure, se relâche un peu, ils forment sa garde rapprochée, mourraient pour le sauver… Maintenant qu'en plus il les a faits gendre et belle-mère, et que les enfants de l'un sont les petits-enfants de l'autre, il peut, avec les deux, parler de l'avenir du clan. Marcella, justement, vient d'accoucher d'une deuxième fille. Qu'elle élèvera – comme la première – avec Vipsania, la « petite fiancée » de Tibère, qu'on a retirée à la garde de Pomponia. « Trois filles, mon pauvre ami ! dit Auguste. Alors, toi aussi, tu n'es bon qu'à engendrer des harpies qui nous déchireront de leurs griffes ? »

Il fait mine de compatir, mais au fond il se réjouit : Agrippa, s'il n'a pas d'héritier mâle, n'en sera que plus enclin à défendre le jeune Marcellus auquel, désormais, il se trouve apparenté. Mais avant d'engager Marcellus dans la « carrière des honneurs », il faut songer à bien marier sa sœur Claudia, benjamine des Marcelli. Il se trouve que Paul Æmile Lépide, ancien consul, vient de perdre sa troisième femme. La crème de l'aristocratie, ces Lepidi. Avec, par-dessus le marché, de grands domaines dans la province d'Afrique. Riches à millions ! Il faut saisir l'occasion.

« Claudia ? Mais elle n'a que quatorze ans ! proteste Octavie.

— Et alors ? Dans les bonnes familles d'antan, elle aurait été mariée depuis deux ans. Regarde ma Livie : à quatorze ans, elle était déjà l'épouse de son premier mari, et elle n'en avait que quinze quand elle a mis Tibère au monde… Dès qu'une femme est formée, la virginité ne lui vaut rien : c'est l'avis de Kharmidès, le nouveau médecin de Livie. Au reste, je plains les mères qui doivent veiller sur la vertu de filles pubères ! … Si nous marions Claudia, nous pourrons célébrer en même temps les noces de Prima : il y a cinq ans déjà que, sur son lit de mort, j'ai promis au vieux Domitius "Barberousse" de marier ta fille à son Lucius. Ce garçon a pris la toge virile depuis longtemps et chacun sait qu'aujourd'hui il court les lupanars, les étuves, les joueuses de flûte et les *ambulatrices* – passe de jeter sa gourme et de fréquenter les mauvais lieux, mais il est sénateur : imagine qu'un jour il s'attaque aux femmes de ses pairs ? qu'il cause un scandale ? Livie pense que si nous lui donnons Prima dès maintenant, il s'assagira. »

Livie ! Toujours Livie ! Mais de quoi se mêle-t-elle ? se demande Octavie. Est-ce de ses filles à elle qu'il s'agit ? Et depuis quand prend-on l'avis de cette pimbêche dans les affaires de la lignée ? « Moi aussi, Gaius, j'ai consulté. Et peu de médecins partagent le sentiment de ton Kharmidès. Notre Musa souligne, au contraire, que personne ne vit plus vieux que nos chastes vestales dont le corps n'a pas eu à supporter les douleurs de l'enfantement. Tous nos gynécologues craignent d'avoir à accoucher des femmes dont le bassin n'a pas encore atteint la taille convenable à la maternité. Ma Prima n'a pas treize ans : si elle est nubile, elle n'est pas pubère. Je ne la marierai donc pas. Que Lucius Domitius aille aux putes tant qu'il lui plaira ! Et quant à garder mes filles dans l'honneur, fais-moi la grâce de croire que j'en suis capable ! Elles seront des épouses pudiques et dignes. Des épouses fidèles. J'y aurai peu de mérite : les médecins de Cos ont depuis longtemps démontré que ce sont les mariages précoces qui font les femmes lascives et adultères… »

Une pierre dans le jardin de Livie : mariée à quatorze ans, n'était-elle pas adultère à dix-huit ? Avec Octave Auguste, précisément… Lequel a pris la pierre pour lui. Il se rembrunit, mais, presque aussitôt, affecte de prendre les résistances d'Octavie à la plaisanterie. Pour désarmer sa « grande sœur », l'amuser, il se fait le visage las de Mécène – moue dédaigneuse, regard opaque, air désabusé – et, traînant sur les mots à la manière précieuse, comme son ministre, il susurre, la bouche en cœur : « Ne te fâche pas, mon petit miel, mon ivoire étrusque, pardonne mes offenses, ô diamant du Palatin, perle du Tibre. Dorénavant, tous les propos que je t'adresserai seront saupoudrés de pavot, ô parfum des vertus, miel des nations, fleur de sagesse… » Puis, ramenant sur son front la mèche qu'il avait repoussée en arrière pour paraître aussi dégarni que son vieil ami (quel comédien, quand il veut), il conclut, de sa voix ordinaire : « Je ne marierai Claudia que l'an prochain. Et nous ne livrerons pas Prima à Lucius Domitius avant qu'il n'exige lui-même l'exécution du contrat. Je m'y engage. En compensation, envoie-moi de temps en temps la fille de Cléopâtre, que je voie ce qu'on pourra faire d'elle. Non, rassure-toi, celle-là je ne la marierai pas. Ni à un Romain, ni à un étranger. En restant célibataire, cette chanceuse pourra vivre aussi vieille que tes vestales… C'est avec elle que s'éteindra la race des Ptolémées. »

Pour sa première visite au Maître, Séléné n'a pas emporté son arme secrète, ce poinçon qu'elle a récemment fait aiguiser grâce à Diotélès qui circule librement dans la ville.

Le Pygmée avait d'abord tenté de résister : « Pourquoi rendre cet instrument plus dangereux qu'il n'est ? La pointe me semble bien assez fine pour écrire sur de la cire ou du plomb. Veux-tu donc graver dans le bronze ? Tu finiras par te blesser… » Mais la fillette s'est obstinée ; pour attendrir l'amateur de roses en bouton, elle s'est même risquée à minauder, laissant glisser sur son épaule la bretelle de sa tunique de dessous, à l'exemple de Claudia qui depuis longtemps regarde sans honte les genoux des hommes et compare la beauté de leurs cuisses.

Diotélès a fini par céder. Moins par goût des nymphettes que par vanité de Pygmalion. Dans les yeux de sa princesse, il se voit en « homme entier » : ni bouffon, ni crépu, ni fils d'esclave, ni demi-portion, ni *face brûlée* – un vieux maître, presque un père, dont elle ne saurait se passer…

Maintenant, Séléné dispose d'un stylet affilé par un serrurier de la rue des Étrusques ; il lui paraît criminel à souhait.

164

Cependant, la première fois qu'Auguste l'a convoquée, elle n'a pas emporté l'arme. Le poignard est resté caché avec le cornet à dés, sous son traversin ; elle avait entendu dire que le Prince faisait fouiller tous les visiteurs qu'il recevait dans sa maison, même les sénateurs qui s'y pressent en foule chaque matin pour la *salutatio*.

À la sortie du souterrain, l'esclave *invitator* qui la guidait l'a menée de pièce en pièce, et de cour en cour, dans la maison de Livie. Elle a dû attendre partout. Il y avait beaucoup de monde dans les couloirs, les bureaux. Des scribes à tablettes ou à rouleaux, des gardes germains avec le glaive au côté, et des *clients* pauvres des Julii qui semblaient là comme chez eux, mangeant, buvant, ronflant sur les banquettes et sur les marches.

Le Maître ne l'a pas reçue seul. Mécène, son chef du renseignement, assistait à l'entretien. Il ne s'est pas nommé, mais Séléné l'a reconnu – ce visage maigre, cette bouche amère, ce crâne d'autruche pelée –, elle l'a reconnu pour l'avoir vu souvent au premier rang des théâtres où il applaudissait à grands cris les danses de Bathylle, son acteur favori.

Auguste et lui étaient assis sur des pliants d'égale hauteur, dans une petite pièce rouge décorée de masques de tragédie – une pièce sombre, que les masques grimaçants rendaient plus effrayante. De toute façon, Séléné n'aime rien dans la maison de Livie. Une maison tout en pente, qui dévale la colline en suivant les degrés d'une vieille ruelle, l'« escalier de Cacus ». Une maison triste, mal distribuée, mal décorée, où les cloisons sont peintes à l'ancienne mode, comme des murs de théâtre : fausses colonnes, fausses fenêtres, fausses corniches, fausses portes, sans la moindre échappée vers un faux ciel ou un faux jardin – tout est clos ici, et rien ne va droit.

Sur ce fond de caryatides en trompe-l'œil et de perspectives bouchées, le Prince, sévère comme un buste de bibliothèque, lui a posé quelques questions. Anodines apparemment, mais il chuchotait si bas qu'elle avait du mal à l'entendre. Plusieurs fois, Mécène a dû répéter. Si elle tardait à répondre, l'ancien ministre traduisait la question en grec. Elle a mis son point d'honneur à ne répondre qu'en latin.

« Quel âge as-tu ? » a d'abord demandé le Maître, comme s'il avait affaire à une demeurée.

Elle se tenait debout devant eux, et Mécène l'examinait de la tête aux pieds. « J'ai treize ans », dit-elle. Et aussitôt, par peur de tomber dans un piège, elle ajouta prudemment : « Je crois…

— Tu crois ? s'étonna Auguste. Tu n'en es pas sûre ? » Il la prenait vraiment pour l'idiote qu'elle avait feint d'être !

« Si. Mais j'ai dit "je crois" parce qu'on ne fête jamais mon anniversaire…

— On ne fête pas non plus celui de Drusus. Sais-tu pourquoi ?

— Non, César. »

En vérité, elle le savait : on ne pouvait fêter l'anniversaire de Drusus parce qu'il était né un quatorze janvier. Jour déclaré néfaste par le Sénat, jour sans fête et sans joie, puisqu'il s'agissait par ailleurs du jour de naissance de Marc Antoine, son père, dont le nom ne devait plus être prononcé. Mais si César pensait qu'elle, Séléné, serait assez bête pour mentionner un « interdit de mémoire », il en a été pour ses frais !

Souriant d'un air entendu, les deux hommes étaient vite passés à d'autres sujets. Elle s'aperçut qu'elle ne craignait pas leurs questions – elle s'en tirait, le plus souvent, en bonne élève : par des citations. Elle redoutait bien davantage leurs regards. Celui de Mécène, surtout. Et si, en vierge sage, elle gardait les yeux baissés, fixant jusqu'au vertige les motifs géométriques de la mosaïque blanche et noire à ses pieds, c'était d'abord pour ne pas croiser ce regard qui la déshabillait. Il y avait si peu à lui ôter pour l'imaginer nue ! Sur sa *tunique intime*, une simple robe de laine beige tissée par Marcella, sans plis ni rubans ; une petite ceinture d'étoffe rose ; pas de soutien-gorge, puisqu'il n'y avait rien à soutenir ni à comprimer, et aucun bijou – sauf, autour du cou, sa minuscule amulette d'Horus-faucon. Elle n'avait jamais été habillée avec la même recherche que les filles d'Octavie. C'était un parti pris de la sœur d'Auguste : ne pas habituer au luxe une enfant dont on ne savait quel serait le destin.

Sans doute Auguste fut-il frappé de cette modestie car il demanda à Séléné si elle aimait les belles toilettes.

Il fallait, c'était clair, prétendre que non. Elle songea à répondre par un vers du jeune Properce, un élégiaque qu'on voyait souvent chez Octavie ;

les poètes latins plaisaient sûrement au Prince des Romains, même si, d'après Diotélès, ils étaient loin de valoir les grecs. De Properce, elle ne connaissait que quelques maximes choisies par son grammairien. Elle pensa dire : « La bonne conduite fait accepter par ses façons une mauvaise toilette », mais il lui parut aussitôt qu'un tel vers pourrait être mal interprété ; le Maître allait y voir une critique : « mauvaise toilette », était-ce à dire qu'elle se trouvait mécontente des robes dont Rome lui faisait la charité ? Elle hésita, perdit du temps, Auguste s'impatienta, il répéta sa question, elle se raccrocha en hâte à une autre citation : « Si elle plaît à un seul, une femme est assez parée », et sur-le-champ elle sentit le ridicule de ce qu'elle venait de lâcher. Elle le sentit avant même que Mécène ne partît d'un grand rire, et le Prince d'un rire étouffé qui le fit tousser.

Mécène insista, soulignant cruellement sa sottise : « Dis-nous donc, enfant, quel est cet inconnu qui te pare de son amour ? Serait-ce le gracieux Tibère ? » Elle rougit. « Ne s'agirait-il pas plutôt du jeune Drusus ? À moins que quelque vieil esclave... Ton magnifique Pygmée peut-être ? Mais oui, c'est ça ! Quelle conquête ! Et comme elle doit somptueusement t'habiller ! » La tête penchée, les mains dans le dos, elle se tenait devant eux comme une prisonnière, serrant son poignet à le briser. Ne pas lever les yeux, surtout ! À ses pieds elle voyait danser la mosaïque noire. Elle croyait entendre ricaner les masques édentés peints sur les murs rouges. « Cesse de te trémousser ! reprit Mécène, très en verve. Et

ne te tords pas les mains comme ça, tu as les attaches fines, évite de les abîmer… N'est-ce pas qu'elle
a les attaches fines ? » dit-il en s'adressant au Maître.
Auguste chuchota quelque chose qu'elle n'entendit
pas. Et Mécène rit de plus belle. Elle sentit le regard
des deux hommes s'attarder sur ses chevilles, sur ses
bras que sa robe découvrait trop, sur sa nuque. Elle
crut comprendre qu'ils parlaient de sa mère. Puis
Mécène murmura : « Fruit vert. Mais puisque tu
aimes l'acidité… »

De sa voix éraillée, le Prince voulut la rassurer :
« Allons, fillette, tu n'as pas dit trop de bêtises, il
ne faut pas pleurer… » Elle releva la tête comme si
elle avait reçu un coup de cravache, « Je ne pleure
pas ! » Leurs regards se croisèrent, elle savait que
le maître de Rome se flattait que personne ne pût
soutenir son regard, qu'il croyait foudroyant ; elle
le soutint pourtant assez longuement et vit, pour la
première fois, qu'il avait les yeux couleur de rouille.
Puis elle abandonna la partie, retournant à la
contemplation du pavement. « Fruit vert, dit encore
Mécène à mi-voix, et très résistant sous la dent…
Amusant, non ? »

« Va, dit Auguste à sa visiteuse, je te reverrai… Ah,
laisse-moi te charger d'une mission pour ma sœur, dis-
lui que ce petit Properce, que tu cites sans l'avoir lu,
mon ami Mécène ici présent souhaiterait le voir plus
souvent dans ses Jardins. Il est temps que ce garçon
cesse de nous ennuyer avec ses amours et qu'il se mette
à chanter la grandeur de Rome. Mécène sera pour lui
d'excellent conseil. Que ma chère Octavie lâche donc
un peu son favori, c'est moi qui l'en prie ! »

Séléné mit les mains à la hauteur de ses genoux et s'inclina. Prosternation du premier degré. César ne protesta pas. Il répéta tout bas : « Je te reverrai, petite fille… »

On la ramena par le souterrain. Personne ne l'avait fouillée.

Asinius Pollion se tient dans le grand atrium d'Octavie. Tout le rez-de-chaussée sent l'huile chaude et la saumure de poisson. On prépare déjà les cinq services du dîner et la maison est trop petite pour qu'on ne reconnaisse pas, dès l'entrée, l'odeur des turbots en croûte et du gibier en sauce. Ce soir, la sœur d'Auguste réunit son « cercle » – c'est par ce mot, *circulum*, que les Romains désignent l'élite intellectuelle dont s'entoure la sœur du Prince. On a prévu trois tables pour les invités. Un dîner à vingt-sept. Comme toujours, Pollion est du nombre, mais il a demandé à voir l'hôtesse en particulier.

Il est encore en tenue de ville, n'a pas changé de chaussures. Un serviteur court vêtu, déjà parfumé, lui apporte une coupe de vin à la rose et un plateau de dattes au poivre pour le faire patienter.

Quand Octavie le reçoit enfin, c'est dans un cabinet privé dont les murs, peints de feuillages et d'oiseaux à la manière alexandrine, donnent l'illusion d'un verger. « Que de chefs-d'œuvre dans cette maison ! dit Pollion qui a eu tout le temps d'admirer, près du bassin de pluie, les aiguières ciselées du vaisselier. Je ne me lasse pas de contempler la coupe d'onyx que ton frère t'a rapportée d'Égypte… Mais la plus belle pièce de la collection, c'est assurément sa propriétaire ! » Octavie est habituée aux compliments de Pollion, à ses plaisanteries, et même à son franc-parler. « J'ai servi la République, rappelle-t-il parfois, puis ton mari qui n'était pas républicain, puis ton frère qui l'est encore moins, sans jamais cesser de dire ce que je pensais. Ou à peu près… » Elle l'aime beaucoup. Elle sait qu'il l'aime aussi – presque trop.

« Venons-en au fait, Pollion, je suis pressée, je n'ai pas encore passé ma robe de banquet et on ne t'a pas lavé les pieds. Mes invités commencent à arriver, et nous serons en retard. »

Du pli de sa toge, Pollion tire sa *mappa*, sa serviette de table personnelle qu'il déplie et dont il sort un petit rouleau. Sans étiquette. « J'ai retrouvé ça dans ma bibliothèque. Par hasard. Un magasinier distrait l'avait rangé dans le même "nid" que *La Guerre des Gaules*.

— Bien sûr, bien sûr, tout le monde sait, n'est-ce pas, que les livres ne t'intéressent guère et que les rouleaux s'entassent chez toi dans le plus grand désordre… »

Octavie commence à dérouler le volume, et, sans surprise, reconnaît des vers à Cythéris. Des vers de Gallus à sa maîtresse enfuie vers le nord, des vers encore pleins de tendresse pour celle qui le trahissait : « *Seule, sans moi, tu vois les neiges des Alpes et les glaces du Rhin. Puisse le froid ne te causer aucun mal…* »

« Je te laisse juge de ce qu'il faut en faire, dit Pollion.

— Ce qu'il *faut* en faire, tu le sais aussi bien que moi, tu connais les lois. Quant à ce que je vais en faire, je ne le sais pas. Pas plus que toi.

— Il y a un seul endroit dans tout l'Empire où personne ne viendra chercher un…

— Évidemment ! Et c'est pour ça que je me trouve obligée de recueillir les restes de tous ceux qu'on nous défend de nommer ! Me voilà chargée de protéger Iullus, le fils de, mettons, Fulvia. Et Séléné, la fille de, disons, Cléopâtre. Et maintenant Cythéris, qui fut la maîtresse de, enfin du mystérieux géniteur de mes filles, et la muse de, comment dire, un célèbre ami de Virgile ? Crois-moi, Pollion, tous ces détours de langage et ces surcroîts d'embarras m'épuisent ! »

Elle se souvient de Cythéris. Du temps où la danseuse était la maîtresse de Gallus et où elle, Octavie, n'était que la jeune épouse du vieux Caius Marcellus, elle était allée la voir au théâtre, l'entendre même, car, à cette époque, l'actrice accompagnait encore sa danse de son chant. Cythéris créait, cette semaine-là, un nouveau spectacle, la sixième *Bucolique* de Virgile. Était-ce son mari qui avait été curieux de l'applaudir (on disait le ballet très osé) ou bien elle, l'honnête épouse, qui se demandait à quoi ressemblait la courtisane que Marc Antoine, l'allié de son frère, avait renvoyée pour convoler avec Fulvia ?

En tout cas, Cythéris, peu vêtue, avait exécuté de façon charmante la danse d'*Æglé*, la nymphe des eaux mutine et provocante qui barbouille le front du vieux Silène de jus de mûres. Il y avait dans ses attitudes une extrême fraîcheur, presque de l'innocence… C'était à la fin du ballet que les choses se gâtaient. Cythéris ne chantait pas les quinze derniers vers du poème : trop de tambourins dans l'orchestre. Un acteur au timbre puissant disait le texte à l'avant-scène, l'actrice se bornant à mimer la danse de Pasiphaé avec le taureau. Mais quelle danse ! Si explicite qu'elle en devenait gênante : la manière dont la danseuse se déshabillait peu à peu, dont son corps se tordait de désir, les gestes dont elle enveloppait son taureau invisible, l'ivresse de leur accouplement contre nature… Sur les gradins, les hommes avaient l'illusion de la posséder, les femmes haletaient avec elle. Octavie ne savait quelle contenance adopter – voilà donc ce que cette même femme, avec Marc Antoine… Son vieux mari avait applaudi très fort. « Du grand art ! » disait-il. Et sur le front de l'ancien consul perlaient des gouttes de sueur. C'est ce soir-là sans doute qu'ils avaient conçu Claudia… Moins d'un an après elle était veuve, et déjà remariée. Avec l'ancien amant de Cythéris. Dont il lui semble entendre encore la voix moqueuse : « Contre nature, Octavie ? En es-tu sûre ? Ce qui nous rend heureux peut-il être contre nature ? » *La danse de Pasiphaé et du taureau*…

Elle en a presque oublié son dîner, sa maison, Pollion. Pollion qui insiste : « Je ne te demande pas de sauver Cythéris. Qui se soucie d'elle ? Ce qui est digne de survivre, en revanche, c'est…

— J'ai compris. » Elle ferme le rouleau, le glisse dans la ceinture de sa tunique. « Plus un mot… Allons nous changer pour le dîner. Dès la *gustatio*, pour vous mettre en appétit, je vous ferai entendre une petite chanteuse arabe. Tu verras, c'est curieux. Et au second service, pour l'intermède comique, j'aurai Bathylle lui-même, notre dieu de la scène… Va vite, Pollion, et oublie les morts.

174

— Impossible : j'écris mes Mémoires. » Il a soudain l'air gêné. « J'écris l'histoire de nos guerres civiles… »

Elle s'arrête, le dévisage, soupire « Tant pis pour toi ». Et elle lui rend le rouleau.

DAMNATIO MEMORIAE

Que reste-t-il de Cornelius Gallus qui fut, en son temps, le maître de l'élégie ? Deux vers que j'ai cités, et que Virgile ne put supprimer des anciennes copies de ses Bucoliques. *Deux vers – « Ne prends pas froid… » – comme un baiser d'adieu à sa belle Cythéris, disparue dans les brumes de Germanie. Et rien d'autre pendant deux mille ans* : damnatio memoriae.

Puis, soudain, en 1978, dix vers de plus, trouvés sur un fragment de papyrus, dans le désert, au sud d'Assouan. Des vers composés après le triple Triomphe d'Octave dans les rues de Rome, des vers écrits par le nouveau préfet d'Égypte à la louange du Prince – ce Prince qui allait bientôt l'accuser de « malveillance » et le condamner à mourir.

Alors, je rêve. Je rêve qu'un jour les sables nous rendront un livre entier des Amours de Gallus. Et les danses érotiques de l'insolente Cythéris, et son chant, pareil à celui des tourterelles. Je rêve que les deux amants – et, avec eux, Marc Antoine, Octavie, Juba, Séléné – retrouveront enfin la place qu'ils méritent. Un seul livre, et ils seront sauvés…

Avec ferveur, avec confiance, j'attends ce retour du passé. Car jamais pour moi les morts ne seront des étrangers: ils s'invitent dans ma maison, je les visite dans leur demeure.

Rumeurs, murmures.

Dans les bonnes familles du Palatin, on disait que Séléné avait une voix ravissante, « aussi prenante, paraît-il, que celle de… ».

Murmures.

Quand elle traversait les salons d'Octavie, elle voyait les invitées se pousser du coude, les entendait chuchoter.

Rumeurs.

En avançant, elle sentait les légendes courir sur ses pas. Derrière elle, s'allongeait une ombre qui ne lui appartenait pas, une si grande ombre…

Car celle que les dames de Rome étaient curieuses d'apercevoir, c'était « la fille de Cléopâtre ». À mesure que le temps passait, que le souvenir des guerres s'éloignait, la Reine d'Égypte fascinait davantage les matrones à la tête voilée. La « putain » des commencements, sur qui, le jour du Triomphe, le peuple jetait des étrons et des œufs pourris, avait cédé la place à la séductrice – l'Isis au corps de Vénus, la sublime tentatrice. Mettre à ses pieds un grand capitaine, en être follement aimée, l'obliger à répudier sa patrie, sa famille, sa dignité, éclipser toutes les femmes, fasciner tous les hommes, pas une épouse qui ne rêvât de ce destin-là : *Cedant arma stolae*, que les armes le cèdent à la robe !… Certes, on disait que la Reine avait eu recours à des philtres, à des charmes interdits – une sorcière, oui, bien sûr, mais quelle amante n'aurait de l'indulgence pour ce genre de magie ? Alors, dans les grandes maisons du Palatin, on invitait « les filles d'Octavie » à la lecture privée d'une ode, ou à un petit concert entre amis, et tandis qu'on entraînait à l'écart Prima et Claudia, on s'efforçait de soutirer à Séléné les secrets de sa mère – ses secrets de beauté.

De nobles dames, qui, pour rajeunir, se faisaient poser chaque soir des cataplasmes de mie de pain sur la figure et enduire les seins d'un onguent à base de cire, lui demandaient si un masque au blanc d'œuf ou une crème à la colle d'esturgeon ne seraient pas plus efficaces. « Et sous les bras, contre la transpiration, qu'est-ce que ta mère préférait ? L'huile de menthe ? ou les pommades à la rose ? », « Ses bains, avec quoi les parfumait-elle ? la mélisse ? ou bien la myrrhe ? », « Raconte-nous : il paraît que les Égyptiennes portent dans leurs cheveux des petits cônes d'encens qui embaument en fondant ? »

Jusqu'à Livie qui s'y mettait. Ces derniers temps, elle était apparue aux Jeux avec un visage resplendissant. Étincelant même. Par Pomponia, on avait su qu'elle faisait broyer du cristal pour le mélanger à sa poudre – « une recette de Cléopâtre »… De nouveau, les dames avaient harcelé Séléné : « Dans quelles proportions, le cristal ? Et ensuite, comment se démaquiller sans s'écorcher ? »

Séléné restait évasive. C'était facile : elle ne savait rien de sa mère. Elle interrogeait Diotélès : « Est-il vrai que la Reine » (en Égypte, elle avait toujours dit « la Reine » et elle continuait), « est-il vrai qu'elle mélangeait du verre pilé à ses fards ? Et que, pendant un banquet, pour gagner un pari contre mon père, elle a jeté sa plus belle perle dans un bol de vinaigre, l'a fait fondre sous ses yeux, et l'a bue ?

— Sornettes ! répondit le Pygmée qui avait l'esprit scientifique. Il faut tellement d'années pour dissoudre une perle dans du vinaigre que ta mère serait encore à table ! Sottises d'ignorantes… Quant aux fards de ta mère, ma pauvre enfant, comment saurais-je leur composition ? Je n'étais pas son parfumeur ! Celles qui auraient pu t'en dire plus, c'étaient ses ornatrices : Iras, bien sûr, et Charmion… » Il essuya une larme à la mémoire des deux jeunes femmes, mortes pour accompagner leur maîtresse dans l'Au-Delà.

Les larmes de Diotélès agaçaient toujours Séléné : des complaisances de vieillard – est-ce qu'elle pouvait se permettre de pleurer, elle ?

Elle le houspillait, le grondait comme on gronde sa poupée (« Égoïste ! Vieux débris ! Je te ferai battre ! »), mais elle n'allait jamais jusqu'à la brouille. Pour l'unique raison, croyait-elle, qu'elle avait besoin d'apprendre ce qu'il savait – plus seulement sur Homère ou l'astronomie, ni même sur Alexandrie (sujet douloureux qu'elle s'efforçait d'éviter), mais sur Rome. Rome où son Pygmée allait et venait à son gré, fréquentant aussi bien les affranchis macédoniens de la bibliothèque de Pollion que les marmitons syriens des cuisines d'Auguste ; sans parler des érudits grecs et égyptiens accueillis par Octavie – Crinagoras de Mytilène, le poète, Athénaios de Cilicie, l'ingénieur, ou Timagène d'Alexandrie, le philosophe, qui autrefois, dans l'hippodrome des Ptolémées, avait applaudi ses courses d'autruches…

En un an, amusant les uns, confessant les autres, Diotélès en avait appris davantage sur les maîtres de Rome que n'en savaient Prima ou Julie. Dès que les mouchards de Mécène relâchaient leur surveillance, il rapportait à sa princesse une brassée de potins.

Décrypter le monde inconnu dans lequel on l'avait plongée, comprendre ce qu'on lui avait caché : une nécessité vitale pour Séléné. Aussi ne se lassait-elle pas d'écouter Diotélès, qui lui racontait maintenant ce qui s'était passé quand Octave, alors jeune Imperator d'Occident, et Livie s'étaient rencontrés – neuf ans avant la chute d'Alexandrie, dix ans avant le triple Triomphe. « À l'époque, toi, tu n'étais pas plus haute qu'une coudée. Et aussi légère que l'ombre d'un bouchon ! Tu secouais tes hochets d'or, dans ton berceau du Palais Bleu… »

C'était à l'automne 39, en effet : depuis que l'adolescent avait décidé, au péril de sa vie, de revendiquer l'héritage de son grand-oncle César, il avait, malgré son jeune âge, obtenu d'être traité en chef partout – dans les provinces, dans les camps, dans les bordels, au Sénat. Mais, dans les dîners et les alcôves de la Ville, il sentait encore peser sur lui le regard sévère des femmes de sa lignée.

Ce ne fut qu'après avoir enterré sa mère, et laissé sa sœur partir pour Athènes avec Marc Antoine, qu'il put jouir de sa puissance jusque dans ses plaisirs. Il commença par se raser et déposa solennellement, aux pieds du *divin Jules*, sa barbe d'héritier endeuillé. Puis, enivré de sa liberté neuve, il se débaucha comme un gamin qu'on vient d'émanciper. Mécène l'encourageait. Ensemble, ils allaient de défi en défi. Dans ses Jardins de l'Esquilin, le *patron* de Virgile avait organisé un somptueux « dîner des dieux » : douze heures à table, douze plats par service, et douze convives, déguisés chacun en dieu ou déesse de l'Olympe ; Octave en Apollon, bien sûr… Personne n'avait osé jouer Jupiter, mais l'absence du roi des dieux avait permis à tous d'accéder aux chairs de premier choix que se réserve d'ordinaire l'époux de Junon – sur des lits écarlates, on avait consommé de tendres Ganymèdes enlevés aux côtes de Lycie, et forcé, avec une vigueur de taureau sauvage, d'innocentes Europes importées du Caucase… Le lendemain, dans les rues où le peuple mourait de faim, les *humiliores* révoltés hurlaient : « Les "dieux" nous ont mangé tout le grain ! » Le même jour, la grande statue de la Vertu plantée sur la voie Sacrée était tombée face contre terre…

Celui que Livie-Drusilla avait rencontré chez des amis, c'était cet Apollon de l'Esquilin, l'« Apollon Bourreau » qui, à vingt-trois ans, cédait enfin à ses envies.

Mais lui, ce soir-là, sur quelle sorte de femme était-il tombé ? À quel charme avait-il succombé ? Autant il nous est facile d'imaginer la vieille Livie des dernières années, mère abusive qui disputera le pouvoir à son fils Tibère, aïeule sèche dont se plaindra son petit-fils

Claude, « Ulysse en jupons » que peindra son arrière-petit-fils Caligula, autant Drusilla, jeune compagne d'Octave Auguste, nous échappe. En tout cas, cette Drusilla – que, par la suite, le Prince préférera appeler Livie pour effacer tout souvenir de ses frasques – avait d'abord été celle par qui le scandale arrive.

Qu'on en juge : jeune dame d'excellente naissance, mère d'un petit Tibère de trois ans, et de nouveau enceinte de son noble époux, elle s'était laissé enlever par Octave à une époque où la bonne société regardait encore ce garçon-là comme un parvenu sanguinaire. Osant accoucher de l'enfant de son mari dans le lit de son jeune amant, elle avait aussitôt renvoyé le nouveau-né au cocu. Trois jours après, elle épousait son ravisseur en grande pompe, et – ultime provocation – aux frais du mari de la veille !

Car, à la stupéfaction générale, Tiberius Claudius Nero (c'était le nom de l'époux) avait organisé chez lui le banquet des fiançailles de son ex-femme avec Octave et présidé la cérémonie comme un père qui donne sa fille à l'homme qu'il a choisi... Même aux aristocrates de la Ville, adeptes résolus du libre-échange des conjoints, cette mascarade avait semblé indécente. Jamais pareil mépris des convenances n'aurait été toléré si l'amant n'avait été le récent vainqueur, grâce à son allié Marc Antoine, de la bataille de Philippes où venait de périr l'élite républicaine.

Or, républicain, il se trouve justement que l'époux complaisant l'était : quelques années plus tôt, il avait, imprudent flagorneur, fait voter des « honneurs spéciaux » aux assassins de Jules César. Lorsque, ensuite, les césariens étaient revenus en force, la tête de Claudius Nero avait été mise à prix. Il avait dû fuir, tenter de rejoindre, ici ou ailleurs, des ennemis des Julii, mais, soit défaite, soit trahison, il ne misait jamais sur le bon cheval.

Fuir donc, fuir encore – de Naples à Syracuse, de la Sicile à la Grèce, et d'Athènes jusqu'à Sparte. Pendant deux longues années, Drusilla et lui ne s'étaient plus arrêtés, dormant sur les plages, dans les forêts, sautant d'un mauvais canot dans une méchante barque, et craignant sans cesse les soldats et les brigands ; ils portaient leur fils Tibère à tour de rôle ; pour empêcher le petit de crier, de tousser, de révéler leur présence dans une cabane ou un fourré, ils mettaient leur main sur sa bouche – avaient-ils pensé, parfois, qu'il aurait mieux valu l'étouffer ? L'avaient-ils haï quand il les gênait ? Deux ans d'une fuite éperdue à travers la Méditerranée…

Puis, soudain, en juillet 39, alors que Drusilla se trouvait enceinte d'un autre enfant, une trêve : « la paix de Misène ». On avait amnistié quelques proscrits. Claudius Nero était revenu à Rome. Mais il était ruiné : ses propriétés, confisquées, avaient été vendues au profit des césariens. Privé de sa fortune, il risquait de perdre aussi son droit à *exercer les honneurs* et, partant, sa noblesse…

Avait-il même retrouvé sa maison du Palatin ? ou bien le couple dut-il s'installer « en banlieue », dans la *villa* de Prima Porta, une propriété familiale de Livie-Drusilla ? Peut-être. À condition que la jeune femme ait pu se faire restituer ce domaine-là. Car son propre père, proscrit lui aussi, s'était suicidé en Macédoine et ses biens avaient été saisis… Bref, la déchéance.

À ces « émigrés » d'hier, il ne restait, en 39, que le souvenir d'un grand nom et, auprès de certains, la gloire d'avoir été d'authentiques républicains, c'est-à-dire des défenseurs acharnés de l'aristocratie.

De riches amis, parfois, les invitaient à dîner. Des octaviens de la première heure sans doute, mais qui savaient que chez ces Claudes-là on ne mangeait pas des ortolans à tous les repas. Une bonne âme s'arrangea même pour qu'au cours d'un banquet les malheureux pussent rencontrer leur ennemi d'hier : il était si facile au jeune Imperator d'Occident de restituer à ceux qui lui plaisaient la propriété de quelques domaines !

En attirant ainsi l'attention sur le mari de Drusilla, son bienfaiteur venait de le jeter dans la gueule du loup. À Rome, en effet, Octave pouvait tout sur cet ancien proscrit : lui rendre sa fortune, mais aussi, sous le plus mince prétexte, lui ôter la vie. « L'enfant », comme le surnommaient alors les vieux Romains, « l'enfant » adorait jouer avec ses proies. Dans la vie contrainte qu'il avait menée jusque-là, ces jeux avaient été sa seule détente. Avec les combats de coqs et les dés pipés. Il n'aimait pas les plaisirs innocents.

Mais ce soir-là, chez ses hôtes, est-ce seulement pour s'amuser que le jeune autocrate fit ce qu'on reprochera plus tard à ses arrière-petits-fils, Caligula ou Néron – entre le foie gras aux figues et les cervelles de paons, emprunter publiquement l'honnête épouse d'un autre, celle d'un mari que la peur ligote ? Au milieu du repas, sur un signe de l'Imperator, Drusilla, ayant consulté son époux du regard, dut se lever, en effet, et, comme une courtisane, suivre dans la pièce voisine cet homme qu'elle voyait pour la première fois. Quand elle reprit sa place à table, elle avait, paraît-il, les joues rouges et les cheveux défaits… Le mois suivant, Octave répudiait sa propre femme, Scribonia, enceinte de lui, et installait dans sa maison Drusilla, enceinte d'un autre.

Coup de foudre ? C'est la thèse qu'Auguste tâchera par la suite d'accréditer… Mais est-ce crédible ? Aucun Romain ne confondait l'amour et le mariage. Et puis désire-t-on, au premier regard, une inconnue enceinte de six mois ? D'ailleurs, Livie n'était pas d'une beauté remarquable. Un visage régulier, oui, une fraîcheur lisse ; mais on ne se serait pas retourné sur elle comme on se retournait en ce temps-là sur Octavie. Elle n'avait même pas l'air aimable. À dix-neuf ans, elle regardait le monde avec la morgue des Claudii.

Quant à prêter à Octave Auguste un goût particulier pour les gros seins et les ventres bombés, impossible. Il aimait, au contraire, le corps sans hanches et la poitrine menue des très jeunes filles. Au reste, s'il était tombé amoureux de cette femme, s'il avait pris plaisir à caresser son ventre distendu et à soigner ses nausées, pourquoi l'aurait-il obligée à quitter si tôt son lit d'accouchée ? Le dix-sept janvier, trois jours après la naissance de son deuxième fils, Drusus, elle devait déjà, sous le voile orange des jeunes mariées, faire bonne figure aux invités gaillards qui chantaient « Hymen, Hyménée »… Trois jours, on imagine la situation : elle saigne encore, elle saigne beaucoup ;

l'*auspex* a feint d'ignorer qu'elle est impure, et les invités, qu'elle est triste ; on lui a arraché son nouveau-né pour l'expédier au père légal, et sa poitrine, étroitement bandée pour arrêter la montée de lait, est douloureuse ; elle a sans doute un peu de fièvre, elle dort mal, elle se sent fatiguée…

Pourtant on n'était plus à une semaine près : leurs divorces, à l'un comme à l'autre, étaient effectifs, le collège des pontifes avait accordé à Drusilla la dispense nécessaire à son remariage, et il n'y avait pas d'« enfant en route » puisqu'il venait d'arriver ! Alors, pourquoi tant d'impatience ? Et pourquoi, quinze jours plus tôt, avoir célébré les fiançailles chez l'ex-mari ? En voyant la table, le petit Tibère, étonné, dut croire que sa maman s'était trompée de lit…

Les circonstances du mariage d'Octave Auguste et de Livie-Drusilla semblent si étranges, les scènes successives, si violentes, que, plus tard, des historiens penseront les adoucir en imaginant une liaison plus ancienne : le petit Drusus, quoique fils légal de Claudius Nero, n'aurait-il pas été le fruit de leurs amours cachées ? D'autant qu'au lendemain des noces les Romains, moqueurs, chantonnaient que « les gens heureux ont des enfants en trois mois »… Cependant, les faits résistent : au moment où son second fils fut conçu, Drusilla vivait en Grèce avec son mari. Toute l'affaire – rencontre, enlèvement, double divorce, accouchement, remariage – fut bouclée en moins d'un trimestre. S'il ne s'agit pas de la conclusion d'une liaison plus ancienne, pourquoi tant de hâte ?

Certes, les motifs de Livie et de son mari sont faciles à deviner : il était de leur intérêt, un intérêt vital, de tout accepter. Mais ils ne pouvaient être les instigateurs de la manœuvre – quel roué, s'il voulait pousser sa femme dans les bras d'un protecteur, choisirait le moment où elle est déformée par une grossesse avancée ?

Les motivations, plus politiques, du jeune Imperator ont sans doute été autrement déterminantes. Avant la rencontre, il était déjà décidé à divorcer de sa femme Scribonia, qui devait accoucher en décembre (ce fut une fille, Julie) : Scribonia était apparentée aux Pompées, il ne l'avait épousée que pour faciliter ses négociations avec ce parti-là ; la chose faite, il souhaitait se débarrasser d'elle – une « vieille », qui avait treize ans de plus que lui… Pour faire oublier que son père, Octavius, un *homme nouveau*, n'était jamais monté au-dessus du rang de préteur, il espérait pouvoir enfin, comme dit le proverbe, « passer des ânes aux chevaux » : faire un très beau mariage. Convoler avec une aristocrate issue de cette ancienne noblesse sénatoriale qui le méprisait.

Mais pourquoi se serait-il arrêté aux Claudii ? Il y avait aussi les Cornelii, les Calpurnii, les Valerii, les Servilii, les Domitii, et, dans les multiples branches de ces multiples lignées, des demoiselles mûrissantes qui attendaient d'être cueillies. Même si, à Rome, un mari cédait plus facilement sa femme qu'un père ne donnait sa fille et si, pour grimper dans un arbre généalogique, le plus simple était d'épouser une divorcée, lui, comme chef de parti, pouvait espérer mieux : une vierge, à tout le moins.

La rencontre de Livie et d'Auguste ne procède donc pas d'un simple calcul matrimonial. La précipitation des évènements, l'ampleur du scandale laissent supposer quelque chose de moins rationnel. Qui a pris de court ce jeune homme avisé et l'a brusquement dépassé – sans qu'il puisse s'agir de passion telle que nous l'entendons, ni, bien sûr, de tendresse. De la tendresse, entre Auguste et Livie, il n'y en aura guère qu'à la fin de leur vie commune. Et même alors, rien d'autre peut-être que l'apitoiement facile d'un vieillard : la main à la peau parcheminée qui tâtonne à la recherche de la main tavelée. Caresse égoïste, tendresse quémandeuse, quand elle, la future veuve, ne pense déjà plus qu'à s'emparer du testament et à voler les clés. « Livie, souviens-toi de notre union » : ce sera le dernier mot du grand homme. Sans doute un mot préparé, voulu comme une ultime retouche à son portrait...

« Que te dire encore d'Octave et de Livie ? À vingt ans, c'est sûr, ils étaient l'un et l'autre très mal mariés, leurs conjoints les embarrassaient », chuchotait Diotélès à Séléné. Il était monté dans la litière de la fillette avec la vieille Sicilienne chargée de la chaperonner et, sous prétexte d'enseigner à son ancienne élève quelques vers d'Hésiode, il lui parlait dans un grec si pur que la vieille patoisante ne risquait pas de comprendre : « Alors, un arrangement à l'amiable entre les parties, suivi de remariages raisonnables, pourquoi pas ? Rien, au fond, que de très banal. »

Le Pygmée sentait pourtant que quelque chose lui échappait : ce qui, treize ans plus tôt, avait causé l'émotion de la bonne société et son indignation, c'était la hâte inutile et la surenchère, non moins superflue, dans l'humiliation des Claudii. Là-dessus, il n'avait pas d'explication. Les raisons du maître de Rome demeuraient impénétrables à un affranchi éthiopien. « Bah, nous nous comprenons si peu nous-mêmes que nous ne saurions deviner les autres, conclut-il. Quoi qu'on raconte du monde chez les barbiers, tout ce que j'en sais, moi, c'est que je ne sais rien ! »

Ici s'arrêtèrent ses commentaires. Vingt siècles après, ceux des historiens ne vont guère plus loin. Qui, dès lors, pourrait reprocher au romancier de remplir les vides ?

Fermons les yeux, remontons le temps : la salle à manger d'été d'un sénateur romain sur la Colline des Jardins ; entre deux fontaines de marbre, des guirlandes de vigne accrochées aux colonnes et, sur les lits d'ivoire couverts de pourpre, une vingtaine de convives aux cheveux parfumés... Tout de suite, l'Imperator a vu que ce Claudius Nero qu'on lui recommande est un médiocre. Depuis cinq ans qu'il se bat contre des fauves – les Brutus, Cassius, Antoine, ou Pompée junior –, il s'y connaît en dentures. Distingue au premier coup d'œil les molosses des toutous. L'ancien proscrit appartient à l'espèce des chiens couchants : il léchera la main qui le frappe !

Sur les bas-fonds de l'âme humaine, le jeune César a appris beaucoup, et vite. Mais, persuadé qu'il sait tout des autres, il ne sait pas encore tout de lui. Le dîner va lui révéler un défaut de sa cuirasse, que Livie découvrira en même temps que lui...

Pour l'heure, il est juste décidé à faire payer très cher à ce Claude le « petit service » demandé, il n'a pas oublié que le timide solliciteur d'aujourd'hui est le complice des assassins d'hier. Octave, en effet, a le défaut de ses qualités : visionnaire et prévoyant, il est rancunier. Qu'on lui fasse confiance, ces fiers Claudii se souviendront de leur dîner !

L'ancien proscrit ne réagit pas quand, dès les hors-d'œuvre, l'Imperator le plaisante sur ses embarras financiers et cherche à l'humilier. Il reste poli, presque obséquieux. « Plus plat qu'une galette de froment ! » murmure Octave à son voisin de lit, recourant une fois de plus aux métaphores culinaires et campagnardes de sa grand-mère Julia. Il commence à s'amuser – très drôles, la peur qu'il lit maintenant dans les yeux du quémandeur et les efforts que fait, non sans mérite, le maître de maison pour mettre en valeur son malheureux ami : « Vois, César, la cicatrice qu'il porte au nez et au menton – un coup d'épée reçu des bandits qu'il combattait en Narbonnaise, du temps du divin Jules, ton oncle. » La blessure reçue de face est très bien vue des guerriers, mais c'est un avantage qu'Octave, homme de cabinet, trouve surfait. Il fait mine de considérer avec intérêt la longue estafilade du « héros », puis, amical, sur le ton du conseil : « Franchement, dit-il, tu devrais éviter de regarder en arrière quand tu fuis… »

C'est une gifle. Que l'autre ne rendra pas. Tous rient. Du coin de l'œil, il surveille l'épouse du républicain. Elle n'a pas bronché. Ne s'esclaffe pas avec la tablée. Garde les yeux modestement baissés. Gentil visage. A-t-elle senti qu'il la regardait ? Elle pique un fard. Bien, très bien… Il paraît qu'elle attend un enfant. On le lui a dit tout à l'heure pour l'apitoyer, on le lui a dit car c'est le genre de chose qui ne se laisse guère deviner dans un dîner – quand tous les convives portent la même robe flottante et sont couchés sur le côté. Bon, Scribonia aussi est enceinte, et il ne voit rien là d'émouvant… Un bel ovale, la femme du quémandeur a un bel ovale, un joli cou et un teint très blanc, qui rosit admirablement tandis qu'il s'attarde à la dévisager. Dommage que sa bouche soit si petite, dédaigneuse : l'orgueil des Claudii. On va lui en faire rabattre un peu ! Lui rappeler que si, fille et femme d'un Claude, elle appartient deux fois à la lignée, elle est aussi deux fois républicaine, donc deux fois criminelle…

Il ne la quitte plus des yeux. A cessé de participer à la conversation – afin que tous, bon gré, mal gré, finissent par suivre son regard. Le mari aussi… La belle sent la gêne s'installer. Elle lance, par en dessous, une ou deux œillades désespérées du côté du « blessé de la face » – espère-t-elle encore trouver du secours chez cette limace ? Silence pesant. Que viennent seulement interrompre les sottes annonces du *tricliniarque* de service : « Porcelet d'Ibérie farci au hachis d'escargots d'Afrique, servi sur un lit de testicules de coqs et de langues de flamants, avec une petite sauce au poivre… »

Elle relève la tête. Enfin ! Il a gagné ! Il jubile. Qu'elle est belle ! Rouge comme une jeune vierge, tout éclairée de l'intérieur… Allons, allons, pas de poésie : rouge comme une écrevisse bouillie. Une petite gourde, finalement. Il a envie de quitter le jeu. C'est alors que leurs regards se croisent et, dans celui de cette Drusilla, il ne lit plus seulement la honte, mais la haine. Ô délices ! La haine, un sentiment qu'on ne peut feindre. Un sentiment vrai qui « intéresse la partie »… Brusquement, il la désire.

Il ne sourit pas, hoche seulement la tête. De nouveau, appuyé sur le coude gauche et sans bouger, il la tient au bout de son regard. Leur hôte a fait entrer des danseuses de Cadix dans la salle à manger – histoire de meubler le silence. Crépitement de castagnettes, martèlement de talons, râles et roucoulements.

Comme un gladiateur désarmé qui court en rond dans l'arène, un gladiateur épuisé qui cherche en vain la sortie, elle implore une dernière fois l'attention de son mari, son appui. Mais le noble seigneur ne la voit plus, il semble n'avoir d'yeux que pour les Espagnoles, se concentre intensément sur les castagnettes. Et quand le maître de maison se met à badiner avec l'une de ces brunes sauvageonnes, Claudius Nero rit comme tous les convives, mais il rit « avec la mâchoire d'un autre »…

C'est le moment que choisit l'Imperator pour avancer ses lèvres en cul-de-poule – un baiser vulgaire, le genre d'invite dégradante qu'on réserve aux serveuses de taverne. Et toujours sans sourire, le visage impassible (son visage qu'il sait beau, presque angélique sous sa frange blonde), il montre son pouce droit passé entre l'index et le majeur : le geste le plus obscène, le plus susceptible de la choquer. Une Claude, pensez ! Et vertueuse, en prime ! Et bientôt mère ! Après quoi, il s'essuie les mains, jette sa serviette, se redresse lentement, s'assied sur le lit : un jeune échanson s'accroupit pour lui servir de marchepied. Sans lâcher sa proie des yeux, il recule vers la porte, soulève lui-même le rideau. Il l'attend. Elle se lève, elle vient… L'appât du lucre, bien sûr ! Ah, toutes les mêmes ! L'austère pimbêche n'a d'amour que pour sa fortune perdue et sa fortune à venir ! Peur ? Elle aurait peur ? Mais non, voyons ! Pourquoi aurait-elle peur ? Oh, certes, il a quelques soldats dévoués dans le vestibule, mais il n'a jamais fait assassiner personne dans un banquet. Non,

non, toutes les mêmes, vous dis-je, il suffit de faire tinter la monnaie… Déjà il la méprise, n'a plus envie d'elle. Il songe à la renvoyer, mais il veut quand même la voir déshabillée : l'essentiel est qu'elle soit déshonorée, sa pudeur mise à mal. Inutile de se donner, en plus, la peine de consommer – de toute façon, la réputation des Claudii ne se relèvera pas de ce dîner.

Elle est devant lui. Dans le cellier où il l'a poussée tandis que l'esclave de service s'enfuyait, il dit : « Relève ta robe. » Elle dit : « Je suis enceinte. » Il dit : « Je sais. Montre. » Il dit : « La tunique aussi. Relève ta tunique ! » Elle, de nouveau les yeux baissés : « Enceinte de six mois. Imperator, je t'en prie. Imperator… — Relève, je te dis ! Fais-le pour ton mari… Vous récupérerez la moitié de vos biens. Les trois quarts même, si je vois ton nombril », et il porte aussitôt la main sur la chemise sans ceinture, l'empoigne, soulève.

Dans le mouvement, il s'est rapproché ; corps à corps, il ne voit plus ses cuisses, pas son ventre ; il est face à son visage, qu'elle ne peut plus dérober. Elle n'a même pas, pour dissimuler ses traits, le malheureux pan de toge dont César, expirant sous le couteau des conspirateurs, s'est couvert la tête pour cacher son agonie… Elle, la fille, la femme des assassins, elle, l'altière aristocrate, acculée au milieu des jambons fumés d'un obscur garde-manger, laisse enfin couler des larmes. Pas trop tôt ! Octave serait comblé si la petite bouche pincée de la noble dame ne démentait ses pleurs : c'est qu'elle ne s'effondre pas, la garce ! Même quand on la culbute dans un cellier ! Non. Elle hait, le hait, d'une haine aussi ardente qu'impuissante.

Impuissante ? Soudain, il recommence à la désirer :
« Je ne te viole pas, hein ? Avoue que je ne te viole pas,
que tu veux être baisée...

— Oui.

— Mieux que ça. Répète : je consens, César... »

Il dit encore : « Retourne-toi. Penche-toi. Plus vite !
À quatre pattes ! »

Et c'est là, par-derrière, qu'il la prend, avec son
gros ventre, comme il prend Scribonia.

Octave était jeune en ce temps-là, très jeune, et, au
contraire de Marc Antoine son beau-frère, il n'éprouvait pas le besoin de séduire. Aussi n'avait-il eu que
des petites esclaves, des courtisanes et des filles à soldats ; puis une épouse de douze ans, qu'il avait dû,
c'était dommage, renvoyer intacte à sa maman ; enfin
sa « vieille » Scribonia, qui, elle, avait beaucoup vécu,
roulant de mariage en mariage et de lit en lit. Alors,
forcément, il ne pensait pas, ne s'attendait pas... Le
plaisir l'avait envahi par surprise. Un plaisir sans vrai
désir (il connaissait cent femmes plus attirantes que
Drusilla). Mais avec cette *univira*, « femme d'un seul »,
cette patricienne hautaine, cette ancienne rebelle, cette
future mère dont le corps était occupé par un autre, il
violait tant d'interdits à la fois qu'il avait été emporté
très loin. Si loin qu'il criait comme un homme qui se
noie – conduite fort peu romaine, convenons-en.

Ce plaisir dont il était presque effrayé, il le tirait
de sa souffrance à elle. De ses refus. De ses dégoûts.
Et, pour finir, de sa soumission totale aux ordres qu'il
donnait.

Avec étonnement, il découvrait que, même dans l'amour, il goûtait la peur de l'autre, savourait cette haine si pure dont, une fois de plus, il sortirait vainqueur. Il avait besoin d'humilier. D'humilier et d'anéantir pour s'abandonner.

Avec Livie-Drusilla, en trois mois ils avaient fait du chemin. Plus rien ne l'arrêtait. Jusque dans les malaises de la jeune femme, il trouvait du piquant. Elle ne savait plus à quoi se retenir, à quoi s'accrocher. D'autant que son mari, le glorieux blessé de guerre, n'offrait aucune résistance…

Chaque jour, le maître de Rome inventait de nouvelles exigences. Et elle cédait. Jusqu'à l'avanie finale : à la veille de l'accouchement, le grand dîner de fiançailles célébré chez Claudius Nero. Avec, in fine, cette touche supplémentaire de raffinement : la dot. L'amant avait exigé du mari qu'avant de lui offrir sa femme il la dotât… L'ex-républicain n'en avait pas les moyens ? Bah, le Trésor public lui revaudrait ça ! L'important, c'était le symbole. L'important, c'était la honte de Livie, « Ah non, je ne te prendrai pas sans dot ! Il faudra que ta famille me paye ! », la honte de Livie sous les rires et les chansons du peuple romain.

Non moins délectable, ce moment où il lui avait arraché son nouveau-né (un acte parfaitement légal, l'enfant appartient au mari) avant de poser sur son ventre d'accouchée un autre bébé, la minuscule Julie (à peine un mois) qu'il venait de retirer à Scribonia, répudiée. Sa puissance de père, de mari, d'amant, irait jusque-là, sa jouissance aussi : obliger Livie à aimer un enfant substitué…

Mais, à mesure qu'il découvrait ce qui augmentait son plaisir, et se découvrait lui-même, il se dévoilait à Livie. Qui, certes, n'était pas un esprit supérieur (juste une jeune femme bien élevée, plutôt conformiste), mais pas sotte non plus au point de ne pas comprendre ce qui leur arrivait. Au bout d'un mois de liaison, elle savait déjà comment cet étrange despote fonctionnait, elle devinait que, bientôt, il ne pourrait plus se passer d'elle : pas une journée où il ne l'envoyât chercher… En novembre il l'installa chez lui, et, dans l'illusion de la contraindre davantage, décida, sur un coup de tête, de l'épouser : le maître était devenu dépendant de sa servante – de ses timidités, de ses répugnances et de ses frayeurs.

Car au début elle avait eu peur, elle se demandait jusqu'où il irait, craignait même des violences physiques. Mais bientôt, elle s'était rassurée ; mis à part quelques colères, qui le laissaient assez penaud, le fouet n'était pas vraiment le genre de cet homme-là. Un intellectuel. Et moralisateur, en plus ! Bref, un compliqué. Elle le tenait…

Quant au reste, elle ne perdrait pas au change. Et, à terme, ses deux fils qu'il lui fallait d'abord abandonner y trouveraient leur compte, eux aussi. Oui, c'est ce qu'elle avait pensé le soir de leur mariage. Sans joie, mais raisonnablement. Car, à dix-neuf ans, Livie était une petite personne calme et raisonnable. Qui savait déjà que toutes ces Romaines qu'elle scandalisait l'enviaient : le pouvoir est un aphrodisiaque, et Octave, à y bien regarder, n'était pas laid…

Ni tendresse mutuelle, ni plaisir partagé. Aucune place, dans ce couple, pour la confiance. Par ailleurs, peu de goûts communs. Pourtant rien, jamais, ne fut plus fort que ce qui enchaîna Auguste à Livie.

« Sais-tu jouer aux noix ? »

Le Prince est assis par terre, avec trois beaux enfants nus. Des petits Maures bouclés, comme il les aime pour le service de table : les climats chauds favorisent, paraît-il, le libertinage et la gaieté. « Sais-tu jouer aux noix ? » demande-t-il à Séléné, Séléné éberluée – l'aurait-on amenée par le long souterrain uniquement pour faire rouler des noix ? pour les jeter au loin dans une amphore ? Elle s'attendait à un nouvel interrogatoire où l'on testerait… quoi d'ailleurs ? Son application d'écolière ? son à-propos ? son latin ? ou peut-être, si Mécène était encore de la partie, sa conformité aux canons romains de la beauté ? Et voilà que dans une courette, derrière ce temple d'Apollon Palatin qui communique avec sa maison, le Prince redouté lance des noix comme un petit garçon et se cherche un nouveau compagnon de jeu. Que ne demande-t-il plutôt à son beau-fils Drusus ! Ce serait de son âge !

Mais peut-être le Maître a-t-il voulu plaisanter ? Il faudrait pouvoir observer son visage, cet « illustre visage », juvénile et grave, que des dizaines de statues ont rendu familier aux Romains ; mais parce qu'il y a du soleil et qu'il est midi, le Maître, aujourd'hui, porte un chapeau de feutre attaché sous le cou, comme un paysan grec, et une écharpe sur le nez. Il craint la chaleur, autant que le froid. Redoute aussi les effluves du printemps : son rhume des foins… Séléné ne distingue pas ses traits.

« Viens là, près de moi. » Elle s'assied à distance respectueuse. Il ricane derrière son cache-nez. « Tu me trouves drôlement affublé ? Ridicule peut-être ? » Elle ne sait pas, ne voit que ses yeux, ses yeux couleur de rouille, des yeux qui ne prêtent pas à rire : ils sont glacés.

Les *enfants délicieux*, impatients de s'amuser, se sont levés. Abandonnant leur jeu, ils courent autour de l'amphore aux noix. « Attention (Auguste élève à peine la voix), attention, vous allez renverser cette jarre. » Aussitôt dit, aussitôt fait, l'amphore bousculée vacille sur son trépied et se brise en libérant les noix d'or.

« Tu vas nous punir ? » demande l'un des enfants maures sans timidité. Cinq ou six ans. Sept, peut-être. Une chair bien nourrie, onctueuse, un regard insolent, des lèvres fardées, et de longs cheveux flottants – alors qu'on natte si strictement ceux des filles… Le Prince soupire : « Je crois que je vais te laisser choisir, Alexis : que préfères-tu, le fouet ou un gage ? — Un gage ! Un gage ! s'écrient ensemble les trois petits en sautillant autour de lui. — Nous verrons… Maintenant que vous avez cassé la jarre, je suis obligé de jouer à autre chose. Aux osselets, par exemple, avec cette demoiselle. Vous compterez les points. » Et, sans plus de façons que si elle n'était pas là et que s'il n'avait autour de lui que ces *délices* africains ramassés sur les marchés, il déboucle sa ceinture de cuir, relève posément, comme pour s'épouiller, trois épaisseurs de tuniques superposées, tire enfin, de dessous son plastron de laine, un sachet usagé dont il sort des osselets d'ivoire. De ces petits « souvenirs de Rome » qu'on vend aux enfants étrangers le long de la voie Sacrée.

« Approche-toi », ordonne-t-il à Séléné. Lorsqu'il a fouillé sans pudeur sous sa toge, elle s'est souvenue qu'elle aussi, aujourd'hui, porte un petit sac caché sous ses habits, un sac dans lequel est enveloppé un poinçon assez affilé pour « graver le bronze »... Mais comment ce court poignard pénétrerait-il jusqu'à la chair d'un homme si bien empaqueté ? Et quant à surprendre le Prince torse nu, sortant du bain ou courant sous un portique, inutile de rêver. Il hait la gymnastique, « manie grecque ». On prétend même qu'il se trouve trop vieux pour monter à cheval – à trente-sept ans ! Les dossiers, les livres, les tractations, les conciliabules, voilà ce qui lui plaît ; et quand il quitte sa « Syracuse », c'est seulement pour inaugurer des temples ou visiter des chantiers. Impossible donc de le poignarder avant l'été, saison des tuniques légères et des siestes déshabillées... Il va falloir attendre. Attendre encore, et feindre.

Ils ont joué aux osselets. Séléné avait espéré perdre. De toutes « les filles d'Octavie », elle est la plus douée pour lancer et rattraper les pièces dans sa paume ou sur le dos de sa main ; elle n'aurait pas été moins habile à les laisser tomber... Le Prince aurait gagné, mais de justesse – un résultat aussi crédible que respectueux des préséances.

Seulement César Auguste joue aux osselets comme on joue aux dés. De ce jeu d'adresse, il fait un jeu de hasard. Ne cherche pas à rattraper les pièces, ne les jette même pas en l'air, mais directement sur le pavé pour en compter les faces... Comment tromper la Chance, ruser avec le Destin ? Séléné est d'autant plus inquiète qu'elle se rappelle tout à coup avoir déjà joué de cette façon-là, et elle avait gagné. C'était avec un de ses frères : Césarion ? Antyllus ? Alexandre ? Son frère disait : « Ma petite taupe aux yeux clos, tu as du bonheur au jeu, tu auras du bonheur en tout ! » Il disait : « Fortuna, Fortunata, tu vivras plus vieille que nous »... *Fortuna ?* Ce frère parlait donc latin ? Antyllus... Dans une cour du Palatin, un jour de mai, elle joue aux osselets avec l'homme qui a fait tuer Antyllus sous ses yeux.

Elle regarde les mains de l'assassin tandis qu'il secoue les petites pièces d'ivoire et les étale sur la pierre. Il a des doigts longs et fins. À l'annulaire droit, une bague sur laquelle est gravé son sceau, un sphinx... « Nous allons intéresser la partie, dit-il. Je te paierai deux sesterces le point.

— Mais moi, comment te paierai-je ? Je n'ai pas d'argent.

— Si tu perds, tu me paieras en gages. Tu as entendu ceux-là », il montre les *enfants délicieux*, « tous les enfants aiment les gages. Et tu n'es qu'une enfant, n'est-ce pas ? »

Elle a trouvé la force de discuter encore : « Quelle sorte de gages ?

— Ah, ça, c'est une surprise.

— Mais il faut bien, César, qu'il y ait un tarif ! Tu ne peux pas me donner le même gage selon que je perds un peu ou que je perds beaucoup !

— Tu promets d'être redoutable en affaires, toi. D'accord pour un tarif progressif. À condition que ce soit moi qui le fixe et qu'il te reste inconnu jusqu'à la fin de la partie. Sinon, quel avantage y aurait-il à être le Premier du Sénat ? Mais fais-moi confiance : je vais mettre par écrit ce prix imposé, de sorte que tu puisses constater à l'issue du jeu que je n'ai pas triché. »

Il tape dans ses mains, des serviteurs lui apportent des tablettes doubles, il n'y inscrit que quelques mots (avec un poinçon que Séléné, en connaisseuse, juge lamentablement émoussé), et il scelle le tout à la cire chaude en y imprimant son sphinx. « À nous deux, petite fille ! » Il lance les osselets.

Elle ne savait pas ce que lui voulaient les dieux, et elle n'avait plus grande confiance en eux. Pourtant, elle les pria. En vrac : Isis, Sérapis, Vénus, Dionysos, Jupiter – bref le panthéon, à l'exception d'Apollon, passé à l'ennemi. Elle pria ces dieux de l'aider, de choisir pour elle le meilleur : perdre (et s'exposer à un gage qu'elle n'était plus assez naïve pour croire anodin), ou gagner (et effrayer par sa chance un Prince si superstitieux qu'il retournait se coucher lorsque, au réveil, il avait enfilé sa sandale gauche à son pied droit).

Elle perdit. Deux fois *le coup du chien* – tous les osselets sur la même face. Les dieux avaient sans doute fait pour le mieux…

Les enfants maures, accroupis autour du jeu, ne cessaient d'applaudir bruyamment leur maître en battant de leurs claquoirs en bois, comme le font les vieilles patriciennes au théâtre. Une vilaine troupe de cigognes claquetant du bec ! Séléné les trouva insupportables. Mais pour qu'Auguste en vînt à se fâcher, il fallut que le plus âgé s'enhardît jusqu'à lui agiter son claquoir à l'oreille : « Tu veux me rendre sourd ? Décidément tu es odieux, Alexis. Pose cet instrument. Mets tes bras autour de mon cou. Mieux que ça ! Et maintenant, voici ton gage : tes lèvres sur mes lèvres, et un très, très long baiser. Allons-y ! »

Le petit avait déjà du métier. Il savait embrasser aussi habilement que l'exigeait sa condition. Les hommes romains, même lorsqu'ils préféraient les femmes aux garçons, étaient fous de l'haleine de rose des enfants, de leurs lèvres vermeilles. Auguste, qui, à l'inverse de son ami Mécène, n'avait aucun goût pour les éphè-bes, les *épilés*, et encore moins les *fesses-poilues*, était sensible, comme tout le monde, aux « têtes blondes » (surtout quand elles étaient brunes), aux chairs ten-dres, aux bouches pures et à leurs baisers « doux comme l'ambroisie ». Il avait dénoué son écharpe, ôté son chapeau et fermé les yeux. L'enfant nu fit lente-ment glisser ses lèvres sur celles de son maître, ne les éloignant qu'à trois reprises pour mieux lui faire res-pirer son souffle... En soi, la scène était banale ; mais Séléné la trouva un peu longue – qu'avaient-ils besoin de spectateurs, ces deux-là ? On n'était pas à la fin d'un banquet ! Elle se demandait surtout si son gage serait de ce genre-là. Oserait-il ? Non, quand même ! Elle était *née libre*... Mais, à nouveau, la peur et la haine l'envahirent : un jour, je danserai sur ton bûcher, tyran, je piétinerai tes os !

En rouvrant les yeux, le Prince surprit cet éclat noir. Il sourit. « Brise le sceau, dit-il en lui tendant les tablettes, et lis ce que t'ordonnent les dieux. » Elle eut de la peine à déchiffrer son écriture : « Si Cléopâtre-Séléné (il avait bien écrit *Cléopâtre*) perd plus de cinquante points, elle sera dispensée de tout gage. Si elle perd moins, elle devra, pour pénitence, revenir demain assister César Auguste dans son choix. » Choix ? Oui, *delectus*.

À mi-voix, elle relut une seconde fois ce texte énigmatique, mais toujours sans pouvoir comprendre quel serait son gage – du moins ne s'agissait-il pas d'un baiser… N'ayant perdu que trente points, elle s'indigna cependant d'être frappée d'une peine plus lourde que si elle en avait perdu soixante. Le Prince trichait. « Ce n'est pas progressif ! s'exclama-t-elle.

— Je vois que tu sais calculer, fit-il, toujours souriant. J'aimerais que ma fille Julie soit capable de raisonner aussi bien que toi… Pourtant, tu te trompes, ce barème est proportionnel à la gravité de ta faute. Si tu avais perdu beaucoup, je saurais que les dieux se sont déclarés contre toi, et de quoi devrais-je te punir ? En perdant peu, tu me signifies au contraire que ton génie protecteur n'est guère inférieur au mien – ce qui, tu l'avoueras, est impertinent, et peut-être inquiétant… »

Accompagnés des *enfants délicieux*, ils jouèrent encore à « pair-impair » sous l'auvent d'une vieille cour ornée d'une fontaine : le vent, maintenant, soufflait du sud, du Grand Cirque où aucune plante ne poussait, et le Prince, qui respirait mieux, se détendait, récitait des fables, osait même jurer « par Pollux », comme un enfant. Dans un troisième patio, peint de dieux rougeâtres, ils mangèrent des figues sèches et des beignets de poisson, sans cesser de pousser leurs pions sur des damiers de mosaïque. Puis, à l'heure de la sieste, ils descendirent des escaliers encombrés d'esclaves couchés, empruntèrent des couloirs si mal éclairés que les garçons, plus familiers des lieux, durent prendre Séléné par la main ; enfin, ils débouchèrent sur une esplanade aveuglante de soleil : ils avaient quitté la pierre grise pour le marbre et laissé derrière eux les parties privées du palais pour rejoindre les vastes espaces de réception du temple d'Apollon.

Quelques Germains chevelus montaient la garde entre des statues ; un petit groupe de femmes, à demi cachées sous des ombrelles frangées, traversaient en hâte ce lac de lumière ; c'étaient Livie et ses suivantes qui venaient d'offrir une couronne de fleurs au dieu solaire. Elles s'arrêtèrent. De loin, les époux échangèrent quelques mots. « Nous retournons à nos navettes et nos fuseaux, dit Livie avec gaieté. — Je monte à ma chambre tâcher de dormir un peu, soupira Auguste. As-tu des nouvelles de celles que nous attendons ? — Elles sont dans ma maison, Euporion s'occupe d'elles, je les verrai tout à l'heure… Avant de t'allonger, bois une coupe de mon vin de Pucinum, il n'y a rien de meilleur contre le rhume de mai. » Et, sans s'attarder davantage, les époux poursuivirent chacun leur chemin.

« Comment trouves-tu ma Livie ? » demanda brusquement le Prince à Séléné. La question étonna l'adolescente, sans la prendre au dépourvu. Sur ce qu'il fallait répondre, aucune hésitation : « Très belle », dit-elle. En vérité, la femme d'Auguste, avec ses lèvres minces et son minuscule menton, lui avait toujours paru trop « resserrée » pour être vraiment jolie ; mais sa taille était gracieuse et son élégance, incomparable. Ce jour-là, la dame, modestement voilée, étrennait une robe tissée de tant de fils différents qu'à chaque pas elle chatoyait comme un arc-en-ciel. Avec une pareille étoffe, nul besoin d'or, ni de soie ; rien d'« importé », rien d'ostentatoire : un vêtement cent pour cent romain – à ceci près que des dizaines de tisserandes avaient dû, pendant des mois, s'y user les yeux et les doigts.

Comme s'il devinait ses pensées, le Prince, avant de faire reconduire Séléné vers le haut de la colline, précisa : « Pour ton gage de demain, exige d'Octavie qu'elle t'habille mieux. Sans luxe, bien sûr, mais enfin je ne te veux pas, dans cette circonstance, parée de ta seule vertu… »

Et, après cette allusion perfide aux vers qu'elle avait bêtement cités lors de leur précédente rencontre, il pouffa. Cachant aussitôt sa bouche derrière sa main.

SOUVENIR AMER

Dans le souterrain, les murs suintent, et les fresques des voûtes s'effacent déjà sous les taches de moisi. Il semble à Séléné que cette humidité devient acide. N'imprègne plus seulement sa tunique, mais sa peau. Pénètre jusqu'au cœur.

Une vague la submerge. Elle a de l'eau salée plein la bouche, titube, doit s'appuyer à la paroi. Dans un éblouissement, elle revoit la mer – celle du dernier hiver à Alexandrie, cette écume qui mouillait ses bras, ses doigts, quand elle se tenait, toute raide, à la proue de la barque royale.

Dans le souterrain, elle tremble, prise de vertige. Croit glisser, se noie. Ne parvient plus à respirer. Dans sa bouche, dans son ventre, de l'eau salée. « Tu grandis, répètent souvent les servantes d'Octavie, tu deviens femme, et bientôt tu… » Non, il ne faut pas !

Lentement, elle a repris sa marche. La main posée sur la muraille, le corps plié en deux. L'invitator en livrée qui la précède n'a pas ralenti le pas. Alors, elle marche. Comme on hoquette. Mais peu à peu elle se redresse, accélère pour échapper à l'eau sale qu'elle croit entendre clapoter autour d'elle, à la mer visqueuse qui envahit le souterrain. Elle avance de plus en plus vite, rattrape enfin l'esclave – sans s'apercevoir, dans son malaise, que sa chaînette d'or vient de se détacher. L'amulette-faucon que lui avaient offerte les recluses d'Isis est tombée. Ce soir, quand elle s'en rendra compte, elle ne saura pas où elle l'a perdue.

« Brodez-moi, avait-elle dit aux servantes, je ne veux plus aller là-bas la peau nue... »

Mais ces Romaines ne savent pas orner de formules magiques le corps d'une reine de Cyrénaïque. Elles se sont bornées à lui attacher aux épaules l'une des robes de Claudia (toutes deux ont la même taille), une robe safran à rayures ocre – très « mode », les raies –, et à lui prêter un collier de topazes. Avec la bénédiction d'Octavie. Qui s'est quand même inquiétée de cette brusque frénésie vestimentaire : « Mais enfin, Séléné, à qui mon frère veut-il te montrer ? À des ambassadeurs ? Et de quoi discutez-vous ? De poésie, encore ?

— Non, nous jouons aux osselets... Et j'ai parlé avec Livie », a-t-elle ajouté précipitamment. Pourquoi ce besoin de mentionner une si brève rencontre, et pourquoi dire « parlé avec » quand, en vérité, elle n'avait fait que croiser l'épouse du Prince ?

Séléné n'a pas le temps de s'interroger davantage sur ses choix de vocabulaire car, déjà, Octavie poursuit : « Et Julie ? Joue-t-elle avec vous ?

— Non. Hier, je crois qu'elle travaillait avec ses maîtres. Mais aujourd'hui, elle sera là. Sûrement. »

Elle dit « sûrement », mais elle est persuadée déjà que la fille d'Auguste n'y sera pas…

De nouveau l'*invitator*, de nouveau le cryptoportique mal éclairé, puis, à l'autre bout, les escaliers, les couloirs en pente, les paliers, les rampes, les vestibules que parcourent des secrétaires chargés de rouleaux ; et des cours étroites, jamais de plain-pied, où stationnent de riches litières, des passages couverts encombrés de *clients* en toge et d'affranchis en cape ; et des plates-formes provisoires, des passerelles jetées sur des bassins vides, des charpentes, des échafaudages jusqu'autour des statues de marbre, dont on est en train de changer les yeux de verre, redorer les tuniques, maquiller les joues, repeindre les cheveux.

Le palais du Prince est un chantier, une Babel, un dédale : une dizaine de maisons acquises l'une après l'autre et cousues ensemble au fil des années. Le noyau, c'est l'ancienne *villa* de l'orateur Hortensius, confisquée à son fils Quintus à l'époque des guerres civiles. Depuis lors, Octave Auguste a lancé des racines dans toutes les directions, au point d'envahir aujourd'hui tout le versant sud de la colline. Mais, à part l'esplanade d'Apollon et son temple – qui ont nécessité la réalisation d'énormes remblais –, l'ensemble garde un côté bricolé, étriqué, auquel, par principe politique (la modestie « républicaine »), le Prince tient beaucoup. Quant à l'aspect labyrinthique et à l'obscurité (pas le moindre jardin et, sur tous les appartements, l'ombre portée du grand sanctuaire accolé), ils doivent moins au programme général du grand homme qu'à ses goûts particuliers : il aime rester caché, pouvoir surprendre sans être surpris.

C'est à quoi songe Séléné en contemplant, dans l'un des grands cabinets de Livie, la fresque mythologique qui décore le mur : au milieu des fausses colonnes, on voit Io, la maîtresse de Jupiter, surveillée par Argus aux cent yeux, l'espion qui ne dort jamais. « Souvenez-vous, semble dire le tableau, que dans cette maison aussi, jour et nuit, cent yeux vous observent. » Elle n'a garde de l'oublier… Pour tuer le temps, elle compte les yeux ; elle ne veut pas penser à son « gage », de peur que la vague la submerge.

Admise devant Auguste après avoir entendu le préposé aux clepsydres crier cinq fois les heures, elle ressent le même trouble que la veille. D'un côté, le Prince se montre aimable (il la complimente sur sa nouvelle tenue), d'un autre… Que cherche-t-il ? Que doit-elle prouver ? À quel jeu joueront-ils aujourd'hui ?

Ils sont dans une partie du palais qu'elle n'arrive pas à situer. On lui a fait monter et descendre tant de marches, traverser tant d'enfilades sans vue et de chambrettes sans fenêtres, qu'elle ne sait plus où elle est. Mais sûrement pas dans l'aile neuve et les luxueux salons privés dissimulés derrière l'aire sacrée. Ce soir, ce n'est pas Apollon qui reçoit, c'est *Thurinus*, le « plouc » de Thurium, le petit-fils du meunier, le descendant du cordier…

Au fond de la galerie voûtée où on l'a poussée, il est assis sur une simple banquette de pierre. Pas de tapis par terre, ni d'autre peinture aux murs qu'un badigeon lie-de-vin qui laisse voir le tuf ; dans un coin, une nymphe écaillée et une fausse grotte d'où suinte un filet d'eau. Deux esclaves achèvent de hisser au plafond un lustre de fer trop petit ; une fois remonté au bout de sa chaîne, sa flamme ne suffit même pas à éclairer les stucs de la voûte. En haut, on entend voler quelque chose de noir et d'apeuré – une chauve-souris ? une hirondelle ? un corbeau ? En bas, l'ombre se referme sur le maître du monde. « Maintenant, dit-il, c'est l'heure du choix (*delectus*). »

Delectus… Pourquoi, en se répétant depuis la veille ces trois syllabes dont elle savourait le fruité, *delectus*, Séléné s'était-elle attendue à ce qu'on lui offrît des pâtisseries, de gros gâteaux dégoulinant de miel et d'huile ? Non, « attendu » n'est pas le mot ; que son gage pût consister à goûter des friandises avant de les conseiller au Prince, elle ne l'avait pas sérieusement pensé, pas sérieusement… De toute façon, la nudité de la pièce et l'absence de table renvoient les rêves de tourte aux pistaches à une enfance révolue – les mots romains ne sont pas innocents, et les idées du Prince, jamais sucrées.

Or elle n'a rien pour se défendre : plus d'amulette et pas de poignard, car ce sont les habilleuses d'Octavie, aujourd'hui, qui lui ont passé robe et ceinture. La voici face à l'araignée au cœur de sa toile, et ficelée. « Souris, Cléopâtre, murmure César. Souris dès qu'elles entreront, elles ont besoin d'être encouragées. Ta présence les mettra en confiance. Entre fillettes, n'est-ce pas… »

Les petites filles vierges, quand il s'agissait d'esclaves, c'était le marchand Toranius qui les lui procurait.

Et les rachetait, à vil prix, aussitôt qu'utilisées : la virginité ne sert qu'une fois. Quant aux fillettes d'origine libre (il paraît qu'il y en avait), Livie les faisait ramasser dans toute l'Italie – peut-être des filles de paysans ruinés par les guerres civiles, expropriés par les vétérans de l'armée, et qui louaient leur progéniture « à durée déterminée » pour pouvoir manger. Des hommes libres s'engageaient de la même façon, et pour les mêmes raisons, dans des équipes de gladiateurs – mais avec plus de chances que les fillettes de conserver in fine ce qu'ils acceptaient de risquer…

Depuis quand, ce goût d'Auguste pour les vierges ? Certains historiens prétendent qu'il ne ressentit ce besoin de chair fraîche qu'à un âge avancé. Pourtant, dès 32, sept ans après le mariage-surprise avec Livie, Marc Antoine avait déjà pu l'accuser de se procurer des jeunes filles « par l'intermédiaire d'amis qui les faisaient dévêtir pour les examiner ». Quant au rôle d'entremetteuse dans lequel le maître de Rome poussa Livie, les biographes antiques le regardent comme établi : « Sa passion, écrit Suétone, fut de déflorer des fillettes, que sa femme elle-même faisait venir de partout. »

La conduite de la « digne et chaste » épouse s'explique : elle n'avait pas le choix. Pas plus pour les nymphettes que pour Terentilla.

Mais lui, Octave Auguste, qui ne consommait personnellement aucun des mignons qu'il achetait, quelle sorte d'appétit le poussait vers des gamines prépubères ? D'où tirait-il, dès sa trentième année, cette passion secrète pour les poitrines timides, les tailles sans hanches, les duvets naissants, les mollets griffés, les ongles rongés, les nattes serrées, les taches de rousseur, les ceintures mal nouées et les rires gênés ? Pourquoi en vint-il à préférer les joues sans fard aux joues fardées, et les chevelures rétives aux mèches parfumées ? Regret vague de n'avoir pu « connaître » sa première femme, cette Pulchra épousée à douze ans par raison d'État et renvoyée six mois plus tard par intérêt ? envie bête d'être, comme Ulysse, le premier à explorer des terres inconnues ? ou plaisir, tout cérébral, de forcer les limites en jouant avec l'interdit – non pas, ici, la jeunesse de ses proies, mais leur statut social : l'enfant née libre, dont la *bulla* d'or protège la candeur, confondue soudain, dans la satisfaction d'un désir brutal, avec l'esclave vouée à l'impudicité ?

Peu importe la raison. De toute façon, nous ne coucherons pas Auguste sur le divan. Mais pourquoi détacher l'analyse de sa sexualité de ce que nous savons de sa vie publique ? Cet homme qui sut mieux que personne préserver les apparences pour ménager les imbéciles, et instaurer la monarchie sous couvert de restaurer la république, cet homme qui inventa le chiffrage des correspondances et préparait par écrit ses conversations les plus intimes, est un inquiet. Constamment sous tension. Son mot préféré ? *Auctoritas*. Avec son double sens : celle qu'on exerce sur soi avant de l'exercer sur autrui. Dès que le jeune chef s'autorise à se relâcher, il compense en resserrant son emprise sur ceux qui l'approchent. Avant de céder au plaisir, il lui faut renforcer sa domination jusqu'à la cruauté ; seul l'abaissement du partenaire le rassure sur son propre abandon.

Mais lorsque grâce à Livie, à ses premières années avec Livie, il en sut assez sur lui pour distinguer ce qu'il avait d'obscur et, comme un épileptique qui sent venir sa crise, reconnaître cette pulsion dès ses premiers signes, il tâcha d'en dévier les excès vers des objets insignifiants, des victimes méprisées, dont la flétrissure ne pouvait causer aucun scandale politique ni religieux : des enfants, des prisonniers, ou des étrangers…

Cléopâtre-Séléné appartenait aux trois catégories.

C'étaient de petites créatures malingres et effarées qui avançaient avec des grignotements de souris. Le lustre permettait à peine de deviner leurs silhouettes. Dix ans, douze peut-être. Quelques-unes tenaient dans leurs mains jointes des veilleuses étroites dont la flamme n'éclairait que leur figure ; le visage indistinct des suivantes semblait, par contraste, atteint d'une lèpre noire qui aurait dévoré leurs lèvres et leur nez.

Séléné remarqua que plusieurs gamines avaient les cheveux courts des esclaves. Mais d'autres portaient les cheveux tressés et, à leur cou, pendait une cordelette au bout de laquelle on entrevoyait, dans le mouvement de la lumière, un gros médaillon de cuir ou d'or, la *bulla* des filles de naissance libre.

Depuis le fond de la salle, elles progressaient à petits pas. Pieds nus sur le pavé de mosaïque. Leurs tuniques, d'un gris presque uniforme, paraissaient propres, mais trop courtes ou trop larges : on avait dû les rhabiller en hâte, sur les réserves de la maison. Sans doute aussi les avait-on lavées... Mais elles n'étaient pas parfumées. Ne portaient aucun ruban.

Avaient l'air d'enfants sages. Pauvres et sages. Ce pour quoi on les avait choisies.

Sa première sélection, le Prince l'effectuait d'un signe, en faisant ranger sur sa gauche les petites filles qui ne l'intéressaient pas. Celles de droite repassaient ensuite lentement devant lui. Deux lanternes posées sur la banquette de pierre où il était assis éclairaient la scène. Certaines fillettes, en s'arrêtant, restaient à distance, gardaient le visage baissé ; il les attrapait par un poignet, les tirait vers la lumière et leur relevait le menton. Si elles portaient un médaillon (ce médaillon que les garçons ne déposaient sur l'autel domestique qu'en prenant la toge virile et que les filles ôteraient le soir de leur mariage), César Auguste n'hésitait pas à l'ouvrir – comme il ouvrirait la fille.

Violée, la *bulla* révélait des secrets dérisoires : quelques grains d'encens, de minuscules ossements, une dent, un petit morceau de papyrus plié, un bout de peau de serpent, un gri-gri en forme de sexe. Le Prince, sa curiosité satisfaite, refermait soigneusement le talisman ; il craignait les dieux et révérait Fascinus, le dieu phallique dont plusieurs de ces enfants portaient le symbole. Mais grâce à cet examen rapproché (le cordon auquel pendait l'amulette n'était pas bien long), il avait pu respirer le souffle des fillettes ; et, s'il n'était pas satisfait, il écartait encore des postulantes. Les exclues tentaient parfois, dans un geste désespéré, de s'accrocher à lui, posant leurs doigts maigres sur sa cuisse, enserrant ses genoux de leurs petits bras. Un valet bithynien tout en muscles, surgissant de derrière un rideau, venait alors les décrocher et les emportait, tremblantes, dans les sombres entrailles du palais.

De moins en moins nombreuses, les élues recommençaient à processionner autour de la pièce, portant, comme une offrande, la veilleuse allumée au-dessus de laquelle leurs têtes semblaient flotter sans corps. À voir ainsi tourner, loin du sol, leurs visages éclairés, on eût dit un vol de lucioles dans la nuit.

Plus tard, celles qui restaient en piste durent tour à tour grimper sur la banquette de pierre et s'y tenir debout, auprès du Prince assis : la lueur des lanternes absorba la flamme qu'elles portaient dans les mains, petite âme voltigeante qui se fondit dans leur chair ; de nouveau, elles eurent un corps. Un corps que César Auguste s'efforçait de juger avec objectivité après en avoir tout considéré, « Détache tes nattes », « Dénoue ta ceinture »…

Intimidées, les enfants obéissaient de travers. Quelques-unes ne comprenaient rien aux ordres donnés – faute, sans doute, de connaître le latin. D'autres semblaient prisonnières de désirs contradictoires : cet inconnu qui avait le pouvoir de leur faire du mal n'avait-il pas aussi celui de leur donner du pain ? et même de l'or ? Aspirant à lui plaire, espérant lui déplaire, elles ne pouvaient plus bouger. Incapables soudain d'accomplir les gestes simples qu'il exigeait. C'est alors qu'Auguste, agacé, demanda l'aide de Séléné.

Comme si elle était la sœur (ou, pire, la servante de ces malheureuses), il la pria – elle, la fille de la « Reine

220

des rois » ! – de les aider à dénouer leurs cheveux ou à dégrafer les broches qui retenaient leur tunique sur leurs épaules. Elle rougit de honte. Une honte que redoublaient l'impudeur des exhibitions et la gêne de certaines fillettes. Elle sentit qu'on les humiliait les unes par les autres, qu'on les humiliait toutes, elle comprise – elle d'abord ! Sa bouche se remplit d'amertume.

Lorsqu'une des jeunes « élues » se retrouva nue face au Prince, elle essaya de détourner les yeux. Mais il lui demanda son avis : « Que dis-tu de celle-là ?

— Très belle », répondit-elle comme elle l'avait fait la veille, pour Livie. « Très belle », répéta-t-elle encore pour les suivantes.

Il se fâcha. « Ne dis pas n'importe quoi ! Regarde, au moins ! Rapproche-toi. Cette blonde, oui, celle avec le bracelet de cuivre, est-ce qu'elle n'a pas les cuisses trop maigres ? Et les épaules bossues ?

— Oui, peut-être », murmura Séléné après un regard à la sauvette, « peut-être bossue, oui…

— Pas du tout ! De dos, elle est parfaite ! Où as-tu les yeux, Cléopâtre ? Ce sont ses genoux pointus qui gâchent tout… Mais on pourrait passer là-dessus, n'est-ce pas, lui pardonner, si sa peau était douce. Renseigne-moi, pose la main sur son cou, oui, plus bas », etc.

Les dernières vérifications qu'eurent à subir les finalistes (« Écarte les jambes »), il s'en chargea lui-même. De la main gauche, la *sinistre*, la main « sale ». Avec un doigt de sa main sale. De sa main rouge. En expliquant à Séléné glacée, Séléné révulsée, qu'un chef ne peut faire confiance à personne, qu'il doit tout vérifier, descendre jusqu'au détail : une grande leçon de politique…

Pendant cet ultime examen, l'une des petites filles pleura. De peur ou de douleur. Ce fut celle qu'il choisit de garder avec lui pour la nuit.

MAGASIN DE SOUVENIRS

Catalogue, archéologie, vente aux enchères publiques, Paris, Drouot-Montaigne :

…189. Médaillon en forme de sphère, dit bulla, *composé de deux plaques d'or concaves attachées ensemble par une charnière de même matière et formant un globe destiné à accueillir une amulette. Belle conservation. Art romain.*

Diam. : 8,2 cm.   3 500/4 000

…195. Amulette pendentif représentant un faucon. Le plumage, finement exécuté, est figuré par des incisions. Or. Oxydation rouge et dépôt calcaire dans les creux, bélière manquante. Sinon, belle conservation. Égypte, fin de l'époque ptolémaïque.

H. : 1,6 cm.   1 500/1 600

Provenance : collection particulière (Rome).

Comme consul, César Auguste venait d'interdire au peuple romain les jeux de hasard et d'argent – trop avilissants. Mais, comme particulier, il avait un besoin maladif de s'assurer de la faveur des dieux, de se prouver qu'ils ne l'avaient pas abandonné, qu'il était toujours le mieux-aimé. Contraint de violer en privé les règles publiques qu'il édictait, il le faisait, croyait-il, de la manière la moins répréhensible – en cachette et, comme pour le reste, avec des enfants. Séléné fut, tout un printemps, cet enfant-là.

Le souterrain aux reflets glauques l'emmenait vers la demi-clarté d'une courette, quelque part dans le dédale obscur du Palatin, où, sur le pavé usé, l'attendaient osselets, noix ou dés. Mais, lorsqu'elle perdait, le souterrain débouchait sur un autre souterrain, plus profond et plus noir.

Diotélès, qui ignorait ce qui se passait dans la maison du Prince, se félicitait de l'estime dans laquelle on semblait y tenir Séléné ; sans doute Auguste était-il charmé par le bel esprit de cette enfant, un esprit que lui, « l'histrion », n'avait pas peu contribué à orner. Si le Maître s'entichait de cette petite, s'il appréciait ses conseils et ses réparties, qui sait jusqu'où elle irait ? Pourquoi ne la marierait-on pas à Tibère, par exemple ? À moins qu'un jour, le Prince lui-même... Diotélès avait entendu dire, en effet, qu'Auguste ne partageait plus depuis longtemps la couche de Livie.

D'après les lingères attachées au service des nappes, l'affaire remontait à un accouchement malheureux survenu cinq ou six ans plus tôt : Livie avait mis au monde, un mois avant terme, un enfant énorme qui lui avait déchiré le ventre. Pire, le nouveau-né était monstrueux – la tête gonflée d'eau et l'épine dorsale en forme de queue. « Moitié cyclope, moitié triton », assurait-on. La sage-femme avait tout de suite fait ce que son métier lui prescrivait : étrangler ce monstre avant qu'il n'eût commencé à respirer. À la mère, on avait dit que le bébé était mort-né. Mais on n'avait pu empêcher que, selon la loi, le *pater familias* vît l'être difforme dont sa femme venait d'accoucher. Il en était resté si effrayé qu'il aurait dit, quelque temps après, que rien de bon ne naîtrait jamais de Livie et de lui.

Une phrase à laquelle Diotélès ne croyait qu'à moitié : comment pareille confidence serait-elle tombée dans l'oreille d'une *préposée aux plis* ou d'une teinturière ? Mais, comme il devait l'expliquer plus tard à sa princesse, il se pouvait que le jeune Imperator d'Occident, dégoûté, n'eût plus osé toucher une épouse capable d'engendrer de pareils démons. C'est Octavie qui aurait, disait-on, évité à sa belle-sœur une répudiation humiliante. Par bonté d'âme ? « Sûrement, disait Diotélès à Séléné, mais aussi par politique. Quoi de meilleur pour un neveu qu'un oncle sans héritier mâle ? Ta protectrice ne pensait déjà qu'à Marcellus. Qui le mérite bien. C'est un gentil garçon. »

Ce que personne n'avait prévu, en revanche, c'est que Tiberius Claudius Nero, premier mari de Livie, mourrait si tôt. Par testament, il « léguait » ses deux fils, neuf et six ans, au jeune César – pour Octavie et Marcellus, une menace virtuelle qu'il faudrait parer, et, pour Livie, un cadeau, mais empoisonné. Car ces enfants ne connaissaient leur génitrice que de vue ; et ils la méprisaient. Ils détestaient plus encore l'homme qui la leur avait enlevée. Enfin, ils se proclamaient « républicains », leur père les ayant, en catimini, élevés dans l'idéal qui avait inspiré sa vie. La reprise en main s'annonçait difficile…

Livie n'en était pas moins déterminée à saisir la chance pour laquelle, sept ans plus tôt, elle s'était sacrifiée ; elle remercia la Providence qui, au moment où elle se résignait à n'être plus jamais mère, ramenait dans son jeu, et dans la maison de César, ces deux petits mâles pleins de vie. De gré ou de force, elle les ferait avancer et avancerait avec eux. Elle commença le dressage.

Avec Drusus, ses efforts portèrent vite leurs fruits ; il aima bientôt son beau-père ; et sa mère, reconnaissante, l'aima. Mais avec Tibère, rien à faire : il adorait son père, dont il avait prononcé lui-même, à neuf ans, l'oraison funèbre ; et longtemps, trop longtemps, il s'était cru abandonné par sa mère. Il resta fermé sur ses souvenirs et ses rancœurs. Obéissant, et même discipliné, il remâchait ses tristesses en secret. Octave, qu'on ne trompait pas avec des politesses, Octave, qui épiait jusqu'aux battements de cils de ce garçon taciturne, l'accusa de se buter et décida de l'assouplir. Tibère, déjà grand, lui résista. Ils se prirent mutuellement en grippe ; et quand Livie s'en mêla, elle ne réussit qu'à aigrir les deux parties.

Aussi, dès qu'il le pouvait, l'aîné de Livie courait-il, comme Julie, se réfugier dans la maison d'Octavie, l'un fuyant le mari de sa mère, et l'autre, sa marâtre – familles recomposées, je vous hais… La sœur du Prince, non moins habile que tendre, vit bientôt l'avantage qu'elle pourrait tirer de la situation : si Livie avait cru que pour écarter Marcellus il lui suffirait, comme le coucou, de déposer ses œufs dans le nid d'autrui, elle en serait pour ses frais ! Octavie se sentit sur-le-champ une affection particulière pour les malheurs de Tibère ; elle flatta son orgueil, caressa sa mauvaise humeur, cajola ses rancunes. Du reste, elle le plaignait sincèrement : le calcul n'empêche pas les sentiments.

Trois ans après le Triomphe sur l'Égypte qui avait vu Tibère chevaucher sur le même rang que Marcellus devant le char du Prince, le fils de Livie ne semblait plus dans la course. Tel était du moins l'avis de Diotélès qui, né à la cour d'Alexandrie (même si c'était dans la ménagerie), croyait tout savoir des coulisses du pouvoir.

Happée par le souterrain, Séléné écoutait à peine son Pygmée. Les « gages » d'Auguste l'avaient replongée dans ses vieux cauchemars de survivante. Chaque battement de cœur lui demandait un effort de volonté. Obligée de commander à des réflexes élémentaires, de penser à respirer et de réfléchir pour marcher, il ne lui restait plus assez de forces pour s'intéresser aux intrigues du Palatin.

Elle ne retrouvait un peu d'esprit que seule dans son lit et recroquevillée. Enroulée sur elle-même. Repliée sur son ventre. Et proche enfin, proche à le toucher, du remède miracle caché sous son traversin : le poignard. Car l'Apollon Bourreau, le mangeur d'enfants, un jour elle le tuerait. Par le couteau ou la magie. Chaque soir, avant de s'endormir sur son poinçon, elle aiguisait ses mauvaises pensées et les dirigeait, comme une flèche, droit sur l'ennemi. Avec l'aide des dieux infernaux, elle le frapperait en plein cœur. Puis, délivrée de toute souillure, elle embarquerait sur le Nil et remonterait jusqu'à sa source.

Éprouva-t-elle du soulagement quand, à l'été, elle apprit qu'Auguste, réélu consul pour la huitième fois, partait combattre en Espagne ? Il emmenait avec lui tous les garçons des deux maisons en âge de porter les armes, Marcellus, Tibère, Iullus, et même Lucius Domitius. Il emmenait aussi Terentilla. L'Histoire ne précise pas si ce fut « en litière couverte » …

On sait seulement que Mécène, époux de la dame, et la très sage Livie restèrent à Rome ; il fut convenu qu'Agrippa assurerait le gouvernement de l'Italie, et Messala, celui de la Ville. C'était commode puisque tous deux partageaient la même maison, celle d'Antoine, aux Carènes, où la jeune Antonia était née. La roue tourne, et, à Rome, les maisons tournaient avec elle.

D'après Diotélès, pour achever de séduire les Romains, le Prince rêvait maintenant de gloire militaire – il était temps ! Il n'avait jamais gagné aucune bataille, en effet. Toujours, à la guerre, il s'était appuyé sur un autre : Antoine d'abord ; puis, contre Antoine, Agrippa. « César va vaincre les Parthes ! clamaient déjà les poètes de Mécène. À l'attaque ! À l'attaque ! »

Les Parthes, non… Sûrement pas. Sur les Parthes, Crassus et Antoine s'étaient l'un après l'autre cassé les dents, et Auguste n'était pas assez vain pour supposer qu'il ferait mieux que ces hommes de guerre confirmés. La leçon des échecs romains dans la région lui semblait claire. Avec les Parthes, leurs archers montés et leurs terribles cuirassiers, mieux valait négocier. Il se sentait même disposé à leur consentir un petit rabais…

Mais puisque, en vers et en chansons, l'opinion lui réclamait une victoire personnelle, il la lui donnerait – là-bas, à l'ouest, au bord du grand Océan, dans les Pyrénées ou les Asturies… Après tout, il ne s'agissait que d'aplatir trois ou quatre tribus. Des sauvages, dont les légions ne feraient qu'une bouchée. Et Agrippa, cette fois, ne serait pour rien dans le succès : le Prince seul aurait défini la stratégie, harangué les troupes, donné le signal de l'engagement, le Prince seul mériterait les lauriers.

La lumière, enfin ! La lumière de la mer. Le Maître a quitté l'Italie, les « dames de Rome » ont quitté le Palatin, et la lumière revient. D'un blanc incandescent. Comme si l'on avait allumé des chandeliers en cristal sur une table en argent.

D'abord, Séléné en reste aveuglée. Puis, à leur rire aigu, elle devine la blancheur des mouettes ; à leur claquement sourd, les voiles des barques qui lèvent l'ancre. Elle respire l'odeur fraîche des cordages mouillés et des filets qui sèchent sur le rivage. Peu à peu, elle commence à distinguer à ses pieds l'ondulation des vagues ; et quand enfin elle lève le visage vers le ciel, le bleu – un bleu royal – lui entre dans les yeux. Alors, encore une fois et malgré elle, elle recommence à vivre. Comme un lotus qu'on rend au fleuve, comme un navire que pousse le vent.

Elle a quatorze ans ; face à la baie de Naples, elle va connaître trois années d'un bonheur imprévu : Octavie vient d'acheter sur le golfe, à Baulès, une maison de plaisance qui appartenait autrefois au riche Hortensius, ami de Cicéron, dont le petit-fils, réduit à la misère par les saisies qui ont frappé la fortune des républicains, vend les derniers biens.

De son côté, Livie a aménagé au bout de la plage de Baïes, trois kilomètres plus loin, la propriété d'un sympathisant d'Antoine dont Octave s'était emparé en rentrant d'Égypte. L'île de Capri (acquise à la même époque sur un coup de tête), Livie l'admire volontiers de ses fenêtres, mais elle refuse d'habiter sur ce rocher sinistre – elle aime trop la société.

Loin des regards du petit peuple romain, les deux belles-sœurs peuvent enfin suivre les conseils de Vitruve et sacrifier aux luxes de la modernité : leurs villas, dont les longues colonnades et les baies vitrées ouvrent sur la mer, sont agrémentées de jardins en terrasses, de viviers, de bains chauffés, de volières, de piscines d'eau de mer et d'eau douce ; les appartements sont décorés « à l'égyptienne » – une nouvelle mode qui fait fureur : paysages exotiques (avec palmiers, chameaux et obélisques) ou scènes champêtres de bergers célébrant des noces rustiques à l'ombre des bosquets. Finis les faux marbres, fausses pierres, panneaux noirs, cours couvertes, pièces sans fenêtres et murs compacts. Plus rien ici n'est fermé, tout regarde ou reflète le dehors.

Et ce dehors est enchanteur : face aux villas, les îles et le Vésuve, au loin, couvert de vignes ; à droite, le cap Misène avec son port militaire ; à gauche, Pouzzoles et le promontoire du Pausilippe, qu'entaillent les anciens viviers de Lucullus et un théâtre en plein air ; enfin, derrière l'étroite bande littorale, le lac Lucrin, immense, et, juste au-dessus, plus mystérieux, le lac Averne, avec ses sources d'eau chaude, ses forêts, ses fontaines thermales et ses grottes sacrées.

Pour Livie, pour Octavie, pour toutes les Romaines fortunées qui ont fait de cette côte leur destination favorite, la vie passe comme un jour : on se baigne, on court sur la plage, on prend les eaux ; on se promène sur la digue entre lac et mer, ou d'une île à l'autre à travers la baie ; on se reçoit, on s'offre des concerts, des lectures, des dîners ; on boit les vins de Pompéi, on mange les oursins de Misène et les huîtres du Lucrin, on se couche à l'aube… et on recommence le lendemain.

Évidemment, sur ce rivage béni des dieux et chéri des hommes, il est plus difficile de tenir les filles qu'à Rome ; et des filles, la sœur et la femme d'Auguste en ont une trôlée à gouverner. Tous les garçons sont à la guerre, à part le petit Drusus et les deux fils du roi Hérode ; mais le « gynécée » a récupéré l'aînée d'Octavie, Marcella, avec ses deux bébés et sa belle-fille de huit ans, Vipsania : leur grande maison des Carènes vient de brûler.

Marcella n'en semble pas trop affligée. Elle ne supportait plus de partager ce palais avec Valerius Messala qu'Auguste avait nommé préfet de la Ville. Déjà grande lorsque Octavie avait épousé Marc Antoine, Marcella gardait de bons souvenirs de son beau-père et elle n'avait pas aimé les moqueries dont l'avait accablé Messala en changeant de parti. C'était lui, le transfuge, qui, autrefois, avait fait courir le bruit qu'Antoine, perverti par la mollesse orientale, se servait d'un pot de chambre en or – un argument politique de haute volée ! D'ailleurs ce Messala, après avoir beaucoup flatté Octave et beaucoup obtenu de lui, profite aujourd'hui de l'absence du Maître pour ruer dans les brancards. Ne vient-il pas de démissionner avec éclat de son poste de préfet en prétendant qu'on exige de lui des actions contraires aux principes républicains ? On se croirait revenu aux ides de mars ! Nul doute, songe Marcella, que le Prince appréciera à sa juste valeur ce coup de pied de l'âne décoché au moment précis où il se trouve en situation difficile : le front espagnol s'étire, il est maintenant aussi long, paraît-il, qu'il y a de distance entre Naples et Mantoue ; et les rebelles basques, qui continuent à éviter toute bataille rangée, harcèlent les légions, les coupent de l'arrière et les grignotent peu à peu – oui, vraiment, l'instant est bien choisi pour faire la morale à ce pauvre « oncle Auguste » !

Messala. Messala *Matella*, Messala « Pot de chambre », c'est ainsi que la fille aînée d'Octavie a surnommé le félon, au grand amusement de ses sœurs ; chaque fois qu'elle croisait ce fourbe, ce patricien véreux, dans leur maison des Carènes, elle avait envie de lui cracher son mépris à la figure. Agrippa, son mari, la raisonnait : « Messala n'est pas pire qu'un autre, ma chérie. Il fait partie de ces politiciens de deuxième catégorie qui pensent que les trahisons bien conduites font les carrières bien menées. Et c'est vrai, d'ailleurs. Vrai pour eux. Parce que, précisément, ils sont de deuxième catégorie... Mais ton oncle, lui, est un homme d'État, qui n'a rien à craindre d'un *Matella*. Au contraire, ce genre de fripouille l'amuse. C'est comme Plancus... Ils connaissent une foule d'histoires drôles. Et tant de ragots ! »

Décidément, elle ne comprendrait jamais les gouvernants. On dirait que la médiocrité morale de leurs amis, et même leur inconstance ne les gênent pas. Jusque dans l'amitié, ils font la part du feu... Mais le feu, lui, est moins partageux : la maison des Carènes, il l'avait voulue tout entière ! Marcella s'en réjouissait, elle ne verrait plus « Pot de chambre ».

Car, en apprenant la nouvelle de l'incendie, le Prince, du fond de ses Espagnes, avait aussitôt offert l'asile de sa propre demeure à son ami Agrippa ; mais à Valerius Messala, rien – puisqu'il faisait un accès de pureté républicaine, il pourrait coucher dans la rue, n'est-ce pas ? En attendant qu'on ait reconstruit les Carènes à son goût, Marcella avait trouvé refuge chez sa mère, à Baulès. Pour la plus grande joie de ses sœurs, demi-sœurs et cousines, qui espéraient de leur aînée quelques éclaircissements sur l'état, aussi mystérieux qu'excitant, de « jeune mariée ».

Dès que le soleil descend sur l'horizon (une jeune patricienne doit protéger son teint), elles sont plusieurs à se baigner dans la piscine d'eau douce. Nues, comme c'est l'usage.

Bientôt elles se livrent à des comparaisons. « Je me trouve affreuse, gémit Claudia, tous ces poils... J'en ai de plus en plus. Et partout !

— Bah, dit Julie, aucun homme ne les verra : on t'épilera avant le mariage. Et chaque jour, jusqu'à ce que tu sois veuve !

— Il paraît que c'est très douloureux, s'inquiète la petite Antonia.

— Pas forcément. On chauffe des cires... des cires capables de déraciner les forêts, explique poétiquement Marcella. Il existe aussi des onguents épilatoires, à base de miel et de sang de thon.

— On prétend qu'ils donnent des boutons, dit Prima, il faut s'en méfier...

— Alors, ma chère, tu devras t'accommoder de la vieille méthode, qui est la pire de toutes : la pince à épiler. Comme les hommes élégants chez le barbier ! Ah, vous avez peur de souffrir, mes petites poupées, mais croyez-vous qu'il soit plus agréable pour nos maris de se faire arracher les poils du menton ?

— Marcella a raison. Pour nous plaire, les hommes endurent mille morts eux aussi, conclut Julie. Mais, ajoute-t-elle après un temps de réflexion et avec une moue charmante, je crains quand même que, faute d'avoir été exposé au vent des combats, mon "menton" d'en bas soit plus douillet que leur menton d'en haut... »

Cris d'effroi des jeunes filles ravies : « Oh, Julie ! Si ton père t'entendait !

— Mais il m'entend, répond Julie en désignant la rangée d'esclaves, mâles et femelles, qui attendent au bord de la piscine avec leurs draps de bain déployés. Jusqu'aux bords de l'Océan, jusqu'aux rivages d'Ultima Thulé, mon père m'entend ! », et elle rit en tordant sur sa nuque ses cheveux mouillés.

Les autres savent qu'elle fait allusion à la lettre du Prince qu'un de leurs amis vient de recevoir : sur la digue du lac, en se promenant toutes ensemble, elles avaient reconnu un jeune cousin de Domitius, qui déambulait lui aussi en compagnie ; le garçon s'était approché d'elles pour les saluer et, par politesse, leur avait fait un brin de causette – rien que de très convenable, le beau temps, la joie d'être à Baïes… Un mois plus tard, « l'imprudent » recevait des Asturies une lettre cachetée du terrible sceau au sphinx. « Je m'étonne, écrivait Auguste au jeune patricien, que tu aies pris la liberté d'aller saluer ma fille à Baïes. » Pas un sourire de cette adolescente qui ne soit consigné par des indicateurs, puis commenté par Livie à l'intention d'Auguste…

Séléné profite de l'émotion causée par les provocations de Julie pour gagner en quelques brasses le bout de la piscine et sortir de l'eau. Toutes les filles du Palatin nagent bien – une marque de bonne éducation. Elles ont appris la natation dans la plus belle piscine de Rome, la seule qui soit chauffée, celle des Jardins de Mécène.

Ce soir, Séléné a hâte de se rhabiller, elle n'a pas envie que les autres commentent une fois de plus ses formes. Ou, plutôt, son absence de formes : « Comment se fait-il que ta poitrine ne pousse pas ? Alors que ta mère, d'après ce qu'on dit… » ou, quasi envieuses : « Toi, au moins, tu n'as pas encore besoin qu'on t'épile ! »

— De toute façon, elle n'en aura jamais besoin, lance Claudia, puisqu'on ne la mariera pas. »

Un esclave syrien a enveloppé Séléné d'un grand drap et la frictionne pour la sécher. Elle n'aime pas que le regard, les mains d'un esclave se posent sur son corps nu. Bien sûr, un esclave n'est pas un homme, mais, pour les soins du bain et de la chambre, elle préférerait des eunuques, comme à Alexandrie – pourquoi les Romains nourrissent-ils de telles préventions à leur égard ?

« Où vas-tu ? lui demande Marcella que sa mère a chargée de surveiller la jeune troupe.

— Chanter, dit Séléné. Courir sur les terrasses et respirer avant de chanter. D'après mon citharède, je dois muscler mes poumons pour mieux suivre la cadence de *La Mort de Niobé*…

— Attends ! » À son tour Marcella sort du bain, elle a encore le ventre rond des jeunes accouchées. « Laisse-moi te parler comme une sœur aînée : tu chantes trop. Trop de gymnastique grecque et trop de chant, Séléné. Il faut que tu saches, poursuit-elle en baissant le ton, que toutes ces pratiques dont tu abuses t'empêchent de devenir femme, tes seins ne se développeront pas tant que tu t'entraîneras pour des prouesses vocales. Même les prières que tu adresserais à Junon Fluvionia pour qu'elle règle ton flux menstruel resteraient sans effet. Les médecins sont formels, les exercices du corps et de la voix sont les ennemis du sang. »

Séléné acquiesce sagement en rattachant ses sandales : « Je comprends, oui. J'en parlerai à mes professeurs… »

En vérité, elle est ravie. Marcella vient de lui confirmer qu'elle est sur la bonne voie. Ce qu'elle cherche, c'est à ne pas saigner comme les autres filles. Jamais. Elle va donc redoubler d'efforts. Chanter Niobé dont Apollon tua les sept fils. Oreste assassinant les assassins de son père. Et toujours, Hécube la Troyenne qui vit périr, l'un après l'autre, tous ses enfants avant de venger le dernier. Chanter. Chanter la mort et le châtiment, chanter et chanter encore… Car la fille de la *regina meretrix* (la reine-putain, comme disent les pamphlétaires romains), l'unique descendante de la trop sensuelle Cléopâtre, ne veut pas, surtout pas, devenir femme.

La mer est la patrie de ceux qui n'en ont plus. À Baulès parfois, en regardant les vagues, Séléné croyait reconnaître quelque chose d'Alexandrie.

Que cet incessant mouvement de la mer dût être, au bout du compte, le seul point fixe de sa vie, elle ne pouvait déjà l'imaginer, ni que les jours vécus entre Baïes et Capri lui paraîtraient plus tard, dans la longue nuit de son enfance, brillants comme des diamants. Souvenirs sans drames, souvenirs anodins que le temps pare de ses scintillements et que, devenues vieilles, les sœurs ou les cousines évoqueraient entre elles avec attendrissement: « Te souviens-tu *du jour où...* »

Elle se souviendrait *du jour où* la petite Antonia avait réussi à accrocher des boucles d'oreilles aux murènes qu'on conservait dans le grand vivier, derrière les cuisines. Ces anguilles aux dents de requin, ces gros serpents à tête de bouledogue qui avaient la réputation de dévorer vivants les pêcheurs imprudents et les esclaves fautifs, Antonia, en secret, avait réussi à les apprivoiser. Au point de pouvoir, entre deux caresses, attacher des perles à leurs ouïes... Octavie, informée de cet exploit, avait poussé les hauts cris : « Cette enfant est folle ! Est-ce qu'on risque sa vie par jeu ? Ah, tu te crois maligne, Antonia, tu es contente d'étonner le monde, n'est-ce pas ? Eh bien, je ne t'admire pas, moi ! Non, je ne t'admire pas ! », puis, à mi-voix et en tremblant : « Dieux du ciel, cette petite tient de son père – un courage inutile, le goût du défi... Elle se perdra ! » Fâchée, la *Domina* avait fait copieusement fouetter la domesticité, la nourrice surtout, coupable de négligence. Suspendue par ses tresses à *l'arbre stérile* pendant plus de trente heures, la bonne femme avait fatigué de ses cris perçants les voisins de la villa et gêné leur sommeil. Du coup, la prouesse d'Antonia s'était ébruitée. On en parlait sur toute la côte comme d'un fait d'armes : tout juste si la « nièce d'Auguste » ne surpassait pas en courage les dompteurs de lions... Octavie ne put empêcher qu'on vînt de Cumes, de Naples et même d'Herculanum, pour admirer ses murènes apprivoisées.

À onze ans, Antonia entrait ainsi dans l'Histoire. Elle n'en sortirait que soixante-dix ans plus tard, mère et grand-mère d'empereurs, honorée du titre exceptionnel d'*Augusta* (la fille de Marc Antoine, *Augusta* !). « Je ne ferai jamais rien comme personne », prévenait la fillette dès cet été-là. Elle tint parole. Oui, Séléné se souviendrait parfaitement *du jour où* sa demi-sœur Antonia...

« Et le jour où nous nous sommes toutes enfermées dans les latrines pour pouvoir bavarder sans témoin, tu t'en souviens, Séléné ? Et comment Claudia et Julie ont profité de l'aubaine pour nous apprendre un tas d'horreurs, tu te rappelles ? »

La surveillance constante dont les jeunes filles étaient l'objet avait beaucoup développé leur inventivité : laquelle d'entre elles eut, la première, l'idée des latrines ? Séléné ne le savait plus. Mais elle se souviendrait parfaitement qu'à Baulès « la rotonde » ne comportait que cinq places assises. Trop peu convivial pour permettre aux poètes d'y déclamer leurs vers et aux philosophes d'y prêcher, l'endroit présentait l'avantage d'afficher très vite complet. Aussi, un après-midi, les filles convinrent-elles d'en occuper toutes ensemble les sièges de marbre. C'était le seul lieu où leurs chaperons, se bornant à leur distribuer les éponges, ne les suivaient jamais. Le murmure de l'eau courant sous les sièges, et les crachotis de la fontaine au centre de l'édicule, domineraient le bruit de leur conversation.

Antonia et Claudia, qui avaient déjà l'habitude d'y venir chaque soir à cette même heure, s'installèrent comme d'ordinaire et, par souci de vraisemblance, firent leurs besoins tandis que les autres s'asseyaient sur le marbre sans relever leurs tuniques. Claudia ayant lâché l'un de ces bruits qu'ailleurs on dit incongrus, Prima, bonne connaisseuse des classiques grecs, cita Aristophane : « *Parapappax !* », et Antonia, plus latine, s'écria : « *Cacatora !* » Julie, qui avait plus de vocabulaire que toutes les autres réunies, dit calmement : « Claudia pète à s'en faire exploser la figue.

— Oh, Julie !

— Quoi ? Ce n'est pas beau ? Mais c'est une citation d'Horace ! Un des poètes que Mécène pensionne pour chanter la gloire de mon père. Mon *grammairien* n'ose pas m'interdire la lecture d'un écrivain si bon courtisan, tu penses !, mon père en serait trop fâché. Quoique, occupé comme il l'est, je doute que "le Prince" ait jamais déroulé les œuvres complètes de son lèche-bottes attitré !

— Est-ce qu'il en dit d'autres, Horace, des gros mots ? s'enquit Antonia, intéressée.

— Évidemment. Tous les poètes en disent. Comme je lis beaucoup, j'en sais des quantités. Des injures, surtout.

— Moi aussi, je connais des injures », intervint Claudia. Aînée du groupe, elle ne voulait pas se laisser distancer : « Je connais "pédé", *cinaedus*, nos esclaves le disent tout le temps, et *fascinosus*. Pour désigner, ajouta-t-elle en minaudant, ce que nous ne devons pas nommer…

— Moi, pour les vilains mots, dit fièrement Antonia, je sais *pipinna*, "zizi". »

Moue dédaigneuse de Claudia… Alors, Antonia, piquée au vif, Antonia, la dompteuse de murènes : « Et *pedicare*, oui, "enculer", ça, je le sais aussi ! »

Julie jeta à ses cousines un regard de commisération : même les fils d'Hérode, plus jeunes et, de surcroît, étrangers, connaissaient sûrement ce vocabulaire basique ! Même Drusus, devenu si docile et prudent, Drusus dont on lui donnait maintenant la sagesse en exemple, devait en savoir trois fois plus que la chère Claudia, qui allait bientôt fêter ses seize ans. L'« enrichissement lexical » faisait, il est vrai, partie de l'entraînement militaire des garçons… Pourquoi n'était-elle pas un homme ? Son père aurait été comblé ! Elle aussi : elle détestait filer la laine…

« Et toi, Séléné, demanda-t-elle brusquement, qu'est-ce que tu sais ? »

Séléné n'était pas très à l'aise ; elle avait beau goûter le bonheur d'être enfin admise dans les conciliabules de « la famille », elle n'aimait pas les plaisanteries scatologiques, encore moins les grivoiseries. Tout ce qui tenait au sexe lui paraissait salissant. L'éducation, chez elle, l'avait définitivement emporté sur l'hérédité, et la sévérité d'Octavie sur le joyeux laisser-aller de ses parents. Et puis il y avait le souterrain… Elle fit un effort pour prononcer *mentula* (que, plus tard, le dictionnaire Gaffiot traduirait décemment par « membre viril »). Après quoi, elle invoqua sa connaissance incomplète du latin pour s'arrêter. « Si tu préfères, dis-nous ces choses en grec, proposa gentiment Prima, on comprendra… Moi, ajouta-t-elle par association d'idées avec *mentula*, moi je sais *cunnus*.

— C'est quoi, *cunnus* ? lui demanda sa petite sœur.

— Ce que ton mari aimera le mieux chez toi, trancha Julie. Si, du moins, il n'est pas un "épilé-du-cul"… »

Claudia s'esclaffa, et Antonia qui n'avait rien compris rit de confiance. « Chut ! gronda Prima. Si les mouchards de Mécène nous entendaient… Fais-nous encore des *parapappax*, Claudia, pour couvrir nos voix. »

Dans un murmure, elles se racontèrent ensuite les amours de leurs esclaves (la baigneuse de Julie avec le cordonnier de Marcella) et se donnèrent quelques « vraies » nouvelles d'Espagne : « Ça va mal là-bas, mal pour nous ! », « Il paraît, Julie, que ton père est malade ? qu'il s'est retiré à Tarragone ? très loin du front, à ce qu'on dit ? », « Marcellus non plus ne s'habituait pas aux longues marches, l'oncle Auguste l'a rappelé à Tarragone », « Mais Tibère, lui, est un excellent soldat ! », « Le Prince a nommé Juba roi… Juba, tu sais, ce bel officier maure qui commande les auxiliaires africains, il vient d'empêcher une déroute devant les Basques », « De tous les aides de camp, c'est quand même Tibère le plus courageux », « Idiote ! Qu'est-ce que tu y connais, toi une Égyptienne, à l'art de la guerre ? ». Elles revinrent à des sujets qu'elles maîtrisaient mieux – les nouvelles robes, forcément ridicules, des « vieilles amies » de Livie, et la vie tumultueuse des courtisanes venues à Baïes prendre les eaux avec leur cortège de banquiers.

L'une des porteuses d'éponges qui les attendaient dehors finit par s'impatienter et toqua à la porte. « *Inepta !* Je suis constipée, lui lança Julie, laisse-nous en paix, sotte, ou je vais te dire des injures ! », et, pour amuser les autres et parfaire leur éducation, elle ajouta en chuchotant : « *Insulsa !* Pouffiasse ! Si tu me déranges encore, vilaine, je t'écarterai les jambes et, par l'ouverture, j'enfilerai des radis noirs ! » (Si, si, c'est bien ce qu'a dit Julie : *attractis pedibus patente porta percurrent raphani.*) « Oh, quoi, la princesse Séléné est choquée ? Elle rougit ? Mais, ma jolie, c'est encore de la poésie. Du Catulle, cette fois ! Et, dans son épigramme, il fait ces choses-là à un garçon, figure-toi ! Il faut lire davantage, Séléné, crois-moi. Il est vrai que toi, tu ne lis que ce que tu peux chanter… À ce prix-là, ma pauvre, je ne suis pas jalouse de ta voix ! »

Les filles entre elles, lorsqu'elles sont nombreuses, parlent plus crûment que les garçons. Et les jeunes

Romaines de ce temps-là, bien qu'élevées dans un idéal de pudeur (la fameuse *pudicitia*), avaient sans cesse sous les yeux de quoi s'instruire dans « l'impureté ». On voyait partout le sexe des hommes – peint ou sculpté à l'entrée des maisons pour éloigner le « mauvais œil », ou dressé comme un pieu rouge dans les jardins afin d'effrayer les oiseaux et les voleurs de pommes. À chaque coin de rue, des Priapes très priapiques promettaient aux femmes la fécondité, aux marchands la chance, et aux cambrioleurs un empalement viril, dûment légendé : « Ce sceptre, que les filles recherchent, s'enfoncera bien à fond dans les boyaux du voleur, je vous préviens ! »

Il y avait aussi, sur les parois des temples et des palais, sur les mosaïques, les tapis, les lampes, les meubles, et jusque sur la vaisselle, des « scènes mythologiques », c'est-à-dire pieuses : aucun dieu antique, Diane mise à part, ne se voulant chaste ni pudique, tous débordaient d'énergie pour s'accoupler. On trouvait sur les murs autant de Jupiters en goguette qu'on verrait plus tard de crucifix chez les dévots. Pas un coin de chambre où l'on ne pût faire son instruction religieuse en admirant des satyres en rut et des nymphes violées.

Sans parler des graffitis obscènes, surabondants dans les lieux publics ; des *Chiens*, que la philosophie de leur secte poussait à se masturber sur les places publiques ; ni, dans les intérieurs chics, de ces collections, les *erotica*, dont la mode venait d'atteindre Rome – des tableautins aussi précis que réalistes, importés d'Alexandrie par les riches sénateurs et réalisés par les plus grands peintres pour illustrer les positions de l'amour.

Bref, les adolescentes de cette époque, si elles n'étaient pas moins vierges que les vestales, n'étaient pas aussi naïves que des couventines. Prisonnières d'une éducation contradictoire qui leur enjoignait en même temps d'admirer Lucrèce (qui, violée, s'était suicidée pour fuir le déshonneur) et d'adorer Vénus (qui ne faisait pas tant d'embarras), elles oscillaient entre le tout-permis et le tout-interdit.

Voilà pourquoi Julie, qui symboliserait plus tard la première voie, appelait un chat un chat, et pourquoi Séléné – sans connaître autant de polissonneries que ses parents dont la verdeur de langage avait été réputée – n'était pas vraiment une oie blanche. Enfin « blanche », si, sûrement, mais rien d'une oie.

Cependant, ces séances d'information mutuelle dans les latrines – qui, par la suite, lui laisseraient un souvenir attendri (« Tu te souviens, Prima, *du jour où…* ») – la jetèrent d'abord dans un grand trouble.

Passé le plaisir vif de la désobéissance, et l'intérêt politique des nouvelles échangées, elle eut bientôt l'impression qu'en participant à ces conciliabules elle trahissait la confiance d'Octavie, seul être au monde qu'elle pût respecter. D'ailleurs, quand on abordait ces sujets, elle n'était pas sûre de bien savoir à quel moment il fallait s'ébahir ou, plus dessalée, rire franchement. Les mots de Julie, elle les retenait, mais sans toujours voir à quoi ils se rapportaient ; parce qu'elle était étrangère, pensait-elle… En vérité, pas plus qu'à Canope sept ans plus tôt, elle n'établissait de lien entre la représentation rituelle de la sexualité et ses réalités cachées.

Tourmentée d'une vague culpabilité, partagée entre la crainte de paraître niaise et la peur de deviner ce qu'elle préférait ignorer, elle s'arrangea bientôt pour échapper aux *réunions de la rotonde*. « Oh, notre Égyptienne fait sa mijaurée ! lui lança un jour Claudia. J'ai compris. Tu n'aimes pas les poètes que cite Julie… Tu les trouves sans doute trop romains !

— Oh non, protesta naïvement Séléné, j'adore vos poètes quand ils parlent d'amour…

— Vraiment ? Et de quoi d'autre parlons-nous, petite gourde ? »

L'amour, pour Séléné, c'était les mots du jeune Properce, qu'Auguste lui avait reproché de citer sans l'avoir lu. Depuis, elle l'avait lu. Et adoré. L'ouvrage que le poète avait consacré à sa maîtresse Cynthia, *Cynthia Monobiblos*, « Cynthia, Livre unique », elle se le récitait maintenant plus souvent que les tristes plaintes d'Hécube.

Ce devait être l'effet du climat de Baïès... Baïès « hostile aux filles innocentes », Baïès que le poète avait justement chanté en un temps où sa Cynthia s'y attardait sans lui : « Quand tu paresses, Cynthia, mollement étendue sur la plage, en écoutant les murmures d'un autre, penses-tu à moi dont les longues nuits, hélas, se souviennent de toi ? »

Sans cesse, Properce parlait de « mourir d'aimer » et d'« aimer mourir », et Séléné, si fermée aux mots de Claudia et Julie, comprenait d'instinct ces verbes-là. Pour trouver prétexte à les répéter, elle mit en musique la huitième élégie : « Elle a voulu dans un lit étroit dormir contre moi... »

« Comprends-tu seulement ce que tu chantes ? lui demanda un jour Claudia devant Octavie. "*Cynthia est mienne*" ou "*Elle est à moi*", voilà des choses très laides à entendre de la bouche d'une jeune fille !

— Ne la blâme pas, elle chante comme une sirène…
Mais, mon enfant, avait poursuivi Octavie en se tournant vers Séléné, Claudia n'a pas tort : à ton âge, tout n'est pas bon à dire, ni à lire, dans les poèmes de mon protégé. Je te ferai établir un choix par ma lectrice. En attendant, chante. Chante encore la huitième pour moi… »

Properce, en ce temps-là, n'avait pas encore cédé aux instances de Mécène et aux ordres d'Auguste. Il refusait de quitter le cercle d'Octavie et s'entêtait à n'y chanter que l'amour. Sa deuxième œuvre, que s'arrachaient les dames de Baïès, sonnait comme un défi : avec insolence, il prétendait avoir la poitrine trop étroite pour se lancer, comme Virgile, dans l'épopée. Il manquait de souffle, assurait-il, pour célébrer la gloire du Prince. « Moi, je chante les batailles livrées au fond d'un lit… C'est une gloire de mourir en amour. *Laus in amore mori.* »

Cette fois, on disait Mécène un peu fâché, et Auguste, très agacé. Non seulement le protégé de sa sœur continuait à publier des inconvenances, mais, profitant de la guerre d'Espagne dans laquelle Rome s'enlisait, le jeune homme ironisait ouvertement sur cette *Énéide* commandée par le Prince pour célébrer la lignée des Julii : « Si, sa tunique arrachée, ma maîtresse lutte nue contre mon corps, alors j'inventerai, moi aussi, de longues *Iliades* » …

Livie fit savoir à son mari que ce provocateur passait toutes ses journées à Baulès, chez Octavie, en compagnie des poètes d'Alexandrie et du philosophe Timagène, interdit de Palatin pour « défaut de romanité » ;

du beau monde, assurément, qui se retrouvait là en compagnie du sénateur Asinius Pollion, ancien ami du traître Gallus (*damnatio memoriae!*), Pollion qui commençait à faire circuler sous le manteau son propre récit des guerres civiles. « Un imprudent, qui souffle sur des feux mal éteints. Plaise au ciel qu'il ne rallume pas l'incendie!… À ce foyer de rébellion il ne manque rien, même pas le Pygmée de Cléopâtre. Ni ton ex-femme Scribonia, à qui Properce rend des visites régulières dans sa villa… Voilà le milieu dans lequel tes nièces sont élevées. Comment pourrais-je, dans ces conditions, tenir ta fille ? »

Octavie reçut bientôt de Tarragone un gros paquet de reproches. Elle ignorait d'où venait le coup – Mécène ? Livie ? – mais elle n'était pas femme à se laisser tancer par son petit frère, fût-il chef de l'État : « N'accorde pas tant d'importance aux rumeurs, mon cher Gaius. Ne fait-on pas aussi courir le bruit que mon fils, ce neveu que tu chéris et que tu as formé, est un soldat médiocre ? Que toi, une fois de plus, tu t'es réfugié dans la maladie pour fuir l'ennemi ? Qu'enfin Tibère seul sauve l'honneur de Rome par son courage au combat et sa clairvoyance à l'état-major ? Voilà des contes auxquels je me garde bien d'ajouter foi : sans douter de la vaillance de ton beau-fils, qui fait le juste orgueil de sa mère, je n'imagine pas qu'à dix-huit ans il ait pris la direction des opérations ! Peut-être notre chère Terentilla, qui n'a jamais commandé une armée, rend-elle à son mari un compte infidèle de votre progression vers l'ouest ? Et peut-être, de leur côté, certains de nos enfants vantent-ils un peu trop leurs mérites dans leurs courriers respectifs ? Ce serait de leur âge… Comme il est de l'âge de ta fille d'aimer ses cousines, et du mien de goûter les chants qui célèbrent les amours des autres. »

Hantée par les images que suscitaient les vers du *Livre unique* (les « cheveux vagabonds » de Cynthia, la « molle cadence » de son pas, ses « seins nus », ses draps de soie), Séléné se mit à rougir quand elle rencontrait leur auteur. Il était chevalier, avait vingt-cinq ans, une belle taille et un regard moqueur. Diotélès remarqua vite l'embarras où les visites du poète jetaient sa princesse : « Serais-tu amoureuse de ce blanc-bec, par hasard ?

— Ne dis pas de sottises, vieillard ! Tu sais très bien qu'on ne me mariera jamais…

— Et alors ? Quel rapport entre le mariage et l'amour ? Si tes regards viennent à tomber sur un homme, qu'au moins ce ne soit pas, je t'en prie, sur un simple chevalier ! Tu m'entends, Séléné ? Une Ptolémée ne doit aimer qu'un roi.

— Tu mens ! Prima est fiancée à un sénateur.

— Ta sœur n'est que la fille de Marc Antoine. Tu es la fille de Cléopâtre. Ne l'oublie pas.

— Et comment l'oublierais-je ? Comment ? On ne me parle que d'elle, on ne me regarde qu'à cause d'elle, on me compare à elle, on me punit pour elle – elle, toujours elle ! », et, à la surprise désolée du Pygmée, elle éclata en sanglots…

En vérité, Properce n'avait été que le support passager de sa rêverie. Elle était dans cet âge où, croyant aimer un être, on aime à travers lui. Par la suite, elle s'efforça pourtant de ne plus croiser le chevalier, trop joli garçon pour ne pas troubler les cœurs.

Pendant ses heures d'insomnie, elle s'inventa un amant plus noble, plus insolite, plus excitant : un vrai roi, comme l'exigeait Diotélès, mais roi des Parthes – lancé sur Rome avec ses cuirassiers, il l'enlevait, la violait, et, vaincu par l'amour, l'épousait. « Je t'appartiendrai vivant, disait-il, mort je t'appartiendrai encore » (c'était dans la quinzième élégie). Le jour de leurs noces, ce Barbare, décidément galant homme, lui offrait la tête d'Auguste sur un plat... Dans cette histoire, elle se demandait ce qui lui plaisait le plus : être vengée, ou être violée ?

Étendue sur un lit de repos du solarium qui dominait la plage, Marcella bavardait avec le savant Vitruve, chargé de rebâtir ses Carènes, et avec quelques riches amies à *grelots* qui rentraient d'une promenade en barque. La fille d'Octavie, auréolée de prestige depuis son mariage avec Agrippa (l'homme le plus puissant à Rome lorsque Auguste n'y était pas), avait maintenant sa propre cour, une cour jeune et peu encline à ménager la « vieille Livie », odieuse, disait-on, avec « cette pauvre Julie » et incapable, d'ailleurs, de donner des héritiers à son mari. Une cour jacassière et frondeuse. « Ah, voilà notre petite musicienne, dit Marcella en agitant son éventail en plumes de paon. Séléné, je t'ai demandé de venir avec ton porteur de cithare car j'ai promis du Properce à mes amies. Quelque chose de son dernier livre.

— Je ne connais pas ce dernier livre.

— Oh que si ! Ne fais pas ta timide. Je t'ai entendue l'autre jour, quand tu te croyais seule, en fredonner quelque chose… »

Tout en évitant le poète, Séléné n'avait pu s'empêcher de continuer à chanter ses vers. Non plus comme les paroles qu'un amoureux lui aurait adressées, les aveux qu'il lui aurait faits, mais comme l'expression de ce qu'elle sentait, les serments qu'elle rêvait de prononcer. Après s'être imaginée « aimée », elle s'imaginait « aimant » – aimant et mourant d'aimer, comme, avant elle, ses parents. Car elle ne croyait pas que Cléopâtre, à la fin, eût trahi Marc Antoine et négocié pour elle-même, ainsi que les Romains le prétendaient ; ni que sa mère eût méprisé son père et qu'elle l'eût désespéré. Non, ils étaient morts ensemble, comme dans les vers du poète, « *Un seul amour, en un jour, nous emportera…* »

« Chante-nous l'élégie que tu voudras, reprit Marcella, même une ancienne, mais chante, nous t'écoutons. »

Pour le plaisir d'entendre ruisseler les notes – ces notes qui parlaient la même langue ici qu'à Alexandrie –, Séléné préluda longtemps à son chant. Elle aimait, touchant les cordes de ses doigts nus, sentir résonner la musique dans sa chair ; on tire de l'instrument des sons plus justes quand on s'y déchire la peau, qu'on s'y blesse les mains. Aussi usait-elle rarement du plectre. Élevant à peine la voix, cette voix qu'elle avait légèrement rauque, comme si elle avait longtemps crié, elle chanta : « *Mon plus beau souci, mon unique amour, toi, née pour ma douleur.* » Elle chanta l'amour fatal comme autrefois, à la Timonière, la chanteuse indigène chantait pour son père vaincu. Elle chanta avec passion, avec désespoir, pour ramener vers la lumière les âmes des amants morts d'amour…

Lorsqu'elle termina, il n'y eut pas d'applaudissements : les amies de Marcella étaient bouleversées. Une jeune femme, que les autres appelaient « la Belge » parce qu'elle se teignait les cheveux en roux, essuya une grosse larme. « Va, enfant, dit la fille d'Octavie dans un soupir. Rejoins les autres, rentre dans ta chambre. »

Séléné partie, la porte d'un petit pavillon, au bout de la galerie, s'ouvrit et Properce en sortit. « Alors, lui demanda Marcella, que dis-tu de ma surprise ?

— Admirable, ta chanteuse est admirable ! J'étais ému comme si j'entendais mes mots pour la première fois. Comme si c'était elle qui les avait écrits... Elle est grecque, n'est-ce pas ? Il lui reste une pointe d'accent. Mais elle comprend l'amour mieux qu'aucune Romaine !

— Mieux que ta "Cynthia" ?

— Mieux que toutes *mes* Cynthia ! Il faut absolument la produire au théâtre. »

Éclat de rire général. « Ce n'est pas une esclave, précisa Marcella. Elle est née libre. Enfin, plus ou moins... Quel âge lui donnes-tu ?

— Ah, cette voix, cette voix tellement sensuelle... Mettons qu'elle ait la trentaine ? C'est une femme qui a beaucoup aimé, beaucoup souffert...

— Perdu ! C'est une fille impubère et ignorante. Elle n'a pas quinze ans. Elle vient d'Égypte. Maintenant, devines-tu, heureux homme, qui a chanté pour toi ? Cherche mieux ! La fille de... ? de la fameuse... ? »

Cléopâtre ! Properce se rappela soudain que Mécène lui avait suggéré, s'il se refusait à écrire sur le Prince et sur ses victoires, de s'attaquer à la reine d'Égypte : « C'est tout simple. Puisque ton cœur, dis-tu, n'est pas fait pour le vers militaire, continue à parler d'amour, mais profite de l'occasion pour rappeler quelle passion dégradante avait autrefois soumis l'un de nos capitaines à une roulure, à un Mars femelle assoiffé de sang. Tu vois le genre ? "Amour infâme", "amour putride"… Et ajoute en passant qu'aussi longtemps que vivra notre Auguste, favori d'Apollon, Rome n'aura rien à craindre de ses ennemis. Nous n'en exigeons pas plus. »

Il y a bien des avantages à ce que le chef de la police soit en même temps ministre de la culture. La censure devient critique de connaisseur, la propagande, « art responsable »… Pourtant Properce n'avait pas obtempéré. Tant que la sœur du Prince et la femme d'Agrippa le patronnaient, il croyait n'avoir rien à craindre. D'ailleurs, il n'était pas hostile au Prince ; simplement, il s'intéressait peu à la chose publique, détestait l'*auctoritas*, et, célibataire résolu, n'offrirait, disait-il, « aucun fils aux triomphes de la Patrie » – on était encore libre de ses choix, n'est-ce pas ?

Doux rêveur… Le temps viendrait, et avant peu, où, comme les autres, il devrait gâter son talent par l'obéissance et glisser, entre une plainte et un serment, des « Longue vie à César ! ». Et la jeune fille qu'à Baulès il n'avait pas vue, mais dont la voix l'avait tant ému, il traînerait sa mère dans la boue, sa naissance dans l'opprobre, et son honneur en ridicule.

TROU DE MÉMOIRE

Des vers du poète, Séléné ne lira plus rien après avoir entendu son troisième livre : « Que dire de la femelle qui, naguère, attacha ses souillures à nos armes et qui, usée par les étreintes de ses valets, a réclamé pour prix de son mariage obscène les murs de Rome ? »

C'est de sa mère qu'il s'agit. Et ce « mariage obscène » est celui dont elle, Séléné, est issue – à moins, bien sûr, qu'elle ne soit le fruit des « étreintes des valets » … Le reste n'est qu'une suite d'ordures qui n'épargnent même pas le noble suicide : « Une putain, reine de Canope la Corrompue, flétrissure de sa lignée, a voulu tendre ses moustiquaires sur la roche Tarpéienne… Célèbre, Rome, le Triomphe d'Auguste ! Car tu eus beau fuir, Cléopâtre, tes poignets ont reçu les chaînes romaines. J'ai vu tes bras mordus par les serpents sacrés : "Rome, disais-tu de ta langue engourdie par les beuveries, Rome, avec un Prince de cette valeur tu n'avais pas à me redouter !" »

Un écrivain rampant, voilà ce qu'est devenu Properce. Nous aussi, nous connaissons ces métamorphoses – quand, pour séduire un Staline, un Mao, le prince des poètes devient crapaud… Mais en ces temps lointains, c'était neuf. Rendons à Auguste ce qui est à Auguste : en politique il a tout inventé, y compris l'embrigadement des plumitifs. Properce y perdit son talent, puis sa vie. Papillon piégé dans la toile de l'araignée, il ne resta de lui qu'un peu de poussière d'ailes – de la poudre aux doigts de Séléné lorsqu'elle touchait, rêveuse, les seize cordes de sa cithare.

Jour de fête. Marcellus va épouser Julie. Octavie et Auguste ont décidé d'unir leurs enfants. Ils sont aussi heureux que s'ils s'épousaient eux-mêmes.

« L'avenir de notre lignée est assuré », dit le Prince à son état-major rassemblé autour de son lit de camp pour son trente-neuvième anniversaire. Toujours retenu en Espagne, il souffre maintenant d'une fièvre maligne et rêve, plus que jamais, de fonder une dynastie – républicaine, cela va sans dire. Les officiers font mine d'y croire. Croire tout ensemble à la république et à la dynastie. Mais, en secret, ils pensent que leur chef ne fera pas de vieux os : trop fluet. Et une dynastie sans dynaste…

De Tarragone, petit port catalan, Auguste malade a fait le centre du monde. Partout, il expédie des ordres et, sur les trois continents, consolide l'Empire : en Europe, dans les plaines du nord, ses légions du Rhin repoussent les Cimbres féroces ; en Afrique, Juba, qu'il a fait roi, refoule dans le désert les sauvages Musulames ; en Asie, ses légats traitent discrètement avec les Parthes, les Arabes, et même les rois indiens – des ambassadeurs de l'île de Ceylan, couverts d'émeraudes attachées par des crins d'éléphant, viennent d'arriver dans la bourgade espagnole.

Car le Prince aime la diplomatie, cette guerre des mots, ce combat feutré. Comme il a beaucoup d'orgueil et peu de vanité, il accepte désormais de se l'avouer : il est incapable de conduire une armée, de remporter une bataille ou, tout simplement, de supporter la rude vie des camps… À l'inverse de Jules César, son grand-oncle, et au rebours de toute la tradition romaine, il va donc se spécialiser. À lui la politique, les intrigues, les fils qu'on noue ; à d'autres, plus jeunes ou plus braves, l'épée qui tranche. Marcellus a dû repartir pour l'Italie, mais Tibère, patient et méthodique, achève, avec quelques vieux généraux, de « pacifier » les régions basques révoltées. Du fond de sa litière, appuyé sur des coussins, emmitouflé dans des couvertures, le Prince admire – pour la dernière fois, car il ne reviendra plus sur aucun front – l'ordre serré des légions et le soleil des clairons.

À Baïes et Baulès – de chaque côté de la pointe qui sépare le lac Lucrin du cap Misène –, les maisons de Livie et d'Octavie sont en effervescence. Le Maître a délégué son fidèle second, Marcus Agrippa, pour présider à la cérémonie des noces : Agrippa n'est pas seulement un ami, il est aussi le beau-frère de Marcellus, on ne sort donc pas de la famille.

Les sœurs du futur époux et les cousines de la mariée s'agitent. Les invités se pressent sous les portiques, les servantes courent, les chiens aboient. Séléné aurait voulu assister à la toilette de Julie. Savoir comment on use du fer de lance pour séparer les cheveux de la fiancée, comment on tresse les mèches rituelles sous le voile couleur de flamme. Mais ces mystères, qui se déroulent dans la demeure de la promise – donc chez Livie –, lui resteront cachés.

Quand Séléné pénètre avec les filles d'Octavie dans la grande villa du Prince, Julie est déjà sortie du bain nuptial, déjà épilée, et déjà revêtue de la *tunique sans couture*. Les auspices ont été pris, les dieux consultés, et les tablettes du contrat scellées. Devant la chapelle des ancêtres où la fille d'Auguste vient de déposer ses vieilles poupées, Marcella, désignée comme *garante de la mariée*, prend la main droite de sa cousine et la joint solennellement à la main droite de son frère. Les vivats de l'assistance couvrent les caquètements affolés d'une poule blanche de Prima Porta, qu'un petit valet n'arrive pas à maintenir sous le couteau du sacrifice ; alors, il prend le volatile par les pattes et le fait tournoyer tête en bas pour l'étourdir ; puis, tandis que sur les braises de l'autel la poule rebelle se vide enfin de son sang, les servantes, joyeuses, distribuent les galettes au sésame.

Séléné s'approche de Marcellus et lui caresse la joue. Ce matin, par jeu, toutes les filles le caressent : la veille, il s'est fait raser pour la première fois et, en grande cérémonie, il a déposé cette *première barbe* dans le temple de Jupiter à Misène. Ses quatre sœurs, qui à son retour d'Espagne l'avaient trouvé si viril avec sa barbe, ont d'abord fait mine de regretter les poils blonds qu'il offrait aux dieux. Aujourd'hui, au contraire, elles font semblant de s'extasier sur sa peau lisse et prétendent retrouver l'enfant qu'il était lorsqu'il les a quittées pour l'armée : « Oh, Marcellus, une peau de bébé ! », « La douceur d'un Ganymède, Marcellus ! » Et, sous prétexte d'admirer la merveille, elles viennent sans arrêt lui toucher le menton, laudatrices ou suppliantes, mais toujours moqueuses. Même Séléné, d'habitude si farouche, s'y met…

Marcellus, dont l'âge fait maintenant le chef de cette famille et qui vient d'entrer au Sénat, pourrait s'irriter de ces démonstrations de tendresse ironiques, mais il aime rire. Du reste, s'il y a un jour où il faut se laisser railler de bon gré, c'est bien celui où l'on se marie. Alors, il se laisse faire. Avec un attendrissement amusé.

Pendant le banquet, sous l'épais voile orange qui lui tombe jusqu'aux sourcils, Julie est rayonnante. Contente, à quinze ans, d'être enfin mariée. Et d'échapper à la tutelle de Livie. D'ailleurs, elle est ravie que sa tante, si douce, devienne sa belle-mère et que l'époux choisi soit son cousin : elle a toujours eu pour lui de l'amitié. Mais cette nuit ? Bah, cette nuit, Marcellus sera sûrement gentil. Sans doute va-t-elle trouver un peu bête de faire « ça » avec lui ? Elle ne parvient même pas, en vérité, à imaginer que ce presque frère si pudique puisse brusquement s'intéresser chez elle à ce, bon, les mots lui manquent pour une fois, disons, « cet endroit-là »… Et, tout à l'heure, comment supportera-t-elle le contact de cette « chose » (à cause des Priapes de jardin, elle s'en exagère beaucoup les proportions), cet objet terrifiant dont elle n'avait jamais jusque-là soupçonné l'existence sous la tunique de son petit compagnon de jeu ? Heureusement, tout se passera dans le noir… ils tâcheront d'en rire. Ils ont ri ensemble si souvent ! L'essentiel, c'est d'être mariée.

Après le dîner de noce, Octavie et Marcellus sont rentrés en barque à Baulès pour accueillir le cortège qui leur amènera, par la route, la jeune épouse. Séléné, qui accompagne ses demi-sœurs dans ce défilé, est soulagée de retrouver le grand air. Comme il a fallu attendre la nuit pour allumer les torches, le repas n'en finissait plus et elle s'ennuyait ; elle n'a jamais aimé manger, surtout cette nourriture romaine si salée et terriblement impure – trop de poissons, trop de cochon... De toute manière, depuis quelques jours, tout la dégoûte, tout l'écœure, elle se sent souillée de l'intérieur.

Tandis que le cortège aux flambeaux progresse entre les jardins des villas, et que les *enfants délicieux* jettent des noix aux spectateurs en débitant, par peur du mauvais œil, des plaisanteries salaces, Séléné sent sur ses bras nus les mille langues gluantes de la nuit. L'humidité du soir a défait les bouclettes que l'ornatrice d'Octavie avait patiemment frisées au fer ; sa couronne de myrte glisse sur le côté ; et le soutien-gorge qu'on l'a obligée à porter s'est déroulé sous sa robe froissée. Rien à faire : elle sera toujours échevelée, toujours débraillée, toujours maladroite, toujours laide et toujours étrangère... Près d'elle, Claudia raconte à ses sœurs des histoires drôles sur les mariages : « C'est un homme qui déteste sa femme et qui est à l'agonie. "Si tu meurs, lui dit sa femme, je me pends !" Alors, il tourne vers elle son regard mourant et dit : "S'il te plaît, fais-moi ce plaisir tant que je suis encore en vie..." » Séléné rit comme les autres, elle essaie de ne pas déranger.

Quand à la lueur des fagots d'aubépine les garçons d'honneur de Marcellus prennent la petite mariée dans leurs bras pour lui faire franchir le seuil de la demeure familiale et que le marié rieur, sous le tendre regard de sa mère, présente à sa femme-enfant le feu et l'eau, Séléné se sent en même temps heureuse – heureuse de leur bonheur – et seule. Elle voudrait tant, ce soir, avoir un frère. Un frère-époux…

« Ubi tu Gaius, ego Gaia », « Où tu seras Gaius, je serai Gaia », tout à l'heure Julie a prononcé d'une voix ferme cette formule traditionnelle. « Où que tu sois, je serai toi. » C'était encore plus émouvant que du Properce. La plus belle phrase latine que la fille de Cléopâtre et Marc Antoine ait jamais entendue… Elle aimerait pouvoir la dire un jour, elle aussi. Mais elle sait qu'on ne la mariera pas. Rome ne lui a pas prévu d'avenir. Elle est fiancée à un poignard.

Les filles d'Octavie se sont couchées tard, après avoir admiré les cadeaux exposés et la nouvelle bague de la mariée, un diamant, « pierre des rois » offerte par les Indiens à Auguste. Elles auraient bien voulu jeter aussi un coup d'œil sur la *chambre nuptiale*, mais les servantes les en avaient écartées. Personne ne devait voir les peintures de la chambre avant que Marcellus eût relevé le voile de Julie et *dénoué sa ceinture*.

Beaucoup d'invités venus de Rome logent dans la villa avec leurs serviteurs ; Agrippa aussi, qui a rejoint Marcella. On doit se serrer. Prima a obtenu de sa mère la faveur de partager la chambre de Séléné. Elle pétille d'impatience : entre leurs quatre murs, une fois les chaperons sortis, elles pourront se parler. Ce qui intéresse Prima, c'est moins de commenter la journée que d'interroger Séléné sur leur père commun. Un père dont Prima ne se souvient pas ; elle n'avait que trois ans lorsqu'il est parti. Elle veut demander à sa sœur quel visage, quelle allure avait celui qu'on ne nomme jamais, celui dont elle n'a vu aucun portrait. Malgré les rumeurs infamantes et les allusions, toujours humiliantes, des poèmes et des pamphlets, elle révère ce père inconnu : un lâche, lui ? Un ivrogne, un efféminé? Non, elle est sûre qu'il aimait Rome et la liberté, qu'il était courageux et beau... Beau, oui, mais comment? Grand? brun? les yeux noirs? « Mon père... enfin, *notre* père, lequel de nous quatre lui ressemble le plus? Iullus? Antonia? toi? moi? »

Séléné, surprise, élude la question. Elle est lasse, elle a mal au ventre, surtout elle n'avait jamais envisagé les choses sous le même angle que Prima : « Nous quatre »... Oui, bien sûr, il y a Iullus et Antonia. Mais Antonia se veut davantage nièce d'Auguste que fille d'Antoine. Quant à Iullus, Séléné le connaît peu ; par prudence, il a toujours cherché à l'éviter, au point qu'elle a du mal à le considérer comme le cadet de cet Antyllus qu'elle a tant aimé. Du reste, chaque fois qu'on présente Iullus, on dit « le fils de Fulvia ». « Le fils de Fulvia » n'a rien de commun avec « la fille de Cléopâtre »... Ces trois mariages, ces trois familles entremêlées, superposées, imbriquées au point que deux sœurs, comme Prima et elle, peuvent avoir à peu près le même âge sans être jumelles, tout cela est trop compliqué.

Quant à celui que Prima nomme « notre père », que pourrait en dire Séléné? Que sait-elle de cet homme-là? Qu'il était blond? Oui, avec des fils d'argent dans les cheveux. Et quoi d'autre? Si elle entrouvre en tremblant la porte de son passé, ce passé où elle ne croise plus que des morts, elle revoit juste la peau d'ours dont son père s'enveloppait pour dormir à la Timonière. Peut-être aussi sa cuirasse d'or : une armure à tête de lion, incrustée de pierreries. Une armure de roi. Mais la seule phrase de lui qu'elle ait gardée en mémoire n'est pas une phrase de roi. Dans un dîner, elle l'a entendu murmurer, avec des larmes dans la voix : « Tu ne m'aides pas. » À la Reine, qui affirmait qu'on doit être prêt à tout pour sauver sa vie, il avait dit : « Tu ne m'aides pas... »

C'était pendant le Grand Fracas, au dernier dîner des Compagnons de la Mort. Comme Séléné avait eu peur ce soir-là ! Entendre l'Imperator tout-puissant reconnaître qu'il fallait mourir (c'est ce qu'elle avait compris, et Antyllus aussi, qui s'était immédiatement mis à pleurer), entendre ce père magnifique, rempart de ses enfants, protecteur de l'Égypte, avouer qu'il n'était plus maître de rien, qu'ils étaient tous condamnés, c'était la fin du monde.

« J'ai mal au ventre, gémit-elle dans son lit.

— Tu as trop mangé, tu ferais mieux de vomir », dit Prima, toujours pragmatique. Puis, optimiste : « Tu iras mieux demain. »

Séléné s'est réveillée la première : sa *tunique intime* est trempée, son lit, mouillé. « Oh, Prima, c'est affreux, j'ai fait pipi au lit ! » Prima ouvre un œil, réagit aussitôt en bonne Romaine : « Mauvais présage, j'en ai peur. De l'urine, la nuit des noces de Julie ? Mauvais présage pour les mariés. »

Étonnée, honteuse, Séléné glisse une main sous sa couverture, tâte le drap, tâte sa chemise collée à ses cuisses, et pousse un cri : « C'est du sang, Prima ! C'est du sang, je suis couverte de sang ! »

Elle regarde avec horreur ses doigts empoissés, sa paume tachée : le sang, épais, a pénétré jusque sous ses ongles. Elle tremble. Mais Prima rit. Du fond de son petit lit, elle rit : « Si c'est du sang, pas de quoi t'effrayer ! Tu deviens femme, voilà tout… Ce n'est pas trop tôt ! Bon, j'appelle ma nourrice, elle va te laver et elle te montrera comment t'habiller ces jours-là. Ma pauvre, tu vas voir ce harnachement sous le pagne ! Ah, c'est incommode, on peut le dire…

— Mais toi, tu… tu t'es déjà "harnachée" ?

— Oui, depuis plus d'un an. J'ai été réglée à douze ans et dix mois », précise-t-elle fièrement.

Séléné reste abasourdie : elle n'a rien su, rien soupçonné… De même qu'elle connaissait le mot *mentula* sans y attacher d'image précise, elle savait que, passé un certain âge, les femmes saignaient, d'un sang qui tuait les abeilles et aigrissait les meilleurs vins, mais elle ignorait quand. C'était le secret du gynécée, un secret qu'elle ne voulait pas partager. Elle avait trop peur du sang, du sang chaud, peur de cette odeur âcre qu'elle sent maintenant sous ses draps. « J'ai mal au ventre…

— C'est normal, réplique la nourrice de Prima qui vient d'entrer avec une aiguière et des linges. Tu te sentiras mieux dans deux jours. Quand tu saigneras davantage. Allez, sors de là-dessous, petite, que je puisse te laver… Ah, pauvrette, c'est que tu n'as pas fini d'en voir ! On plaint les hommes parce qu'ils font la guerre, mais les règles, les accouchements, c'est notre guerre à nous, les femmes, et elle ne fait pas moins de morts et de blessés ! Tourne-toi un peu. Pauvre gamine, comme te voilà souillée ! Mais que ça t'arrive aujourd'hui, c'est bon signe pour notre jeune couple : Vénus redouble le sang des noces, le mariage sera fécond… Allez, ma jolie, écarte les jambes. »

Brusquement, Séléné se rappelle les exhortations de Cypris, la veille du Triomphe. Écarter les jambes, non… Elle ne peut pas. Tout, pour elle, se confond et s'achève dans le même sang : une fille, en naissant, porte la mort entre ses cuisses.

« Fais pas tant de manières, ma petite, j'en ai vu d'autres ! Et des moins ragoûtantes, crois-moi ! Alors, vas-y, ouvre les jambes. Sois raisonnable. Ouvre grand, jeune fille. »

Une jeune fille. Qui chante moins. Dont les gestes sont plus retenus, les paroles plus mesurées. Une jeune fille au sourire mélancolique. Qui ne marche plus à grands pas, ne court plus derrière la chienne Issa, ne joue plus à la balle avec les fils d'Hérode. Une jeune fille « à l'ancienne », illustration des vertus de la Maison du Prince – docile, discrète, et si romaine d'apparence que les censeurs pourraient la donner en exemple : les cheveux roulés en coque, la ceinture serrée, Séléné file, tisse et brode.

Depuis qu'elle s'est résignée à son sexe et à sa condition, les femmes, autour d'elle, l'acceptent mieux. Les visiteuses ne chuchotent plus le nom de sa mère sitôt qu'elle apparaît, Marcella et Claudia l'embrassent comme une sœur, et Octavie la consulte sur le choix des citharèdes avant ses banquets. Si elle se pique le doigt à son fuseau ou reste couchée parce qu'elle est « indisposée », on s'empresse pour la consoler de ces douleurs très ordinaires. Alors qu'on l'a laissée lutter seule contre des malheurs hors du commun…

Elle s'en étonne. Ignore encore qu'on ne peut partager que les chagrins que l'on comprend : les tragédies

qui s'abattaient sur elle autrefois étaient trop déme-
surées pour ne pas décourager les meilleurs cœurs...
Maintenant, les choses rentrent dans l'ordre. Elle
déchire sa robe neuve à un clou ou fait un mauvais
rêve, on la plaint. Et Claudia, même Claudia, lui dit
des gentillesses.

Trop tard, cependant, pour nouer avec celle-là une
véritable amitié – Claudia s'en va, elle aussi se marie.
Conformément aux désirs d'Auguste : avec un veuf
qui n'est plus de première jeunesse, Paul Æmile
Lépide.

Nouvelle fête à Baulès, donc. La mariée a dix-huit
ans, le marié, cinquante. Il est obèse. « Je n'envie pas
la nuit de noces de ma sœur », confesse Prima, son-
geuse. Mais Claudia est heureuse de cacher bientôt
ses chevilles sous le volant matrimonial, d'autant que
cet ancien consul est d'une excellente famille, c'est le
neveu du Grand Pontife, et depuis son quartier général de Tarragone, Auguste a promis de le faire élire
censeur ou proconsul. « Je suis fille de consul, bientôt femme de consulaire, dit Claudia triomphante, et
si mon mari devient proconsul d'Afrique ou d'Asie,
je vais voyager. Ah, mes petites, je courrai le monde,
moi ! »

Sortir de la maison, sortir enfin de la maison...
Les vierges connaissent rarement ce plaisir-là : « La
rue est au chien, pas à la fille honnête ! » Pourtant, à Baïès, avec la permission d'Octavie, Prima,
Séléné et Antonia vont parfois à pied sur la digue,
sur les plages et aux thermes. On les voit même
dans les boutiques du forum, marchandant des
brimborions : un flacon d'huile de violette ; un

hippocampe séché monté en amulette ; un rameau de corail rouge arraché à la baie. Menus trajets, menus achats, menues joies, tous dûment consignés dans le *journal* de la maison dont on envoie copie en Espagne.

De temps en temps, une barque emmène Séléné à Naples, cet ancien port grec où les marins continuent d'adorer l'Isis Pharia, « Reine des mers ». Puisque la fille de Cléopâtre sacrifie désormais aux dieux romains et reconnaît leur supériorité, Octavie l'autorise à rendre quelques visites de politesse à cette déesse étrangère qu'on vénère sur la côte comme une divinité locale. Après tout, son frère a bien permis aux fils d'Hérode d'observer le sabbat.

Dans le bateau, la sœur d'Auguste n'oublie jamais de faire placer, derrière les rameurs, une jarre de miel ou un coffret d'encens ; il serait inconvenant que la jeune fille se présentât chez un dieu – fût-il égyptien – en n'ayant rien à lui offrir : les immortels, de quelque nation qu'ils soient, se montrent pointilleux sur le protocole… Bien entendu, Octavie n'imagine pas un instant que Séléné puisse nourrir pour Isis un attachement sentimental, et, encore moins, qu'Isis puisse « aimer » Séléné. Un dieu aimant, ce serait ridicule ! D'autant que Séléné est trop démunie pour promettre à son Égyptienne autre chose que son respect – bien petite monnaie d'échange pour une divinité si célèbre…

En Romaine bien élevée, Octavie honore scrupuleusement les dieux. En patricienne instruite, elle doute qu'ils existent. Lorsque à l'adolescence elle s'est interrogée là-dessus, sa grand-mère Julia, sœur du grand César et non moins sceptique que lui, lui a donné un conseil qu'elle suit encore : « Que les dieux existent ou n'existent pas, qu'ils gouvernent ou non l'univers, ne cherche pas à t'en instruire. Ne te pose même pas la question. Fais comme s'ils existaient et rends-leur hommage chaque fois qu'il faut. C'est la marque d'une bonne éducation et d'une grande sagesse. Pour le reste, occupe-toi des choses humaines… »

Au temple de Naples, cependant, Séléné trouve des bonheurs que n'imagine guère la raisonnable Octavie. Sitôt qu'elle voit sa déesse, resplendissante dans ses robes moulantes, elle a moins envie de se prosterner à ses pieds que de l'embrasser, comme elle embrasse Prima. Lorsqu'elle plonge les doigts dans l'eau sainte du Nil et s'en asperge le visage, elle se sent plus pure qu'au sortir du bain. Et quand enfin, au bas des marches, elle verse l'huile parfumée sur l'autel – sans une éclaboussure, jamais –, elle a l'impression étrange et réconfortante d'avoir manié la cuillère sacrée toute sa vie…

Mais elle évite les prêtres de la secte, comme Octavie le lui a ordonné. Si elle croise les *porteurs de vases* et les *porteuses de corbeilles*, elle les salue sans leur parler. Eux-mêmes se tiennent à distance, on dirait qu'ils ont compris. Pourtant, même de loin, elle respire leur parfum de propreté. Tout est immaculé chez ces religieux – intérieur et extérieur : crânes rasés, lin blanc, eau lustrale, libations de lait, guirlandes de lys, circoncision, chasteté, végétarisme…

Jamais de sang. Ni ingéré, ni versé. Chez la *déesse aux mille noms*, aucun de ces déballages d'entrailles, de ces intestins répandus qui dégoûtent chez les autres. Jamais, non plus, de croûtes noirâtres sur des autels puants, de caillots rouges semés par les victimes au hasard des dalles. Nulle odeur de chair calcinée, mais la senteur légère des fleurs fraîches et celle, délicieuse, de la résine d'Arabie.

Là, en écoutant sistres et cantiques, paumes tournées vers le ciel, Séléné retrouve une paix d'enfant. Il lui semble que la déesse la frôle, la caresse… Elle fixe ses lèvres peintes, espère les voir bouger. Elle voudrait lui entendre dire, comme autrefois : « Croque la vie, Séléné, elle est sucrée. »

À Baïès, tout est sucré, tout est doux, même la mort : assises sous les larges stores de la terrasse, face à la mer, « les filles d'Octavie » s'amusent à rédiger des épitaphes.

Elles ont commencé par celle de la chienne Issa qui s'est laissée dépérir après le départ de Claudia. « Morte de chagrin, dit Séléné.

— Morte de sottise, plutôt ! tranche Antonia. Personne ne la tourmentait davantage que ma sœur, mais il faut croire que ce n'était pas assez puisque ce sot animal en redemandait… Décidément, je n'estime pas les chiens !

— Tu leur préfères les murènes peut-être ? »

Issa est enterrée dans l'allée de platanes, sous une plaque de marbre où l'on a gravé en lettres d'argent les hauts faits de sa petite vie : « Je suis née en Gaule, je m'appelais Issa. Mes aboiements n'ont jamais effrayé personne, et je n'ai blessé mes amies que par ma mort. » Pour parvenir à ce court chef-d'œuvre, la discussion avait été vive. Séléné aurait voulu ajouter quelques descriptions poétiques, du genre « Sur mon tombeau se penche un vert laurier »… Mais Antonia s'était bouché les oreilles : « Voilà bien le "goût d'Alexandrie" ! Style mièvre et alambiqué. C'est mon grammairien qui le dit. D'ailleurs, tous les Romains l'ont en horreur, à commencer par mon oncle.

— Il est en Espagne…

— Ah, parce que tu te figures, pauvre cruche, que notre épitaphe ne figurera pas en bonne place dans le *journal* de sa maison ? Tu t'imagines que tu peux écrire une ligne ici sans qu'il en soit informé là-bas ? »

Sous prétexte d'y puiser l'inspiration nécessaire pour les épitaphes ultérieures – celles d'un moineau ou d'une petite esclave –, les jeunes filles multiplient les promenades hors les murs, sur les routes de Pouzzoles et de Misène, où sont les nécropoles. Accompagnées de leurs chaperons et de Diotélès vigoureusement appuyé sur un bâton de vieillesse (« C'est que j'ai au moins soixante ans ! » gémit-il entre deux cabrioles), les trois sœurs commentent les tombeaux et déchiffrent à haute voix les inscriptions. Antonia prise la concision : « Est-ce que celui-ci ne dit pas tout en peu de mots ? "Ce que j'ai bu, ce que j'ai mangé, je l'emporte avec moi. Et j'ai perdu tout ce que j'ai laissé passer." »

La philosophie romaine est courte et ne s'embarrasse guère des fins dernières, elle s'en tient au *hic et nunc* : les défunts invitent les passants à profiter de la vie. Parfois même, ils les engagent à boire à leur santé. C'est à cette société sans Au-Delà qu'appartiennent Prima et Antonia.

Pour Séléné, les choses sont différentes, elle s'attarde sur la sépulture des enfants : « Regarde celle-là, Prima. Un garçon de cinq ans, "J'ai connu la lumière et, quand elle me fut ravie, je n'avais pu savoir encore pourquoi j'étais né…" »

Sur les tombes d'enfants, Séléné retrouve sans doute des souvenirs de famille, elle croise le fantôme de Ptolémée. De Ptolémée qu'elle n'a pas oublié, mais qu'elle oublie de se rappeler. Coupable de laisser maintenant la vie l'entraîner… « C'est trop triste ! s'écrie Prima devant les stèles des "morts prématurés". Je ne sais pas pourquoi tu choisis toujours des tombes qui me font pleurer ! Moi, pour les épitaphes, je préfère le genre amusant. Ce bonhomme, par exemple : "Bonsoir, l'espoir ! Va porter tes illusions à d'autres !" Ou ce mort-ci, qui a l'air d'excellente humeur : "Je n'ai plus mal aux pieds, plus besoin de courir pour payer mon loyer, j'ai trouvé un logis éternel et gratuit !" »

Diotélès applaudit, bouffonne, dit qu'il veut une épitaphe, lui aussi. On croit qu'il plaisante, mais il est sérieux. Il a perdu son sarcophage, la barque qui devait lui assurer un voyage paisible sur les flots noirs des Enfers. Son corps de Pygmée périra tout entier, il le sait, et son âme, sans attaches, se perdra dans les brouillards et les nuées. En tombant, Alexandrie a entraîné dans sa chute tous ses espoirs de survie.

Cependant, il existe en Italie, il l'a compris, une autre forme d'immortalité, qui ne doit rien aux dieux. Il suffit d'inscrire son nom dans la mémoire des hommes et d'y rester – une grande gloire ou une belle tombe. Pour la gloire, il est trop tard (ah, s'il avait pu, en Judée, produire un spectacle de girafes !), pour la gloire, c'est fini, mais pour la tombe…

« Jure-moi, Princesse, que tu obtiendras d'Octavie un vrai tombeau pour moi. Je ne veux pas finir comme les esclaves de sa maison : dans la niche d'un columbarium, perdu au milieu d'inconnus, et loin des yeux ! Non, il me faut une vraie tombe, qui attire l'œil du passant, sur une route très fréquentée. Avec une grande épitaphe en lettres d'or. Pourquoi pas sur la voie Appienne ? Il y a du passage… Je verrais bien un obélisque – un petit obélisque, assez modeste – avec une autruche gravée sur une face, et, sur l'autre, une épitaphe sensible, qui soulignerait la cruauté de mon destin…

— Cruel, ton destin ?

— Tu vas voir : "*À peine mon cou était-il délivré du joug de l'esclavage que les Parques barbares ont tranché…*"

— "*À peine ton cou*" et "*le joug de l'esclavage*" ? Mais tu te moques de moi, Diotélès : il y a dix ans que tu es affranchi !

— Bon, bon… Sans-cœur, va ! Même la vie d'un affranchi peut être tragique ! »

Il boude comme un enfant ; ramasse les fleurs sur les tombes ; grignote insolemment les fruits secs apportés aux défunts par leurs familles. Puis, en bougonnant, il revient vers Séléné : « Je capitule. Si tu préfères, nous mettrons : "*Quitter si tôt la vie, Diotélès, ce n'est pas juste, ô malheureux acrobate qui aurais pu vivre cent ans si…*" Ah, ça non plus, tu n'en veux pas ? Tu ne jugeras pas ma mort prématurée ? Cœur de bronze ! Alors, écrivons simplement : "*Il a péri, le* corps. Mais le nom est sur toutes les bouches, et toujours il vivra, le royal acrobate, le pédagogue incomparable, le bibliothécaire illustre, partout on le loue, on le célèbre, et..."

— Mais personne à part nous ne connaît ton nom ! Tu n'es pas célèbre. Ce serait un mensonge.

— Et après ? Tu te figures sans doute que les autres ne mentent pas ? Mais dans les cimetières, tout le monde triche ! Quelle admirable humanité : des femmes fidèles, des maris éplorés, des enfants parfaits – tu y crois, toi ? Non, vraiment, il n'y a ici qu'une chose certaine : Cléopâtre-Séléné est une ingrate, une ingrate qui n'honorera pas son vieux précepteur ! *Otototoï !* Honte à toi ! »

Une fois de plus, Prima et Antonia doivent réconcilier le maître et l'élève. Elles sont habituées à leurs chamailleries de vieux ménage. Et savent que Séléné et Diotélès sont tout l'un pour l'autre, seuls désormais à porter dans leur cœur un monde englouti – celui des palais d'Alexandrie.

Diotélès glisse un tesson de poterie dans la main de « sa Princesse ». Finalement il n'a eu besoin, pour écrire son épitaphe, ni d'un long rouleau ni même d'une petite tablette ; le brouillon du nouveau texte tient tout entier sur ce fragment de marmite ramassé dans les ordures. « Tout compte fait, j'ai eu une belle vie, dit-il en soupirant. Pour un esclave né dans la ménagerie, c'était inespéré... Je ne vois de *tragique* que la fin. Lis, cette fois je suis sincère. » D'un pinceau maladroit il a écrit :

« Aux dieux mânes,
DIOTÉLÈS
ACROBATE ATTITRÉ DE LA COUR D'ÉGYPTE
Il avait vu mourir les grands et les petits,
Mais il ne croyait pas qu'il mourrait un jour, lui. »

MAGASIN DE SOUVENIRS

Catalogue, archéologie, vente aux enchères publiques, Paris, Drouot-Montaigne :

...132. Encaustique sur panneau de cédrat. Rare portrait funéraire berbère dans le style égyptien, représentant le visage d'un vieillard à la carnation ocre brun et au type africain. La tête, qui pourrait avoir orné un linceul, semble surmontée d'une perruque nattée. Éclats de bois visibles, pigments écaillés, craquelures. Une bande manquante du côté droit. Afrique du Nord, époque romaine.

H. : 33 cm ; L. : 17,5 cm.   40 000/45 000

Provenance : Cherchel (Algérie).

« Que la terre te soit légère. » Une tombe sur deux porte cette seule inscription. *Sit Tibi Terra Levis*. En abrégé, STTL.

Les Romains, lorsqu'ils écrivaient, abusaient des sigles – avec de meilleures raisons que nos contemporains : le papyrus coûtait cher et les tablettes de cire n'offraient qu'une surface limitée ; quant à graver sur la pierre, il faut savoir que la journée d'un graveur sur pierre alphabétisé était hors de prix… STTL donc. Répété comme une incantation sur les tombeaux des routes. STTL, quand les vivants et les morts n'étaient pas assez riches pour prolonger entre eux la communication. STTL, pour solde de tout compte. Une manière économique de prendre congé qui rappelait la formule universelle par laquelle on terminait les correspondances : SVEV, *Si Vales Ego Valeo*, « Si tu vas bien, moi aussi ».

SVEV : ce furent ces quatre lettres empruntées à la politesse épistolaire qui permirent à Séléné de percer le secret d'Auguste.

Tout avait commencé lorsque Prima s'était inquiétée des rumeurs dont bruissait le quartier des esclaves :

Lucius Domitius allait bientôt rentrer d'Espagne pour l'épouser.

Orphelin de bonne heure, Lucius, « le petit rouquin », était venu souvent dans la maison d'Octavie pour jouer à la poupée avec l'enfant qu'on lui destinait ; mais, en grandissant, le jeune homme avait préféré des jeux moins innocents ; et la guerre d'Espagne ne l'avait pas assagi. Pour le bien de l'État (le clan des Domitii était puissant), Auguste jugea qu'il était temps de substituer sa propre poigne à la fermeté distraite de l'héritier : Prima convolerait avant la fin de l'année.

À l'inverse de sa cousine Julie, Prima n'était pas pressée de quitter le toit familial. Elle adorait sa mère, aimait Séléné, et redoutait les extravagances de Domitius. « Tu comprends, expliquait-elle à Séléné, il n'est pas du genre à se contenter de ses maîtresses, il lui faudra sa femme en plus ! Et des petits Domitii en quantité pour prolonger sa race ! Il va me tuer… » Elle avait vu tant d'amies de sa mère ou de ses demi-sœurs succomber à des grossesses qu'elle se disait certaine de mourir en couches. « On aura beau monter la garde à ma porte, dès que je serai sur la chaise d'accouchement le démon Sylvanus emportera mon âme au fond des forêts… » Elle vivait dans l'angoisse, se demandant, à chaque courrier du Prince, si la date de son « supplice » était fixée.

Sa mère tentait de la rassurer : « Pourquoi t'inquiéter, mon enfant ? En arrachant à mon frère la promesse qu'il présidera la cérémonie, je t'ai obtenu un délai. Nous ne pourrons te marier qu'à son retour, et comme il est encore trop souffrant pour voyager… » Prima suppliait les dieux d'empêcher son oncle de guérir tout à fait. En attendant, elle continuait à guetter les lettres dont le cachet portait l'effigie d'Alexandre. Car le Prince avait changé d'anneau, son sceau n'imprimait plus la silhouette d'un sphinx (une signature qui lui allait si bien!), mais le profil du grand conquérant. Séléné riait sous cape: oser se comparer à Alexandre, lui que quatre tribus espagnoles suffisaient à tenir en échec! Mais Prima, sitôt qu'elle apercevait sur un rouleau le terrible Alexandre de cire molle, tremblait comme si elle avait vu Sylvanus en personne. Elle poursuivait sa mère jusque dans sa chambre à coucher en la harcelant de questions: « Que dit mon oncle? Va-t-il mieux? Où est Domitius? »

Un jour, Octavie, excédée, lui tendit la lettre: « Vois toi-même, il n'est nulle part question de Domitius. » En effet, Auguste n'entretenait sa sœur que d'affectueuses banalités – leurs santés respectives, le climat de Tarragone, et les bonnes recettes de leur grand-mère Julia; il insistait ensuite pour que la maison destinée à Julie et Marcellus sur la rive droite du Tibre eût une salle à manger d'hiver assez large pour contenir quatre tables à trois banquettes, que la salle à manger d'été fût orientée vers l'est, et les bains à l'ouest afin qu'on pût y profiter de la chaleur du soleil couchant. C'était moins la lettre d'un maître du monde que celle d'un frère attentif et d'un père aimant.

Prima fut frappée, cependant, par le dernier paragraphe. Écrit dans une langue différente, et tout en majuscules, il lui resta incompréhensible: les mots n'étaient pas illisibles, mais ils étaient imprononçables. Elle se rappela avoir entendu dire par Marcella que leur oncle (« le sphinx ») communiquait avec le chef de sa police secrète (« la grenouille ») dans un langage connu d'eux seuls. Peut-être partageaient-ils maintenant ce secret avec Octavie ?

Ayant mis Séléné dans la confidence, la sage Prima n'hésita pas à abuser de la confiance maternelle pour recopier les dernières lignes de la lettre suivante – sûre que si elle découvrait le sens de ce galimatias, elle saurait quand on comptait la sacrifier au bien public…

À la lueur charbonneuse de son *lucubrum*, Séléné « sécha » deux soirs de suite sur ce bout de papyrus – quelle langue barbare était-ce là ? du scythe ? du gaulois ? Jusqu'au moment où elle supposa qu'il ne s'agissait pas d'un jargon étranger mais d'une simple convention d'écriture : des mots latins, transcrits dans l'alphabet courant, mais disposés de manière inhabituelle. Dans ce cas, ne suffirait-il pas de reconnaître un mot, un seul, pour comprendre comment fonctionnait le système entier ? Car il devait avoir sa propre logique : « Tout ce qui existe sous le ciel obéit à des lois », répétait Nicolas de Damas lorsqu'elle étudiait avec lui. Il fallait juste dominer la crainte, réordonner le chaos.

Puisqu'elle avait sous les yeux un message adressé par un Romain à une Romaine, peut-être y trouverait-elle le SVEV rituel ? Elle regarda les dernières lettres : TXFX. Elle sourit – le Prince décalait simplement son texte d'une lettre… Pour la première fois, elle avait vaincu « l'Ennemi » !

D'Auguste, on aurait certes attendu un subterfuge moins élémentaire. Mais c'est l'idée même de cryptographie qu'il venait d'inventer. Personne n'avait songé à coder un écrit quand peu de gens savaient lire, que les correspondances étaient scellées et les courriers, des serviteurs sûrs. Pour imaginer de voiler ce qui était déjà caché, de soustraire à l'entendement ce qui était dérobé à la vue, il fallait être génial. Ou paranoïaque…

Ce chiffrement grossier, dont les historiens antiques nous apprennent qu'Auguste l'utilisa dans sa correspondance avec Mécène et, plus tard, avec ses petits-fils, il est probable qu'il l'enseigna à Octavie et peut-être, lorsqu'il ne fut plus qu'un vieillard affaibli, à Livie. Sans doute aussi fit-il évoluer son code – mais toujours à l'intérieur d'un système si simple qu'il ne tromperait pas un enfant d'aujourd'hui.

Si un tel cryptage pouvait, néanmoins, leurrer un adversaire ou un commis trop curieux, c'est que dans les mentalités d'alors l'écriture et la parole ne faisaient qu'un. Ne pas transcrire « en clair » était tout bonnement inenvisageable. Face à un texte hermétique, on ne pouvait que le supposer écrit dans une langue étrangère ou magique, tant il est vrai que nous ne voyons rien que nous ne soyons préparés à voir.

« Préparée à voir », peut-on croire que la fille de Cléopâtre l'était ? Plus qu'aucune Romaine, c'est un fait. Elle avait déjà accompli, dans sa courte vie, un long parcours, et si elle ne parlait pas, comme sa mère, huit ou neuf langues, elle s'était au moins frottée à sept écritures différentes : la double écriture grecque – cursive et capitales –, la double écriture latine, et les trois écritures égyptiennes – le démotique, d'emploi courant, le hiératique, plus officiel, et le hiéroglyphique, sacré. Les signes qu'elle savait lire, ou parvenait à deviner, renvoyaient tantôt à la chose désignée, tantôt au son qui désignait la chose ; parfois, les deux systèmes de représentation se combinaient dans une même phrase, et, pour comprendre, il fallait passer avec agilité de l'idéogramme au phonogramme et vice versa. Grâce aux temples d'Égypte, enfin, elle n'ignorait pas qu'on pouvait écrire soit en lignes soit en colonnes, et indifféremment de gauche à droite ou de droite à gauche. Si bien qu'à Rome personne sans doute n'était, mieux que Séléné, capable d'interpréter un rébus ou de « casser » un code.

Les messages secrets qu'Auguste adressait à Octavie ne concernaient évidemment pas le futur mariage de Prima. Comme Séléné le constata, tous avaient trait aux affaires de l'État et à l'avenir de Marcellus.

À la « première dame » de Rome, le Prince annonçait certaines de ses décisions avant de les rendre publiques. Ainsi, le droit qu'il accordait à son gendre et neveu de briguer le consulat dix ans avant l'âge légal – encore une année, une seulement, et l'adolescent pourrait se présenter aux suffrages à côté de son oncle. À vingt ans, il aurait déjà parcouru tout le *cursus honorum*, la « carrière des honneurs ». En attendant, on le nomma, à dix-neuf ans, édile curule de Rome – l'âge minimum requis était de trente-sept ans…

Ascension fulgurante. Qu'Octavie jugeait naturelle. Voyant son fils avec les yeux de l'amour, elle croyait trouver en lui les qualités qui, un quart de siècle plus tôt, avaient permis à son frère de brûler les étapes –

chez les Julii, le génie politique n'était-il pas précoce et héréditaire ? Elle étincelait de fierté – comme sa petite belle-fille Julie, qu'on sentait grisée d'avoir enfin ses aises et déjà sa cour.

Le jeune couple circulait entre Baulès et Rome, entre Octavie et Agrippa, laissant derrière lui un sillage argenté où frétillaient les deniers. « Notre chère Julie mène grand train, écrivait Livie à son mari. Elle prétend, je crois, éclipser sa cousine Marcella. Hier, ses femmes de chambre portaient des résilles d'or. Juge du reste... » La semonce paternelle ne tardait guère. « La vieille toupie ! disait Julie en déroulant le courrier d'Espagne. Je n'ai quand même pas brûlé le Capitole ! »

En vérité, Livie rongeait son frein. Elle élevait de son mieux Drusus, qu'elle aimait, et grappillait pour Tibère, qu'elle n'aimait pas, tout ce qu'elle pouvait attraper : des honneurs, des dons, des passe-droits, moins éclatants, malheureusement, que ceux dont bénéficiait Marcellus ; alors même que, seul de toute la famille à être resté sur le front, le mal-aimé continuait à « pacifier » méthodiquement les Basques belliqueux...

L'application têtue de son beau-fils, son abnégation butée, Auguste avait enfin trouvé le moyen de les asservir à sa gloire – Tibère faisait la guerre, les Julii récoltaient les lauriers.

Si la découverte du code qu'utilisait le Prince ne permit pas à Prima de savoir à quelle date on la marierait, elle donna aux deux jeunes filles l'idée d'un nouveau stratagème pour berner les mouchards du Prince : ne pourraient-elles, quand Prima serait mariée, communiquer, elles aussi, en langage codé ?

Prima suggéra de décaler le texte de cinq ou six lettres. « Sûrement pas ! rétorqua Séléné. Comme c'est le principe de son système, ton oncle aurait vite fait de traduire ! »

Elle avait en tête une autre façon de duper les espions : la division de la tablette en colonnes, « comme un gril, dit-elle, ou un damier ». À condition de ne mettre qu'une lettre par colonne, un texte qu'on écrirait horizontalement pourrait ensuite être recopié dans l'ordre vertical, puis retranscrit en lignes horizontales pour égarer les curieux ; il suffirait de refaire l'opération en sens inverse pour retrouver le message d'origine.

Prima, qui n'avait pas la rapidité d'esprit de sa sœur et ne concevait même pas, d'ailleurs, qu'on pût lire à la verticale, mit un certain temps à comprendre. Séléné dut faire la démonstration du procédé sur ses tablettes ; pour tromper leurs chaperons, elle feignit de recopier des épitaphes à l'occasion des visites collectives de cimetières. Prima commençait à saisir : « Le mot qu'on écrira en haut de la grille pour déterminer le nombre de colonnes, est-ce que ce sera toujours le nom de ta mère, comme dans tes exemples ?

— Non. Il serait prudent de changer de clé à chaque fois. Comme les sentinelles avec leurs mots de passe. Pourquoi ne pas prendre l'un après l'autre tous les mots d'un même vers ? Ceux de plus de trois lettres, en tout cas…

— On choisirait quoi ? Du Properce ? »

Séléné fit la moue. « Je n'aime plus ses vers. Prenons plutôt un auteur grec.

— L'*Iliade* ? Le chant VI ?

— Trop risqué, tout le monde connaît. Je préférerais Euripide, l'*Hécube* d'Euripide : la chute de Troie, la mort des enfants… Le premier vers, c'est *"J'ai quitté la cache des morts et les portes de l'ombre"*. Demande-toi quel est, dans ce vers-là, le premier mot de plus de trois lettres. "*Nékrôn*", n'est-ce pas ? "Morts" … Nous commencerons donc par "morts". »

Le moindre logicien aurait pu dire aux deux sœurs que, dans l'affaire, le mot-clé ne jouait qu'un rôle secondaire ; il n'y avait qu'à faire le total des lettres, chercher par quels nombres il était divisible, puis essayer successivement autant de combinaisons qu'il existait de multiples.

Mais comme la plupart de leurs contemporains, les jeunes filles, gênées par la complexité des chiffres romains et l'absence de zéro, étaient de médiocres calculatrices. Aussi attachèrent-elles une importance disproportionnée à cette histoire, toute littéraire, de « clé ».

Quant au choix du texte, ce fut une fois de plus Séléné qui l'emporta : les filles de Marc Antoine feraient leur nid dans une tragédie, elles bâtiraient leur amitié sur les mots du deuil et de la vengeance.

Auguste revint. Et la peur avec lui. On découvrit des complots républicains, d'obscures conjurations contre l'État, le sang recommença à couler, le souterrain reprit du service.

Toute la famille avait maintenant regagné le Palatin, ses courettes sans vue, ses pièces sombres, ses corridors humides. Il pleuvait. Le Tibre inonda la ville basse, détruisant le vieux pont Sublicius, les boutiques du marché aux Bœufs et les immeubles du Vélabre; le flot ne se retirait plus. Séléné reconnut aussitôt cette odeur d'eau croupie: c'était l'odeur du pouvoir, et ce clapotis perpétuel, celui des ragots et des calomnies, qu'à Baïes elle avait presque oublié. Même quand le fleuve ne débordait pas, ici les murs suintaient. Ils suintaient la haine et l'envie. Chacun dénonçait l'autre.

On fit exécuter deux ou trois descendants de Pompée soupçonnés d'avoir conspiré contre le Prince. « Dans nos nobles familles, observa Pollion en souriant, rien n'est plus rare aujourd'hui qu'une mort naturelle! J'espère, ma chère Octavie, que, comme moi, tu élèves tes enfants dans l'aimable perspective qu'ils n'auront pas de rhumatismes... »

Chaque soir, le Prince, fatigué, quittait sa « Syracuse » – cette tour vers laquelle remontaient les vapeurs empoisonnées de la ville, toutes les plaintes, tous les miasmes – et il passait chez sa sœur. Jamais leurs liens n'avaient paru si étroits. Du meilleur ami de son frère, Octavie pouvait dire « mon gendre », et de la fille d'Auguste, ma « belle-fille ». Marcellus était leur héritier commun, dans ses veines coulait le sang des Julii ; et ce dernier mâle de leur lignée, le frère et la sœur le couvaient, l'entouraient de ce qu'ils avaient de plus précieux ; ensemble, ils guidaient les premiers pas du jeune édile.

L'*enfant de l'âge d'or*, comme l'appelaient les poètes subventionnés, venait de donner, avec l'argent de son oncle, des jeux exceptionnels sur le Forum : une « chasse » au lion, un combat de taureaux contre des ours, et quarante paires de gladiateurs – rien que des hommes libres et des athlètes reconnus, dont un vaincu sur trois avait été généreusement sacrifié à la fin des combats. À cinquante mille sesterces par tête, on pouvait dire que le neveu du Prince ne regardait pas à la dépense ! Autre largesse : pour protéger le peuple des ardeurs du soleil, on avait fait couvrir la place d'un voile de soie qui y resta huit jours – le luxe des grands enfin accessible aux pauvres… Comme le Prince avait en outre rétabli depuis quelques mois le « minimum garanti », ces distributions gratuites de blé qu'en son temps Jules César avait supprimées, on y ajouta, pour la circonstance, de l'huile d'olive, un peu de vin et de la viande de porc ; la misère se lasse du pain sec, il faut de temps en temps lui faire espérer la confiture… La plèbe, rassasiée, portait son nouvel édile aux nues.

Il faut dire qu'avec Julie, lumineuse et joyeuse, Marcellus formait un couple aussi beau que les Ariane-Dionysos des *chambres nuptiales* et des temples. Adolescents comblés, ils incarnaient à la fois les antiques vertus du mariage et les promesses des nouveaux temps : paix civile, ordre mondial, loisir pour tous – pour tous les Romains, du moins.

Cependant, Octavie s'inquiétait. Non pour son fils, mais pour son frère, qu'elle avait trouvé, à son retour d'Espagne, terriblement changé. À force de ne plus voir de lui que des statues officielles qui le représentaient fixé pour l'éternité à l'âge de vingt ans, aurait-elle oublié son vrai visage ?

Des rides s'étaient creusées aux commissures de ses lèvres. À quarante ans, il avait déjà la moue désabusée de leur grand-oncle à cinquante. Était-ce parce qu'il souffrait ? Son corps, il est vrai, lui laissait peu de répit. Après les fièvres et les coliques néphrétiques qui, à Tarragone, l'avaient cloué au lit, c'étaient maintenant ses dents qui le tourmentaient. Il avait dû en faire arracher trois ; et la douleur, lancinante, obsédante, persistait. « Un homme qui a mal aux dents ne peut pas être indulgent », disait-il pour expliquer sa sévérité à l'égard des opposants.

Il avait beau plaisanter, Octavie le sentait meurtri – par l'affaire Murena, un complot monté contre lui par un brillant avocat, candidat au consulat ; et, plus encore peut-être, par la trahison – ou ce qu'il appelait « la trahison » – de Mécène et de sa femme, laquelle, par une étrange coïncidence, se trouvait être la propre sœur du conspirateur.

« Un ministre de la police qui ignore ce que trame son beau-frère, tu y crois, toi ? J'ai voulu y croire, pourtant. Mais quand, pour preuve de ma confiance renouvelée, je mets ce même homme – un ami de vingt-trois ans ! – dans la confidence du coup de filet que je prépare contre mes adversaires, il court prévenir le chef des assassins pour qu'il m'échappe ! Et, aujourd'hui, il ose soutenir que ce n'est pas lui qui l'a averti, mais Terentilla, Terentilla qui aurait trop parlé… Terentilla ! Pourquoi pas moi pendant qu'il y est ? C'est ce qu'il insinue, hein ? Ah, je devrais le tuer, ce salaud, le tuer de ma propre main ! »

Sa main, il la tenait pressée contre sa joue – était-ce pour endormir le mal dans la gencive comme un bébé qu'on chaufferait contre soi ? ou bien pour écraser la douleur qui remontait maintenant dans sa dent ? Réchauffer ? ou asphyxier ? Bercer ? ou étrangler ? Comment savoir ce qui vaut le mieux ? De toute façon, on ne guérit pas une dent malade, on l'arrache. Il soupira. Octavie eut pitié.

Elle regardait la main de son frère, ses avant-bras, son cou ; ils étaient couverts de dartres qu'il grattait jusqu'au sang. Elle savait pourquoi : pudique, avant le bain il ne laissait son esclave lui nettoyer que le dos ; le reste, il le raclait lui-même pour ôter la sueur et l'huile, et il frottait parfois si fort qu'il s'arrachait la peau. Plus il était contrarié, plus il s'étrillait. Petit garçon, déjà, il ne se trouvait jamais assez propre. À l'époque, chaque fois que de pareilles angoisses le prenaient, elle lui faisait enlever son racloir de bronze et envoyait son propre masseur – un aveugle – le nettoyer dans l'étuve avec un racloir en corne enveloppé d'une éponge. Pourquoi Livie n'avait-elle jamais, envers lui, de ces attentions-là ? Elle le protégeait mal, elle ne le protégeait pas...

« Reprends un peu de concombre. Au moins pour te désaltérer. Gaius, je t'en prie. Tu ne manges rien !

— Si je mâche, je souffre comme un crucifié !

— Alors, goûte un de ces petits fromages de vache... Je les fais presser à la main et macérer dans le vin, comme tu les aimes. Ils sont si mous que tu n'auras même pas besoin de mâcher, il te suffit de les appuyer contre ton palais et d'avaler. »

Elle se rappela soudain une réflexion bête de son ami Pollion : « Ton frère, si tu pouvais, tu lui donnerais le sein ! Mais méfie-toi, Octavie : il a grandi maintenant, il a des dents, et, même si elles branlent un peu, tant qu'il en aura il mordra ! »

Le complot de Murena... Moins un complot en vérité qu'un sursaut républicain, une ultime tentative de rébellion. À en juger par ce qu'on connaît de l'affaire deux mille ans après, il ne semble pas que les prétendus « conjurés » aient eu pour projet d'assassiner Auguste, ils ne voulaient que le compromettre, l'abattre politiquement en dressant contre lui le Sénat. La mort physique aurait sans doute suivi la mort politique, mais comme une conséquence indirecte et, pour tout dire, aléatoire.

Le piège, si ce fut un piège, était habilement monté. Tout avait commencé par un procès banal, intenté à l'ancien proconsul de Macédoine. Banal, parce qu'il était rare que les hauts *magistrats* rentrant de mission ne fussent pas accusés d'exactions extraordinaires par les envieux, étant entendu que la concussion habituelle et l'abus de pouvoir modéré restaient permis. En l'occurrence, on reprochait au proconsul d'avoir, dans les Balkans, attaqué sans autorisation un petit roi thrace, initiative malheureuse qui avait coûté une demi-légion au peuple romain. Lorsque Auguste rentra d'Espagne, le procès traînait encore – les juges siégeaient peu, trop de jours « néfastes ». Mais, sitôt que le Prince eut refermé les portes de la Guerre, l'accusé, défendu par le brillant Terentius Murena, parut retrouver la mémoire : avant de se risquer chez les Thraces, il avait reçu des ordres, assura-t-il. « De qui ? demanda le préteur. — De Marcellus et… — Et ? — D'Auguste ! »

Vive émotion dans la classe politique. Le scandale n'était pas que le Prince eût donné au proconsul des instructions catastrophiques, mais qu'il eût osé lui donner des instructions. Car ce gouverneur ne relevait pas de son autorité, le commandement de la Macédoine était resté de la compétence exclusive du Sénat. En empiétant sans vergogne sur les rares pouvoirs qu'avait conservés la noble assemblée, Auguste violait les institutions de la République – puisqu'on était toujours en république, n'est-ce pas ? Une « forfaiture » qui pourrait, encore de nos jours, conduire un chef de l'État devant une Haute Cour de justice.

L'affaire devenait sérieuse. D'autant que les Romains sont des juristes. Des soldats, certes, mais d'abord des juristes. Si la Grèce a inventé la tragédie, la philosophie et la démocratie, c'est Rome, plus terre à terre, qui nous a légué l'armée de métier, l'administration et le droit. La Loi et l'Ordre. L'élite romaine raillait parfois les dieux, mais elle ne plaisantait jamais avec le droit. Plus que la langue ou la religion, la règle juridique fondait cette société où les Douze Tables étaient sacrées, où les avocats tenaient le haut du pavé... Voilà pourquoi la procédure visant le proconsul de Macédoine risquait à tout moment de déraper. Une relaxe de l'accusé signifierait, a contrario, que le tribunal jugeait le Prince susceptible d'avoir outrepassé ses pouvoirs et trahi « les devoirs de sa charge ». Cet acquittement entraînerait donc, tôt ou tard, l'inculpation d'Auguste lui-même – que le Sénat, ravi de l'aubaine, lâcherait illico : on pouvait toujours compter sur son courage lorsqu'il ne s'agissait plus que de « tuer un mort ».

Cette histoire, subalterne en apparence, avait finalement tout du guet-apens. En politique, la mécanique du procès indirect, le billard judiciaire à trois bandes, peut se révéler d'une redoutable efficacité. Auguste prit tout de suite la mesure du danger. Il se précipita devant les juges.

Sans se démonter, Murena, l'avocat de l'accusé, lui demanda ce qu'il venait faire là. « Rétablir la vérité et défendre le bien public », dit le Prince, surpris d'avoir à justifier sa présence – dans l'improvisation orale, il n'était jamais bon. Le président du tribunal fit alors observer que c'était à lui seul, préteur élu, qu'il appartenait de convoquer les témoins : « Tu viendras quand je te le demanderai, César, et tu ne viendras que si je te le demande. » Un vrai langage républicain. Une gifle... Et le pire restait à venir : choqués, eux aussi, par l'intervention inopinée du Prince, les jurés décidèrent d'acquitter l'inculpé sur-le-champ.

Ainsi, il avait suffi de trois années d'absence, trois années seulement, pour que l'aristocratie de la ville revînt à sa pente naturelle : la liberté ; aux yeux d'Auguste, la licence, le désordre, la division, l'impuissance. Le monde avait besoin d'un centre – c'était Rome ; et Rome avait besoin d'un maître – c'était lui.

À ce qu'il considéra comme un coup monté, il répliqua dès le lendemain par un coup de bluff. Aussi prompt en politique que son oncle l'avait été dans la guerre, il produisit devant le peuple une brassée de poignards et, avec eux, un certain Castricius qui dénonça une conspiration dont il aurait été l'instrument. Contre promesse d'avoir la vie sauve, l'obligeant assassin consentit à livrer le nom de ses chefs : un vieux sénateur républicain et – voyez comme le hasard fait bien les choses – Murena, l'avocat Murena, l'insolent Murena, le candidat au consulat… Perquisitions, ratissages, exécutions. Murena, averti (par qui ?) de l'imminence de son arrestation, avait eu le temps de s'enfuir, mais, à la fin, on le rattrapa et on l'expédia « plus vite qu'on ne cuit les asperges », en dépit des supplications de la pauvre Terentilla. Fin de la « vieille liaison » du Prince, et fin de la première manche.

Deuxième manche : la contre-attaque. Après le coup de bluff, le coup d'État. Sans laisser au Sénat le temps de se reprendre, Auguste fit voter une réforme des institutions. D'abord, la justice : dorénavant, les affaires politiques échapperaient aux tribunaux ordinaires ; quant aux jurés, leur vote ne serait plus secret – un citoyen vertueux ne doit-il pas avoir le courage de ses opinions ? Ensuite, réorganisation du pouvoir diplomatique et militaire : à l'avenir, dans toutes les provinces, les gouverneurs seraient soumis au Prince. Même en Afrique, même en Asie. Mais le Sénat continuerait à les élire en son sein, choisissant ceux des siens qu'il habilitait ainsi à bâtir une fortune rapide et malhonnête – n'était-ce pas l'essentiel ?

Le Prince, bon prince, fit même une fleur à la noble assemblée ; dans un élan de dépouillement, il abdiqua le consulat, qu'il exerçait pour la onzième fois, et le rendit aux sénateurs… En vérité, l'affaire Murena lui avait révélé l'aigreur des patriciens et des chevaliers depuis qu'il les avait privés de leur plus beau « débouché ». Il le leur restitua donc, mais, en récompense de ce beau geste, obtint de rétablir à son profit un ancien pouvoir républicain, autrefois annuel et partagé : la *puissance tribunicienne*, droit de veto sur les décisions des consuls et du Sénat, qu'on restaura pour le lui attribuer à titre exclusif et « à vie ». Comme disait un proverbe paysan d'alors : « S'il vous plaît, prenez tout, le porc et la corbeille ! »

Une fois encore, Auguste conservait les noms et le décor, mais, derrière les vieilles façades, c'était un paysage nouveau qu'il dessinait. Et, une fois encore, le Sénat approuva ce trompe-l'œil. Les grandes familles étaient reconnaissantes au « tyran » de leur laisser ce que les hommes ordinaires goûtent le plus, les honneurs et les prébendes.

Il avait gagné. Retourné la situation. Du piège, il était sorti vainqueur, et même renforcé. Ah, c'est qu'il connaissait son monde ! Petit monde. Panier de crabes. Nœud de vipères. Et Mécène en charmeur de serpents…

Il sentait bien que, de cette sombre affaire, il aurait dû tirer une leçon pour Marcellus. Marcellus dont il ne pourrait à présent, par égard pour le Sénat, faire un consul avant longtemps. Que dire à « l'enfant » si confiant ? « Prends exemple sur moi, fils, ne livre ton âme à personne » ? ou « Si un jour tu te trouves dos au mur, appuie-toi contre ce mur pour te relancer. Et frappe ! Quoi qu'en disent les philosophes, le pardon n'est pas un mode de gouvernement ». Tant de vérités chèrement acquises, d'expériences qu'il aurait fallu transmettre ! Malheureusement, il se sentait trop vieux, trop fatigué, pour donner des leçons de politique à un novice. La tension nerveuse des dernières semaines l'avait épuisé. Vouloir, vouloir, toujours vouloir… L'âme lui dévorait le corps.

Il avait juste pris le temps de se faire arracher sa dernière molaire et il s'était traîné, mal remis, jusqu'au Champ de Mars pour vérifier, avec Marcellus et Agrippa, l'état des ponts Cestius et Fabricius.

La plaine était couverte d'une boue grasse et puante que le Tibre avait laissée en se retirant ; les eaux charriaient encore des cadavres gonflés. Sur l'autre rive, au-delà du quartier juif, les Germains de sa garde personnelle déblayaient les débris apportés par le flot. De loin, il les salua du geste, et Marcellus, de la voix : tous acclamèrent « l'enfant », le petit « gendre ». Agrippa boudait. Il marchait devant eux comme s'il voulait les semer. Au pas de charge. En soldat dans la force de l'âge.

Près du théâtre de Pompée, ils trouvèrent un âne mort, attelé à une charrette que le fleuve avait culbutée. Ses pattes raides pointaient vers le ciel. Auguste se rappela qu'on avait vu un loup en ville. Présages sinistres… Le blé stocké dans les entrepôts du port avait entièrement pourri. « Le peuple aura faim cet hiver. Par chance, il a des édiles compétents qui pourvoiront à son ravitaillement : que nous proposes-tu, Marcellus, *enfant de l'âge d'or* ? » avait demandé Agrippa à son jeune beau-frère. Il ricanait : « Ah, ce n'est pas sur la plage de Baïes qu'on résout ce genre de problèmes ! »

Il osait ! Agrippa, l'ami fidèle, osait à son tour persifler. Il allait falloir le ramener dans le rang, lui aussi, l'humilier, le plier. Montrer qui restait le maître.

Auguste était las. La pluie recommença à tomber. La boue lui montait au-dessus des chevilles. Il s'appuya ostensiblement sur l'un des serviteurs qui l'accompagnaient, réussissant à obliger son ministre à ralentir et à les attendre. « Sais-tu, mon cher Agrippa, dit-il en parvenant à sa hauteur, qu'il m'arrive parfois de regretter Tarragone ? J'aimais bien l'obéissance toute simple des caporaux. » Sitôt rentré dans sa maison, il s'alita.

Le lendemain, dernier jour des nones, il n'eut pas la force de quitter sa « Syracuse », ni même la chambrette du deuxième étage attenante à son bureau : trop d'escaliers… Tant mieux, puisque le nom de ce jour-là, *nonis*, lui semblait depuis toujours un avis du Destin – « *Non is* », « N'y va pas, ne bouge pas ». Il profita du conseil pour se rendormir sur son petit lit de bois, sous ses minces couvertures de soldat. Loin, très loin du somptueux lit conjugal. Un lit qu'il abandonnait souvent, et depuis longtemps. Il dormait peu : il lui fallait des lampes, des livres, des conteurs. La nuit, il gênait sa femme. Et au matin, quand il s'endormait, c'est elle qui le dérangeait en se levant. Ils ne vivaient plus aux mêmes heures.

Un soir (c'était quelques mois après qu'il eut « retiré son amitié » à Gallus, le préfet d'Égypte, et forcé au suicide ce vieux compagnon, lui aussi convaincu de trahison), un soir il avait tenté d'expliquer à Livie pourquoi il ne voulait plus partager son lit. « Dès que je ferme les yeux, je vois Gallus aux Enfers. Il s'accroche au-dessus du gouffre, avec ses mains blêmes… C'est à cause de tes parfums, j'en suis sûr, ces parfums égyptiens me donnent la migraine !

— Ce ne sont pas mes parfums, César, que tu ne supportes plus, c'est l'habitude. »

Elle avait raison : déjà seize ans d'union.

Le jour des nones, il dormit si longtemps qu'il ne s'éveilla que vers le soir. Il frissonnait, il fit appeler son médecin qui prescrivit un bouillon de poule. Il rêva de Murena. Et de l'âne au ventre enflé, aux pattes raides. Murena revenait le chercher, monté sur un âne renversé.

La fièvre augmenta. Le médecin revint. Murena aussi.

Maintenant, le mort s'avançait vers lui sans monture et sans visage. On ne voyait plus que ses dents. Il n'en manquait aucune. Deux mâchoires impeccables. Curieusement, ces mâchoires, on ne les voyait pas de face mais d'en haut, comme si l'on regardait depuis sa « Syracuse » les tuiles des maisons en contrebas. Vue plongeante sur la parfaite dentition de Murena, dont, à la même heure, le corps exposé depuis quinze jours se décomposait sous la pluie, au bout du Forum, sur l'escalier des Gémonies… Dans un demi-sommeil (un demi-coma?), Auguste sentit qu'on le transportait à travers la maison, qu'on le déposait dans l'étuve, puis dans un bain chaud. Il reconnut le visage de Livie, puis celui d'Octavie, penchés sur lui.

Antonius Musa, premier médecin du Prince, est perplexe. Il sait bien qu'Auguste n'a pas de santé. C'est même là-dessus que comptent les sénateurs chaque fois qu'ils lui attribuent un pouvoir « à vie » – ça veut dire quoi, « à vie », dans son cas ? Quatre ou cinq ans ? Le régime, à leurs yeux, reste républicain parce que le Prince ne fera pas de vieux os.

Pourtant, jamais encore Musa n'avait vu son frêle patient en si piètre état. Il est vrai que, depuis l'inondation, beaucoup de gens meurent dans les bas quartiers ; les ruelles du Vélabre et les boutiques du marché aux Bœufs disparaissent sous une croûte de boue noirâtre dont l'infection monte jusqu'aux premières maisons du Palatin.

Au reste, c'est en toutes saisons que l'air de Rome est mauvais. Trop de marais, trop de fièvres, trop de fumées. Quant au « palais » lui-même, Musa le Marseillais a dit cent fois ce qu'il en pensait : sombre et mal ventilé. Mais le Prince le trouve politiquement bien situé – adossé à la vieille cabane en chaume de Romulus, le fondateur de la Cité. D'en bas, le peuple peut associer dans une même vénération les deux maisons et les deux hommes…

Jusqu'à présent tout de même, quand César Auguste se sentait vraiment mal, il acceptait de déménager. De s'éloigner provisoirement de la colline sacrée. Il s'installait dans les Jardins de l'Esquilin, chez Mécène – platanes ombreux, eaux pures, air sain, vue dégagée, et le luxe, tout oriental, d'un millionnaire épicurien. Sans compter que le ministre et sa femme savaient le distraire, et qu'on guérit mieux ce grand inquiet par le divertissement que par les remèdes. Seulement, Mécène, à présent c'est fini… Pour la première fois, le Prince est malade chez lui. Et, qui sait, pour la dernière ? Car, depuis huit jours, la maladie le dévore comme un incendie.

Au début, Musa, spécialiste de l'hydrothérapie, a pensé qu'on en viendrait à bout par la sudation : étuve sèche, bains chauds et tisanes bouillantes feraient sortir de ce corps, avec la sueur, le mal qui lui ronge les entrailles. Erreur, le patient s'est affaibli. Il a vomi de la bile, beaucoup de bile. Ce qui dégage le cœur, mais épuise l'estomac. Alors, le médecin lui a fait poser des sangsues sur le ventre pour en tirer la pourriture. Le Prince a encore décliné. En désespoir de cause, on l'a privé d'aliments échauffants pour le nourrir de laitue. Nouvel affaiblissement. Dans ses moments de conscience, si sa sœur lui demande comment il se sent, le Prince répond qu'il est « mou comme un légume » ; pour essayer de la dérider, il a même précisé « mou comme un blanc de poireau bouilli, comme une côte de bette trop cuite »… Mais Octavie n'a plus envie de rire, elle voit bien qu'il est à bout de forces.

La présence des deux femmes ne facilite d'ailleurs pas la tâche du médecin. La sœur lui fait confiance (il a été l'esclave d'Antoine et soigne ses enfants depuis quinze ans), mais l'épouse a son propre praticien et d'autres idées : disciple d'Asclépiade, elle ne croit qu'à l'hygiène, à la diète, aux massages, à la marche quotidienne, et au vin de Pucinum pris préventivement. Elle veut que les serviteurs frictionnent son mari avec un broyat de fenouil et de marjolaine, « je ne connais rien de meilleur pour relâcher les muscles ». Il a fallu en passer par là et laisser triturer ce pauvre corps brûlant de fièvre… Pour le reste, elle s'oppose aux potions qu'on veut faire avaler à son mari, « vous allez l'empoisonner ! ». Elle ne connaît, dit-elle, qu'une seule drogue utile, un médicament contre les maux de gorge qu'elle tient constamment prêt dans un flacon – opium, coriandre, safran, et miel attique. Elle insiste : « Essayons-le. Qui sait si le Prince ne souffre pas simplement des amygdales ?

— Il est rare, *Domina*, qu'une inflammation de la gorge provoque des vomissements de bile noire… »

Il y aurait de quoi rire, si la situation n'était aussi grave : la fièvre ne tombe toujours pas, le ventre reste tendu, le pouls s'affaiblit, même si le malade garde encore assez de conscience et de dignité pour rabattre son drap sur son corps chaque fois qu'il sort de sa torpeur.

La vue d'Auguste se trouble peu à peu, sa langue s'embrouille, il commence à croire qu'il va mourir. Musa lui a demandé la permission d'appeler des confrères en consultation. D'abord, il a refusé. S'il meurt, que ce ne soit pas au moins d'un excès de médecins !

Plus tard, alors qu'on lui plaçait des ventouses d'argent sur la poitrine pour dégager le foie, il a pensé que Musa perdrait la vie en même temps que lui – une mésaventure qui arrive souvent aux médecins des grands : Alexandre n'a-t-il pas fait crucifier le médecin de son ami Héphaistion, coupable de n'avoir pu empêcher la mort du malade ? Et l'échanson d'Alexandre ne fut-il pas à son tour sacrifié pour avoir donné à boire à son maître dans sa dernière maladie ? Il n'est guère douteux qu'on soupçonnera Musa d'assassinat...

Le malheureux hippocrate tremble déjà ; il a insisté pour introduire dans la chambre son jeune frère, Euphorbe, qu'il oblige à prendre chacun des remèdes qu'il prescrit au malade. Sans doute espère-t-il, par ce moyen, prouver plus tard qu'il n'a rien administré de nocif – aurait-il pris le risque de tuer son propre frère ? Auguste sent monter en lui quelque chose qui ressemble à de la pitié. « Fais venir d'autres médecins, dit-il. Consulte tant que tu veux... Mais demande aussi à l'astrologue de Plancus de dresser mon horoscope. »

Il a fermé les yeux. Il n'a plus la force de soulever les paupières. Et pour voir quoi, d'ailleurs ? des Syriens barbus ? des Marseillais en chlamyde ? des Levantins qui marmonnent en grec de cuisine ? Et les femmes s'y mettent aussi ! Au symposium médical qui se tient au pied de son lit, Octavie et Livie sont restées présentes. Auguste les entend chuchoter, puis gémir. En chœur, ou en alternance. Dieux, qu'elles sont fatigantes à rivaliser ainsi dans le dévouement ! Ne pourraient-elles le laisser mourir en paix ? Et pour qui tremblent-elles ? pour lui ? ou pour l'avenir de leurs fils respectifs ?

Sa sœur a inventé une pâte dentifrice, sa femme un purgatif. Alors, forcément, pour trancher de sa santé, elles se jugent compétentes ! Il parierait que, dans cette conférence de praticiens renommés, elles ont exigé une égale représentation de leurs écoles médicales respectives, hydrothérapeutes contre herboristes, diététiciens contre *pharmaceutiques*. À présent, chacun de ces médicastres importés de Damas ou de Gaza plaide sa cause avec l'acharnement d'un Démosthène… Opposés entre eux, certes, mais tous complices dès qu'il s'agit de mystifier un Romain ! Et, hier encore, tous esclaves – quand l'un de ces vauriens lui prend le pouls, il voit son anneau de fer ! Gibiers de fouet et piliers de cachot, tous autant qu'ils sont ! Quand se tairont-ils ? La tête lui tourne. Ô Musa, Musa, tu ne sauras jamais quels efforts j'ai consentis pour te sauver la vie…

Avant que les bavards aient réussi à accorder leurs systèmes, le Prince, exténué, est retombé dans l'inconscience. Des songes noirs l'enveloppent de leurs ailes.

« Que dit l'astrologue ?

— Que la maladie du Prince entre dans une phase critique…

— Voilà un pronostic étonnant, qui mérite bien qu'on aille le chercher dans les étoiles ! »

Avec ses petites jambes chaussées de bottes d'enfant, Diotélès court derrière Musa. Toujours à l'affût des dernières nouvelles, le « nain crépu d'Octavie » – comme le surnomment les amies de Livie – abuse de l'indulgence du médecin qui veut bien, parfois, sourire à ses facéties : « Ton devin a la prudence d'un chat qu'on mène à la mer ! poursuit le Pygmée en s'accrochant au manteau de l'autre. Ce *myéou* craint de se mouiller les pattes… Et que disent tes confrères ? Se sont-ils mis d'accord ? Ou bien ont-ils fini par tirer les remèdes aux dés ?

— Ils disent qu'il faut reprendre les bains chauds…

— Les criminels ! Autant allumer tout de suite le bûcher funèbre ! Votre patient est déjà mort jusqu'au nombril, plus qu'à demi cuit par la fièvre, et c'est en l'ébouillantant que vous croyez le ressusciter ? Je vais te dire, moi, ce qu'il lui faut : des bains froids.

— Et ce qu'il te faut à toi, c'est une muselière ! Que sait de la médecine un histrion de ton espèce ?

— Plus que n'en connaîtra jamais un honnête homme dans ton genre. Ouvre grands tes yeux et tes oreilles, Musa : tu as devant toi l'assistant du médecin personnel de Cléopâtre… »

« Devant toi » est inapproprié car, en dépit de ses efforts, le Pygmée reste en arrière de plusieurs pas et peine à rattraper son interlocuteur qui avance à grandes enjambées. Cependant, il a gagné : Musa s'arrête, surpris.

En vérité, aucun des familiers de la Maison d'Octavie ne sait vraiment, avec Diotélès, à qui il a affaire ; le plus souvent, il apparaît comme le souffre-douleur de la jeune Cléopâtre-Séléné ; quelquefois, il se présente comme acrobate et dresseur d'autruches ; d'autres fois, il agit comme « assistant » de Pollion que le Prince a chargé d'établir le catalogue de la bibliothèque grecque du Palatin ; et toujours, partout, il fait le bouffon, le diseur de bons mots, comme ces pique-assiettes qui circulent de groupe en groupe sur le Forum dans l'espoir de récolter une invitation à dîner, « Tu connais la dernière ? C'est un Phrygien » (le Phrygien est le Béotien du monde antique), « un Phrygien qui perd tous ses procès, il entend dire qu'aux Enfers les tribunaux rendent des arrêts justes, alors il se pend ! », oui, un *parasite* conteur d'histoires drôles… Et voilà maintenant que cet amuseur s'annonce comme le médecin personnel de Cléopâtre, on aura tout entendu !

Pour lui rabattre le caquet, Musa lui pose deux ou trois questions d'anatomie. Et les réponses le stupéfient. « Oui, explique négligemment le Pygmée, j'ai beaucoup fréquenté le Muséum dans le temps… Les savants m'aimaient bien, là-bas. Avec eux, à longueur de journée, je disséquais du prisonnier, mort ou vif. » Et d'expliquer comment, disciple du grand Olympos, il a autrefois sauvé la fille de Cléopâtre à force de bains froids et comment, par reconnaissance, on l'a fait pédagogue de la princesse. « Des bains froids, administrés deux ou trois fois par jour au moment où le pouls s'accélère dangereusement, voilà ce qui convient à ceux qui ont respiré le mauvais air. Le reste du temps, des enveloppements de draps mouillés et, dans l'estomac, de l'eau rafraîchie à la neige. Ah, bien sûr, on risque gros à changer si brusquement le régime d'un malade. Tu dois en prévenir ton patient : compte tenu de son éminente position, il faut lui conseiller de sceller dès à présent son testament. »

Au rez-de-chaussée de la « Syracuse », Octavie attend avec Marcellus. Ce soir, son frère prendra son premier bain froid. Avant l'épreuve, il a convoqué ses principaux commis et les plus importants des sénateurs. Défilé de brodequins noirs et de souliers rouges. La cour du temple d'Apollon est encombrée de chaises à porteurs et d'escortes. La garde germanique a été renforcée.

On voit passer, derrière ses licteurs, Calpurnius Pison, le consul en exercice, un ancien républicain, cousin de la veuve de César. On dit que le Prince veut lui confier ses archives : comptes du Trésor et états des troupes.

« Ton tour ne va plus tarder, maintenant, dit Octavie à son fils. Pauvre chéri, tu es si jeune… » Dans son cœur elle pleure son frère, le pleure déjà, mais il lui reste un fils. Et c'est pour lui qu'elle tremble désormais : dès que le mourant lui aura passé au doigt son propre anneau pour lui confier le sceau de la République, ce garçon si doux devra faire face aux intrigants, aux déçus, aux conspirateurs, aux courtisans, aux rebelles, aux flatteurs de tout poil, et sur-le-champ trier, trancher, réprimer – que les dieux le protègent ! D'un geste instinctif, elle a passé son bras autour de ses épaules. Il se dégage aussitôt : « Mère, voyons ! » Il n'est plus un enfant, et tant de regards ici sont posés sur eux ; même les esclaves accroupis le long des murs, les esclaves aux yeux baissés les épient.

Un mouvement dans la foule. C'est Agrippa qui arrive à son tour. Avant de monter, il s'arrête pour les saluer. Octavie serre longuement son gendre sur son cœur. Lui, gêné, furtif comme à la fin d'un enterrement, bredouille : « Et dire qu'il y a quelques jours encore nous inspections ensemble les ponts du Tibre… » Puis il s'éloigne, emporté par ses *clients* jusqu'à l'escalier.

Attendre. Une de ses suivantes insiste pour qu'elle s'asseye. Puisque Livie n'est pas là… De toute façon, Octavie a toujours eu le pas sur sa belle-sœur : c'est elle, et non Livie, qu'Octave Auguste a fait figurer sur ses monnaies (à l'époque où Marc Antoine mettait sur les siennes l'effigie de Cléopâtre), elle encore dont il veut donner le nom, « Portique d'Octavie », à la longue galerie-musée qu'il vient d'inaugurer au Champ de Mars pour relier le temple de Jupiter à celui de Junon ; et c'est elle qu'il appellera, elle en est persuadée, dès qu'il en aura terminé avec les affaires de l'État, elle qu'il réclamera lorsqu'il entrera dans la nuit…

Soudain un piétinement, une rumeur, un cri, puis la course folle de tout ce qui porte toge autour d'eux : « Agrippa ! Le Prince a donné son anneau d'or à Agrippa ! Il lègue la République à Agrippa ! »

Marcellus, hébété, effrayé comme un enfant qui se demande pourquoi on le punit, ne sait que répéter : « Oh, Mère ! Mère ! » Mais Octavie s'est déjà reprise. Bien qu'elle non plus ne comprenne pas (un coup de Livie ?), elle a vingt-cinq ans d'expérience politique. Ne marque jamais de surprise, ne trahit pas d'amertume, en impose aux indiscrets : « Va, mon fils, dit-elle d'une voix forte, pars pour Baïès et ramènes-en ton épouse dont la place est maintenant auprès de son père », puis, prenant le jeune homme contre elle pour l'embrasser, elle lui glisse : « À moins que tu n'en reçoives l'ordre écrit de ma main, ne reviens pas – si mon frère survit, tu sauves ton honneur, et s'il meurt, tu sauves ta vie… »

Contre toute attente, le Prince vécut. Les bains froids avaient fait merveille. La mode en fut lancée pour deux siècles. On vit de vieux sénateurs perclus se jeter dans l'eau glacée des aqueducs pour mieux faire leur cour. Bientôt, le Sénat ordonna d'ériger une statue en l'honneur d'Antonius Musa et Auguste récupéra son anneau.

Il eut plus de mal à retrouver l'affection de sa sœur. Aux pleurs succédèrent les reproches : « La situation politique n'était pas stable, dis-tu, et Marcellus manquait d'expérience ? Tu trouves toujours d'excellentes raisons, Gaius, pour trahir les hommes que j'aime ! Je n'ai pas oublié les accords de Tarente, ni la façon dont tu m'as bernée : j'étais garante de tes engagements, n'est-ce pas, des vingt mille légionnaires que tu avais promis à mon mari en échange de ses trois cents vaisseaux, et tu n'as jamais tenu parole. Jamais ! Si Antoine m'a trompée, toi mon frère, ma vie, tu m'avais trahie bien avant lui », etc.

Bon, le Prince trouve que sa sœur commence à radoter : Antoine et Cléopâtre, on n'en est plus là ! Incapable d'ailleurs, la chère âme, de comprendre qu'il faut parfois sacrifier le présent à l'avenir, et le bonheur privé au bien public.

D'un autre côté, il n'est pas fâché de trouver dans la fureur d'Octavie un prétexte familial pour rabaisser Agrippa, qu'il a trop élevé. Pas mécontent non plus d'attiser les jalousies. Il décide donc que son gendre Marcellus, dispensé de tout *cursus*, siégera désormais au premier rang du Sénat, comme les anciens consuls, et que dans les cérémonies il sera placé à sa droite tandis qu'Agrippa (qui n'est que son neveu par alliance) restera à sa gauche. Comme aurait dit la grand-mère Julia : « Chacun sa ration, et en route ! »

Cette fois, c'est Agrippa qui, humilié, demande à s'en aller – officiellement pour préparer un prochain voyage du Prince en Orient, où les Parthes et les Arméniens semblent sur le point de s'unir contre Rome.

Au moment où le principal ministre embarque ainsi pour l'île de Lesbos et l'Asie Mineure avec sa femme, Marcella, leurs deux filles et Vipsania, la sœur d'Auguste écrit à son fils qu'il peut mettre un terme à cet exil napolitain qui dure maintenant depuis deux mois, son honneur est sauf, sa carrière aussi, il peut rentrer.

À hauteur de Capoue, le courrier qui descend la voie Appienne dans un nuage de poussière croise, sans le voir, un courrier de Julie qui remonte à bride abattue. La jeune femme supplie sa belle-mère d'envoyer à Baïès son médecin Musa : Marcellus est tombé malade, il vomit une bile noire.

Les masques de cire… D'après un historien ancien, six cents masques mortuaires firent cortège à Marcellus quand à Rome on le conduisit au tombeau. Six cents figurants qui disparaissaient derrière des visages immobiles dont le temps avait décoloré la cire. Six cents ancêtres avançant inexorablement, par rangs de trois, derrière les pleureuses échevelées.

Arrachée à la nuit des chapelles, cette armée de fantômes semblait tirer derrière elle l'ultime descendant des Marcelli, le dernier des Julii : un adolescent couché sur un lit d'ivoire, un adolescent dont le corps, déjà viande confuse et puante, restait caché sous une cuirasse d'or.

Octavie, en noir, tête nue, les cheveux couverts de cendres, marchait à côté de Julie, petite veuve de dix-sept ans, toute maquillée de blanc.

Mort, l'*enfant de l'âge d'or*… Mort à Baïes, lieu de tous les bonheurs. Mort dans les bras d'une jeune épouse faite pour la joie. Mort à vingt ans !

Tout s'était passé très vite. Musa et son frère Euphorbe, appelés au secours, étaient partis à bride abattue, relayant de poste en poste sans s'arrêter.

Octavie, qui les suivait sans équipage, dormait dans sa voiture-lit ; mais les mulets prenaient du retard sur les chevaux des deux affranchis. En arrivant, les médecins trouvèrent le malade inconscient ; sans attendre leur *patronne*, ils commencèrent les bains froids... Quand le lendemain, poudrée par la poussière des routes comme si l'on avait déjà versé sur elle la cendre du deuil, la pâle Octavie émergea à son tour du tunnel de Cumes et fit son entrée dans la ville, elle comprit, à l'abattement des passants, aux hululements des mendiantes, qu'elle ne reverrait plus son fils vivant.

On hésita même à lui montrer le cadavre, déjà bouffi et peu reconnaissable. Bravant les interdits, elle exigea de rester seule avec lui toute une nuit.

Sur le Forum, Auguste a prononcé lui-même l'oraison funèbre – depuis la tribune aux harangues, face au temple du divin César que décorent les éperons et les proues fantastiques des vaisseaux d'Antoine pris à Actium : des becs géants, des cols de cygne, des serpents dressés... Le Maître, dissimulant sous un pan de son manteau son visage amaigri par la maladie, parle lentement, s'interrompt quand l'émotion étrangle sa voix. Les milliers de citoyens présents sur la place retiennent leur souffle ; on n'entend plus que le crépitement des torches, allumées en plein jour autour du lit funèbre. Puis, le cortège repart vers le Champ de Mars où se dressent, au bord du fleuve, le bûcher parfumé et l'énorme mausolée, encore inachevé, que le Prince fait construire pour lui-même. Cette montagne de terre et de marbre, ce monument d'orgueil, ce n'est pas lui qui va l'inaugurer : en ce jour de novembre 23, l'homme le plus puissant du monde met au tombeau son successeur.

Loin devant Julie et Octavie, et seul à son rang (celui de « père » du défunt), il marche la tête baissée, lui qui d'ordinaire se tient si droit. Du malheur qui frappe son clan, il a déjà pris toute la mesure. Pire qu'un chagrin familial, c'est une catastrophe politique. Il le sent jusque dans son corps, qui tremble, trébuche, se dérobe, et qu'il lui faut soumettre pas à pas... Malgré son désarroi, il parvient à accélérer, car il ne doit pas se laisser rattraper. Pour le bon ordre de la cérémonie. L'ordre du monde. L'Ordre.

À distance respectueuse, suivent ceux des proches du défunt qu'on n'a pas requis pour porter le lit de parade : Tibère, qui vient de rentrer d'Espagne ; Drusus, en larmes – ses dernières larmes d'enfant. Le gros mari de Claudia, lui, s'essouffle entre les brancards funèbres avec sept petits-cousins et regrette, in petto, sa litière « de fonction ».

Viennent ensuite les sénateurs en toge sombre et quelques chevaliers distingués. Dont Mécène. Mécène qui, dans l'espoir d'un retour en grâce, a déjà remis ses poètes au travail : le petit cénacle va chanter le *miserande puer*, le malheureux enfant, et de ces funérailles nationales faire des funérailles éternelles – celles de la Jeunesse et de l'Espérance, « jetez à pleines mains les lys et les fleurs vermeilles ».

Car on enterre à la fois la promesse d'un amour universel, le symbole de la tendresse filiale, et la douce beauté d'Octavie. Aujourd'hui, avec ses cernes noirs et ses rides incrustées de cendres, la mère éplorée a cent ans. Elle avance, pourtant. Mais comme une mécanique de cirque : par saccades. Quand elle bute sur un obstacle invisible, ses filles se précipitent – Claudia, Prima ou Antonia, toutes en grand deuil « couleur de mûre », leurs tuniques dûment déchirées. Il ne manque que Marcella. À Mytilène, dans l'île de Lesbos où elle séjourne avec son mari Agrippa, l'aînée des filles ignore encore le drame qui jette Rome dans la stupeur. « *Baïes, Baïes, quel dieu hostile s'est installé dans tes eaux ?* »

La mère chancelle, et les Romains pleurent. De la foule massée le long du cortège jaillit parfois une plainte aiguë, un cri de femme hystérique, « Aïe, mon trésor, où es-tu ? », « Bonheur de ta mère, mon petit-œil, pourquoi m'as-tu quittée ? », et ce cri domine les lamentations rituelles des pleureuses, la basse continue des *tubas*. Alors, Octavie marque un temps d'arrêt. Les autres croient qu'elle ne peut plus bouger, qu'elle va tomber, « Mammidione, prends ma main ! ». Non, si elle a ralenti, c'est pour saluer cette inconnue qui souffre à sa place, pour remercier d'un hochement de tête imperceptible ces insensées qui hurlent les mots qu'elle, première dame de Rome, ne s'autorise pas à chuchoter : mon moineau, ma rose, ma vie, relève-toi !, relève-toi, mon espérance !, ô corps plein de sève, relève-toi…

Seul le désespoir des fous lui fait du bien.

Et tant pis pour ses amies dont elle refuse la pitié. Tant pis pour sa belle-sœur qui, sitôt qu'elle marque le pas, s'empresse de lui offrir un bras dont elle ne veut pas. Ah, Livie… Admirable, bien sûr ! Admirable dans un élégant deuil bleu nuit, le visage caché sous un fin voile de Cos brodé de larmes d'argent. « C'est ça, cache-toi, la belle-sœur ! Cache ta joie », a lancé, de derrière la double haie de flambeaux, la voix gouailleuse d'une femme invisible. Octavie, reconnaissante, comprend que le peuple, lui non plus, ne s'y trompe pas. Il sait que les grands corbeaux noirs au bec pâle qui mènent son fils au bûcher rient derrière leur masque…

Sèchement, elle refuse le soutien de sa belle-sœur. Repousse, agacée, l'aide de ses filles. Quelles filles, d'ailleurs ? Elle vient de découvrir qu'elle n'a eu qu'un seul enfant.

Les sœurs de Marcellus échevelées, ses sœurs aux tuniques lacérées, marchaient pieds nus comme les pleureuses, en signe de deuil. Derrière le Prince et ses sénateurs, ceux des chevaliers qui représentaient le deuxième ordre de l'État avaient poussé la complaisance jusqu'à imiter les jeunes femmes de la famille : pieds nus, eux aussi, dans les rues du Champ de Mars mal pavées. Il avait plu la veille, leurs manteaux traînaient dans la boue, ralentissant leur marche. Impossible de s'attarder, pourtant : la mort les suivait, les pressait – Marcellus sur son lit d'ivoire, Marcellus qu'on avait baigné de parfums sous son armure d'or parce qu'il « sentait » déjà, avançait, halé vers le bûcher funèbre par les six cents masques de cire de ses *dii manes*, ses « bons ancêtres ».

Ces fantômes, on ne les disait « bons » que pour les amadouer : on espérait qu'ils voudraient bien faciliter l'accès du défunt au monde sans couleurs et sans joies qui serait désormais le sien. Mais ils avaient l'air terrible, avec leurs visages livides, leurs traits figés, leurs bouches fermées et leurs paupières mi-closes. Six cents morts vivants tiraient un mort allongé. Trois par trois, ils le menaient au tombeau. Trois par trois, comme les Kères, filles de la Nuit, ces striges démoniaques qui font claquer leurs dents autour des mourants, abattent sur eux leurs ongles pointus et se nourrissent de leur sang. Sur le passage de l'affreux cortège, les enfants effrayés se cachaient sous la cape de leurs mères…

Six cents *larves*, six cents *lémures* remontés des Enfers avaient envahi la ville à la lueur pâle des torches et au son rauque des cuivres.

Cet enterrement de Marcellus, si singulier à nos yeux, je n'ai jamais pu le revoir sans entendre en même temps la musique que Purcell composa pour les funérailles de la reine Mary : l'appel solennel des trompettes, le roulement sourd des timbales. Une marche lente, ponctuée de martèlements de plus en plus violents, une ligne mélodique simple, soutenue d'un crescendo propre à inspirer terreur et respect.

De la musique antique, on sait peu de choses. Vague idée de l'aspect des instruments. Idée plus vague encore de leur son, et quasi aucune des formes harmoniques mises en œuvre. On peut cependant supposer que, pour accompagner les six cents masques et les huit cents sénateurs, l'orchestre traditionnel de dix musiciens avait été étoffé. À la fanfare funéraire, adjoignit-on des percussions ? Si tel fut le cas, mon Purcell anachronique serait dans le ton…

Quant au reste, je ne le vois que de l'extérieur, comme le vit Séléné.

La princesse d'Égypte, qui n'était pas parente du défunt, ne figurait sûrement pas dans le défilé qui, du Forum au Champ de Mars, traversa la ville en prenant à l'envers le chemin autrefois emprunté par Auguste triomphant : l'enterrement de Marcellus fut le pendant du Triomphe sur l'Égypte, et le Prince accablé marchant à pied derrière la dépouille de son héritier, le revers du Prince couronné d'or qui, sur son char, avait suivi, du Champ de Mars au Forum, ses captifs enchaînés… Comment Séléné n'aurait-elle pas vu dans cette parade funèbre la revanche posthume de son frère exhibé sept ans plus tôt « jusqu'à ce que mort s'ensuive » ?

Pour les épouses des sénateurs et les hôtes de marque, il est probable qu'on avait dressé des tribunes officielles, soit près du temple de César divinisé, face à l'estrade des Rostres sur le Forum, soit, plus au nord, devant le mausolée et le bûcher. J'imagine que Séléné prit place dans l'une de ces loges, accompagnée des jeunes princes de Judée, Alexandre et Aristobule, les fils d'Hérode le Grand, qui lui obéissaient comme à une sœur aînée.

Je me les figure tous les trois debout, au premier rang des tribunes, sages comme des images. Déconcertés, toutefois, par le rituel romain qui se déroule sous leurs yeux : grimaces de l'*archimime*, chef des figurants, qui, vêtu de la propre toge de Marcellus, singe le défunt en envoyant des baisers à la foule ; barbouillage outrancier – verdâtre, blafard – du visage des femmes endeuillées ; et procession des six cents figurants-fantômes qui écartent leurs bras comme des ailes et volent au-dessus du sol à la façon des chauves-souris et des spectres infernaux.

« Pourquoi les Romains font-ils ça ? » se demandent les jeunes Orientaux, à qui seules les pleureuses, avec leurs seins déchirés et leurs cris sauvages, paraissent familières. Oui, seules ces professionnelles, si prévisibles dans leurs délires, ne troublent pas les fils d'Hérode et la fille de Cléopâtre.

Cependant, l'étrangeté de la cérémonie effraie moins les princes que la disparition trop brutale de leur ancien compagnon de jeu. Et le cercle des intimes partage leur stupéfaction. « En moins de cinq jours ! C'est incroyable », dit Asinius Pollion à Valerius Messala, qu'il croise en compagnie d'Areios, le philosophe particulier d'Auguste, son directeur de conscience.

« Inouï, en effet ! Jamais vu ! ironise le penseur attitré du Maître. L'évènement tient du prodige : un mortel est mort ! Ha, ha ! »

Pollion n'apprécie guère les leçons de sagesse d'Areios. En vérité, il n'apprécie guère Areios lui-même, cet Alexandrin traître à sa cité dont Auguste s'est entiché. « Je n'ai peut-être pas l'esprit assez élevé pour considérer comme toi, mon petit Socrate, la vie des hommes du seul point de vue de l'Univers, rétorque Pollion, mais je ne suis pas bête non plus au point d'avoir cru Marcellus immortel… Si sa mort m'étonne, ce n'est qu'au regard du fonctionnement, tout matériel, des *corps sensibles*. Il me semble que si *l'être animé* que nous, ignorants, nommions "fils d'Octavie" avait été, comme tu le prétends, frappé du même *bouleversement d'atomes* que son oncle, les bains froids l'auraient guéri. Amoureux de la *connaissance désintéressée*, je m'interroge donc : de quoi a-t-il bien pu mourir, ce jeune homme solide qui touchait au faîte de nos *vaines félicités* ? »

Si Pollion s'interroge, les bureaux aussi. Et les cours étrangères. Le peuple, lui, croit tenir la réponse : sous les combles des immeubles surpeuplés de l'Aventin, dans les entresols des boutiques obscures, les échoppes du Grand Cirque et les gargotes de Suburre, on ose – d'une voix de plus en plus forte – prononcer le mot « poison ».

IN MEMORIAM

« *Odieuse Baïes! C'est là qu'il a enfoui son visage dans les eaux du Styx, là que son âme erre au fond du lac. Il est mort, et il avait vingt ans…* »

Pour cette élégie de « la mort amère », Properce reçut une gratification; on n'en sait pas le montant. Virgile, lui, toucha cent quatre-vingt mille sesterces. Une belle somme. Le cinquième d'une fortune sénatoriale. Pour dix-huit vers…

Il est vrai qu'il s'était donné la peine d'incorporer la mort de Marcellus à l'œuvre en cours; « l'enfant », bien qu'il n'eût rien accompli, figurerait au nombre des héros de l'épopée des Julii, L'Énéide. *Et quand tout le monde parlait du jeune homme au passé, le poète réussit à parler de lui au futur. D'une évocation rétrospective, l'homme de génie fit une perspective: c'était le fondateur de la lignée qui, des Enfers, dévoilant l'avenir à son fils Énée, lui montrait au bout de la chaîne des temps un jeune homme triste, aux yeux baissés, « Celui-ci, les Destins le montreront seulement à la Terre et ne permettront pas qu'il vive davantage, la race romaine aurait paru trop*

puissante ! Hélas, pauvre enfant, tu seras Marcellus…
Jetez à pleines mains les lys et les fleurs vermeilles –
que je comble au moins de ces offrandes l'âme de mon
descendant ! »

« Octavie n'aime pas perdre d'enfants. » Pomponia Attica, morte d'hydropisie dans sa belle villa de Dalmatie, n'est plus là pour rappeler en société ce trait singulier de la « première dame », mais les nouvelles amies de Livie, Urgulania et la jeune Plancine, fille de Munatius Plancus, s'étonnent à leur tour du chagrin exagéré d'Octavie. Elles savent qu'elles trouveront chez leur protectrice une oreille complaisante : « Est-il vrai que ta belle-sœur a décidé de ne plus jamais porter de couleurs ni de rayures ? Et qu'elle a coupé ses cheveux sur les cendres de son fils ?

— On ne peut plus vrai.

— À son âge, sans chignon, elle doit avoir l'air d'une sorcière, non ?

— N'exagère rien, Plancine, tempère Livie. Sur ses cheveux coupés, Octavie garde un voile bleu ou brun. Elle reste donc très décente.

— D'après ses servantes, elle ne mange plus que des nourritures de deuil, fèves, lentilles… Comme si elle était elle-même au tombeau ! Qu'est-ce qu'elle cherche ? À prolonger indéfiniment le repas du Neuvième jour ? le banquet du Quarantième ?

— Urgulania n'a pas tort : le comportement de ta belle-sœur est choquant. Les gens de sa maison prétendent même qu'à sa façon la pauvre ne dîne plus qu'avec son mort… Ça ne doit pas être drôle pour Julie ! Cette petite serait mieux chez toi que chez sa tante.

— César Auguste ne veut pas priver sa sœur de cette dernière consolation. Et je l'approuve. Du fond du cœur. D'ailleurs, Julie est encore l'épouse de Marcellus pour quelques mois. Jusqu'à la fin de son délai de viduité…

— Oh, le délai de viduité ! Les censeurs lui accorderaient une dispense : pourquoi l'obliger à attendre un an puisque les médecins savaient déjà, deux mois après l'enterrement, qu'elle n'était pas enceinte ?

— La loi est la loi. Le Prince déteste solliciter des passe-droits pour sa famille. »

Comment Livie peut-elle prononcer des phrases pareilles sans s'étrangler ? se demande Urgulania. Mais déjà la femme d'Auguste, son visage impénétrable penché sur son ouvrage de broderie, poursuit de sa voix douce : « Le Prince ne veut aucune dérogation. Nous devons donner l'exemple. D'ailleurs, il n'y a pas d'urgence à remarier Julie, elle n'a que dix-sept ans. Nous célébrerons d'abord les noces de Prima, que César Auguste présidera lui-même. Une belle fête… Qui, nous l'espérons, sortira notre chère Octavie de sa douleur. »

Mais rien ne peut distraire Octavie, même si elle ne prononce plus le nom de son fils, même si, sur son ordre, on a condamné l'ancienne chambre de Marcellus et brûlé tout ce qui restait de lui dans la maison du Palatin : jouets d'enfant, vêtements. Elle va jusqu'à refuser de suspendre dans l'atrium l'image peinte du défunt, comme c'est l'usage quand on accepte d'être consolé. Elle ne veut pas être consolée… Elle voudrait pouvoir quitter Rome. Aller sur les mers grises à la rencontre de rivages sans mémoire, la Bretagne, la Colchide, les îles Cassitérides. Pour ne plus se heurter aux souvenirs. Pour se rapprocher des ténèbres. Pour avoir froid.

Tout lui pèse. Tout lui est superflu. Elle se débarrasse. Aussitôt après les funérailles, elle a donné sa villa de Baulès à Antonia (si elle n'avait craint d'insulter les dieux en détruisant la *chambre nuptiale* où Dionysos a les traits de Marcellus et Ariane ceux de Julie, elle aurait fait raser la bâtisse). Pourtant, ce n'est pas là que son enfant a rendu le dernier soupir : il est mort à Baïès même – plus précisément dans la maison de Livie, cette *villa* que la dame avait fait construire cinq ans plus tôt à son goût (faut-il dire « à sa main » ?) et dont elle seule connaît les dédales, les caches, les secrets, une maison où tous les esclaves lui appartiennent. Dévoués, corps et âme, aux Claudii…

Bien sûr, Octavie n'ignore pas la rumeur qui court la Ville. Le peuple se pose des questions et, dans le doute, cite le vieil adage, *Is fecit cui prodest*, « Cherchez à qui profite le crime ». C'est un fait, la disparition de Marcellus profite aux fils de Livie, qui sont maintenant les jeunes gens les plus proches du Prince. « Crains la belle-mère, dit la sagesse populaire, crains la belle-mère, surtout quand elle a des enfants »… Que penserait-il, ce peuple qui murmure, si, comme

Octavie, il savait que tous les domestiques qui servaient le *miserande puer*, ceux mêmes qui le nourrissaient dans sa maladie, étaient aussi – étaient d'abord – des affidés de Livie ?

Cependant, la sœur d'Auguste souffre encore trop pour verser dans le soupçon ou le ressentiment. Elle ne peut pas s'offrir une émotion de plus. Remettant à plus tard les pourquoi et les comment, elle fuit les occasions d'attendrissement, les marques d'affection, et même les conversations. Quant aux lectures… Elle avait passé les premières semaines de deuil cloîtrée dans sa maison, mais elle a fini par céder aux instances d'Asinius Pollion qui veut donner une lecture publique en son honneur. Une *recitatio*, divertissement nouveau qu'il a mis à la mode : des gens du monde viennent lire devant leurs pairs les œuvres littéraires auxquelles ils s'essayent. Des odes, des tragédies…

Faute de pouvoir continuer à faire de la politique (une activité dont le Prince se garde l'exclusivité), les riches sénateurs se jettent dans la poésie ou dans l'histoire, espérant y gagner non seulement une gloire d'auteur, mais une réputation d'acteur. Certains vont jusqu'à suivre une formation jusque-là réservée aux professionnels de la scène – exercices vocaux, musculation des pectoraux, apprentissage du mime. De leur côté, les écrivains confirmés, pour peu qu'ils aient une toge convenable, acceptent de se joindre à ces amateurs et de donner un aperçu de leur prochain volume de vers avant qu'on ne le trouve en copie rue de l'Argilète, chez les libraires. Bref, tout le monde est content : les vrais poètes qui peuvent, dans ces soirées, rencontrer de nouveaux protecteurs ; les vieux acteurs qui, en marge des représentations théâtrales, multiplient les cours privés ; et les jeunes « importants » qui, maintenant que la tribune aux harangues est désaffectée et le Sénat bâillonné, voient dans la *recitatio* l'unique moyen de donner de la voix.

Quoi de plus convenable donc, pour une mère endeuillée, que d'assister à l'une de ces lectures culturelles ? Et quoi de plus naturel que d'y assister chez Pollion, le promoteur du genre ? D'autant qu'il s'agit cette fois d'inaugurer l'auditorium qu'au sein de son immense *domus* de l'Aventin le riche lettré veut consacrer à ces représentations rhétorico-mondaines – un petit hémicycle de marbre blanc à quatre rangs de gradins, dont Vitruve a réglé l'acoustique de manière à surpasser l'*odéon* de Mécène. « J'aimerais que tu te rendes à l'invitation de ton ami Asinius, a écrit Auguste à sa sœur. Il ne recevra que quelques intimes, dont Virgile et Messala. Vas-y avec tes filles. Il faut reparaître dans la Ville, *nutricula*, revoir la lumière du jour. Fais-le pour moi... Tu redoutes, me dis-tu, que la musique ne détende les cordes de ton âme ? J'ai fait promettre à Pollion qu'il n'y aurait pas d'accompagnement musical... »

C'était vrai : il n'y eut pas de musique. Et personne ne sembla choqué qu'elle eût gardé ses voiles sombres. On s'efforça même de la saluer aussi discrètement que si on l'avait quittée la veille, sans aucune de ces effusions muettes, de ces éloquentes pressions des doigts qu'elle ne supportait plus. Pour elle, on avait simplement placé un pliant d'ivoire au premier rang. Pollion lui dédia sa première lecture : un portrait flatteur du jeune Octave, tiré des Mémoires qu'il était en train de rédiger. « Un paravent, songea Octavie en l'écoutant (le chagrin ne lui avait pas fait perdre ses réflexes politiques), un paravent derrière lequel mon cher Asinius dissimule qu'il va nous asséner, par écrit, quelques vérités moins aimables sur les guerres civiles… »

La candeur du procédé l'avait presque amusée, et, insensiblement, l'évocation d'Octave à dix-huit ans la replongea dans le temps « d'avant », un temps qu'elle pouvait ressusciter sans danger – temps d'âpres combats, qu'avec le recul elle aurait, non sans honte, qualifiés d'« heureux » puisque Marcellus, n'étant pas encore né, n'était pas encore mort… Tandis que Prima, Antonia et Séléné, assises au fond de la petite salle, applaudissaient, la première dame de Rome se remémorait avec douceur les traits purs de son frère Gaius quand, vingt-trois ans plus tôt, il était rentré de l'école d'Apollonie, dans les Balkans, où son grand-oncle l'avait envoyé finir ses études avec son vieux précepteur. Elle se le rappelait arrivant à l'aube dans la maison des Marcelli, accompagné de trois acolytes : Mécène, que la famille connaissait déjà ; un nouvel ami, campagnard costaud qu'il avait présenté comme « Marcus Vipsanius Agrippa », rencontré, lui, à Apollonie ; et Salvidienus Rufus, un ancien berger devenu officier dans l'armée d'Illyrie. La mer était fermée, mais, à eux quatre, ils avaient affrété un bateau pour l'Italie dès qu'un message d'Atia leur avait appris l'assassinat de César ; par précaution, ils n'avaient pas débarqué à Brindisi mais plus au sud, en Calabre. Ils avaient dû marcher longtemps pour gagner Lecce, où on leur avait enfin assuré que Brindisi n'était pas aux mains des conjurés et que la route de Rome restait libre. Louant des chevaux, ils ne s'étaient arrêtés qu'à Naples, chez Balbus, un riche banquier espagnol ami de César, puis ils avaient rallié la Ville à bride abattue. En arrivant, ils semblaient n'avoir pas dormi depuis des siècles – des yeux de hiboux lâchés au soleil. Octavie revoyait son Gaius couvert d'eczéma, au bord de l'extinction de voix, mais résolu, déjà, à ne céder sur rien. À relever le nom des Julii. À revendiquer l'héritage du dictateur et à réclamer la tête de ses assassins. « Tu es fou, disait Atia, leur mère. Un gamin ne lutte pas contre des hommes comme Brutus. Et avec quels alliés, d'ailleurs ? Tes trois amis ? Ont-ils une *clientèle* ? Sont-ils nobles ? Même pas ! Tu ne connais rien à la politique, mon pauvre Gaius, ton épée ne t'a jamais servi qu'à découper des oies rôties ! Alors, fais-toi oublier, je t'en prie ! La moindre imprudence nous perdrait… Quant à la vengeance, elle viendra en son temps, fie-toi à Marc Antoine qui a de l'expérience, lui.

— Ce qu'il a surtout, Marc Antoine, c'est l'argent de mon grand-oncle ! Et ses dossiers ! J'exige qu'il me rende tout. L'héritier légal, c'est moi. »

Octavie avait été la seule de la famille à ne pas blâmer la présomption du « gamin ». À ne pas rire de ses prétentions et de ses trop jeunes amis. Alors que Philippus, le second mari d'Atia, ancien proconsul, incitait son beau-fils à refuser jusqu'au nom du dictateur assassiné, et que le vieux Caius Marcellus qu'Octavie avait épousé quatre ans plus tôt développait les mêmes arguments (il tenait Jules César pour un brigand), elle avait glissé à son frère : « J'ai peu d'argent, mais il est à toi – pour t'acheter tes premiers soldats. » Dès le début elle avait soutenu son cadet et, petit à petit, était parvenue à convaincre les chefs de la famille d'engager leurs propres deniers dans l'aventure…

Plongée dans ses souvenirs, Octavie n'entend pas Messala Messalinus, le fils aîné de « Pot de chambre », lire d'une voix monocorde le premier *épisode* du drame puéril qu'il a mis en chantier, ni le neveu de Pollion, frais émoulu d'une école d'Athènes, faire applaudir ses distiques boiteux et ses hexamètres à sept pieds… Elle n'est ramenée dans le présent que par un rythme puissant, des images fulgurantes : on parle de soldats qui avancent dans la nuit « *comme des loups ravisseurs dans la brume sombre* », et du cri des femmes violées, « *qui heurte les astres d'or* » – c'est Virgile, Virgile qui lit. Octavie s'aperçoit qu'elle avait oublié combien elle aime la beauté.

Le poète lit un extrait de cette *Énéide* à laquelle il reste attelé comme le bœuf à sa charrue – dix mille vers ! Une œuvre très attendue, mais qu'on le dit incapable de terminer, car, dans le monde, il n'en lit jamais que les premiers chants. Ce soir, une fois de plus, la chute de Troie. Dans la salle, certains commencent à ricaner, « ce n'est pas du neuf ! ». D'un regard, Pollion les fait taire, car le poète prononce maintenant des noms italiens, Misène, Cumes, le lac Averne. Des vers nouveaux ? une avant-première ? La surprise est immense. Il s'agit, apparemment, d'une visite d'Énée à la Sibylle de Cumes qui lui ouvre la porte des Enfers : « *Le sol commença à mugir sous leurs pieds, on crut entendre des chiennes hurler.* » Longeant le Fleuve de l'Oubli, le héros parvient jusqu'à l'image « *pareille aux vents légers* » de son père mort (au mot « mort », Octavie devrait commencer à se méfier, mais elle se laisse bercer par la splendeur du verbe). Sous les yeux d'Énée, le fantôme déroule alors l'avenir de Rome comme une tapisserie et montre la longue file des futurs chefs de la Cité (Octavie s'abandonne à la cadence de la diction et attend avec confiance qu'à ce survol historique succède l'éloge, inévitable, de son frère). Après avoir nommé Caton, Fabius, Scipion, le poète arrive en effet à « la fin de l'Histoire » : César Auguste… Mais brusquement, « *quel est*, demande Énée, *ce jeune homme admirable par sa beauté, par l'éclat de ses armes, mais avec une ombre dans les yeux ?* ».

Pauvre Octavie ! Elle n'a eu que quelques secondes pour entendre (« *Hélas, malheureux enfant !* »), quelques secondes pour comprendre (« *Ah, si tu pouvais rompre la rigueur du destin !* »), pas assez pour se ressaisir, s'échapper ; déjà elle étouffe, voudrait arrêter les phrases ; elle tente de se lever, mais les mots la rattrapent : le « *Tu seras Marcellus* » la frappe en plein cœur. Elle glisse, glisse…

Au pied du pliant d'ivoire, elle tombe foudroyée.

Qui avait eu l'idée de cette « bonne surprise » ? De ce cadeau magnifique et terrible ? Auguste ? Pollion ? Livie ? Virgile lui-même ? L'Histoire ne nomme pas le responsable, indique seulement qu'à la simple évocation du nom de son fils Octavie se trouva mal. Plus jamais elle n'assisterait à une *recitatio*, plus jamais elle ne sortirait de sa maison…

Les historiens antiques précisent qu'en reprenant ses esprits (ses filles, inquiètes, devaient faire cercle autour de leur mère étendue), elle ordonna de remettre à Virgile dix mille sesterces pour chacun des vers consacrés au disparu.

« Combien y avait-il de vers, Prima ? quinze ? trente ?

— Je ne sais pas, Mamma, on les comptera, nous avons des gens pour cela. Repose-toi. »

Non, désormais elle ne pourrait plus se « reposer ». À cause du poète – qui n'avait pas écrit platement, comme sur toutes les épitaphes, « *Je fus* » (je fus Marcellus, ou Zélôtos, ou Cornelia) ; à cause du génie du poète, elle venait de comprendre que ce n'était pas seulement son passé que la mort de Marcellus détruisait, ni le présent qui lui devenait impossible à supporter : c'était au futur que son fils mourait. Dans dix ans, dans mille ans, il mourrait encore. « Tu seras Marcellus », et chaque jour qui vient, Marcellus, est un jour où tu seras mort.

En apprenant le spectaculaire malaise de sa belle-sœur, Livie haussa les épaules et dit à ses amies : « Je crois bien qu'elle aspire à la gloire d'être la plus malheureuse personne du monde ! »

Ce méchant mot, sorti on ne sait comment du cercle des mauvaises langues, est resté dans l'Histoire – l'Histoire qui perd quatre-vingts tragédies d'Euripide, mais conserve soigneusement des sottises comme celle-là.

Quand on a marié Prima, Octavie n'y était pas. Son corps occupait la place d'honneur, mais son regard décoloré ne suivait plus que des fantômes.

Pourtant, sous son voile couleur de flamme, sa fille brillait comme un astre. Elle venait, l'heureuse fiancée, de décider d'aimer son mari.

Deux jours plus tôt en effet, Lucius Domitius, le petit rouquin, avait accompli une action d'éclat: au Forum, rencontrant Plancus, père de la plus chère amie de Livie, il avait refusé de lui céder le passage. Grande affaire et vif émoi! En réalité, rien de plus qu'un accrochage entre maffiosi sur un coin de trottoir: le jeune Domitius venait d'être nommé édile curule par la grâce du « Parrain » (un cadeau de mariage); de son côté, Plancus, l'homme à tout faire du Chef, le roi des flagorneurs, avait enfin été promu censeur – poste juteux, belle fin de carrière. Bien entendu, dans la hiérarchie de la bande, un censeur avait priorité sur un édile; et, dans tous les protocoles du monde, le vieux passe devant un jeune... C'était compter sans l'impulsivité légendaire des Domitii de la branche rouquine, les Ahenobarbi. De ces « Barberousse » ou « Barbe d'airain », qui avaient le

337

sang chaud et le courroux féroce, leurs propres amis disaient « barbe d'airain et cœur de fer ». Le gamin ne ferait pas mentir la devise familiale. Que Plancus, l'archétype du traître et du corrompu, pût être désigné pour surveiller les mœurs et trier les sénateurs sur le volet l'indignait. Il se souvenait que l'Amiral, son défunt père, méprisait ce félon, dont l'acte impie – le vol du testament d'Antoine – avait changé le cours de l'Histoire.

Bref, le jeune Lucius, soutenu par son escorte de parents et d'obligés, avait refusé de s'écarter, il ne reculerait pas d'un pouce devant le nouveau censeur. Le vieux, de son côté, hésitait à céder : en privé, il avalait les couleuvres comme des bonbons, mais ici l'affront était public. Et il s'agissait du respect dû à sa fonction.

Lent pas de deux. Attroupement. Derrière Lucius l'ancienne noblesse, derrière Plancus les « hommes nouveaux », les réalistes. Insultes. Crachats. Bousculade. Lucius met la main sur la poignée de son glaive. Plancus, suant à grosses gouttes, finit par faire un pas de côté : il ne peut tout de même pas assassiner le futur neveu du Chef…

« Le gros salaud s'est aplati comme une galette ! » Les jeunes aristocrates triomphaient. Ils avaient porté Lucius sur leurs épaules, comme un héros, jusqu'aux luxueux Jardins des Domitii. Pour Prima aussi, Lucius était devenu un demi-dieu. En humiliant l'immonde Plancus, son fiancé avait vengé le père qu'elle chérissait en secret, ce père inconnu dont elle admirait les actions, magnifiait le destin. D'un seul pas en avant, Domitius le Roux avait conquis le cœur de sa belle.

Dans ces années-là déjà, le régime s'était tellement durci, l'espace de liberté, tellement restreint, qu'une simple querelle de préséances occupait les esprits autant qu'autrefois une grande bataille. Et Auguste s'en arrangeait on ne peut mieux.

Puisqu'il faut que jeunesse se passe – et la jeune noblesse de la Ville avait toujours été turbulente –, il tolérait les épigrammes qui tombaient sur son entourage, les réactions de mauvaise humeur, les manifestations indirectes, les chansons. Au théâtre, le neveu de Plancus se faisait chahuter par le public, chambrer par les acteurs, et après ? Le Prince n'avait lui-même, disaient certains, qu'une estime médiocre pour cette famille d'opportunistes... On cite en tout cas plusieurs mots qui montrent, à cette époque, un Auguste enclin à une indulgence débonnaire envers les opposants. « Il paraît que les Calpurnii disent du mal de nous, lui avait un jour rapporté son beau-fils Drusus, outré.

— Du mal ? Contentons-nous, mon enfant, de savoir qu'ils ne peuvent plus nous en faire... »

À quoi bon le fouet, en effet ? En vieillissant il croit avoir compris qu'à certains il faut laisser les rênes longues, ils aiment à s'imaginer qu'ils peuvent encore choisir leur route, alors qu'elle est déjà tracée. Mais leurs velléités d'indépendance les abusent eux-mêmes : les yeux rivés sur des fantômes de libertés, ils avancent comme l'âne suit la carotte qui lui pend devant le nez, sans s'apercevoir qu'ils prennent le chemin qu'ils avaient refusé... Dans la *villa* de Prima Porta où il s'est retiré quelques jours pour réfléchir, Auguste sourit.

Par crainte des pollens de juin, il s'est enfermé dans la galerie souterraine que sa femme a fait décorer pour lui à la manière d'un jardin – il ne supporte que les roses peintes. Sous un ciel d'indigo, dans une campagne toujours fleurie où il est toujours midi, le Prince marche entre des conifères sans odeur et des lauriers sans ombre, des serpents sans venin et des oiseaux sans voix. Il marche, médite, et sourit dans sa barbe de deuil car il songe au vieux Pollion : n'est-il pas l'exemple de ces hommes à fort caractère que des « rênes longues » permettent d'atteler ? Pauvre Pollion, avec son *Histoire des guerres civiles* ! Aussi naïf, malgré ses cheveux blancs, qu'autrefois la jeune Séléné… Elle avait quoi, celle-là ? douze ou treize ans lorsqu'il s'amusait, lui, l'Imperator, à la convoquer dans sa maison, à la pousser à bout. Ah, son air farouche de gamine des rues ! Et ce petit corps maladroit, exigu, fermé, disons-le : émouvant. Il l'a revue au mariage de Prima, c'est à peine s'il l'a reconnue tant elle a changé. Une vraie femme maintenant. Une belle plante, comme on dit. Dépourvue d'intérêt…

« Les rênes longues » : il se souvient que lorsqu'il la recevait, il n'avait pas voulu, en dépit des objurgations de Mécène, la priver de son poinçon, ce *stilus* trop bien affûté qu'elle dissimulait dans un traversin. « Voyons, Mécène, il faut laisser aux prisonniers l'illusion qu'ils peuvent s'évader. Une minuscule espérance éloigne plus sûrement de la révolte que tous les gardiens… Laissons croire à cette enfant qu'elle pourrait me tuer. » Chère petite ! En vérité, elle aurait été autrement dangereuse avec une alène de cordonnier : c'est si mince, si court, un poinçon… Pour lui, c'était devenu un jeu. Dès que la fille de Cléopâtre quittait la maison d'Octavie pour celle de Livie, une servante à la solde de Mécène courait voir dans la chambre si elle avait pris « l'arme ». Finalement, elle n'avait emporté le stylet que deux ou trois fois – aussitôt, les gros Bithyniens du service intérieur avaient redoublé de vigilance… Mais en définitive il ne s'était rien passé, elle n'avait fait aucune tentative, jamais eu le moindre geste suspect. Le jeu, amusant au commencement, était devenu terriblement décevant. De toute façon, il ne pouvait que gagner. Soit la petite l'attaquait et, à la satisfaction du peuple, il la faisait exécuter. Soit elle renonçait et, d'étape en étape, il l'asservissait… Ce poinçon n'avait eu d'autre utilité que d'occuper l'attention de la fillette en reléguant au second plan les désagréments de l'obéissance : jouant le rôle de la carotte pour l'âne, il avait permis d'amener la jeune rebelle où elle ne voulait pas aller.

Allons, trêve de puérilités ! Ces souvenirs-là sont aussi déplacés désormais que les foucades de Domitius ou les plaintes de Plancus… Il a de plus sérieux problèmes à traiter, et, d'abord, la question de son éventuelle succession. Comment, après la mort de Marcellus, persuader le peuple et le Sénat de la pérennité du régime ? Dix ans de pouvoir absolu (vingt, si l'on ne considère que la Ville), c'est peu, trop peu pour changer les habitudes d'une nation… Il va falloir choisir, et vite, un nouveau mari à Julie. Ce qui suppose de trancher entre deux options : continuer à privilégier sa famille (et dans ce cas il doit trouver parmi ses parents un jeune étalon assez doué pour qu'on puisse le former rapidement aux affaires) ; ou bien sacrifier son propre sang aux intérêts de l'État en prenant pour dauphin un politique expérimenté et en donnant Julie à un mari sans ambition. De tout cela, il aimerait pouvoir débattre, discuter – mais avec qui ? Mécène disgracié, Agrippa exilé, Octavie effondrée, à qui parler ? Et Apollon, qu'il consulte sans arrêt, Apollon ne lui envoie aucun signe ! Pas même un arc-en-ciel ! Il est seul…

Parce qu'il manque d'interlocuteurs, parce qu'il est triste et constamment enrhumé, parce que sa sœur a oublié de lui envoyer les petits fromages marinés dont il raffole, parce qu'il a besoin, certains jours, de se croire aimé, Auguste décide de faire revenir en grâce le seul qui ait jamais su le dérider : Caius Cilnius Maecenas. Mécène l'épicurien. Mécène le raffiné. Mécène l'excentrique. L'Étrusque le plus « asiatique » de toute la péninsule, avec ses tuniques couleur d'aurore, ses manches trop longues et ses écharpes flottantes. Mécène son vieux complice, avec ses petits acteurs et ses grands poètes, ses bonnes histoires et ses méchants ragots.

Il faut dire que, depuis la mort de Marcellus, le riche collectionneur a multiplié les tentatives de rapprochement. Chacun des proches de l'*Enfant* a reçu de lui des lettres de condoléances magnifiques – il écrit bien, le bougre ! Et la mort est un sujet qu'en bon épicurien il a tellement approfondi qu'en un temps record, avec ses poètes, il a travaillé pour élever au jeune défunt un tombeau de mots aussi grandiose que le tombeau de marbre du Champ de Mars. Un chant digne de traverser les siècles, si toutefois le papyrus avait la solidité de la pierre… Ah, songe tristement le Maître, nos phrases s'effritent et nos enfants sont mortels. Mais Rome, elle, ne périra jamais, et c'est vers Rome désormais, vers Rome seule, qu'il doit tourner ses regards. Mécène va l'y aider.

« Rejoins-moi immédiatement à Prima Porta. Nous ne parlerons pas de Murena... » En remettant ses tablettes au coursier, Auguste sourit au fond de sa grotte peinte : il sourit à l'idée qu'en voyant le sceau princier, Mécène, peut-être, va croire sa dernière heure venue, l'idiot ! Oh, comme tu connais mal, Mécène, la force d'âme de ton ami ! Vraiment, en amitié ton Gaius a la fidélité d'un Pylade, d'un Euryale !

Non, la vérité, il le sait, c'est qu'il est trop seul, il va reprendre « du Mécène » comme Antoine à la fin de sa vie prenait du vin – pour se donner une compagnie... Mais lui, Auguste, se sent capable de modération. Les élixirs dangereux, il ne les consomme qu'à petites doses. En se méfiant de ses propres envies. En se gardant de l'accoutumance. Il a toujours pu dominer ses appétits, « et si je ne suis pas encore assez sage, mon cher Mécène, pour me suffire à moi-même, sache que, me rangeant à ta prudente philosophie, je n'attends plus de l'amitié qu'un plaisir éphémère... »

« Éphémère », oui, il faudra insister sur le mot lorsqu'ils se retrouveront. « Provisoire » serait aussi un adjectif adéquat, qu'il pourrait souligner de la voix avant d'ajouter : « comme nos vies, ô mon épicurien adoré, nos vies si brèves qu'elles ne permettent à personne de longs espoirs... Mais ainsi que tu aimes à le répéter, ô mon miel d'Étrurie, "la foudre ne frappe que les sommets". Or toi, tu n'es plus si haut, n'est-ce pas ? ». Une amitié fugace et contrôlée. Menacée. Menaçante.

Et, souriant encore, souriant comme on mord, Auguste reprend sa déambulation entre les *murs trompeurs* de son jardin sans saisons.

Ah, je ne suis pas juste avec cet homme-là ! Il faudrait nuancer son portrait… Mais le roman n'est pas l'Histoire : il laisse peu de place à la nuance, et aucune au doute. Dommage. Dommage car, à mesure qu'il prend de l'âge, Auguste s'améliore. À quarante ans, il vaut sans doute mieux que ne le croit Séléné. Un biographe soulignerait même ses bons côtés : son génie – génie de la politique, génie de la volonté –, mais aussi son intelligence.

Alliance rare, parce que antinomique : finesse, humour, empathie et curiosité d'esprit font d'habitude mauvais ménage avec cette puissance obsessionnelle et égocentrique qui est le propre des grands créateurs et des bâtisseurs d'empires. Le génie laboure, et toujours le même sillon, quand l'intelligence butine ; il fouit comme la taupe, tandis qu'elle vole, comme la mouette. Il sépare, et elle relie. Or, curieusement, Auguste, qui eut du génie, n'était pas dépourvu d'intelligence.

Du moins lui restait-il assez de bon sens pour maintenir une distance entre son personnage et sa personne. De là vient que ce despote ne fut pas un tyran. Ou que ce tyran ne fut jamais ridicule. Quand tous l'encensaient (au sens propre puisque, hors de Rome, on lui élevait des temples), lui tentait encore de ne pas s'exagérer ses capacités : ainsi, lorsque la petite bande de Mécène, enrichie des poètes alexandrins qui désertaient maintenant la maison d'Octavie, voulut le persuader qu'il pourrait – comme son oncle César – être l'un des premiers écrivains de son temps...

Non que le prurit littéraire, plus tard si répandu chez les empereurs romains, eût jusqu'alors démangé le Prince. Tout au plus, au début de la guerre civile alors qu'il n'était qu'un gamin surexcité, avait-il commis, avec l'aide de son compère Messala, quelques pamphlets et épigrammes que ni Caton pour le fond, ni Catulle pour la forme, n'eussent admirés. Ces vers-ci, par exemple, contre Fulvia, la première femme d'Antoine, à l'époque où elle levait des troupes en Italie : « *Parce que Antoine, en Cappadoce, baise la reine Glaphyra* (on ne prête qu'aux riches !), *Fulvia m'ordonne de la baiser. "Baise-moi, dit-elle, ou je te déclare la guerre." Moi, baiser Fulvia ? Foutre, mon vit m'est plus précieux que ma vie : soldats, sonnez la charge !* » Rien là-dedans, convenons-en, qui annonçât un poète de premier rang...

Néanmoins, après s'être essayé dans ces genres mineurs, le Prince se crut assez fort pour s'attaquer au sublime – la tragédie. Sujet : Ajax, le héros de la guerre de Troie, qui, devenu fou, massacra un troupeau de bœufs en croyant tuer des chefs injustes, puis, honteux de son délire, se suicida en se jetant sur son épée.

Qu'entre tous les thèmes déjà traités par les auteurs antiques Auguste ait choisi la folie et la mort volontaire ne laisse pas de m'étonner. Quand donc l'aile noire de la mélancolie et la tentation du suicide avaient-elles effleuré ce parangon de fermeté ? D'ordinaire, c'étaient plutôt ses adversaires qui, désespérés, se jetaient sur leur épée...

En tout cas, ce fut dans un grand recueillement que les amis du Prince l'écoutèrent lire les premiers *épisodes* de sa grande œuvre ; puis ils l'applaudirent si frénétiquement qu'il bissa le meilleur passage, presque malgré lui... Crinagoras, petit Grec à la mode qui, après avoir longtemps chanté Octavie, Marcellus et Antonia, venait de pondre à la hâte des poèmes sur la clémence d'Auguste, la bravoure d'Auguste, la voix d'Auguste (« *rossignol aux accents de miel* »), les lauriers d'Auguste et, même, la chèvre d'Auguste (« *Moi, la chèvre au pis lourd dont César a fait la compagne de ses voyages, je ne tarderai pas à atteindre les astres car celui à qui je prête mes mamelles ne le cède en rien à Zeus armé* »), ce Crinagoras qu'on eût traité dans notre siècle d'« augustolâtre » et, dans tous les temps, de plat couillon, ce Crinagoras s'extasia à grand bruit : que le Prince était grand, qu'il avait donc de talents ! On le tenait, oui, on le tenait, le Romain qui saurait faire oublier Eschyle et Sophocle, Agathon et Euripide !

Déluge de louanges qui n'eut pas, pourtant, l'effet escompté : dans les semaines qui suivirent, le Prince se referma comme une huître et ne lut plus rien à sa petite cour. Désespoir des thuriféraires : comment aduler le guide suprême s'il ne fournissait plus de prétexte à l'extase ? « Qu'est devenu ton *Ajax* ? » s'enquit enfin un téméraire.

— Il s'est jeté sur une éponge », répondit sobrement le Maître.

Son Ajax s'était fait hara-kiri avec un effaceur… Le choix de cette arme montre que le premier empereur n'était dupe ni des flatteurs ni de ses propres dons : chez lui, rien de naïf, d'enfantin ; bref, rien de néronien. Capable d'autodérision jusque dans l'exercice d'un pouvoir sans limites, Gaius Octavius n'habitait pas les trop belles statues qu'on dressait à César Auguste.

À preuve, l'avant-dernière phrase que, sur son lit de mort, il prononcera devant ses proches réunis. Il choisira la formule rituelle que les acteurs grecs et romains lançaient aux spectateurs des théâtres avant de saluer : « Si la comédie vous a plu, applaudissez »…

Car il a toujours eu conscience de vivre derrière un masque. De parler du haut d'une scène. Il a toujours su que son métier était de feindre pour représenter. De tromper son public pour le dominer. S'il paraît si grand, c'est qu'on l'a juché sur des cothurnes. Et chaque nuit il fait le même cauchemar. Il rêve qu'à l'instant de jouer son rôle, lui le gringalet, le souffreteux, reste sans voix. La foule rugit, mais son dompteur n'a plus de fouet, son dompteur est aphone… « Si la comédie vous a plu, applaudissez. »

Après son mariage, Prima avait suivi Lucius Domitius dans la grande maison du clan, sur la Colline des Jardins. C'était assez loin du Palatin, elle ne voyait plus Séléné tous les jours, mais elle lui écrivait.

Sa première lettre, elle la lui envoya le surlendemain de la cérémonie. Pour sa demi-sœur égyptienne recluse avec Julie dans la maison d'Octavie, elle décrivait dans le détail le palais des Domitii, qui jouxtait les Jardins de Lucullus où elles avaient si souvent joué dans leur enfance : « Au bout de mon allée de platanes, je dispose d'un petit belvédère d'où j'ai la même vue sur la Ville que depuis la terrasse de la vieille cerisaie. Te rappelles-tu l'époque où tu te penchais par-dessus la balustrade pour essayer d'apercevoir Alexandrie ? » La lettre s'achevait sur trois lignes illisibles : Prima avait employé leur code secret et, dans ce court passage crypté, elle écrivait : « La fameuse nuit s'est bien passée. C'est plus rapide que l'incision d'un abcès. J'espère seulement qu'on ne recommencera pas cette bêtise tous les jours. »

Peut-être la demi-sœur de Séléné fut-elle par la suite une amante passionnée ? Les nobles Romaines de cette génération, qui inspirèrent à Ovide son *Art d'aimer*, en savaient autant sur le plaisir que bien des courtisanes… Cependant, cette façon de ne considérer le désir masculin qu'en bonne camarade, étonnée mais complaisante, n'est pas invraisemblable chez cette fille de dix-sept ans élevée dans une obéissance enjouée.

Plus tard, d'ailleurs, la vie amoureuse de Prima ne défraya pas la chronique. Elle semble s'être contentée de son Domitius toute sa vie. Épouse placide, indulgente et joyeuse.

Pourtant, l'unique portrait qui nous reste d'elle dégage une sensualité rare dans la statuaire antique – d'autant plus surprenante qu'il s'agit d'un portrait officiel : le bas-relief de l'Autel de la Paix commandé par Auguste en 13 avant notre ère. L'artiste a représenté la famille du Prince processionnant autour du monument ; tout le monde y est, même les femmes : Livie, Julie, Marcella, Claudia, Antonia, Prima.

Antonia, la dompteuse de murènes, est conforme à sa future légende : haute stature, chevelure abondante et profil grec. Un visage de Minerve. Mais de son corps on ne saurait rien dire : sa robe et sa cape semblent taillées dans un tissu si épais qu'il laisse à peine deviner sa taille et sa poitrine, contre laquelle elle a d'ailleurs replié en écharpe son bras droit. Elle tourne son beau visage vers Drusus, le mari qu'elle a tant aimé, mais son corps reste empaqueté comme celui d'une vestale – la *dignitas* personnifiée.

Prima, qui dans le défilé vient juste derrière cette sévère déesse, forme avec elle un contraste saisissant : elle est « sexy ». Bien que drapée, selon la tradition, dans une étole qui lui couvre la tête et les épaules, elle offre tout son corps dans un déhanchement provocant qu'accentuent les plis moulants de ses vêtements. Leur tissu léger (mousseline de coton ou voile de Cos) épouse de si près ses formes qu'on le croirait mouillé – une Vénus sortant de l'onde. Sa taille fine, son ventre à peine bombé, ses seins ronds et menus que ne comprime aucun bandeau, attirent le regard et appellent la caresse. Ce langage aimable du corps, son visage ne le dément pas – ses lèvres esquissent un demi-sourire, ses yeux en amande rient franchement. Une jeune femme « moderne » ? En tout cas, impertinente.

De temps en temps, dans le belvédère suspendu au-dessus des cerisiers de Lucullus, loin des colonnades dorées de sa *domus* où s'affairent cinq cents serviteurs, Prima accueille sa sœur « métisse ». Elles sont seules avec leurs petites masseuses de pieds, des gamines que Diotélès, complice, entraîne bientôt dans les allées sous prétexte de leur enseigner la botanique. Voilà les deux jeunes femmes libres de bavarder. À condition de s'assurer régulièrement qu'aucun espion n'écoute à la porte. « Pendant les guerres civiles, nous avions vu avec horreur jusqu'où peut aller la liberté. Maintenant que des espions nous confisquent jusqu'à la liberté de parler, nous voyons jusqu'où peut aller la servitude » : cette réflexion désabusée que Prima rapporte à Séléné, c'est Pollion qui l'a lâchée le mois dernier. Depuis qu'Octavie s'est retirée du monde, le vieil anticonformiste a pris ses quartiers chez Prima et Domitius. Il les suit partout, même dans leur

« campagne » de Tibur pour ces chasses au sanglier dont raffole le jeune marié.

Un jour que le « mémorialiste » se trouvait seul avec Prima dans la forêt, elle lui a demandé, transgressant la *damnatio memoriae*, pourquoi, antonien de la première heure, il avait fini par abandonner le parti de son père. « Ton père, a-t-il dit en se caressant pensivement le menton, ton père m'avait rendu de grands services, c'est vrai. Mais à mon tour, pendant six ou sept ans, je l'ai bien servi aussi. J'étais quitte et je l'ai quitté – comme un bon ouvrier arrivé au terme de sa journée. Du reste, je les voyais s'engager, ton oncle et lui, dans un combat dont la seule victime certaine serait la noblesse romaine. Je me suis retiré sur mon Aventin. Avec mes fils et mes livres… Mes Mémoires ? Oh, je ne suis pas fou, j'arrêterai mon récit avant la bataille décisive. Pour une excellente raison, d'ailleurs : à Actium, je n'y étais pas… »

Prima avait quand même pressé de questions le vieux sénateur : à son avis, que s'était-il passé ce jour-là pour que son père eût brusquement suivi l'Égyptienne en abandonnant ses propres troupes ? « Eh bien… Disons d'abord que sur la mer, Agrippa était plus à l'aise que ton père, c'est un fait. Et qu'Antoine, pris dans le golfe d'Ambracie comme dans une nasse, ne pouvait plus espérer, de toute façon, sauver l'ensemble de son armée. Pour forcer le blocus, il a décidé de sacrifier l'aile gauche de sa flotte en chargeant Sosius, son amiral, de tenir Octave en respect pendant que l'escadre égyptienne au centre, puis les navires de l'aile droite, mettraient à la voile et fileraient vers le sud. Rien d'une fuite : une échappée. Voulue et organisée. Mais quelque chose a raté : face à l'aile droite, Agrippa a fait mine de battre en retraite vers le nord ; et, pour une raison inconnue, certains navires d'Antoine l'ont poursuivi. Bien entendu, cette retraite était un piège : dès que ces vaisseaux ont été séparés du reste de la flotte antonienne, Agrippa a fait demi-tour pour les attaquer. Du coup, sa flottille à lui se retrouvant sous le vent, non seulement il allait plus vite, mais toutes ses flèches, portées par la brise, atteignaient leur cible – et c'étaient des flèches enflammées. Si bien que, lorsque à la même heure, le vent soufflant enfin vers le sud, l'escadre égyptienne a exécuté la percée prévue, l'aile droite de ton père, sévèrement accrochée, n'a pas pu suivre. On connaît le reste… Mais les vraies questions sont ailleurs : d'où vient qu'un bon tiers de la flotte s'était engouffré si complètement dans le piège tendu par Agrippa ? Qui a donné l'ordre à certains marins de ton père de remonter bêtement vers le nord ? Jupiter ? Apollon ? Peut-être, en effet : dans les vers de Virgile… En prose, ce serait plutôt leur supérieur direct, Gellius Publicola. Il est mort, maintenant. Comme Sosius : dans son lit – ah, les braves soldats ! De son vivant, cet homme honorable était, on l'oublie souvent, le demi-frère de Messala. De Messala "Pot de chambre", oui ! Lequel, pure coïncidence, se trouvait aussi à Actium, mais dans l'état-major de ton oncle… À terre, les camps étaient proches l'un de l'autre, et les lignes, poreuses. Imaginons que, d'une manière ou d'une autre, ces deux frères aient pu communiquer, échanger des points de vue, "négocier". Car ils ne s'entendaient pas si mal, en vérité : ils avaient déjà trahi Brutus ensemble, autrefois… Oh, bien sûr, Agrippa était assez bon stratège pour gagner loyalement. Bien sûr. Mais ton oncle, lui, n'aime pas la guerre. On a beau le statufier avec cuirasse et bouclier, il préfère les tractations aux coups d'épée, c'est un homme civilisé. Dans une partie aussi risquée, il n'a sûrement négligé aucune précaution : Publicola était le maillon faible du dispositif adverse, un gandin sur le retour qui avait non seulement lâché Brutus, mais trahi Caton, vendu Cassius, et conspiré contre son propre père. Il allait toujours au plus offrant. Après la victoire de ton oncle, il est mort riche. Voilà. Je t'ai dit tout ce que je sais. Et que je n'écrirai jamais… J'ajoute, pour te consoler, que si ce jour-là ton père a été trahi, c'est qu'il avait déjà perdu – avant, ailleurs, ou autrement. Regarde cette forêt autour de nous : les renards n'y mangent pas les loups, et les charognards ne s'attaquent qu'aux cadavres… »

Ce discours fidèlement restitué par Prima, Séléné l'a à peine écouté. Savoir si c'est dans un combat loyal ou truqué que son père a succombé lui importe peu désormais. C'est l'affaire de sa sœur. Elle sait maintenant que Prima protégera comme une vestale le souvenir de « l'interdit de mémoire ». Et si Prima venait à disparaître, il resterait encore Iullus et Antonia : malgré Auguste, et grâce à Octavie, le sang des Antonii coule toujours dans des veines romaines… Tandis qu'elle, Cléopâtre-Séléné, est la dernière des Ptolémées. L'ultime descendante des pharaons. C'est à la mémoire de sa mère, « la reine-putain », qu'elle se doit. À la survie de la lignée égyptienne. Mais son sang, chaque mois, coule en vain puisque, pour elle, nul n'entonnera l'hymne nuptial.

Le sang. Obsession de Séléné. Celui qu'on perd et celui qu'on fait couler, celui qu'on verse et celui qu'on transmet. Le sang, impur ou précieux, régal des dieux ou festin des chiens. Le sang – la preuve du crime, le symbole du châtiment.

Avant de mourir, Marcellus avait, paraît-il, vomi du sang noir… Pour Séléné, c'était le signe qu'on l'avait assassiné, et que l'« homme aux mains rouges », le monstre d'Alexandrie, était toujours tapi « dans le souterrain ».

Octavie, elle, n'avait pas paru, au début, prêter une grande attention aux bruits qui couraient sur la mort de son fils. Même si, à Baïès, une phrase l'avait frappée : « Oh, ma tante, disait Julie en pleurs, Marcellus criait tellement au début de sa maladie ! Comme autrefois le petit Égyptien, tu sais, le jumeau de Séléné. Un cri à vous donner la chair de poule, à vous faire regretter de n'être pas sourd ! » C'est seulement plusieurs mois après les funérailles que l'étrange comparaison de sa nièce lui était revenue à l'esprit. Mêmes cris, mêmes douleurs… donc même poison ? Mais il était trop tard pour demander des précisions (qu'avait bu Marcellus ? qu'avait-il mangé ?), Julie venait de retourner vivre chez son père comme une jeune fille à marier. C'est à ce moment, pourtant, qu'un fait nouveau s'était produit qui, pour Octavie, avait a posteriori donné du crédit aux mots de Julie, à la rumeur publique et au soupçon : le report *sine die* du mariage de Tibère.

Il y avait dix ans que Vipsania, fille du premier mariage d'Agrippa, était promise au fils de Livie. Prenant acte de ce que la fillette venait d'atteindre sa douzième année, Auguste avait écrit à son ministre pour lui proposer de célébrer l'union sans attendre (souffler le chaud après avoir soufflé le froid était bien dans sa manière !). De Mytilène, Agrippa, obéissant, avait renvoyé sa fille avant la fermeture de la mer. Mais le projet s'était trouvé dérangé par la mort subite de Marcellus.

Cependant, le mariage de Prima venait de marquer la fin du deuil. Aussi fut-ce naturellement que, croisant Auguste au Champ de Mars alors qu'elle venait, comme chaque semaine, de verser des parfums sur les cendres de son fils, Octavie lui demanda à quelle date on célébrerait le mariage de Tibère. « Oh, pas avant longtemps ! Depuis que Vipsania vit chez nous, Livie la trouve très enfantine. La petite ne pense qu'à ses poupées. Livie a réfléchi à ce que tu nous disais autrefois sur le mariage des filles. En fin de compte, elle se range à ton avis : elle trouve préférable d'attendre que la future mariée ait seize ans.

— Mais Tibère ? Tibère aura vingt-six ans. Ce sera tard pour une première union… »

Octavie savait que son frère préparait une loi sur le mariage. Les jeunes patriciens se montrant trop enclins au célibat, le gouvernement, pour perpétuer la puissance romaine, envisageait de contraindre tous les hommes libres à convoler avant l'âge de vingt-cinq ans. Comment le Prince allait-il justifier le célibat prolongé de son propre beau-fils ? Cette histoire de mariage différé ne tient pas debout, se dit Octavie. Trop contraire à la politique affichée… Or son frère n'était jamais incohérent. Donc il mentait : il ne croyait pas lui-même aux scrupules invoqués par Livie. Seulement, pour l'heure, il trouvait l'habillage commode. Qu'espérait-il cacher ? Et elle, Livie, pourquoi refusait-elle soudain de marier son fils à la fille d'Agrippa ? Croyait-elle à une disgrâce durable du futur beau-père ?

Non, la vérité sauta soudain aux yeux d'Octavie : Livie temporisait à cause de Julie ! Il fallait que Tibère restât libre pour Julie. Qu'il pût prendre la place de Marcellus partout, et jusque dans les bras de sa veuve. Voilà le plan qu'avait conçu la sans-vergogne ! Cette femelle stérile, qui n'avait pas été capable de donner un enfant à son mari, rêvait d'unir à nouveau les Claudii aux Julii en faisant de son fils aîné le dauphin de son mari – ah, la sorcière ! Et Gaius, qui voyait clair dans son jeu, Gaius ne réprouvait pas ces manœuvres. Au contraire, il les couvrait. Vis-à-vis de sa sœur, il les couvrait…

Malheureux ! Malheureux qui ignorait jusqu'où sa Livie chérie était allée pour substituer sa propre descendance aux héritiers légitimes : jusqu'à la magie, jusqu'aux poisons, Octavie en était désormais persuadée. Le report des fiançailles constituait la preuve qui lui manquait.

Dans les jours qui suivirent cette découverte, la sœur d'Auguste pleura beaucoup. Mais ce n'était toujours pas ces larmes de chagrin qu'elle retenait depuis des mois. C'étaient des larmes de rage ; car, si pour pleurer son fils unique elle aurait toute sa vie, il ne lui restait que quelques semaines pour empêcher l'empoisonneuse de tirer profit de son forfait. Elle pleurait, oui, de n'avoir su empêcher le crime, et elle pleurait de ne pas savoir comment le châtier.

Puis elle s'efforça de voir les choses froidement, comme son frère les voyait : pas plus qu'on ne pouvait laisser Julie sans mari, on ne pouvait laisser la République sans « promis ». Le plus simple était assurément de fiancer Julie au « promis » de la République – avec Marcellus, c'étaient ces doubles noces qu'on avait célébrées.

Malgré tout, la situation s'était vite révélée moins satisfaisante qu'espéré : une disparition prématurée du Prince aurait livré l'État à un enfant sans expérience, Octavie ne le niait pas, ne le niait plus. Mais elle se faisait fort de démontrer – raisonnablement, sans passion – qu'une alliance avec Tibère ne répondrait pas mieux aux besoins de la nation. Certes, le garçon avait montré du goût pour la chose militaire ; et, comme questeur, il venait de visiter avec autorité toutes les prisons privées de la péninsule, libérant de leurs chaînes les honnêtes gens que des bandits de grand chemin avaient enlevés et vendus comme esclaves. Mais il y a loin d'une visite domiciliaire chez les grands propriétaires à une expédition chez les Parthes... Gaius en était forcément conscient : en politique, Tibère, lui aussi, n'était qu'un novice !

Comme on regarde des pions sur un damier, Octavie fit alors le tour des autres successeurs possibles à la double fonction, politique et conjugale, du pauvre Marcellus. Elle n'en trouva qu'un. Un seul pouvait contrecarrer les plans de l'empoisonneuse. Oh, bien sûr, celui-là n'était pas candidat. Retiré des compétitions matrimoniales, il était servi, et il avait servi. Elle décida, pourtant, de remettre dans le jeu cette pièce déjà jouée.

C'était l'anniversaire de son frère. Elle ne s'était pas senti le courage d'aller à la fête organisée par Livie. Trop de gens à saluer, avait-elle expliqué encore une fois, trop de conversations à soutenir, trop de rubans, trop de couleurs, trop de flûtes, de tambourins, de myrrhe, de safran… Elle aurait aimé ajouter : trop de mensonges. Mais pour son Gaius, comme chaque année depuis quarante-deux ans, elle avait préparé un cadeau. Et il était là, chez elle, le frère aimé, admirant la « surprise » qu'elle lui avait réservée – un petit buste de Julie réalisé par un sculpteur alexandrin. Prétexte habile pour aborder le sujet du remariage. « Le meilleur gendre que tu puisses donner à l'État, c'est Agrippa.

— Mais il est le mari de ta fille !

— Voilà pourquoi c'est moi qui t'en parle. Il suffit qu'il répudie Marcella. Bon, elle se plaindra, mais nous la remarierons sur-le-champ pour lui épargner une honte qu'elle n'a pas méritée. Choisissons-lui un homme de son âge, cette fois, et un patricien. Quelqu'un d'aimable avec qui elle pourra s'entendre. Pourquoi pas notre Iullus ? Ils ont grandi ensemble. C'est un charmant garçon, qui ne se mêle de rien.

— Épouser un Antoine, est-ce encore faire un beau mariage ?

— Nous expliquerons à Marcella qu'il vaut mieux en faire un bon. D'ailleurs, tu t'engageras à proposer Iullus au consulat. Avec un mari consul – ou, encore mieux, proconsul –, l'honneur de ma fille sera sauf… Va, Gaius, n'hésite plus : Marcus Agrippa est à toi, reprends-le. Tu ne peux pas faire un meilleur choix. Si tu en doutes encore, consulte Mécène.

— C'est fait. Il m'a dit : "Tu as rendu Agrippa si grand et tellement indispensable à l'État qu'il faut soit le tuer, soit en faire ton gendre"…

— Tu vois. Il serait regrettable de devoir assassiner un administrateur de cette qualité. »

Elle se garda de mentionner les talents militaires exceptionnels d'Agrippa, il ne fallait pas agacer Gaius – qui savait parfaitement ce qu'il en était. De même qu'il n'ignorait pas la jalousie de son second à l'égard des jeunes gens qui montaient trop vite : déjà, le grand soldat avait supporté impatiemment les privilèges accordés par le Prince à son neveu – comment pourrait-il accepter l'ascension d'un garçon étranger à la lignée ? d'un intrus ? C'est le mot qu'elle avait prononcé, « Intrus », avait-elle dit, sans autre allusion aux Claudii. « Je te rends ton serviteur le plus fidèle, Gaius, le plus nécessaire à l'État. Disposes-en comme tu peux disposer de mes filles et de moi. »

Ça y est : son frère la serre dans ses bras, l'embrasse sur les joues, sur les lèvres. Lui baise les mains. Ému. Soulagé comme un blessé auquel on vient d'ôter une flèche du pied. Livie et son poulain – son cheval de Troie, plutôt ! –, Livie et Tibère ont perdu la partie.

Mais elle, Octavie, n'a rien gagné. Que la satisfaction du devoir accompli. Dans les luttes d'influence qui agitent la cour romaine elle n'existait plus, depuis la mort de son fils, que par la position de son gendre, c'est fini. Pour triompher de sa belle-sœur et défendre l'État, elle vient de sacrifier ses propres positions. Elle n'a pu arrêter l'offensive ennemie qu'en se sabordant…

Sa consolation, c'est d'avoir, dans cette ultime manœuvre, sauvé Iullus Antoine, le frère d'Antyllus. Un enfant qu'elle a élevé et toujours protégé… Et Marcella là-dedans ? Oh, bien sûr, elle pleurera (elle était si fière de son Agrippa), mais Octavie est persuadée qu'elle ne sera pas malheureuse avec Iullus – un poète, et même un poète hermétique, qui n'a aucun goût pour les aventures politiques. Un amoureux des espaces clos : les mots, les jardins. Puissent les dieux accorder à ces deux époux une vie paisible et obscure parmi les arbres et les livres.

Octavie se fait porter au Mausolée. Pleure enfin sur le tombeau de son fils. Dans un dernier sursaut, elle a barré la route au crime et organisé l'avenir. Désormais, dépouillée de tout pouvoir, elle ne possède plus que son chagrin. Mais un chagrin dont elle ne retranchera rien : elle le veut tout entier.

MÉMOIRE DES NOMS

C'est en 1927 qu'on a retrouvé au bord du Tibre le bloc de marbre qui scellait la tombe de l'« enfant de l'âge d'or ». La pierre porte son nom, Marcus Claudius Marcellus, et la mention « gendre de César Auguste ». Sur le même bloc est apposé le nom d'Octavie, sa mère, qui, la première, le rejoignit dans le Mausolée construit pour le Prince.

Épitaphe minimaliste. Autour de ces deux noms conjoints dans la mort, pas le moindre discours moral destiné aux vivants, pas de tendres soupirs gravés en majuscules. Sur le marbre du monument, le Prince n'avait voulu pour les siens que des noms secs, sans fioritures ni sanglots. Il est vrai que les noms seuls, passeports pour l'éternité, importaient à la mémoire romaine : au long des routes, les cadavres du tout-venant imploraient les passants, « Voyageur, lis cette ins-cription et dis : Bonjour, Amandus ! », « Toi qui passes, arrête-toi et lis mon nom : Lucilla »…

Rencontrant au gré de mes lectures antiques des noms inscrits dans l'Histoire que plus personne ne s'attardait à déchiffrer – Pollion, Gallus, Messala –, je les redisais à mon tour dans l'espoir de ranimer les morts qui les avaient portés. Mais avec leurs prénoms interchangeables, leurs patronymes à rallonges, leurs sobriquets multiples, ces noms semblaient difficiles à retenir et, même, à distinguer. Deux mille ans après, on s'égarait dans les généalogies, on confondait d'illustres héros avec leurs petits-fils, on attribuait aux uns les actions des autres, je ne savais plus moi-même, à la fin, qui haïr et qui aimer. Comme si on les avait jetées au hasard d'une fosse commune, ces syllabes, autrefois familières à toutes les bouches, ne désignaient plus personne, aucune forme identifiable. Elles n'avaient même pas laissé dans l'Histoire ces marques en creux que les corps, à Pompéi, ont imprimées dans les cendres refroidies.

Marcus Valerius Messala Barbatus Appianus – ce n'est pas une plaisanterie, mais le nom complet du second mari de Claudia.

Son premier époux, Paul Æmile Lépide (faisons-le court !), avait rendu l'âme sitôt nommé censeur ; il voyait ce poste comme le couronnement de sa carrière, c'en avait été l'achèvement. Ayant toujours vécu couché, ce brave était mort dans son lit. Bonheur rare dans une situation si enviée… Il n'avait pas eu le temps de faire un enfant à la charmante petite peste épousée deux ans plus tôt. Cette nièce de vingt printemps, son « bon oncle » l'a vite remariée. À la famille de Messala, cette fois.

Messala Corvinus (surnommé officiellement « Petit corbeau », mais, officieusement, « Pot de chambre » par Marcella et les enfants du Palatin), Corvinus n'était plus libre. Ou bien, redoutant l'esprit railleur des filles d'Octavie, il n'entendait pas se libérer. On se rabattit donc sur un cousin, surnommé Barbatus, « le Barbu ». Un Claude en fait, et même un Claude-Appien (la branche maîtresse) adopté sur le tard par un Messala sans descendance, désireux de transmettre son nom avec sa fortune. D'où ce *Marcus Valerius*

Messala Barbatus Appianus... « Par tous les dieux, avait écrit Marcella à sa cadette, par tous les dieux te voilà donc "Pot de chambre" malgré toi ! Je te souhaite de mettre au monde une tendre Messaline et, pour satisfaire ton mari, une foule de petits Barbati. Sans barbe, ces petits, puisque les Barbati ne sont quand même plus des *Barbari* ! » Marcella avait encore, en ce temps-là, le goût des calembours et le cœur à rire. Heureuse en Orient avec son Agrippa (ils venaient de recevoir avec faste le roi Hérode dans leur quartier général de Mytilène), elle n'allait pourtant pas tarder à déchanter.

Lorsque Agrippa reçut la lettre lui enjoignant d'embarquer immédiatement pour la Sicile (le Prince l'attendait à Syracuse), elle comprit que les ennuis commençaient. Dès l'escale du Pirée, où ils trouvèrent un message plus explicite, elle fut fixée. Elle pleura dans les bras d'Agrippa. « Et nos deux filles, disait-elle, me privera-t-on aussi de nos deux filles ? » Son mari s'efforçait de la rassurer. « Tout de même, protestait-elle, je ne veux pas coucher avec Iullus ! Emmêler mes jambes avec les siennes, non ! Jamais !

— Pourtant, tu l'aimes bien...

— Oui, mais pour moi, c'est toujours un petit garçon, le bébé auquel j'ai appris à jouer à la mourre ou au *trigon* – presque un frère, et, en plus, un frère cadet ! Je ne peux pas, je ne veux pas... Garde-moi, je t'en prie, je t'en supplie !

— Tu sais bien que c'est impossible, mon moineau. Sois raisonnable. Obéis... »

Marcella est rentrée seule à Rome tandis que son futur ex-mari rejoignait Auguste en Sicile, cette province mal romanisée où les dégâts causés par les pirates durant les guerres civiles n'étaient toujours pas réparés.

Marcella plie bagage. Quitte ce palais des Carènes qu'elle vient de faire reconstruire à son goût et qu'elle aime comme on aime la maison de son enfance. Agrippa vient, sur l'ordre d'Auguste, de donner la maison au jeune Tibère. Compensation ? Peut-être. Car si, comparé aux vastes demeures que s'offrent sur la Colline des Jardins les patriciens enrichis, ce vieux palais implanté dans le quartier populaire des chaudronniers manque un peu d'attraits, il garde une valeur symbolique. Il suffit de consulter la liste de ses propriétaires successifs : Pompée, Antoine, Agrippa… Tibère, s'il n'a pas encore pris date, prend déjà rang parmi eux. À moins, bien sûr, qu'il s'agisse d'une simple avance sur la dot de Vipsania ? En ce cas, c'est un pas de plus dans la voie de cet engagement-là ; le Prince y a certainement pensé : en logeant Tibère aux Carènes, il verrouille l'avenir…

Pour Julie, cette femme-enfant délicieuse qui n'a que cinq ans de plus que sa propre fille, Agrippa fait construire un nouveau palais sur l'autre rive du Tibre. Plus spacieux et plus moderne, avec vue sur le fleuve et jardins en terrasses. Julie la joyeuse, consolée de son deuil, veut suivre la mode – et même la précéder. Non seulement la décoration de sa maison sera égyptisante, avec chameaux dorés, crocodiles, Pygmées et fleurs de lotus, mais elle va bâtir, pour la première fois à Rome, une maison ouverte sur l'extérieur, tout en façades, comme à Baïes ou comme, dit-on, les palais de Cléopâtre à Alexandrie.

La fille du Prince sait qu'elle innove, et, candide, elle croit qu'elle invente – comme si l'art était une cause première ! En vérité, cette ouverture sur le dehors, ces larges baies ne sont qu'un effet indirect de la rude fermeté augustéenne. La face de velours de la « main de fer » : plus d'embuscades dans les rues de Rome ni de nervis à la solde d'un clan attaquant à la hache le palais d'un autre, forçant les portes, violant, pillant, assassinant, et détruisant jusqu'aux images sacrées des ancêtres. Fin des guerres privées : on peut rouvrir les fenêtres. Dans cette société « pacifiée », la mort violente est redevenue un monopole d'État.

Si l'on tire encore le glaive, c'est seulement aux frontières. Contre les Barbares, les sauvages. À l'intérieur, c'est la « paix d'Auguste » : les citoyens ordinaires respirent, vont et viennent en sécurité, et les femmes sont à leur affaire – les sénateurs écrivent des vers, les spadassins roucoulent. Julie, tendre et libertine, généreuse et fantasque, sera la plus belle des « cent fleurs » poussées sur le terreau de la dictature paternelle, la plus belle et la plus aimée du peuple romain.

Pour l'heure, n'écoutant que son bon cœur, elle se désole pour sa cousine Marcella. Elle n'a pas voulu, dit-elle, lui prendre son vieux mari. Et si on lui avait demandé son avis, elle aurait autant aimé, quant à elle, épouser Iullus, qui a vingt ans et qui n'est pas laid. « Tais-toi ! chuchote Prima (elles se rendent visite entre "dames"). À force de dire tout ce qui te passe par la tête, tu t'attireras des ennuis ! Et puis je t'en prie, Julie, cesse de te tourmenter pour le logement de Marcella : en attendant son remariage, elle est très bien chez moi. »

Marcella n'a pas souhaité retourner vivre chez sa mère. Elle lui en veut d'avoir accepté encore une fois de tout sacrifier à son frère. « Une Iphigénie, sanglote la jeune répudiée, je suis une Iphigénie que sa mère n'ose même pas défendre contre la raison d'État ! » Que dirait-elle, la malheureuse, si elle savait comment la partie s'est jouée ?

Dames de Rome sur un damier. Pièces maîtresses, ou simples pions ? Qui mène le jeu ? En tout cas, Livie n'a pas gagné. Mais est-ce qu'elle a perdu ? Non, puisqu'elle feint maintenant de n'avoir pas joué. Elle est ravie, dit-elle, du mariage de Julie avec Agrippa, quelle bonne idée ! Cette petite avait justement besoin d'un homme d'âge pour la gouverner – ah, tout ce que fait le Prince est bien fait…

Par principe, Livie ne boude jamais. Quoi qu'il arrive, elle sourit, reste affable, élégante – une Claude de la tête aux pieds. Au reste, elle a reçu d'Auguste un joli dédommagement : pour la première fois de leur vie commune, il l'emmène en voyage avec lui ! Plus de Terentilla dans ses bagages, ni de Salvia Titisenia, mais sa femme légitime. Au programme, un long voyage en Orient. Après Syracuse, ce sera Sparte et Athènes. Puis Éphèse et Samos, où ils vont passer tout l'hiver – en tête à tête dans « l'île des roses », comme deux amoureux. Ensuite, aux beaux jours, on poussera jusqu'à la Syrie, la Judée, la mer Noire peut-être, ou même l'Arménie.

Livie emmène avec elle Drusus, son fils cadet, et Vipsania. « Pourquoi ne pas emmener aussi ta nièce Antonia ? a-t-elle suggéré à son mari. La maison d'Octavie est bien triste en ce moment pour cette pauvre enfant… Elle sera contente de voyager. Son âge en fera d'ailleurs une excellente compagne pour Vipsania. Et tu sais comme elle s'entend bien avec notre Drusus ! Emmenons-la. »

Octavie n'a pas eu le cœur de retenir sa fille : « Athènes, Mamma, je verrai Athènes !

— Oui, ma chérie. Demande là-bas à Athéna, la déesse aux yeux pers, de t'aider à grandir en sagesse. Rappelle-lui, pour l'attendrir, que tu fus conçue dans sa ville, il y a… il y a quinze ans. »

Il y a un siècle… Octavie, la belle Octavie, a les cheveux tout blancs, le teint rance, les yeux creux. Elle flotte comme un spectre dans ses vêtements noirs. Octavie fuit la lumière, fuit le monde, et le monde fuit la maison d'Octavie. À commencer par les otages, qui furent longtemps le signe de sa puissance : peu à peu, sa collection se défait… Auguste a pris dans son escorte le jeune Tigrane, le prince arménien que sa sœur élevait depuis neuf ans. Et, juste avant le départ de l'expédition, Hérode, accompagné de Nicolas de Damas qu'il a nommé premier conseiller, est venu chercher ses deux fils – il veut, paraît-il, les marier : Alexandre sera bientôt fiancé à une Grecque, fille du roi de Cappadoce, et Aristobule à une Juive, sa cousine Bérénice, fille de Salomé.

Aristobule a pleuré dans les bras de Séléné. « Ne pleure pas, lui disait-elle, tu vas revoir Jérusalem, revoir ta patrie, c'est une chance que je t'envie.

— Je ne me souviens pas de Jérusalem.

— Mais tu la reconnaîtras sitôt que tu la verras, on n'oublie jamais sa cité, il suffit d'y revenir… »

Nicolas l'a interrompue : « Peut-être ne reconnaî-tra-t-il pas sa ville, en effet. Le roi y a fait de grands changements. Il a bâti un théâtre et des arènes où nous voyons combattre des hommes contre des bêtes féroces.

— N'est-ce pas contraire à notre religion ? a demandé Aristobule, surpris.

— Ne fais pas ton Juif, a grondé Nicolas, ton père n'aime pas les esprits étroits ! Prépare-toi plutôt à le féliciter pour la reconstruction du Temple : il s'élèvera si haut qu'on en verra les corniches à des miles à la ronde ! Quant au nouveau palais qu'il a construit au point le plus élevé de la ville, il est tout éclatant d'or, et le plus bel appartement y a reçu le nom d'Auguste. Mais en attendant l'arrivée de la princesse de Cappa-doce, c'est hors de la cité, dans la forteresse Antonia, que vous vivrez, ton frère et toi. »

Le jeune Aristobule ne voulait pas se détacher de Séléné : « Viens avec nous, ma sœur. Ne m'abandonne pas », et, tout bas : « Cette forteresse dont parle Nico-las, c'est une prison, j'en suis sûr. Le roi a tué ma mère. Maintenant que nous sommes grands, il nous tuera… »

La maison est vide. Les filles se sont envolées, les otages d'âge viril aussi, et ceux qui ne sont encore qu'à l'âge des jetons de calcul et des tablettes pré-gravées ont été confiés à Messala : ils courent sur la Colline des Jardins. Seule Cléopâtre-Séléné est restée. Prisonnière qu'aucun parent, aucune nation ne réclamera, vierge dont nul ne dénouera la cein-ture… Elle erre dans les cours désertes, d'où même les paons ont disparu. Leur cri rappelait à Octavie les souffrances d'Alexandre-Hélios empoisonné et l'agonie de son propre fils telle qu'elle l'imagine aujourd'hui : les paons, jusqu'au dernier, ont été sacrifiés à Junon-Reine.

Plus de jeux dans la maison, plus de rires, plus d'oiseaux. Le silence n'est troublé que par l'appel intermittent des porteurs d'eau, les aboiements du *liseur d'horloge* et le mugissement lointain des bœufs les jours de marché. Même les esclaves parlent bas. Sauf Diotélès qui, toujours sur les talons de sa « pupille », proteste et soupire bruyamment.

« Tu es vraiment grossier, dit Séléné.

— Je m'ennuie…

— De quoi te plains-tu ? Octavie te nourrit et tu manges plus qu'à ta faim.

— Octavie ? Elle pleure toute la journée ! Bon, elle a perdu son fils et s'est brouillée avec Marcella, en voilà une affaire ! Elle pleure, elle pleure, on dirait qu'elle aime sa tristesse, et moi je m'ennuie. Où sont les fillettes d'antan ? leurs petits rires chatouillés ? C'est sinistre ici ! »

Diotélès ignore la compassion. C'est le sentiment le plus étranger au monde antique : dans une vie dure et brève, chacun a bien assez de soucis à lui sans entrer dans ceux des autres. « Faut-il que je t'aime pour rester là, attaché à mon piquet ! Parce que, moi, après tout, je ne suis pas prisonnier… », et, fièrement, il montre à son auriculaire l'anneau des affranchis. « Si tu savais comme je me fatigue à traîner sans but toute la journée ! Encore, si je voyais *mon ami* Musa ou *ce brave* Pollion… Mais la maîtresse ne reçoit plus personne, quelle égoïste ! Toi, tu lis, tu tisses, tu écris à tes sœurs… Moi, pendant ce temps, qu'est-ce que je dois faire ?

— Prendre un bain, crasseux ! Et en profiter pour laver ta tunique. Tu es si sale que tu finiras par avoir l'air d'un philosophe, et de la pire espèce – celle de Diogène ! Je demanderai à Octavie de te nourrir avec des graines de lupin et de te faire coucher dans une jarre ! »

Même ses filles, Octavie ne les reçoit plus que sur rendez-vous. Les visites l'épuisent, surtout celles de Claudia – qui tranche de tout, sait tout : les affaires du monde, les histoires d'amour, les grossesses des autres, les catastrophes, les ragots, les prodiges, les veaux à cinq pattes et les vaches à deux têtes. La comète qui menace le roi d'Arménie et la nouvelle concubine du roi des Parthes, c'est elle qui les voit la première… Comment une petite fille si discrète a-t-elle pu devenir en peu d'années cette jeune matrone cancanière et malveillante ? Les enfants sont des anges qui meurent à douze ans… Ils meurent parce qu'un autre, brusquement, se glisse sous leur peau, enfle et les étouffe – car, Octavie en est sûre, elle n'avait pas accouché de cette Claudia-là.

Marcellus… Marcellus, au moins, ne l'a jamais déçue. En lui, par miracle, l'enfant avait survécu. Rien n'avait altéré sa pureté.

Elle pleure. Avant de partir, Auguste l'a grondée : « Même la douleur a sa décence, Octavie. Dans les larmes, fixe-toi une limite. » Elle fait appeler Séléné pour que la jeune fille lui chante quelque chose. La maison, désormais, est interdite aux comédiens et aux chanteurs ; mais quand elle a besoin d'une voix…

De sa collection d'enfants, l'Égyptienne est la seule pièce qui lui reste – trop dangereuse, personne ne veut d'elle. Mais Octavie n'est pas fâchée, finalement, de l'avoir gardée à ses côtés : cette fille-là a l'expérience du malheur, elle ne prétend pas distraire les affligés, elle chante si on l'ordonne, se tait quand on se tait. Agréable à entendre, d'ailleurs, et pas déplaisante à regarder. Il s'en faut de peu qu'elle ne soit une beauté… Mais elle n'ose pas. On dirait un bouton de rose sur lequel le gel est passé. De toute façon, dans sa situation, c'est le bon choix – vierge sage. Vêtement modeste, coiffure simple, absence d'éclat. Une parente pauvre, qui n'exige rien. Du coup, sa compagnie est reposante.

D'autant qu'elle n'est pas sotte : la première fois qu'Octavie l'a fait appeler dans sa galerie de musique, elle a choisi d'elle-même de chanter le « bouclier d'Achille » en évitant les élégies qui pourraient amollir un cœur triste. Elle se garde bien aussi de psalmodier ces « lamentations d'Hécube » qui furent autrefois son morceau de bravoure : ce ne serait ni le temps ni le lieu de célébrer les mères d'enfants assassinés…

Non, l'*Iliade* est plus sûre, à condition d'esquiver les scènes de funérailles qui abondent dans ce poème guerrier.

Octavie apprécie l'habileté de la jeune fille. Un jour où, lassée du grec, elle lui demandait quelques vers latins, la fille de Cléopâtre a même poussé la complaisance jusqu'à chanter ces strophes de Virgile qu'aux beaux jours les maîtres d'école font seriner à leurs élèves à tous les coins de rue : « César Auguste se dresse, menant les Italiens au combat. Héros né d'un dieu, il étendra son empire au-delà des Indes, là où Atlas, porteur du ciel, fait tourner sur ses épaules l'axe du monde » (comme tout un chacun, le poète officiel est persuadé que le Prince, parti pour l'Orient, va attaquer les Parthes).

Eh bien, mais dites donc, elle ne lésine pas sur l'hyperbole, cette petite Séléné ! Pour la première fois depuis longtemps, Octavie a dû réprimer un sourire. Tout en admirant la souplesse morale (ou l'instinct de survie) de la jeune Égyptienne, elle n'a pu s'empêcher de la taquiner : « J'aime bien, dit-elle, la façon dont Virgile chante mon frère. Toi aussi, je vois... Te souviens-tu de tes parents ? »

Séléné se rembrunit : « Pas du tout.

— Tu as pourtant une excellente mémoire...

— Pour les vers, oui. Pas pour le passé.

— Alexandrie, tout de même ? Le Palais ?

— Non.

— Le Grand Phare, alors ? L'une des sept merveilles du monde ! Nicolas de Damas prétendait t'y avoir emmenée...

— S'il le dit... Peut-être, en effet. Il y avait du vent, je crois. Beaucoup de vent. Je n'ai pas vu la ville. Je ne me souviens que du vent. »

Ce vent (« un vent très blanc », avait précisé la jeune fille) avait séduit Octavie. C'était justement ce dont elle avait besoin. Un grand vent pour tout balayer.

Au début, elles restaient parfois deux semaines sans se voir.

Certains jours, la sœur d'Auguste ne quittait même pas son lit, elle se plaignait de violentes migraines. On la saignait, et, comme elle mangeait peu, elle mettait longtemps à s'en relever. À son médecin, elle disait : « Je ne vis plus, je dure. » À ses esclaves : « Je m'attarde, mes pauvres petits. » Dès qu'elle était seule, elle vidait ses poumons et bloquait sa respiration : on assurait que beaucoup de vieilles femmes se suicidaient discrètement de cette façon-là ; mais elle finissait toujours, malgré elle, par inspirer une bouffée d'air… Alors, elle envoyait chercher Séléné.

À présent, ce n'était plus seulement pour l'entendre chanter. Prétextant que sa nouvelle lectrice de grec lisait Théocrite avec l'accent espagnol, elle voulait que Séléné lui fît elle-même la lecture. Bientôt, comme à une demoiselle de compagnie, elle lui confia le déchiffrage des lettres d'Antonia, qui, à la belle saison, arrivaient chaque semaine : « Ma vue baisse. Puisque tu connais l'écriture de ma fille, aide-moi à lire ses gribouillis. Livie ne lui permet pas de dicter. Ce ne sont pas les secrétaires qui lui manquent, pourtant ! »

Antonia formait mal les signes, elle sautait des syllabes et, s'en apercevant, gommait à l'éponge, délayait son encre, délavait ses mots, réécrivait par-dessus, et mêlait le tout. « On dirait que Livie lui mesure le papyrus ! maugréait Octavie. Elle finira par obliger ma fille à écrire recto verso, comme une pauvresse ! »

Les propos d'Antonia, comme son écriture, gardaient quelque chose d'enfantin. Depuis Samos, elle décrivait le grand temple d'Éphèse avec ses « vilains eunuques » et ses prêtresses au crâne rasé « qu'on appelle *les abeilles* parce qu'elles bourdonnent toute la journée, c'est très agaçant ! ». À Antioche, elle mentionnait l'arrivée d'une nouvelle ambassade indienne : huit serviteurs entièrement nus et parfumés venaient de déposer devant son oncle un serpent long de dix coudées, un homme né sans bras, « pareil à un buste de jardin », et, plus fabuleux encore, un tigre vivant ! Dans une autre lettre, elle décrivait des envoyés du Danube, « qui mettent du beurre dans leurs cheveux – je parie qu'ils se lavent les dents avec leur urine, comme font ces barbares d'Espagnols ! ». Plus tard, elle s'émerveillait de la prestance du roi Hérode qui les avait rejoints en Syrie, un roi très civilisé, lui, « il ôte sa couronne pour paraître devant le Prince ». Livie (« ma bonne tante », disait-elle) s'était liée d'amitié avec la princesse Salomé, sœur du roi, civilisée elle aussi – « elle se coiffe comme une Romaine ». Antonia regrettait seulement de ne pas avoir eu l'occasion de revoir les princes Alexandre et Aristobule, Hérode ayant préféré amener avec lui son fils aîné Antipater, né de sa première femme, et le petit Arkhélaos, fils de sa quatrième épouse et élève de Nicolas. « Heureusement, il y avait aussi Bérénice, la fille de la princesse Salomé, et puisque ma tante m'y engageait, j'ai beaucoup parlé avec elle. »

Au fil des mois, Antonia s'étendait de plus en plus volontiers sur les bons conseils et les vertus de Livie – ses manières exquises, son élégance, et sa générosité à l'égard de Vipsania et d'elle : « Hier, ma tante m'a offert un minuscule livre de Pergame roulé dans une noix d'or », ou « Ma tante a voulu que je porte la perle qu'elle m'a donnée pour étrennes ».

Octavie lâchait alors entre ses dents : « Plutôt que des perles, la chère Livie ferait mieux d'offrir à sa nièce du papyrus de qualité, qui supporterait l'éponge… Elle finira, la "bonne tante", par laisser cette enfant m'écrire sur du brouillon à peine bon pour emballer le poisson ! »

Mais Séléné ne la vit en fureur que le jour où elle lui lut le récit d'une nouvelle rencontre entre Antonia et la jeune Bérénice de Judée, au bord du lac de Génésareth. Antonia y justifiait incidemment son amitié croissante pour Bérénice par la similitude de leurs situations : « Premièrement, nous sommes toutes deux nièces de rois… »

Quelle imprudence, songea Séléné, une Romaine ne peut pas écrire une phrase pareille, on a tué César pour moins que ça ! Le Prince, qui tient tant aux apparences républicaines, l'exilerait s'il savait !

Ce n'était pourtant pas le mot « roi » qui avait frappé l'oreille d'Octavie, mais le « premièrement ». « Quel est le deuxièmement ? demanda-t-elle à Séléné.

— Il n'y a pas de deuxièmement. Les lettres d'Antonia sont décousues, elle a dû perdre le fil après avoir été interrompue.

— Mais dans sa tête, il y avait bien un deuxième point. Réfléchis. Cette Bérénice de Judée ne se définit que par deux traits. *Premièrement*, elle est la nièce d'Hérode. *Deuxièmement*, elle sera sa belle-fille, puisqu'elle est fiancée à Aristobule. Demandons-nous, par conséquent, à qui est fiancée la "nièce d'Auguste". À quel "cousin", quel "fils" de mon frère, cette sotte d'Antonia se croit-elle fiancée ? Drusus ? … Ah, le voilà donc, le plan ! Voilà ce que tramait ma belle-sœur ! "Ta fille a besoin de se changer les idées", billevesées ! Ce voyage n'avait d'autre but que de me voler mon enfant ! Et pour la faire entrer dans sa famille à elle ! Unir enfin au nôtre le sang de ses Claudii, et si ce n'est pas par Julie, que ce soit par Antonia ! »

Séléné eut envie de faire remarquer que, par Antonia, l'alliance était moins avantageuse pour Livie – un pis-aller… Mais Octavie ne pouvait plus être raisonnée. Sujette maintenant à des accès de colère ou de violents évanouissements, elle s'était renversée dans son fauteuil, avait arraché la broche qui retenait sa tunique et tentait de dérouler le *mammilare* qui comprimait ses seins : « Appelle mes gens, vite !

— Laisse-moi d'abord brûler la lettre, dit Séléné en montrant le brasero. Personne ne doit la voir, Antonia y a qualifié ton frère de "roi". »

Plus tard, quand elle fut revenue de son malaise, Octavie admira le sang-froid de Séléné – peut-être cette grande jeune fille timide était-elle bien, en politique, la fille de Cléopâtre ? En tout cas, elle venait de prouver qu'elle faisait siens les intérêts de ses « sœurs » romaines…

Octavie, reconnaissante, s'abandonna dès lors, avec sa protégée, à des demi-confidences, des aveux, et même à des élans comme elle n'en avait jamais eu avec ses filles.

« Je m'attendris, ma pauvre petite… Je t'ai dit autrefois qu'on ne mourait pas de chagrin, n'est-ce pas ?

— Oui. Après la mort de mes frères.

— Eh bien, je me trompais, mon enfant : on en meurt, mais très lentement. »

Quand on sut que Julie venait d'accoucher d'un gros garçon qu'Agrippa prénomma Gaius (comme son illustre grand-père), le deuil, dans la maison d'Octavie, le céda pour quelques heures à la joie.

Séléné fut associée aux libations que « la maîtresse » fit sur l'autel domestique, puis devant toutes les statues des dieux, grands ou petits, qui se trouvaient dans la maison. La Junon de la cour des Paons fut enduite de la tête aux pieds d'onguents parfumés. On brûla tant de santal et d'encens pour flatter les narines célestes que le contour des pièces, les meubles même, disparaissaient dans la fumée. Séléné faillit en pleurer… Aux serviteurs on permit de s'amuser toute la journée. Autour des bassins de pluie, de vieilles esclaves, venues d'on ne sait quel pays, dansèrent sur des rythmes inconnus ; leurs talons, durs comme la corne, frappaient le sol avec force ; des enfants bruns accompagnaient leur danse en tapant avec des cuillères en bois sur des marmites retournées.

« Maintenant, dit Octavie à la jeune fille, je peux mourir. Mon frère a un héritier : son petit-fils… Mon sacrifice n'a pas été vain. »

Au printemps, quand les tourterelles se mirent à roucouler et que les petites roses mêlées à la vigne de la tonnelle commencèrent à embaumer, Séléné chercha l'ombre pour y pleurer.

Ses journées, ses mois s'écoulaient en vain. Elle avait honte de son corps. Honte de son destin. Un garçon, à sa place, aurait eu assez de force pour poignarder « l'Assassin ». Ou pour fuir Rome et soulever l'Égypte. Mais, femme, elle ne commanderait jamais d'armées. Elle ne savait même pas monter à cheval… Elle tissait bien, en revanche. Mieux qu'une servante – même si elle devait lutter chaque jour contre l'envie de couper le fil et de briser le métier. Elle chantait aussi. Alors qu'elle aurait voulu hurler. Femme, oui, « race maudite », issue de la fourbe Pandore qui répandit le mal sur terre, femme coupable, femme « infirme », femme souillée, mais pourquoi femme à demi ? Depuis qu'elle avait compris qu'elle ne pourrait jamais donner la mort, elle voulait au moins donner la vie. Ce serait sa vengeance à elle : faire survivre dans le monde des vainqueurs la lignée des vaincus.

Mais on ne la marierait pas… Sa sœur Prima, et les sœurs de sa sœur (Claudia avec son Barbatus, Marcella avec Iullus), toutes étaient enceintes. Julie elle-même, à peine accouchée de son premier enfant, avait de nouveau le ventre rond, à la grande joie d'Agrippa : « Si tout va bien, disait-il avec fierté, avant que ma femme ait fêté ses vingt ans, nous aurons trois fils ! » Son ex-épouse Marcella, piquée au vif, faisait savoir dans les dîners que, d'après son horoscope, elle aussi cette fois aurait un garçon. Un héritier de la noble lignée de son nouveau mari. Un Antoine…

Séléné, elle, voyait mois après mois couler entre ses cuisses le sang royal des Ptolémées. Sang perdu. Elle se rappelait les mots de la nourrice de Prima, la première fois qu'elle avait saigné : « L'accouchement est la guerre des femmes. » À l'inverse de sa sœur, elle ne craignait pas cette guerre-là, elle était prête à mourir au combat. Pourvu qu'elle eût, auparavant, confié à l'enfant survivant le trésor qu'elle était seule à garder : la gloire de l'Égypte, la majesté de ses rois. Pourvu qu'elle eût sauvé le passé…

« C'est Tibère ! » crie Diotélès depuis le fond du péristyle, et il court à minuscules enjambées, il halète. « Tibère ! Il vient prendre congé d'Octavie, il va placer notre petit Tigrane sur le trône d'Arménie. Avec l'appui des légions. »

Il s'arrête ; halète encore, consciencieusement ; se plie en deux, « J'ai un point de côté ! » ; reprend son souffle avec un bruit de forge, puis tâte avec précaution ses deux genoux. « *Oïe oïe*, mes rhumatismes ! Tu m'as fait courir partout. Personne ne savait où tu te cachais… Et voilà ! Maintenant mon genou est bloqué ! », et aussitôt il se met à tourner autour de Séléné comme un âne de moulin dont les sabots seraient usés jusqu'à la corne. « *Oïe*, mes vieilles douleurs…

— N'exagère pas, hier tu dansais, et ce matin, aux pieds de nos fileuses, tu étais encore assis en tailleur !

— Oh, je sais, la vieillesse, tu n'y crois pas. Tu as raison, d'ailleurs : c'est incroyable ! Chaque jour quelque chose me quitte, mes genoux, mes dents, ma mémoire… » Elle connaît la chanson. De même qu'elle devine la suite : « Tibère, un si bon parti pour toi, une magicienne chaldéenne m'a assuré qu'il serait roi » (Tibère, roi ! Alors que, depuis la naissance du fils de Julie et d'Agrippa, le fils de Livie n'a jamais été aussi loin du pouvoir…) « Hâte-toi, *"jeune fille aux belles tresses"*, hâte-toi, il faut lui plaire ! »

Lui plaire ? Aucun Romain ne voudrait épouser une métisse et priver ainsi de tout droit leurs enfants à naître – des « métèques » … Pourtant, malgré ce que lui dicte sa raison, et ce qu'elle sait de la haine qu'Auguste voue aux Ptolémées, elle aimerait parfois plaire à un homme, c'est vrai. À Tibère, pourquoi pas ?

Mais les regards, les gestes de la séduction, cette science que sa mère possédait au suprême degré, personne ne la lui a enseignée. Et les Romains par leurs sarcasmes, les Romaines par leur curiosité fascinée, ne l'ont guère aidée à découvrir ce qui distingue une « Reine des rois » d'une « reine-putain » … Elle se défie de ses instincts. Se garde de tout élan. Le moindre faux pas la perdrait.

À vingt-deux ans, Tibère est un athlète et un soldat d'exception. Grand, bien bâti, et doué d'une force herculéenne. Dont il ne déteste pas faire la démonstration : par exemple, d'une chiquenaude, éborgner un esclave pris à chaparder… Il n'aime guère le Palatin, qui sent l'intrigue, le renfermé, le scribe assis et la cire à cacheter. Il préfère les grands chemins et le souffle des légions.

Son visage, qui nous est connu par de nombreux bustes, est un peu moins glorieux que sa musculature. Parce qu'il ressemble, le pauvre, à sa maman. Cette mère dont tout l'éloigne, dont même les ambitions qu'elle nourrit pour lui répugnent à sa modestie autant qu'à son idéal (il est resté discrètement républicain), cette mère lui a transmis ses traits les moins nobles : un petit menton rond, et cette bouche pincée, ridicule chez un guerrier. Tel quel, pourtant, il n'est pas laid. Avec son front large et ses grands yeux attentifs (dont il prétend qu'ils percent les ténèbres), il donne une impression d'intelligence et de gravité susceptible de toucher Séléné.

De même que la retenue de Séléné, sa culture « sérieuse », son regard plein d'ombres, et sa voix un peu rauque, voilée, comme intérieure, pourraient retenir l'attention de Tibère, davantage sans doute que la beauté trop gaie d'une Julie ou les agaceries d'une Claudia. Dommage qu'elle soit la fille de sa mère…

Cette filiation suffit à éloigner Tibère de tout sentiment trop tendre à son égard. C'est même un repoussoir, car la personnalité de la reine d'Égypte le terrifie. Non pas tant, d'ailleurs, l'ennemie du peuple romain que la « mangeuse d'hommes ». Il n'a guère, c'est vrai, l'habitude des femmes. On peut même dire qu'il les fuit – surtout les provocantes, les enjôleuses, les dessalées… Voilà pourquoi, en dépit des rêves de sa mère, il est si content de rester fiancé à une enfant. Et s'il fait bonne figure à Séléné, c'est en souvenir de la fillette maigrichonne aux allures de garçon grec à laquelle le liait autrefois une camaraderie taciturne et virile.

La visite de Tibère à Octavie n'est qu'une visite de courtoisie. De quoi peuvent-ils se parler ? De la pluie et du beau temps ? Non, Octavie ne sait rien du beau temps puisqu'elle ne sort plus. Alors ils parlent de politique. À mots couverts. « J'espère, dit la sœur d'Auguste, que ta campagne militaire en Arménie ne sera pas trop rude…

— Campagne est un grand mot. Disons plutôt "une promenade". »

Les Romains ont en effet discrètement fomenté une révolte dans le pays et, à la faveur des troubles, le roi, dont les sympathies parthes n'étaient plus un secret, a été assassiné. Les légions ramènent maintenant dans leurs bagages le jeune Tigrane, frère du défunt, élevé à Rome, parfaitement endoctriné, et que Tibère sera chargé de couronner. « Il ne reste plus à notre aimable Tigrane qu'à apprendre la langue de son royaume… », conclut Octavie.

Un autre État tampon vient, lui aussi, à la faveur d'une succession, de rebasculer du côté romain : la Médie-Atropatène, qui contrôle l'accès à la Caspienne. Le roi des Parthes, dont l'empire s'étend depuis l'Euphrate jusqu'à l'Inde, doit commencer à sentir souffler du nord une brise aigrelette… Mais le sud de son empire n'est pas non plus à l'abri des tempêtes : son fils préféré vient de s'y faire enlever par des rebelles qui l'ont livré aux Romains.

Tibère et Octavie savent qu'Auguste ne tient pas à affronter les Parthes chez eux. Pas si fou ! Les plaines mésopotamiennes ne portent pas chance aux armées romaines. Les étendards que les Parthes, après avoir anéanti sept légions, exhibent victorieusement à Babylone et à Ctésiphon depuis trente-cinq ans, le Prince n'ira pas les chercher lui-même. On les lui rendra, pense-t-il, et avec le sourire par-dessus le marché ! Trois ans d'intense activité diplomatique ont fait entrer dans son jeu plusieurs atouts, l'alliance mède, le trône d'Arménie, et un otage de marque. De quoi faire pression sur les Barbares tout en leur présentant une honnête proposition : « Échangerais jeune prince captif et traité de paix durable (frontière Euphrate confirmée) contre vieux drapeaux et prisonniers édentés. »

Des prisonniers survivants, il ne doit plus en rester beaucoup après trente-cinq ans de captivité ! Mais le peuple romain veut le retour des derniers soldats détenus par l'ennemi. Et les poètes, ces va-t-en-guerre, réclament à cor et à cri la restitution des *aigles* sacrées. Eh bien, tout cela, ils vont l'avoir, les jusqu'au-boutistes ! Mais ce sera une victoire morale. Les victoires morales sont celles qu'Auguste préfère, « Apollon Bourreau » est très économe du sang militaire. Et « le dieu oblique » a beau toujours agir obliquement, Tibère, cette fois, approuve la manœuvre. « En Arménie, sitôt notre ami Tigrane sur le trône, je ferai surtout parader nos troupes. Il s'agit de montrer nos forces pour ne pas avoir à les utiliser. Ensuite, je rencontrerai dans la montagne quelques émissaires de l'est… »

Inutile de développer. Le jeune homme se sent d'ailleurs gêné d'aborder ces questions diplomatiques en présence de Séléné, une étrangère ; mais puisque Octavie en prend la responsabilité… Les affaires du monde, la sœur du Prince les comprend à demi-mot, tout est clair pour qui baigne depuis longtemps dans les eaux troubles du pouvoir. Ce qui étonne Tibère, en revanche, ce sont les signes d'intelligence qu'à la moindre allusion politique il surprend dans le regard de Séléné. Son corps, son visage restent immobiles, mais il voit s'élargir dans ses yeux des ondes concentriques pareilles à celles qui suivent le lâcher d'une pierre dans un lac : le lac engloutit la pierre sans bruit, mais des rides à la surface, de plus en plus larges, indiquent que quelque chose, dans les profondeurs, s'est ému.

Il est rare, constate Tibère, qu'on trouve dans le regard des jeunes femmes la trace d'un intérêt si vif pour ces sujets. Du reste, Séléné a de beaux yeux. Mordorés comme la carapace d'un scarabée… Si ses parents, ces insensés, n'avaient pas autrefois prétendu régner sur l'Orient, le Prince aurait pu la marier à un roitelet de là-bas – Tigrane, pourquoi pas ? Mais toute union, même avec un Grec ou un Asiatique, semble improbable dans son cas. Elle est condamnée à se faner lentement auprès d'une Octavie diminuée, qui n'est plus que l'ombre de la grande dame qu'elle fut. Ah, décidément, le Palatin n'est pas gai ! Pauvre Séléné…

Pour cacher la mélancolie qui s'empare de lui et qui lui donne cet air contracté dont Auguste s'agace, le jeune homme cherche un moyen de plaisanter avec son ancienne compagne de jeu. Tandis qu'à la demande d'Octavie (« Excuse-moi, fils, j'ai peine à marcher ») Séléné le raccompagne jusqu'au seuil de la maison : « Sais-tu, dit-il, que la maison de Mécène a été bâtie sur un cimetière ? Il a dû combler des fosses avant d'y faire construire ses Jardins. Petits, nous courions là-bas sur des squelettes ! C'est drôle, non ? » Pas tellement, mais il rit et, en traversant le vestibule, il ajoute : « Est-ce que tu te souviens des *controverses* qu'organisaient nos grammairiens dans ces Jardins ?

— Oui, tu tenais Valerius Messala pour le plus grand orateur latin… Et Euphoriôn pour le meilleur poète grec !

— Messala n'est qu'un flagorneur. Un traître à la République. Un faux ami. Sur Euphoriôn, par contre, je n'ai pas changé d'avis… Sur nos professeurs, non plus : des pédants fouetteurs ! Je leur posais des questions qui les laissaient cois, ces imbéciles prétentieux : "Quels étaient les chants des sirènes" ?

— Ou "Quel nom Achille a-t-il pris quand il s'est habillé en fille ?". Aucun ne savait.

— Mais un jour tu m'as cloué le bec. Si, si ! J'avais demandé qui était la mère d'Hécube. Embarras de nos grammairiens. Mais toi – qui nous avais si souvent ennuyés avec les plaintes versifiées de cette pauvre femme, ses enfants morts, sa ville ruinée, ses appétits de vengeance – toi, forcément, tu as pu le citer, le nom de sa mère ! »

Un esclave de vestiaire lui rajuste sa toge. D'un coup, sa nuque se raidit, il réendosse son personnage et se dissimule sous le masque d'arrogance que lui reprochent déjà les Romains. En faisant mouvement pour s'écarter du passage, Séléné laisse glisser son étole. Mais Tibère, digne comme un Claude, ne se baisse pas pour la lui rendre et, pudique, il détourne les yeux lorsqu'un jeune portier sans caleçon se jette à quatre pattes pour la ramasser.

« Quand te reverrai-je ? demande-t-elle.

— Oh, pas avant longtemps ! Un an ou deux, sans doute. L'Orient, tu sais, ce n'est pas simple ! Un sac de nœuds – que le Prince nous défend de trancher : il faut les défaire un à un, en douceur. Foutu boulot ! …

Au fait, ajoute-t-il soudain en fronçant le sourcil, j'espère que tu n'es pas adepte de cette secte d'Isis que César vient d'interdire pour la deuxième fois ? Rome doit être impitoyable avec ces gens-là ! Allez, porte-toi bien. »

Ni accolade, ni baiser. Vers elle, vers son corps, il n'a pas eu le moindre geste d'homme, quoique, certainement, il éprouve à son égard beaucoup d'affection. Elle se dit qu'il trouve, non sans raison, qu'elle porte mal son nom – *Cléopâtre-Lune*, mais une « Cléopâtre » sans charmes et une « Lune » voilée.

Elle n'est vraiment nécessaire qu'à un seul être : Octavie. Ses sœurs l'ont presque oubliée, la vie mondaine des femmes mariées laisse peu de répit. Et puis, on ne peut jamais inviter une vierge à dîner – pas question qu'elle s'étende entre deux hommes sur un lit !

La liberté commence avec le mariage. Julie, Prima, Claudia, Marcella se reçoivent entre elles, sont de tous les soupers élégants et se croisent à midi dans les boutiques à colifichets de la voie Sacrée ou, derrière la voie Lata, dans les allées du nouveau portique où se pressent les amateurs d'art. Elles assistent aux ballets, aux procès, aux courses, aux concerts, aux mariages, courent les ventes aux enchères, les « dépositions de barbe », les sacrifices divins, les funérailles, les lectures, les loteries, et les exécutions capitales pour peu que le condamné soit connu ou le supplice intéressant. Bref, elles sont partout. Il n'y a guère qu'au Sénat qu'on ne les voit pas.

Depuis que le Prince et sa femme sont partis et que les jeunes célibataires de la famille, Tibère, Drusus et Antonia, les ont suivis en Asie, le Palatin, en revanche, semble abandonné. Les courtisans et les bureaucrates sont passés de l'autre côté du Tibre, chez Julie et son mari Agrippa, l'homme qui commande à tous et qui n'obéit qu'à un seul.

Unique enfant du couple le plus éclatant de l'Histoire, Séléné vit dans la profonde obscurité d'un palais désert, sans autre compagnie qu'une vieille femme en noir qui remâche ses chagrins, ses rancœurs, se plaint qu'elle ennuie le monde et que le monde l'ennuie.

Plus de miroir dans la maison : si Octavie fait tout pour se détruire, elle ne supporte pas de voir qu'elle y réussit. Son délabrement lui répugne – ce teint plus jaune qu'une dent de chèvre, ce cou ridé, et ces cheveux, autrefois si beaux, qui, maintenant qu'ils repoussent, s'ébouriffent sur ses tempes comme un maigre duvet de cygne... Même son âme se déplume depuis qu'elle se sent inutile à ses enfants, à son frère et à l'État.

Pourtant, si chacun sait ici qu'Auguste ne peut plus s'appuyer sur sa sœur, personne n'imagine à quel point cette sœur peut encore s'appuyer sur lui. Pour avoir perdu toute influence politique, Octavie n'a pas perdu l'affection de son frère. Loin de là ! Séléné s'en est aperçue le jour où elle a dû faire la lecture d'une grosse lettre tombée du paquet d'Antonia. Le sceau n'était pas encore rompu, et elle avait reconnu le nouveau cachet du Prince. « Je ne peux pas lire cette lettre, je n'en ai pas le droit, protesta-t-elle en montrant le mince profil d'Auguste imprimé dans la cire, elle vient de César lui-même !

— L'écriture de mon frère est encore pire que celle de ma fille, je m'y crève les yeux ! Lis, mon enfant.

— Mais ta lectrice romaine...

— ... est une sotte et une indiscrète. Lis, te dis-je. »

L'écriture du Maître, Séléné ne l'avait vue qu'une seule fois auparavant : c'était après une partie d'osselets... Cependant, elle parvint à dissimuler son malaise. Trois pages. Trois pages d'une écriture serrée. Aucun espace entre les mots. En bout de ligne, des lettres tassées et surajoutées. Et, partout dans les marges, des renvois et des apostilles. Avec ça, peu d'orthographe. En général, le Prince écrivait phonétiquement – par principe, prétendait-il. Pour ses correspondants lettrés, impossible de lire une ligne de lui sans la « dire ». Il fallait même s'y reprendre à deux fois, en bégayant. « Comprendre mon frère demande un long entraînement, dit Octavie à sa lectrice improvisée, je le sais. Prends ton temps. Fais-toi l'œil. »

Les lettres que lut Séléné, presque chaque semaine désormais, étaient d'un autre homme que celui qu'elle connaissait. Un homme sans détour, enjoué, prévenant envers sa sœur, et chez qui rien ne sentait l'empesé ni le perché. Dans cette correspondance, peu de confidences sur le gouvernement, mais des saynètes familiales, des attentions fraternelles, « Hier, avec nos enfants, j'ai chauffé la table de jeu, j'ai perdu dix mille sesterces, que ton Antonia m'a gagnés », « Pour toi, *sororcula* (petite sœur), j'ai acheté à Daphné un collier de topazes rousses. Ici, les prêtres du sanctuaire d'Apollon disent que le remède est souverain contre les migraines. Ces pierres renferment les rayons mêmes du dieu », « Les nouvelles que Tibère nous envoie d'Arménie sont excellentes, bien qu'il nous écrive toujours dans ce style ampoulé qu'il adore. Mais ne va pas m'accuser de manquer à mon tour de simplicité si je te dis que les Parthes ne vont plus tarder à rendre aux Romains leur honneur perdu », « Si tes amies aiment les luttes d'athlètes, conseille-leur de se précipiter aux arènes : je compte, dès mon retour, interdire aux femmes le spectacle indécent de ces hommes nus », « Peu importe, *sororcula*, que ma santé soit bonne ou mauvaise si toi tu ne vas pas bien… », « Pourquoi crains-tu que je ne satisfasse trop vite les caprices de ton Antonia ? Ce sont les tiens que j'aimerais combler ! Exige, et je t'exaucerai. Une nature morte de Zeuxis, du miel de l'Hymette, un ours scythe ou un lot d'enfants syriens – on en trouve, pour une somme modique, qui n'ont pas trois ans et sont d'une beauté admirable. À part la tête du roi des Parthes, hors de prix, je peux tout t'offrir. »

Séléné fut frappée par ces promesses, cette dévotion. Comment aurait-elle remarqué que ce frère si dévoué était insensiblement passé, pour les diminutifs, du *nutricula* d'autrefois au simple *sororcula* – du « petite mère » au « petite sœur » –, changement qui traduisait l'évolution de ses rapports avec son aînée.

Éblouie, elle se dit seulement qu'Octavie n'avait qu'à demander pour obtenir. Constat qui lui ouvrit des horizons. Le Prince souhaitait que sa sœur fît des caprices ? Eh bien, supposons qu'il lui prît envie, à cette sœur, de marier sa « prisonnière de compagnie » ? de lui permettre d'enfanter ? « Exige, et je t'exaucerai… » Même isolée par son deuil, claquemurée dans sa chambre, Octavie gardait une prise sur le monde. Par son entremise, on pouvait agir. Séléné, qui ne disposait d'aucun autre levier, décida de jouer d'Octavie. Dorénavant, elle ferait par intérêt ce qu'elle faisait jusqu'alors par reconnaissance, et la sœur d'Auguste n'aurait pas de « fille » plus aimante que la fille de Cléopâtre…

L'enfance, c'est la vie des autres. Séléné venait de comprendre qu'il lui fallait vivre pour son compte. Entrant enfin dans l'âge adulte, elle fut contente de se croire plus retorse qu'elle n'était. Cette illusion la rassura. Elle craignait les sentiments.

Portrait de groupe avec enfants. Derrière le Panthéon, sous les peupliers de l'étang d'Agrippa, promenade publique à la mode, les petits Syriens grimpent sur les genoux de Séléné, assise au bord de l'eau. Les bébés s'accrochent à sa robe ; les plus grands, qui ont réussi à escalader son banc, lui donnent des baisers de colombe, bec à bec. Tableau charmant. Et fait pour être admiré : « Vénus et les Amours. » Même s'il y a un peu trop de Cupidons pour une seule mère, et si la « déesse », pudiquement drapée, a gardé sa virginité. Il faut dire que le tableau n'est pas destiné à un peintre, mais à Octavie : ses filles, ses amies ne manqueront pas de lui écrire qu'elles ont rencontré Séléné à la promenade, accompagnée d'un lot d'*enfants délicieux*, et qu'ils formaient ensemble un spectacle si touchant que les passants s'arrêtaient pour les regarder. « Le sourire de Séléné perlait sur sa mélancolie comme la rosée », écrira Prima, attendrie.

Ces jeunes esclaves, c'est la fille de Cléopâtre qui a persuadé sa protectrice d'en passer commande : « Fais plaisir au Prince en le laissant t'offrir un petit souvenir de là-bas. Un éléphant ou un chameau nous dérangeraient, mais pourquoi pas des bébés d'Asie ?

— Je ne fais plus de collections. Quant à former des échansons ou des laveurs de pieds, ce soin serait inutile puisque je ne donne plus de banquets.

— Nous les préparerons à amuser tes petits-enfants, que tu verras bientôt dans ta maison… »

Les jeunes femmes de la famille venaient, en effet, d'accoucher en série. Elles n'avaient eu que des filles : Julie, une petite Julilla ; Claudia, une Pulchra ; Marcella, une Antonia qui n'avait pas vécu ; et Prima, une Domitia dont la houppette blonde tirait déjà sur le roux.

« Choisissons des enfants très jeunes – pas plus de deux ou trois ans – pour que, dans quelques années, ils soient d'âge à jouer avec Pulchra et Domitia. Achetons même quelques nourrissons.

— À cet âge, ils sont trop fragiles, ils mourront pendant le transport…

— Nous les prendrons avec leurs mères. Que tu revendras dès qu'ils seront sevrés. »

Octavie avait fini par céder. Sans d'ailleurs savoir à qui. À son frère, qui souffrait de ne pouvoir la consoler ? ou à Séléné, qui voulait jouer à la poupée ?

Mais elle voit maintenant que Séléné n'est plus une petite fille : avec ces bambins, qu'elle a constamment dans les bras ou dans les jambes, elle se comporte en mère.

Chaque jour, Séléné donne pour Octavie une représentation de la maternité triomphante. Ou, plus exactement, elle l'oblige à imaginer quelle mère attentive elle serait si on lui permettait de se marier. Lorsqu'elle caresse sa joue contre la joue douce d'un bébé, berce sur son épaule un tout-petit qui souffre d'une colique, ou feint de chercher longuement au milieu de la pièce un plus grand qui se croit caché, elle ne doute pas d'émouvoir sa protectrice. C'est comme si elle lui disait : « Vois ce dont ton frère veut me priver »…

Elle pense agir par tactique. Ignore qu'elle agit par goût. Elle croit qu'elle prépare l'avenir. Mais elle répare le passé. Car celui qu'elle tient aujourd'hui contre son sein, c'est ce « bébé arménien » du défilé d'Alexandrie qu'elle voulait sauver, ce bébé que Nicolas de Damas et son père lui ont refusé, ce bébé dont elle ne se souvient plus, mais qui est là, contre elle, ressuscité.

La présence des *putti* syriens, en mettant de l'animation dans la maison, a donné plus de naturel aux relations entre les deux femmes. Pendant que les aînés, encore chancelants sur leurs jambes, jouent dans la chambre avec des chiots ou des oiseaux, Séléné parle d'eux avec Octavie, lui demande des conseils pour mieux remplir son rôle de « petite maman », et Octavie n'est pas mécontente d'enseigner – elle a tout son temps pour le faire désormais.

Mais quand elle croit transmettre des gestes de tendresse éternels et des principes d'éducation (disproportionnés à leur objet – des *enfants délicieux*!), ce qu'elle transmet à son insu, c'est toute son expérience de la vie.

En voyant une nourrice batave (récente prise de guerre) moucher l'un des petits Syriens importés, elle dit : « On est toujours de la religion de sa nourrice, ce fils d'Astarté finira par adorer un Cernunnos à cornes ! » Qu'un bambin en tyrannise un autre, et elle s'écrie : « Un futur chef ! L'idéal, vois-tu, serait que seuls des sages exercent le pouvoir. Mais quel sage voudrait du pouvoir ? » Et elle rit, elle, la nièce de César, la sœur d'Auguste, la femme de Marc Antoine, pour la première fois depuis longtemps elle rit de bon cœur : « Tous des fous, crois-moi ! » Elle dit : « Pollion, oui, bien sûr, Pollion… Une intelligence remarquable, une vertu hors du commun. Mais qui se souviendra de Pollion ? Il y a tant d'hommes d'exception qui glissent comme des grains de sable sur le bronze de leur siècle sans l'avoir marqué… » Parfois, elle soupire : « La vie, c'est comme la figue de Barbarie, le profit qu'on en retire ne vaut pas la peine qu'on se donne pour l'éplucher. »

Et ces phrases-là tombent entre un conseil pour calmer les maux de dents des bébés (« Frotte leurs gencives avec une dent de dauphin, il faut toujours avoir une dent de dauphin chez soi ») et une recette pour connaître le sexe de l'enfant à naître (« Inutile de couver un œuf sous l'aisselle droite pour voir de quelle espèce est le poussin qui en sort, ah ne ris pas ! Ma belle-sœur Livie, qui n'a pas inventé la charrue, a couvé un poulet pendant trois semaines pour être sûre d'avoir un Tibère Claude ! »).

Moitié par jeu, moitié par affection, Octavie appelle maintenant Séléné « ma pupille » lorsqu'elle la désigne aux servantes. Mais quand sa « pupille » s'inquiète à en perdre le sommeil parce qu'un de ses minuscules trésors est malade et ne peut plus téter, elle s'énerve : « Un peu de raison, jeune fille ! Ce marmot n'est tout de même pas de ta famille ! Et à quoi le destinait-on ? à servir ? Belle affaire ! Un esclave mort est un homme libre. L'égal, aux Enfers, d'Alexandre et de Darius. Si tu l'aimes, félicite-t'en !… Bon, il était joli, je te l'accorde. Pour le remplacer, j'essaierai de te trouver dans les bonnes boutiques du Champ de Mars un petit Espagnol du même âge. Aussi brun. »

Au mot « remplacer » Séléné a blêmi, elle lève les bras dans une muette invocation aux puissances divines. Manège qu'Octavie, agacée, s'apprête à fustiger lorsqu'elle voit une larme glisser sur la joue de sa « pupille ». Alors, la sœur d'Auguste se trouve brusquement ramenée dix ans en arrière – au troisième jour du Triomphe, quand une enfant enchaînée par le cou et les poignets tendait les mains vers la foule dans l'espoir d'obtenir la grâce de son frère. Pour ce petit garçon agonisant sur sa charrette, l'enfant suppliait le peuple romain, ce monstre aux mille bouches, aux langues dardées, aux yeux de Gorgone. En vain. Car seule Octavie avait vu et entendu le désespoir de la captive aux chaînes d'or – mais trop tard : quand elle-même ne pouvait plus bouger. C'est ensuite seulement, en quittant la tribune officielle, qu'elle avait découvert, dans un cul-de-sac qui puait l'urine et la saucisse grillée, le petit corps sans vie de celui qu'on avait enfin détaché du chariot. Les soldats n'avaient même pas pris la peine de lui fermer la bouche : ses lèvres pâles retroussées sur ses dents de lait, le petit Égyptien semblait lutter encore pour respirer…

Et voilà qu'aujourd'hui, pour un autre orphelin, un autre « condamné », la prisonnière a reproduit ce geste ultime d'imploration. Sans doute les dieux, comme les spectateurs du Triomphe, ignoreront-ils cette prière désespérée, mais elle, Octavie, peut-elle feindre de ne pas l'avoir entendue ? « Sors, dit-elle à Séléné, va dans la cour avec ces nourrices dont les cris m'assomment et toute cette marmaille qui a la goutte au nez ! J'ai besoin de réfléchir. »

Peu après les *Matronalia*, cette « fête des mères » qu'on célébrait le 1er mars, quand arriva d'Asie le paquet de lettres habituel, Octavie refusa l'aide de Séléné. Pour sa correspondance avec le Prince, elle venait, dit-elle, de racheter à Julie une petite secrétaire illyrienne dont la sténographie, comme l'écriture et la diction, était réputée. « Mais je peux au moins continuer à te lire les lettres d'Antonia, proposa Séléné, déconcertée.

— Non, ma chère enfant, je veux rendre cette femme capable de déchiffrer toutes les écritures. Amuse-toi avec tes petits Syriens… Tu es triste ? Pourquoi ? Crains-tu de ne plus être informée des affaires d'Asie ? Apprends que Tibère a récupéré nos *aigles*, les Parthes ont fini par traiter : à leur roi nous avons rendu son fils captif. D'ici quatre à cinq mois, mon frère sera de retour. Voilà pourquoi Agrippa vient de partir pour la Germanie. Les Barbares aux yeux pâles y débitent nos légions du Rhin à la hache, nous ne pouvions attendre davantage pour ramener ces sauvages à la raison. Mais, comme mon frère rentrera avant la fermeture de la mer, Rome ne restera pas sans maître. Julie non plus. Ce qui vaut mieux pour elles deux. »

Octavie eut beau continuer à expliquer le monde à Séléné et la traiter en parente, elles se virent moins souvent. Moins intimement. Une disgrâce. La jeune fille se perdait en conjectures sur les raisons pour lesquelles elle avait déplu. Car elle avait déplu : soit on doutait maintenant de sa discrétion, soit elle avait irrité sa protectrice par ses accès de maternage incongrus. L'accablement de Diotélès ajoutait à ses remords : « La maîtresse pouvait tellement pour nous ! Nous voilà abandonnés… Qu'as-tu dit la dernière fois que tu lui as lu une lettre de César ?

— Mais rien !

— Qu'as-tu fait, alors ? Essaie de te rappeler. Un geste ? Une mimique ?

— Ah, oui… J'ai pleuré. C'était le moment où ce bébé syrien aux grands yeux s'est laissé mourir de faim, je n'ai pas pu m'empêcher de pleurer.

— Eh bien, voilà ! Les puissants détestent les larmes. Tu t'es discréditée, et pour rien. Pour un esclave au berceau ! Toi, la fille d'une reine… Ah, ce n'est pas ta mère qu'on aurait vue pleurer de la sorte ! Et elle, pourtant, avait bien de quoi se lamenter ! »

« Je tiens le loup par les oreilles. » C'est par cette phrase énigmatique qu'Octavie a répondu à la question de Séléné : « Irons-nous passer quelques jours à Tibur cet été ?

— Nous nous contenterons des Jardins de Mécène, mon enfant. Je ne veux plus manquer un seul courrier : je tiens le loup par les oreilles… »

La jeune fille regrette souvent de ne pas avoir appris la langue de Rome dès sa petite enfance, trop de nuances, d'expressions, lui échappent encore. Ainsi, cette histoire de loup. Tout au plus devine-t-elle qu'il s'agit d'une situation dangereuse. « Le loup par les oreilles » : rien de confortable, non, sûrement… D'ailleurs, ces jours-ci, Octavie semble nerveuse. Moins triste que tendue.

À l'insu de Séléné, la sœur d'Auguste mène en effet la dernière négociation de sa vie. Elle n'a plus rien à monnayer, que sa benjamine. De l'avis général, la plus belle de ses filles, la plus blonde, la plus élancée, la plus grecque – la plus antonienne. Mais cette rare beauté est préemptée. Par « l'empoisonneuse ». Livie veut Antonia pour son Drusus. *Mea Livia* (c'est toujours ainsi, maintenant, qu'Auguste nomme sa femme dans sa correspondance), « Malivie », comme s'il s'agissait d'un seul mot (et c'est un seul mot, puisqu'il a cette fichue manie de ne laisser aucun espace quand il écrit), « Malivie » donc (qui a dû, la salope, profiter du voyage pour recoucher avec son mari), « Malivie » (qui a su, la roublarde, mettre à profit les deux ans passés avec Antonia pour la persuader que son fils cadet ferait un bon mari), « Malivie » rêve de célébrer des fiançailles officielles avant le retour à Rome. Sans avoir à affronter les fureurs de sa belle-sœur ni à supporter, sur le lit d'honneur, sa triste figure et ses robes de deuil…

Eh bien, ce plaisir, on va le lui donner, et rendre en même temps plus facile à Gaius l'exercice de son *auctoritas* sur sa propre famille. Mais oui, Gaius, prends mon Antonia, sacrifie sa virginité à tes maudits Claudii, promets-moi (oh, quelle gloire pour ma modeste personne !) que mes petits-enfants seront aussi ceux de « Malivie », vas-y, ne te gêne pas, surtout ! Mais en échange… Faut-il dire « en échange » ? Elle n'est plus en position d'exiger des contreparties, tout juste peut-elle prendre l'initiative d'un geste que le Prince hésite encore à lui imposer – elle lui « vend » du temps gagné et une conscience apaisée, ce qui mérite bien une récompense…

Durant tout l'été, les lettres circulent à un rythme accéléré entre le Palatin et Samos, puis le Palatin et Athènes, le Palatin et Patras, Corfou, Apollonie. Le Prince revient, il se rapproche ; Mécène et Virgile, plus courtisans que jamais, sont partis au-devant de lui. Le Sénat exulte, vote la construction d'un temple au « Bonheur revenu », tandis qu'Octavie lit, dicte, répond, suggère, argumente, et épuise le reste de tendresse que son frère garde pour elle, « Un caprice, Gaius », « Pour me faire plaisir, Gaius », « Oh, tu sais comme sont les vieilles femmes ! », « Une lubie, oui, une fantaisie »…

Nutricula, ce surnom qu'il lui donnait autrefois, elle l'aura bien mérité : à part son lait, elle aura tout donné aux enfants qu'elle a élevés.

Quand Séléné remonta la petite file des *clients* venus recevoir l'aumône à la salutation de la deuxième heure, et qu'elle entra dans le bureau du rez-de-chaussée, elle fut saisie par la vision d'un grand fantôme. Ce n'est qu'au trousseau de clés qui pendait à sa ceinture qu'elle reconnut Octavie. Debout au-dessus des commis assis en scribe, leurs tablettes sur les genoux, la *Domina*, qu'un épais voile de mousseline grise masquait jusqu'à la taille, tapa dans ses mains : les tablettes claquèrent toutes en même temps, les commis disparurent.

« Rassure-toi, ma fille, dit la dame grise, ce n'est pas le chagrin qui m'a poussée à reprendre, même à l'intérieur de ma maison, cette *palla* du deuil que j'avais quittée. C'est la coquetterie : mon frère sera là dans trois semaines, et je ne veux pas qu'il voie ce que je suis devenue. La vieillesse, quand on l'exhibe, est plus indécente qu'une putain fardée. J'avais interdit les miroirs, mais je me suis aperçue dans un pichet d'argent : hideuse comme un cul de singe ! Je ne dévoilerai plus mon visage qu'à ma baigneuse… Bon, je t'ai fait appeler pour que nous préparions ton bagage. J'ai déjà donné à mes couturières de quoi te faire quelques robes pour le voyage.

— Où allons-nous ?

— Moi, nulle part. Toi, tu pars pour la Maurétanie. »

Sur l'instant, la nouvelle ne surprit pas Séléné parce qu'elle n'en comprit ni le sens ni la portée. Pour elle, *le* « maurétanie » n'avait jamais été un pays, mais une variété de bois exotique dont les Égyptiens faisaient des gobelets magiques.

Il fallut démêler le quiproquo. « Il est vrai, concéda Octavie, qu'il existait autrefois un bois rare, plus précieux que le cèdre du Liban. On l'appelait le "thuya de Maurétanie". Des arbres géants, à la chair marbrée… Nous en avons fait des damiers, des guéridons, des tables, plus chères et plus belles que les marqueteries d'ivoire. Mon grand-oncle César en avait racheté une à Cicéron – pour un million de sesterces, je crois. Mécène en possède trois ou quatre, d'un prix inestimable. Inestimable, car il n'y a plus de thuyas en Maurétanie, les marchands ont tout coupé. Mais s'il ne reste plus de forêts, il reste une terre, une vaste et fertile terre d'Afrique.

— L'Afrique ? Mais qu'irais-je faire en Afrique ? Je t'en prie, pas en Afrique ! Ne me chasse pas ! » Et Séléné se jeta aux pieds de sa protectrice en lui enlaçant les genoux.

« Voyons, mon enfant, dit Octavie en caressant du bout des doigts les épais cheveux nattés, voyons, relève-toi. Nous ne te condamnons pas à l'exil. Nous ne te privons pas du feu et de l'eau. Nous t'envoyons pour te marier. Tu épouses le roi de Maurétanie. »

« Mariage », « roi », ces mots dont Séléné avait rêvé, elle les entendit à peine, tant son attention était retenue par celui d'« Afrique » : à quels sauvages allait-on la livrer? Des Éthiopiens? des *faces brûlées*? le chef d'une bande de nomades? d'une tribu de pillards? «Je doute, reprit Octavie, rassurante, qu'il y ait des *faces brûlées* en Maurétanie. Ces gens-là sont des Maures ou des Berbères, et, pour quelques-uns d'entre eux, d'anciens sujets de Carthage. Leur royaume est immense, il s'étend le long de la mer, à l'ouest de notre province d'Utique – depuis Hippone jusqu'à Tanger, où nous avons établi une colonie. »

De Tanger, Séléné n'avait jamais entendu parler. Mais Carthage... Ah, le nom de Carthage lui rendit espoir. Pour vaincre Rome, pouvait-on espérer mieux que de mêler le sang d'Hannibal à celui de Cléopâtre? Peut-être même allait-elle retrouver là-bas, dans cet empire «immense» (Octavie avait bien dit «immense»), l'ancien royaume de Cyrénaïque que son père lui avait donné?

Hélas, non. Comme le lui apprit sa protectrice, si la Cyrénaïque, peuplée de Grecs, était voisine de l'Égypte, la Maurétanie se trouvait à l'opposé. Loin, très loin du Nil... Quant à Carthage, inutile de rêver: Octavie précisa qu'il ne restait plus une pierre, ni une seule famille, de l'antique cité.

Le cœur de la jeune fille s'affola. À quoi ressemblait-il donc, ce roi dont les enfants ne seraient ni grecs, ni romains, ni égyptiens, ni carthaginois, pas même métisses, ce roi dont elle ne pourrait espérer qu'une descendance absolument barbare, chevelue, barbue, poilue? «Je l'ai aperçu autrefois, ce Juba, dit Octavie. C'est un indigène, mais nous l'avons fait citoyen romain. Il parle grec, et même latin. Il paraît qu'il sait aussi déchiffrer la langue punique. Il a écrit un ou deux livres qu'on trouve sûrement dans la bibliothèque de Pollion, des livres d'histoire, je crois. Mais tu n'auras pas le temps de les lire, tu pars la semaine prochaine pour Pouzzoles, d'où tu embarqueras pour l'Afrique avant la fermeture de la mer – et avant le retour de mon frère, surtout ! S'il apprenait que tu protestes au moment où il desserre tes chaînes, il pourrait bien changer d'avis sur ton avenir. »

Derrière son voile gris, la sœur du Prince était comme derrière un mur. Séléné ne devinait pas ses traits. Mais elle sentit percer l'irritation dans sa voix : « Il ne faut pas vouloir à moitié ce que l'on veut, petite fille. On prend les pertes avec les bénéfices… Tu n'es pas morte, tu seras mère, et tu seras reine – j'ai fait le plus dur. Pour le reste, à toi de jouer ! »

Séléné n'a eu que le temps d'essayer trois ou quatre robes et la tunique droite en laine blanche qu'on destine au jour du mariage ; dans les coffres que remplissent les servantes, elle a aperçu le voile orange qui l'enveloppera ce jour-là et les petites chaussures teintes au safran qu'elle enfilera.

Puis, emportée comme par une bourrasque, volant du Palatin au Trastevere, du Trastevere aux Carènes, des Carènes à la Colline des Jardins, elle a, en deux jours, rendu des visites d'adieu à toute sa « famille romaine ».

Prima lui a glissé à l'oreille qu'elle lui enverrait en Afrique des nouvelles de la Ville, « écrites dans notre langage à nous, pour éviter que les espions de ton mari ne nous déchiffrent… Ah, au fait, Pollion m'a dit que ce roi Juba est un érudit, il a été élevé chez les

Calpurnii, n'aie pas peur qu'il sente le bouc, Rome l'a bien décrassé ! ».

Julie – que Séléné a trouvée à l'heure du dîner, enveloppée dans une robe de banquet dont l'ampleur aurait caché sa grossesse si le tissu avait été moins fin (la fille d'Auguste ne montre rien, mais elle laisse tout deviner) – Julie a fait aussitôt appeler son *préposé aux trésors*, « Mes perles, vite ! », et elle a tenu à remplir elle-même les mains de sa compagne d'enfance : « Voyons, ma pauvre, tu ne peux pas arriver dans ce pays de sauvages aussi nue qu'une bergère ! À quoi pense ma tante ? Tu dois faire impression à ton fiancé, il te faut des boucles d'oreilles, des bracelets... Prends celui-ci. Et celui-là. Ne sois pas timide, tu es la fille de Cléopâtre ! Par Jupiter, tu as une réputation à défendre ! » Elle rit, elle babille, elle embrasse, elle donne : c'est Julie. Elle batifole avec ses nains, joue avec son singe, folâtre avec ses musiciens, gazouille avec ses enfants, effeuille un palmier, croque une pêche au vinaigre, plume un éventail : Julie. « Sais-tu que j'ai déjà vu ton mari ? Quand j'étais petite. Enfin, pas si petite. Juste avant la guerre des Basques. Je l'ai aperçu deux ou trois fois derrière mon père, dans des défilés. Quel cavalier ! Bel homme... Remarque, je ne l'ai jamais vu sans son cheval. Un vrai centaure – homme pour le haut et cheval pour le bas ! Entre nous, un centaure, c'est le rêve de toutes les femmes : oui, oui, on aime toujours mieux embrasser les lèvres d'un homme que la bouche d'un cheval, mais, pour le reste, crois-moi, le cheval amoureux est beaucoup plus "avantageux" ! Allons, ne rougis pas, vierge pudique, tu n'es pas censée comprendre les folies que je dis ! »

Pour le voyage, Octavie lui a donné des gardes du corps : une demi-douzaine de ces grands esclaves moustachus qui inondent le marché – Jules César a déporté un million de Gaulois. Euphorbe « le Grec », médecin et frère de Musa, fait aussi partie de l'escorte. De même que Diotélès le Pygmée, qu'on pare du titre ronflant de *préposé aux remèdes d'Asie* et qui exige aussitôt un nouvel habit. On lui offre la tunique rose d'un petit échanson de dix ans qu'on vient de revendre au riche Salluste, gros consommateur de chair fraîche.

La veille du départ pour la côte, la sœur d'Auguste reçoit une dernière fois Séléné : « Ta mère avait une bague, une intaille d'agate à laquelle, paraît-il, elle tenait beaucoup. Son sceau privé… Elle y avait fait graver un mot que je déchiffre mal. On dirait "*Méthè*". "Ivresse", c'est ça ? Drôle d'idée… Ce bijou, mon frère me l'avait donné, mais aujourd'hui il te revient. Montre ta main. Ah, ta mère avait les doigts plus fins… Peu importe, les bijoutiers de ton mari élargiront l'anneau. »

En cadeau de noces, Octavie lui donne aussi une vieille statue de pharaon : le vainqueur d'Actium a rapporté d'Égypte tant de colosses et d'obélisques qu'on ne sait plus où les mettre… Octavie ignore que ce souverain sans tête, qu'elle fait transporter à grands frais sur les routes campaniennes et embarquer sur un navire marchand spécialement affrété, n'est pas un Ptolémée ; que cet homme-là a régné sur un monde bien plus ancien, dans lequel Rome et la Grèce n'existaient même pas : c'est un roi d'avant Homère, d'avant Achille – d'avant les dates…

À Pouzzoles, tandis qu'on charge les bateaux, Euphorbe apprend, par une lettre de son frère, les fiançailles de Drusus et d'Antonia, le débarquement du Prince à Brindisi, et la mort de Virgile, déjà malade pendant la traversée. Auguste et Mécène l'ont veillé jour et nuit dans une maison du port pour l'empêcher de détruire l'*Énéide*, restée inachevée. L'agonisant voulait brûler ses vers. « Perfectionnisme ! » a tranché le Prince, qui a fait mettre le manuscrit en sûreté.

« C'est curieux, commente Euphorbe. Pourquoi vouloir détruire dix mille vers alors qu'il n'en manque plus que cinquante ? C'est comme si un médecin laissait mourir son malade plutôt que de l'amputer d'un doigt… Ah, ces poètes, quels égoïstes ! »

Diotélès, dont la peau noire, la barbe blanche et la tunique d'*enfant délicieux* attirent tous les regards (il est ravi), ose formuler une autre hypothèse, dont il ne s'ouvre qu'à Séléné : « Virgile n'avait jamais vu le Prince aussi longuement que pendant leur séjour en Grèce, il a brusquement compris à quoi servait son art – à chanter les mérites d'un tyran ! Il a tenté, mais trop tard, de "suicider" son œuvre… Bah, c'était se faire du souci pour rien : dans cent ans, personne ne lira plus ses poèmes de cour ! N'empêche que je suis bien content d'aller découvrir le pays de sa Didon. » Et il se met aussitôt à déclamer en latin, avec son terrible accent grec égyptien, les malédictions de la reine de Carthage contre la Rome future : « *Lève-toi, ô inconnu né de mes os, mon vengeur, qui par le feu et par le fer pourchasseras ces félons… Qu'ils soient contraints de se battre, eux et tous leurs fils ! Rivages contre rivages, flots contre mers, armes contre armes…* »

Séléné a vu disparaître la digue de Baïes et la masse sombre du cap Misène. Aussi longtemps qu'elle a cru pouvoir deviner au loin la pointe de Baulès, elle est restée à l'arrière du navire. Puis elle est descendue dans l'entrepont.

De son passé, elle n'emporte que le gobelet de Césarion – en bois de Maurétanie –, la bague « Méthè », son vieux Pygmée, et une statue sans tête du pharaon Touthmôsis dont elle ne connaît même pas le nom.

Elle se répète les imprécations de Didon : « Lève-toi, inconnu né de mes os, mon vengeur ! »

La vie est devant elle. Sur l'autre rive.

NOTE DE L'AUTEUR

Un romancier épris du passé peut trouver des avantages à choisir pour sujet, plutôt qu'un grand homme, un personnage secondaire de l'Histoire : on rêve mieux sur une ombre dont les contours sont flous, sur un fantôme resté fantomatique. Mais ce parti romanesque a son revers : les personnages historiques de premier plan, mieux « documentés », cherchent à occuper le terrain et, pour un oui, pour un non, envahissent le roman.

Aussi, après avoir contraint Antoine et Cléopâtre à ne figurer que de biais dans l'enfance de Séléné, ai-je dû contenir un peu Auguste, Virgile, Mécène ou Tibère pour qu'ils laissent respirer ma discrète héroïne.

Pas question, néanmoins, d'écarter du récit ces stars de l'Histoire qui, si elles pressent parfois ma petite reine jusqu'à l'étouffer, nous permettent en même temps de la cerner – là où étaient ces grands personnages, là se trouvait aussi Séléné, et quand ils agissaient, elle réagissait. Hommes illustres ou dames célèbres, ce sont eux qui, pour l'historien, dessinent en creux le portrait de la fille de Cléopâtre dans son époque romaine.

Sur cette période, qui va de la dixième à la vingtième année de Séléné, nous n'avons, en effet, que de rares informations directement relatives à la jeune fille. Des textes anciens comme de l'examen des monnaies n'émergent que deux dates – associées, il est vrai, à des éléments décisifs pour la princesse : en 29 avant notre ère, son exhibition, « enchaînée d'or », lors du Triomphe d'Octave sur l'Égypte, et, en 19, son mariage avec Juba, roi de Maurétanie[1].

Entre ces deux repères chronologiques – le Triomphe et le mariage –, on sait peu de choses de Séléné, sinon qu'elle fut recueillie et élevée par Octavie, la sœur d'Auguste. C'est dans la maison de cette grande dame romaine, au milieu d'une étonnante bande d'enfants et d'un aréopage d'artistes et de philosophes, que la petite Égyptienne trouva ce qu'il lui fallait de nourriture affective et spirituelle pour grandir.

*

Qu'advint-il d'ALEXANDRE-HÉLIOS et de PTOLÉMÉE PHILADELPHE, ceux de ses frères qui avaient échappé au massacre d'Alexandrie ? Plutarque se

---

1. Plusieurs monnaies maurétaniennes présentent l'image de Juba (*Rex Juba*) sur l'avers et celle de Séléné (*Kleopatra Basilissa*) au revers. Une seule est datée : de l'an VI du règne. Ce règne ayant commencé en 25 av. J.-C., à l'époque de la guerre d'Espagne, une majorité d'historiens supposent que cette monnaie a été émise en 19 à l'occasion du mariage royal ; ou que, émise ultérieurement, elle commémore la célébration, en 19, de ce mariage. J'ai suivi cette interprétation, même si, en stricte rigueur historique, l'existence de cette monnaie signifie seulement qu'en 19 av. J.-C., Juba et Séléné étaient mariés.

borne à indiquer qu'Octavie, « ayant recueilli les enfants survivants [de Cléopâtre], les éleva avec les siens ». Mais, pour les deux garçons, jusqu'à quand ? Les historiens modernes l'ignorent et leurs opinions divergent. Quand l'un rappelle, sans plus de commentaires, qu'« on ne sait rien du destin d'Alexandre-Hélios et de Ptolémée Philadelphe[1] », les autres vont de l'optimisme le plus résolu (« il est vraisemblable que les frères de Séléné l'accompagnèrent en Maurétanie et vécurent à la cour de Césarée[2] ») au pessimisme le plus radical (« les jumeaux défilèrent au Triomphe, puis les garçons, Alexandre-Hélios et le petit Philadelphe, disparurent, probablement exécutés[3] ») en passant par des moyens termes plus ou moins convaincants (« Alexandre-Hélios et le petit dernier, Ptolémée, allaient mourir fort jeunes, apparemment de mort naturelle, ce qui sans doute soulagea fort César Auguste[4] » ou « Il est probable que Ptolémée mourut dès l'hiver 30-29 et Alexandre-Hélios peu après 29, tous deux vraisemblablement très affectés par les hivers humides de Rome[5] »). On conviendra que, lorsque les historiens en sont ainsi réduits, faute d'éléments, à faire du roman, le romancier peut bien faire de l'histoire…

---

1. Pierre Cosme, *Auguste*, Perrin, 2009.
2. Christian-Georges Schwentzel, *Cléopâtre*, P.U.F., 1999.
3. Paul M. Martin, *Antoine et Cléopâtre*, Complexe, 1995.
4. Joël Schmidt, *Cléopâtre*, Gallimard, 2008.
5. Duane W. Roller, *The World of Juba II and Kleopâtra Selene*, New York, Routledge, 2003.

Une seule certitude : Alexandre et Ptolémée disparaissent très tôt des sources historiques gréco-romaines, et ils n'apparaissent jamais dans les sources maurétaniennes. Alexandre-Hélios a été « vu » pour la dernière fois à l'occasion du triple Triomphe d'Octave en 29 av. J.-C. À cette date, Ptolémée, lui, n'est déjà plus mentionné. Était-il mort pendant le voyage[1] ? Ou bien les chroniqueurs ont-ils omis d'indiquer sa présence car il n'offrait au public qu'un divertissement banal, comparé aux princes jumeaux enchaînés ?

Dans le doute, j'ai opté pour une solution intermédiaire en faisant du benjamin de la fratrie un enfant né chétif, perpétuellement malade, et qu'on doit extraire du défilé triomphal avant la fin, « pour cause d'agonie ». Quant au jeune Alexandre, j'ai supposé qu'il avait pu vivre quelque temps chez Octavie et y mourir de mort naturelle, quoique, non moins naturellement, suspecte. De toute façon, à en juger par le sort des derniers Antonii mâles après la disparition d'Octavie, il est quasi certain que César Auguste n'aurait

---

1. L'itinéraire et la durée de ce voyage restent incertains : Octave et son armée mirent une année entière pour rejoindre Rome ; il se peut cependant que les enfants aient été envoyés directement d'Alexandrie en Italie avant que la mer fût *fermée*. Mais, d'un côté, il semble difficile de les imaginer attendant un an le Triomphe dans l'horrible prison Mamertine, et, d'un autre côté, si on les avait immédiatement confiés à Octavie, la sœur d'Auguste aurait tout tenté pour leur éviter l'épreuve inhumaine des chaînes et du défilé. Voilà pourquoi j'ai choisi, entre toutes les hypothèses, celle d'un voyage lent, qui tantôt accompagnerait, tantôt précéderait le lourd cortège du « Maître ».

pas laissé faire de vieux os à un Alexandre-Hélios sorti de l'enfance !

En tout cas – et quel qu'ait été le sort, forcément peu glorieux, des plus jeunes fils d'Antoine et de Cléopâtre –, c'est une curieuse fresque que j'ai entrepris de restaurer : au premier plan, Séléné, un personnage qu'on dirait badigeonné à la chaux et qui n'a plus ni visage ni costume tandis que, sur le côté ou en arrière-plan, les traits des autres, Auguste, Livie, Tibère, Julie ou Antonia, restent fermement dessinés et leurs silhouettes, reconnaissables. À leurs expressions, leurs attitudes, je ne peux rien changer puisque l'Histoire me les impose. Cependant, c'est vers le personnage effacé du tableau, l'enfant oubliée, que je voudrais attirer l'œil du spectateur. Pour qu'au cœur d'un monde ancien surgisse un monde nouveau, suffit-il de ranimer les couleurs et de déplacer l'éclairage ? Comme les peintres, j'aime à le croire.

*

Au second plan, donc, mais tranchant sur la grisaille – ou le rouge pompéien – de la fresque, OCTAVIE est le personnage autour duquel s'organise la jeunesse de Séléné. Octavie, ex-épouse de son père, ancienne « rivale » de sa mère, et sœur de l'homme qui avait contraint au suicide ses deux parents... Résumer ainsi la situation serait en dire assez – et dire le pire ! – si la riche personnalité d'Octavie, femme intelligente et bienveillante, ne transcendait toutes les situations.

Précisons, toutefois, que nous ne connaissons la sœur d'Auguste (comme, du reste, Cléopâtre) qu'indirectement – à travers l'épigraphie, la statuaire, la numismatique et les biographies des grands hommes qui ont partagé ou croisé sa vie : il va de soi qu'aucun historien antique n'aurait consacré tout ou partie d'un livre à la vie d'une femme. Aussi s'avère-t-il indispensable d'aller glaner ici et là – au hasard d'*exempla* ou d'auteurs improbables – des indices complémentaires et des détails épars.

De cette recherche, l'image d'Octavie sort renforcée. Peut-être fut-elle une « femme trompée[1] », et elle fut sûrement une sœur « instrumentalisée », mais elle avait assez d'esprit et de caractère pour résister à son frère comme à son mari et, même, pour les influencer : les historiens anciens ne lui attribuent-ils pas la négociation des accords de Tarente conclus en 35 av. J.-C. entre les deux rivaux ? Bien sûr, résister, influencer, intriguer, la « douce Octavie » ne le pouvait qu'à la manière d'une femme de ce temps-là : en s'appuyant sur sa parentèle et son statut familial – un statut de mère. Mère des enfants romains d'Antoine d'abord, puis mère du seul héritier mâle d'Octave.

Ainsi s'explique qu'elle soit parvenue, tant pendant la guerre civile que dans la première période

---

1. Le mot « trompée » n'est pas forcément pertinent dans le cas d'Octavie, laquelle pourrait, avant son mariage avec Antoine, avoir eu connaissance de l'union de l'Imperator avec Cléopâtre selon le rite égyptien et avoir accepté l'inconvénient de ce double mariage pour des raisons politiques évidentes (voir *Les Enfants d'Alexandrie*, p. 388, note 1).

du principat, à éclipser Livie[1] : l'une avait la puissance d'une reine des abeilles, le prestige d'une sultane-mère, quand l'autre, devenue stérile, semblait à peine plus légitime qu'une concubine... Rapport de forces qui ne changea qu'à la mort de Marcellus. Encore ne s'inversa-t-il pas sur-le-champ : en cédant son gendre Agrippa à sa nièce Julie, qui donna trois petits-fils à Auguste, Octavie réussit un joli coup politique qui renvoya provisoirement au néant les espérances que sa belle-sœur mettait dans sa propre progéniture.

Ne jamais oublier, donc, que les enfants, s'ils sont le goût dominant d'Octavie et l'objet de toutes ses attentions, sont aussi les instruments de son pouvoir.

Quant à la composition du groupe d'enfants ainsi élevés dans sa « maison » (enfants légitimes, recueillis, apparentés ou simplement accueillis), certains auteurs modernes l'ont élargie au point d'y faire figurer Juba, le futur époux de Séléné[2] : l'assassinat de César ayant laissé le jeune prisonnier numide sans protecteur (ou sans gardien), on l'aurait envoyé chez la petite-nièce du défunt. Je n'ai pas retenu cette hypothèse. D'abord, parce que Juba était sensiblement plus âgé que « les enfants d'Octavie » (en 44, la sœur d'Auguste n'était mère que depuis peu). En outre, si l'on avait souhaité maintenir le petit captif dans la *gens*

1. « On sait peu de choses sur Livie pendant les trente premières années de son mariage avec Octave », reconnaît Anthony Barrett, son meilleur biographe (*Livia*, Yale University, 2002, 1re édition 1941). « S'il y eut une "first lady" à Rome dans ces années-là, l'emploi était tenu par Octavie. Livie faisait profil bas, éclipsée par sa belle-sœur, qu'Octave adorait. »

2. Voir, notamment, Duane W. Roller, *op. cit.*

des Julii, le protocole aurait conduit à le confier à la plus ancienne *matrone* du clan : Atia, nièce de César et mère d'Octave, qui vécut jusqu'en 39 av. J.-C. De toute manière, la détention de Juba ne représentait plus, à cette époque, un enjeu politique majeur : la Numidie de son père avait été annexée à la Tunisie romaine. Dès lors, le jeune otage peut être simplement resté chez la veuve de César, Calpurnia, et avoir, avec elle, fait retour à la *gens* des Calpurnii. Le garçonnet serait-il ensuite passé chez le beau-frère de César, Lucius Calpurnius Pison[1] ? À cette époque les Pisons, pour lutter contre Brutus et Cassius, semblent s'être rapprochés d'Antoine[2]. Or c'est vraisemblablement Antoine, alors marié à Fulvia, qui décida du sort du jeune Juba. À ce moment-là, Octave – qui n'avait toujours pas réussi à faire enregistrer le testament de son grand-oncle – ne pesait pas lourd : n'ayant même pas obtenu le transfert des dossiers du dictateur défunt, comment aurait-il obtenu le transfert de ses otages ?

Pour Tigrane d'Arménie et les fils d'Hérode, qui sont arrivés à Rome beaucoup plus tard que Juba, nous savons, en revanche, qu'ils restèrent auprès d'Auguste. Asinius Pollion avait souhaité les héberger, mais le Prince lui refusa cette faveur. Quant à savoir s'ils

---

1. Lucius Calpurnius Pison, frère de Calpurnia, était le propriétaire de la célèbre villa des Papyrus, à Herculanum – maison d'un riche amateur d'art et d'un grand lettré. Épicurien, il y hébergea notamment le philosophe Philodème de Gadara. Juba aurait trouvé là un milieu particulièrement propice au développement intellectuel et artistique exceptionnel dont son œuvre littéraire portera témoignage.

2. Marie-France Ferriès, *Les Partisans d'Antoine*, Ausonius, 2007.

furent gardés dans la maison de Livie ou dans celle d'Octavie, la question reste entière. Nous ignorons si, sur le Palatin, ces deux maisons étaient séparées ou formaient un seul et même ensemble : le « palais » impérial avec ses parties publiques (temple d'Apollon, bibliothèques grecque et latine, bureaux) et ses appartements privés. J'ai tourné la difficulté en reliant les deux maisons par un cryptoportique – « le souterrain » de Séléné, ce souterrain que j'ai voulu obsessionnel dans sa vie après l'assassinat de ses frères aînés.

Les autres maisons d'Octavie nous sont mieux connues, en particulier celle de Baulès – dont héritera un jour Agrippine la Jeune, arrière-petite-fille d'Octavie et mère de Néron. C'est face à cette villa que se déroulera la tentative d'assassinat par noyade perpétrée par le jeune empereur, après un dîner de réconciliation à Baïès, dîner qui avait probablement eu lieu dans l'ancienne propriété de Livie, dite aussi « maison de César ». Compte tenu de la proximité des deux villas, on comprend mieux qu'Agrippine ait survécu au naufrage : elle nageait bien, c'est entendu, mais elle n'eut pas à nager très loin… Nous pouvons aussi situer précisément dans Rome la somptueuse demeure des Carènes qu'Octavie dut quitter peu avant l'arrivée de Séléné, mais où vécurent ensuite sa fille Marcella, puis Tibère.

Dès lors, pourquoi s'interdire d'imaginer Vitruve, l'auteur du célèbre traité d'architecture, donnant à Marcella quelques conseils pour la reconstruction de cette maison après qu'elle eut brûlé ? En ce qui concerne « les maisons des particuliers » (objet de son Livre VI), Vitruve, ancien ingénieur militaire de César, avait des idées précises et il faisait partie, nous en sommes sûrs, de l'entourage d'Octavie : dans la préface de son Livre I, il rappelle lui-même que, s'il peut consacrer sa retraite à cet ouvrage ambitieux, c'est grâce à la pension obtenue d'Auguste « sur la recommandation de la princesse [sa] sœur[1] ».

Car, bien avant les grandes dames parisiennes du XVIIIᵉ siècle, Octavie eut un « salon » et protégea de nombreux artistes. Pour autant, il n'est pas facile de préciser qui appartenait à ce fameux « cercle » : il faut débusquer le détail significatif jusque sous d'énigmatiques épigrammes de l'*Anthologie Palatine*[2]. Peu à peu, on devine, autour de la sœur d'Auguste, un entourage formé à la fois de sénateurs et de philosophes « engagés », tous anciens partisans d'Antoine ou de la République, mais ralliés au nouveau régime (comme le philosophe Timagène d'Alexandrie qui, jugé trop insolent par le « Maître », fut bientôt chassé du Palatin et recueilli par Asinius Pollion). À ces politiques sans emploi se mêlaient de savants spécialistes, tels Vitruve pour l'acoustique et l'hydraulique, Athénaios de Séleucie pour l'art militaire, ou Crassicius de Tarente pour la stylistique et la grammaire[3], ainsi que de nombreux poètes grecs dans le goût alexandrin – au premier rang desquels Crinagoras de Mytilène, qui « chanta » plusieurs enfants de la maisonnée. Le philosophe Athénodore de Tarse, ancien précepteur d'Octave, semble également être resté proche d'Octavie (il lui dédia l'un

---

1. Vitruve, *De l'architecture*, trad. de Claude Perrault, Errance, 2005.

2. *Anthologie Palatine,* Les Belles Lettres, rééd. 2002.

3. Le premier devint le professeur de Marcellus, quand l'autre, autrefois choisi par Antoine, resta l'un des professeurs du jeune Iullus.

de ses ouvrages). Quant à Nicolas de Damas, premier biographe d'Auguste (et biographe ô combien « autorisé » !), peut-être fut-il plus intime encore avec la sœur du Prince que je ne l'ai montré[1].

En résumé, on trouve autour d'Octavie un cercle de sensibilité hellénistique où la part des poètes latins paraît plus réduite que chez Mécène, Messala ou Pollion. C'est pourquoi, même si Properce, d'abord protégé d'Asinius Pollion au même titre que Gallus et Horace, a longtemps manifesté une certaine résistance au « formatage » augustéen, il serait hasardeux d'affirmer qu'il fut proche d'Octavie. Il ne doit sa place dans ce roman qu'à mon propre goût pour ses élégies : parce que j'avais envie de le rencontrer, il a rencontré Séléné – miracle de la littérature !

*

Comparée à sa rayonnante belle-sœur, qui lance les artistes et les modes, LIVIE, l'autre dame de Rome, fait pâle figure pendant les vingt-cinq premières années de son mariage. Non que le Prince n'accorde pas autant de titres, de statues et de faveurs à l'une qu'à l'autre (pour

---

1. C'est l'hypothèse de Duane W. Roller, *op. cit.* Nicolas fut proche aussi d'Asinius Pollion. En revanche, il n'est pas absolument certain qu'antérieurement aux fonctions qu'il occupa auprès d'Hérode, et du rôle d'historien qu'il joua auprès d'Auguste, il ait été le précepteur des enfants de Cléopâtre. Le fait n'est attesté que par une seule source antique. Dans sa courte autobiographie (Nicolas de Damas, *Fragments*, Les Belles Lettres, 2011), lui-même ne mentionne pas ce séjour à Alexandrie. Il est vrai qu'il n'était pas dans son intérêt de le rappeler… Une fois encore, sur des faits de cette nature, le romancier reste libre de son choix.

s'éviter les scènes de jalousie, il offre tout en double), mais la future Augusta reste dans l'ombre. Peut-être parce que ses centres d'intérêt sont moins nombreux que ceux d'Octavie? Ah, certes, Livie n'est pas une intellectuelle! En dehors de la carrière de ses fils (fils qu'elle n'a connus qu'assez tard), elle semble ne s'intéresser qu'aux choses matérielles: l'argent, les corps.

Pour l'argent, il faut savoir qu'elle amassera peu à peu une fortune personnelle considérable qu'elle gérera sans tuteur, avec l'aide de quelques affranchis. À sa villa familiale de Prima Porta, elle ajoutera bientôt plusieurs immeubles à Rome, un grand domaine à Tusculum, des fermes dans les îles Lipari, des briqueteries en Campanie, des mines de cuivre en Gaule, des palmeraies dans la vallée du Jourdain, des terres à blé en Asie Mineure, et d'immenses propriétés en Égypte (dont certaines auraient, dit-on, appartenu à Cléopâtre): dans le Fayoum, des vignobles et des troupeaux; à Théadelphie, des fabriques de papyrus; et partout, des huileries.

Quant au corps, santé et beauté sont les principales préoccupations de l'épouse d'Auguste. Les historiens modernes mettent en évidence le nombre élevé de coiffeuses, masseuses, couturières et bijoutiers de toute sorte employés dans sa domesticité[1]. Elle a, en outre, ses idées sur la médecine: elle emploie toute une escouade de médecins de l'école « hygiéniste », se met périodiquement à la diète, s'astreint à des régimes préventifs (qui semblent lui avoir réussi puisqu'elle

---

1. Anthony A. Barrett, *op. cit.*

vivra jusqu'à quatre-vingt-six ans), et elle invente elle-même des remèdes (contre les angines, la constipation, les courbatures, etc.) dont les formules nous ont été transmises. Enfin, c'est toujours au corps – dans ses anomalies, cette fois – que se rattache la seule collection qu'on lui ait connue : une collection de nains, où figurait la plus petite naine du monde, Andromède, « grande » d'environ soixante-dix centimètres.

Cet intérêt soutenu pour les choses du corps ne paraît pas, cependant, avoir inclus la sexualité : la chasteté de Livie (sa *pudicitia*) ne fut jamais prise en défaut, et certaines de ses naïvetés étonnaient (ou édifiaient) ses amies – ne dit-elle pas un jour que la vue d'un homme nu ne la troublait pas plus que celle d'une statue ?... Je ne sais pourquoi, j'imagine toujours la jeune Livie comme une espèce d'Eva Braun occupée à faire de la gymnastique sur la terrasse du Berghof : Eva en maillot de bain ou en corselet bavarois paradant devant la caméra de ses amies, Livie déguisée en Cérès, des épis de blé dans les cheveux, souriant à Plancine et Urgulania[1]... Des femmes plus fraîches que belles, nourries d'excellents produits, fort amies des bêtes, terriblement « saines », mais sans culture, sans désirs, et sans imagination – bref, des nunuches. Mais, pour Livie, ce portrait cadre mal, j'en conviens, avec la deuxième partie de sa vie où elle

---

1. Au contraire de ce qui se passe pour Cléopâtre, nous disposons d'un grand nombre de portraits « sûrs » de Livie (de face, ou de profil – camées, notamment ceux de Florence et de Vienne, et monnaies de Tibère). Ces portraits officiels ne sont pas tous des portraits de jeunesse. Le Louvre, à lui seul, possède plusieurs bustes à différents âges et deux statues en pied où l'épouse d'Auguste est représentée en Cérès.

révéla à la fois un véritable appétit de pouvoir et une grande habileté manœuvrière. Avait-elle jusqu'alors caché son jeu ? Fut-elle aidée par le Ciel ? Ou s'aida-t-elle elle-même, à coups de mensonges et de poisons ? Son parcours prouve en tout cas qu'en politique il faut se méfier des vieilles nunuches : au contact des puissants, elles peuvent avoir beaucoup appris.

Cette jolie femme, calme et pragmatique, qui élevait ses poules blanches, cultivait ses vignes de Pucinum et comptait ses sous, cette dame d'une élégance raffinée mais « d'une ennuyeuse normalité »[1], Auguste l'aima-t-il ?

À la fin de sa vie, sans doute : une fois Octavie, Mécène et Agrippa disparus, Livie lui devint indispensable. Mais au début ? Ah, au début, il y a tout de même le mariage, ce mariage dont je n'ai pas inventé les circonstances extraordinaires[2]. Un mariage qui,

---

1. C'est l'expression d'un de ses biographes, lequel sous-estime peut-être le repos que « l'ennuyeuse normalité » d'une épouse peut procurer à un chef d'État...

2. Impossible, toutefois, d'être sûr que Livie ait été rencontrée au cours d'un dîner et aussitôt « violée ». Suétone raconte séparément le scandale de l'installation, chez Octave, de la jeune Drusilla sur le point d'accoucher d'un autre homme et « l'enlèvement », au cours d'un banquet, de la femme d'un notable sous les yeux de son mari. Tacite, par les mots qu'il emploie, semble confondre en une seule ces deux anecdotes (reprises plus tard par Dion Cassius), et beaucoup d'historiens modernes les amalgament. Dans tous les cas, ces histoires révèlent un Octave aussi impérieux dans ses désirs que ses arrière-petits-fils Caligula et Néron, auxquels de tels comportements seront sévèrement reprochés par la postérité. Caligula était d'ailleurs bien informé de ces précédents familiaux puisque, faisant sortir de table une jeune mariée qui lui plaisait, il disait se comporter « comme le dieu Auguste »... Pour ma part, j'ai choisi, en toute connaissance de cause, de fondre en un même récit ces deux « viols » publics.

aux yeux des Romains, fut non seulement scanda-
leux, mais farcesque : on brodait à plaisir autour de ce
vaudeville, ajoutant des épisodes, tel celui de l'*enfant
délicieux* qui, lors du banquet de fiançailles dans la
maison de son maître Tibère Néron, serait venu dire
à Livie (pour la première fois officiellement couchée à
côté de son « futur ») : « Tu te trompes, Maîtresse, ton
mari est en face[1]... : »

Dieu sait pourtant qu'en matière d'échanges de
conjoints, de divorces de commodité et de remariages
instantanés, le peuple romain était blasé ! D'ailleurs,
le mariage n'était plus un acte religieux et à peine un
acte civil : c'était un simple contrat de droit privé. Il
n'empêche que le remariage d'Octave défraya la chronique, plus encore que le divorce de Caton d'Utique,
lequel, quelques années plus tôt, avait obligeamment
cédé sa femme Marcia, très féconde, à son vieil et
riche ami Hortensius qui voulait des enfants ; dès la
mort du milliardaire, le noble républicain réépousa
son « ex », sensiblement mieux nantie...

À cet égard, je note un détail qu'aucun commen-
tateur ne semble avoir remarqué : ces deux déma-
riages-remariages, connus pour avoir paru l'un et
l'autre « un peu choquants » aux Romains, sont inter-
venus dans la même famille – qui est précisément
celle d'Octave. En effet, Marcia, l'épouse de Caton
d'Utique, était la fille de Marcius Philippus, second
mari d'Atia, mère d'Octave. Philippus (un beau-père

---

1. Dans le roman, j'ai transformé l'anecdote en simple supposition et
imaginé que la remarque aurait pu être formulée par le petit Tibère que ce
« rapt » légal de mère enceinte avait de quoi troubler.

dont Octave jeune n'hésitait pas à prendre les avis) n'avait donné son consentement à la « transaction » visant sa fille qu'à la condition que son gendre Caton, le futur ex-mari, cocélébrerait avec lui les nouvelles fiançailles, et c'est ensemble qu'ils conduisirent Marcia – plusieurs fois mère de famille – dans la chambre nuptiale de son vieil acquéreur… Qui sait si les conditions extravagantes mises par Octave à son remariage avec Livie ne lui furent pas partiellement inspirées par ce précédent ?

Passons donc sur les bizarreries de la procédure. Reste la motivation, plus mystérieuse encore. Il s'agit moins des raisons de l'union elle-même (après tout, si Octave voulait s'allier à une aristocrate de vieille souche, pourquoi pas cette petite Livie, mariée à un « loser » ?) que des motifs d'une hâte qui parut inexplicable à tout le monde, indécente, ou pire : ridicule.

Impatience d'une passion naissante ? Peut-être… Ce qui plaiderait en faveur de l'histoire d'amour, ce n'est d'ailleurs pas tant la précipitation de ce mariage que sa durée : cinquante-deux ans. Durée d'autant plus étonnante, en l'occurrence, que l'union fut inféconde[1].

---

1. « Livie fut enceinte, mais d'un enfant mort-né », écrit Anthony A. Barrett (*op. cit.*, p. 120), reprenant presque exactement le texte de Suétone : « Livie eut une grossesse, mais l'enfant naquit avant terme. » J'ai suivi ces auteurs à mon tour, en m'autorisant toutefois à prêter à « mon » Auguste, dans cette circonstance, une phrase plus tard attribuée à Cneus Domitius Ahenobarbus, le fils de Prima (que les historiens appellent Antonia Major et que j'ai choisi de distinguer de sa sœur par ce surnom).

Qu'Auguste finît par renvoyer une épouse stérile aurait pourtant paru naturel à tous ses contemporains, à commencer par Livie elle-même. A contrario, qu'il n'ait pas répudié sa femme est au sens propre, compte tenu des mœurs de l'époque, anormal. D'autant que les conséquences politiques de cette fidélité furent catastrophiques pour le système impérial: faute d'avoir pu établir dès le début, comme dans toutes les monarchies, des règles de succession héréditaire simples, le problème de la transmission du pouvoir empoisonna durablement la vie des Césars. Auguste, si occupé qu'il fût à donner le change sur la vraie nature du régime, était tout de même trop intelligent pour ne pas le pressentir.

Certes, on peut imaginer – et je l'ai fait – que, dans un premier temps, ce fut Octavie qui protégea Livie: pour elle, qui avait donné à son frère un neveu en excellente santé, quoi de mieux qu'une belle-sœur stérile? Et bien sûr, après la mort de Marcellus, le mariage de Julie et d'Agrippa fut encore de sa part un coup de génie: en adoptant ses petits-fils (liés par le sang à l'ami qu'il avait, une fois déjà, choisi pour « régent »), Auguste put croire qu'il tenait la solution. Mais même si le hasard ou les intrigues de Livie en faveur des Claudii n'avaient pas fini par faire échouer ce plan, on voit bien qu'il s'agissait, au mieux, d'un « plan B » …

Le plus simple, à l'évidence, aurait été qu'Auguste lui-même eût des fils; qu'en rentrant d'Égypte, par exemple, il renvoyât cette épouse qui, en dix ans de mariage, n'avait rien « produit »: n'avait-il pas encore, à trente-trois ans, le temps d'amener des enfants jusqu'à l'âge adulte ? Et s'il restait épris de la vénusté[1] de sa femme, il lui suffisait de la remarier à un ami compréhensif : à Rome, on plaçait très haut l'amitié… Mécène, dans des circonstances similaires, l'avait prouvé.

Mécène justement, Mécène et Terentilla… Quel qu'ait pu être l'attachement du Prince à Livie, sa longue liaison avec la femme de Mécène paraît infirmer l'hypothèse d'une irrésistible passion conjugale : l'affaire entre Terentilla et lui commence avant 32 av. J.-C. (la célèbre lettre de Marc Antoine, citée par Suétone, y fait déjà expressément allusion) et elle se poursuit, selon certains historiens antiques[2], au moins jusqu'en 16, date à laquelle il se serait fait accompagner par sa maîtresse lors de sa visite des provinces d'Occident. En fait, il paraît peu probable que les liens avec Terentilla aient pu rester étroits après l'affaire Murena : le « conspirateur » qu'elle avait renseigné et aidé à fuir la justice d'Auguste était son propre frère, et elle se trouvait directement impliquée, sinon dans le complot, du moins dans ses suites… Quant au voyage en Gaule, Auguste le fit avec Livie, qui était sans doute une « épouse complaisante[3] », mais tenait trop à son statut public et à sa réputation pour partager la vedette avec une maîtresse officielle, et, qui pis

---

1. « Corps de Vénus », telle est l'expression qu'emploie le poète Ovide, assoupli par l'exil, pour peindre dans ses *Tristes* la femme du Prince (*femina princeps*). Éloge courtisan ? Oui, sûrement, car la dame avait alors plus de soixante-treize ans…

2. Voir notamment Dion Cassius, *Histoire romaine*, Livre LIV, 19, 3.

3. C'est ainsi que Tacite qualifie la future Augusta.

est, une très vieille maîtresse[1]. Aussi ai-je préféré faire figurer cette favorite dans le voyage en Espagne, qui eut lieu dix ans plus tôt.

Dans sa jeunesse donc, Auguste, malgré son prétendu coup de foudre pour Livie, avait eu des maîtresses[2]. Mais ensuite? Il eut, en tout temps, des *enfants délicieux*: c'était une question de standing. Les enfants qu'il achetait, le maître du monde les préférait maures ou syriens, dit-on. Sans doute échangeait-il avec eux quelques caresses et de longs baisers « sur la bouche »: un homme incapable d'apprécier sensuellement la peau des enfants, leur haleine parfumée et le doux toucher de leurs petites mains serait passé, en ce temps-là, pour un rustaud[3]. Mais qui disait sensualité ne disait pas forcément sexualité: Auguste jouait avec ses *enfants délicieux*, il ne les violait pas.

---

1. Vieille, et pas seulement « ancienne »: à la fin du voyage en Gaule, Terentilla ne pouvait avoir moins d'une quarantaine d'années, ce qui, pour une femme de son époque, était un âge « respectable ».

2. J'ai beaucoup rêvé sur Salvia Titisenia, l'une des dames citées par Marc Antoine. Ah, cette Titisenia au nom si fellinien, je la voyais déjà! Mais, malgré toutes mes recherches, je n'ai rien trouvé sur elle ni sur sa famille. Bien sûr, je n'aurais pas eu de mal à l'inventer! Seulement, j'avais déjà tant de héros vrais que je m'en suis tenue au même principe que pour le premier volume: à l'exception des nourrices et du pédagogue Diotélès, ne garder que des personnages authentiques. Dans un cas seulement, celui de Pomponia Attica (première épouse d'Agrippa, mère de Vipsania, belle-mère de Tibère, et fille d'Atticus, le célèbre ami de Cicéron), j'ai osé donner à un personnage vrai, sur lequel on a peu de renseignements, une personnalité « de comédie »: celui de la matrone un peu sotte qui force sur la boisson… Caractère qui conviendrait mieux, j'en conviens, à une autre Pomponia, insupportable celle-là: la tante de la Pomponia du roman, belle-sœur de Cicéron.

3. Voir, entre autres, Martial, *Épigrammes*, XI, 8.

Son goût, de toute façon, ne le portait pas vers les garçons. En revanche, comme « l'empereur » Mao, il aimait dépuceler les fillettes – fillettes au sens ancien du terme, c'est-à-dire, selon le Grand Robert, « jeunes filles peu formées », préadolescentes. À propos d'Auguste, les historiens latins parlent en effet de *puellae*, et non de *puellulae*. Des « nymphettes », aurait dit Nabokov. Une fille romaine étant considérée comme nubile à douze ans (et souvent fiancée et « consommée » avant cet âge), on peut penser que les petites esclaves ou, *horresco referens*, les « fillettes » libres que se faisait livrer le Prince avec la complicité de Livie avaient entre dix et quatorze ans. Peut-être un peu moins… Il est vrai que, pour un Romain, l'âge ne faisait rien à l'affaire. L'atteinte à la virginité était déjà plus transgressive[1]. Mais la perversion ultime consistait à mépriser les statuts juridiques – une hiérarchie sexuellement codifiée que traduit bien un mot d'esprit qui, paraît-il, enchanta Auguste : « Prêter son cul est une infamie pour l'homme libre, un devoir pour l'esclave, et une politesse pour l'affranchi… »

Pourquoi, aujourd'hui, s'attarder sur ces histoires d'alcôve ? Pourquoi chercher le secret du pouvoir de Livie, et de son extraordinaire « longévité matrimoniale », dans la vie sexuelle d'Auguste ? Parce que j'ai choisi de regarder le début du principat par les

---

1. D'où la nécessité, pour pouvoir exécuter une vierge, de la « dévirginiser » au préalable. Ainsi fit-on pour la plus jeune fille de Séjan, âgée seulement de huit ans…

yeux des « dames de Rome », auprès de qui fut élevée Séléné, et par les yeux de leurs enfants : la grande politique peut leur échapper, mais la politique matrimoniale, les intrigues extraconjugales et les « faiblesses humaines » des uns et des autres, sûrement pas. Or, au risque de porter un regard anachronique sur le passé et d'éclairer la *psyché* antique à la lueur de Freud, les auteurs modernes de fictions prêtent tous à Auguste, personnage complexe, une sexualité « qui ne va pas de soi »… Robert Graves, dans son *Moi, Claude empereur*, fait par exemple de lui un homme prématurément impuissant à qui l'amour conjugal tenait lieu de paravent ; se sachant irremplaçable, Livie se serait accommodée de sa « stérilité forcée », moyennant des compensations, d'abord financières, puis honorifiques, et progressivement politiques. Quant aux scénaristes de la série *Rome*, ils ont imaginé qu'Octave, ce Père la Vertu un peu « coincé », avait besoin de frapper sa femme à coups de poing ou de fouet avant de l'honorer…

Je ne crois pas nécessaire, pour ma part, d'aller aussi loin : les déséquilibres de cet homme cérébral devaient être plus subtils. D'ailleurs, l'amour physique, addictions comme perversions, est, non moins que le sentiment, *cosa mentale*.

*

Comme je l'ai dit, tous les PERSONNAGES SECONDAIRES présentés dans ce roman ont existé et je me suis efforcée de respecter leurs actions et leurs engagements lorsqu'ils m'étaient connus.

Le destin politique des Pollion[1], Gallus, Messala, Plancus, Murena et autres, offre l'avantage d'éclairer parfaitement la politique d'Auguste et de montrer que, même après Actium, la bataille du principat (ou, pour le dire franchement, du pouvoir absolu) n'était pas gagnée. Bien que sévèrement saigné et épuré, le Sénat traînait les pieds[2]. Auguste se heurta encore longtemps à des résistances sporadiques ou à des sursauts de fierté. Il ne put asseoir son pouvoir que par des coups d'État successifs – notamment en 27 av. J.-C. et en 23-22. C'est progressivement qu'il serra la vis, et sans jamais ignorer que nombre de « convertis » se ralliaient moins à sa personne qu'à la nécessité de la paix civile. Peut-être même fut-ce le cas dans sa propre famille : on prétendait, à Rome, que Tibère et Drusus, élevés par un ancien proscrit, étaient restés secrètement républicains ; quant à Julie, on verra dans *L'Homme de Césarée* ce qu'il en fut... Il fallut au Prince près d'une trentaine d'années (le temps d'une génération) pour achever de soumettre l'élite romaine. Mais il était patient, méthodique – et impitoyable.

---

1. Sur la très belle figure d'Asinius Pollion, ancien compagnon de César et d'Antoine, J. André, *La Vie et l'œuvre d'Asinius Pollion*, Klincksieck, 1949, et les notices très précises de Marie-Claire Faniès, *op. cit.*, et de Luciano Canfora, *César*, Flammarion, 2001 (annexe 2, « L'autre vérité : Asinius Pollion »).

2. L'expression convient d'autant mieux au Sénat romain qu'on y votait « avec les pieds » – c'est-à-dire qu'on y rejetait ou adoptait un texte en se groupant près d'une porte ou près de la porte opposée, un peu comme aujourd'hui à la Chambre des lords.

Comme bien des historiens, je regrette, évidemment, d'en savoir si peu sur Marcus Vipsanius Agrippa, qui apparaît dans l'Histoire comme un brillant second disparu trop tôt, mais qui avait, c'est sûr, l'étoffe d'un premier. Sur le plan militaire, Auguste doit tout à Agrippa. Mais la dette du Prince à son égard n'est guère moins considérable en matière d'administration et d'urbanisme. C'est Agrippa qui organisa la « fonction publique » impériale, lui aussi qui transforma Rome et améliora son approvisionnement en eau, lui encore qui, grâce au cadastre et à des mesurages systématiques, fit établir la première « vraie » carte de l'Empire. En fait, le gendre et ami d'Auguste semble beaucoup plus polyvalent que son beau-père, lequel se cantonna très vite à la tactique politique, un domaine où Agrippa, issu d'un milieu modeste, ne pouvait occuper la première place : les patriciens du Sénat, qui, par snobisme, refusèrent de suivre son enterrement, n'auraient pas supporté de faire allégeance à un « moins-que-rien[1] »... À considérer, cependant, l'ensemble de l'œuvre augustéenne et la supériorité politique de la première partie du règne sur la seconde, on a le sentiment qu'Agrippa,

---

1. Dans les musées, les bustes d'Agrippa ne sont pas rares. Son visage un peu lourd de baroudeur, son menton fort, son nez enfoncé sont reconnaissables au premier coup d'œil... Il ressemble même tant à l'idée qu'on se fait de lui que c'est presque trop beau : n'aurait-on pas décidé qu'il s'agissait du gendre d'Auguste chaque fois qu'on découvrait un Romain inconnu au physique de lutteur ? Car enfin, sur le bas-relief de l'*Ara Pacis* (dont nous sommes sûrs qu'il représente Agrippa, même si c'est après sa mort), le visage du gendre d'Auguste, avec ses traits émaciés, ne correspond guère à la typification muséale.

comme Octavie, avait sur un Prince anxieux, verrouillé, et légèrement « parano », une influence stabilisatrice qui fit défaut au gouvernement lorsque Auguste, ayant enterré ses meilleurs amis, se retrouva livré à lui-même ou à la seule influence de Livie.

Car CAIUS CILNIUS MÆCENAS était mort lui aussi, ce Mécène qui avait été bien plus qu'un mécène : un Fouché, un Talleyrand – le policier et le diplomate de l'équipe dirigeante. Étrange personnage, cynique et désabusé, sybarite proclamé mais fasciné par la mort, doué par ailleurs d'une vraie sensibilité artistique servie par une immense fortune. Personne ne sait à quel moment précis il mit cette fortune et ces talents au service du jeune Octave : peut-être ne se rencontrèrent-ils qu'en 44 av. J.-C., et en Campanie. Dans sa biographie d'Auguste, Nicolas de Damas ne mentionne pas la présence de Mécène à Apollonie, où Agrippa et Rufus étaient déjà les compagnons du petit-neveu de César. Par commodité littéraire plus que par conviction historique[1], j'ai choisi de faire de Mécène l'ami d'enfance d'Octave et de l'agréger dès l'origine à la petite troupe qui, trois semaines après l'assassinat de César, débarqua dans le golfe de Tarente.

---

1. Les mêmes raisons m'ont amenée à situer à Rome les retrouvailles entre Octave et l'ensemble de sa famille : selon Nicolas (qui n'a aucun intérêt particulier à mentir sur ce point), si c'est bien à Rome qu'Octave retrouva sa mère, Atia, il avait déjà retrouvé son beau-père Philippus près de Naples.

C'est bien par conviction, en revanche, que, m'écartant du récit hagiographique de Nicolas de Damas[1], j'ai fait d'Octave, à Apollonie[2], un étudiant et non un responsable militaire chargé par César de préparer, avec l'armée des Balkans, l'expédition contre les Parthes. La version de l'historien syrien n'est que la version officielle, qui tend à faire d'Octave un héros guerrier. Les thuriféraires n'iront-ils pas jusqu'à faire accroire que l'adolescent était déjà présent en Espagne aux côtés de son grand-oncle lors de la difficile bataille de Munda, et qu'il y joua un rôle décisif[3] ? Après la mort d'Auguste, aucun historien latin ne reprendra cette fable, non plus que celle de son rôle dans la préparation de l'expédition d'Orient : Suétone comme Velleius Paterculus (un historien proche de Tibère) indiquent, pour leur part, que si Octave, alors âgé de dix-huit ans et qui n'avait jamais participé à la moindre campagne, était allé à Apollonie, c'était surtout pour finir ses études, et Nicolas de Damas nous précise qu'il y était accompagné de son vieux précepteur grec. D'ordinaire, un chef militaire n'a guère besoin d'être ainsi tenu en lisières...

---

1. Sur les « qualités » d'historien de Nicolas et sa constante flagornerie à l'égard des puissants de son temps, l'historien juif Flavius Josèphe, qui vécut cinquante ans après lui, a des phrases définitives et cruelles (Flavius Josèphe, *Histoire ancienne des Juifs*, traduction d'Arnauld d'Andilly, Lidis, 1982).

2. L'« université » hellénophone d'Apollonie n'était pas aussi cotée que celles d'Athènes, de Rhodes, ou d'Alexandrie, mais, plus proche de l'Italie, elle attirait des étudiants romains.

3. Voir Luciano Canfora, *op. cit.*

Est-il nécessaire de préciser, en passant, qu'ATIA, la mère d'Octave, n'est évidemment pas la garce, très américaine, de la série britannique *Rome*? Certes, pour des raisons que nous ignorons, elle a longtemps abandonné l'éducation de ses enfants à sa propre mère; mais, pour le reste, elle a tout d'une *matrone* ordinaire, mieux mariée d'ailleurs la seconde fois que la première: Lucius Marcius Philippus avait manifestement une surface sociale plus importante que le malheureux Octavius.

*

LA CONFIGURATION DES LIEUX m'a paru plus facile à reconstituer dans ce deuxième volume que dans le premier.

S'il ne reste rien de l'Alexandrie antique, tout le monde connaît Rome. Cependant, la Rome antique que nous connaissons n'est pas la Rome d'Auguste, qui n'avait encore rien de très monumental et que le touriste peine à retrouver sous les ruines actuelles, tant les empereurs ultérieurs ont modifié la ville.

Difficile, par exemple, de savoir à quoi ressemblait le « palais » du Prince – qui, de toute façon, comme le Versailles de Louis XIV, semble avoir été toujours en chantier et toujours en expansion... Seules les parties publiques de la demeure, qui ont fait l'objet de descriptions « d'époque » (en particulier, le temple d'Apollon), peuvent être imaginées avec précision. Des recherches archéologiques ont permis d'établir le gigantisme des remblais réalisés dans la pente de la colline, ainsi que de situer – plus ou moins bien – les escaliers et corridors d'accès réservés au public[1]. Mais la structure des appartements privés, qui ne se limitaient certainement pas à la petite maison dite « de Livie », nous échappe. On ignore, par exemple, si la « Syracuse » du Prince était une tour carrée, une tour ronde, un premier étage aux hautes fenêtres, ou un pavillon situé un peu à l'écart des autres bâtiments. On sait seulement que la chambre personnelle d'Auguste était d'une simplicité ostentatoire…

Pour les décors peints, nous ne connaissons plus que ceux de la « maison de Livie », que j'ai précisément décrits dans le roman, de même que j'ai utilisé le *jardin trompeur* qui orne les murs de la villa de Prima Porta : je m'en voudrais de rater l'occasion d'écrire en technicolor quand, par hasard, l'Histoire me l'offre.

En ce qui concerne les demeures romaines du reste de la famille, j'ai suivi l'opinion majoritaire en plaçant la maison de Julie et d'Agrippa sur la rive droite du Tibre, c'est-à-dire en l'identifiant à la Farnesina aux riches décors égyptisants. Quant au palais des Domitii, où, dans le roman, vit Prima, je l'ai situé sur le Pincio, au-delà des Jardins de Lucullus, là où furent retrouvées des conduites d'eau marquées au nom de la *gens*. Cela dit, je n'ignore pas que les Domitii possédaient aussi des terrains, et probablement une maison, sur la rive droite du Tibre où s'étendirent plus tard les Jardins dits « d'Agrippine » (elle-même veuve de Cneus Domitius, le fils de Prima).

---

1. Pierre Gros, « De la *domus* vitruvienne à la demeure augustéenne du Palatin », dans *Le Principat d'Auguste*, ouvrage collectif, Presses universitaires de Rennes, 2009.

Certains historiens préfèrent donc placer à cet endroit la maison principale du « clan[1] ». Comme, sur cette demeure à l'époque augustéenne, personne ne sait rien, entre les deux hypothèses j'ai choisi la rive gauche et ce quartier nouveau, aux franges de la ville, qu'était alors le Pincio (ou « Colline des Jardins »). Ici comme ailleurs, les *Jardins* n'étaient pas, faut-il le rappeler, de simples jardins, mais de grandes propriétés d'agrément qui, dans leurs vastes parcs, imitaient avec luxe des résidences plus champêtres – comme, plus tard, à Versailles le Petit Trianon, à Paris Bagatelle, ou, dans la Rome moderne, la Villa Madame. On parvient encore, de nos jours, à situer exactement quelques-unes de ces riches demeures : les Jardins de Salluste (passés de l'historien à son fils adoptif, proche conseiller d'Auguste) et ceux de Lucullus se trouvaient, respectivement, à l'emplacement de la Villa Médicis et du célèbre escalier de la Trinité-des-Monts.

*

Pour la culture romaine dans laquelle se trouva brusquement plongée Séléné, de même que pour la culture hellénistique qui avait baigné ses premières années, les vraies difficultés auxquelles se heurte le romancier tiennent à la reconstitution du langage, de la vie intérieure et des gestes.

---

1. Pierre Grimal, *Les Jardins romains*, P.U.F., 1969.

En ce qui concerne les DIALOGUES[1], j'ai maintenu le parti de modernité que j'avais adopté dans *Les Enfants d'Alexandrie*. Modernité qui n'est tempérée que par l'emploi de proverbes ou adages authentiques, l'introduction de certains « mots » cités par des historiens antiques, et la reconstitution occasionnelle des verdeurs de langage propres au latin : par exemple, dans la scène des latrines entre Julie et les « filles » d'Octavie.

Julie, bien sûr, allait donner par la suite dans le libertinage, sinon dans la débauche, mais l'éducation romaine n'était de toute façon pas de ces éducations asexuées où, un jour, tout serait caché (et même, chez les Anglais victoriens, les pieds des pianos !) afin de ne pas donner aux jeunes filles de mauvaises pensées. Si pudique fût-elle, une Romaine se familiarisait dès l'enfance avec le sexe des hommes tel qu'il était représenté en tout lieu. Bien sûr, de même que nous apprenons aux enfants à cacher leur bouche lorsqu'ils toussent, on apprenait aux fillettes à mettre la main devant leurs yeux chaque fois qu'elles croisaient, dans le vestibule ou le verger, l'un de ces phallus (porte-bonheur ou chasse-voleur) surdimensionnés. Mais comment les empêcher de regarder entre leurs doigts ? Du reste, cette main qu'elles auraient dû garder sur leurs yeux,

---

1. Sur l'accent grec en latin, Catulle LXXXIV, Actes Sud, 2004 ; sur l'accent égyptien ou sicilien en grec, la distinction entre le grec international et le grec « attique », et sur le bilinguisme romain en général, *Façons de parler grec à Rome*, ouvrage collectif, Belin, 2005. Rappelons en outre que si Auguste pouvait, comme tout Romain cultivé, citer « dans le texte » les classiques grecs ou s'adresser en grec aux domestiques grecs, il n'était pas capable, à l'inverse de Marc Antoine, d'improviser dans cette langue, ni de faire, comme Cicéron, de la traduction simultanée dans les deux sens.

elles étaient parfois obligées de la poser sur l'« objet » – lorsqu'il s'agissait d'un rite conjuratoire ou que, orné de grelots, ce sexe masculin servait de carillon ou de heurtoir à la maison… Quant au vocabulaire, toute petite fille romaine ayant assisté à un mariage avait forcément entendu les obscénités qu'on y lançait à tue-tête pour préserver le nouveau couple du mauvais œil. Les jeunes filles de la famille princière, particulièrement cultivées, avaient aussi lu ou entendu quelques-unes de ces épigrammes ou satires « poétiques » qui ne choquaient alors aucun lettré, même si les éditeurs d'aujourd'hui craignent de nous les révéler dans toute leur vigueur. Amusons-nous : là où un Romain viril écrit *ructare glandem* (roter du gland), certains s'en tiennent encore à « avoir des rapports » ; sous des plumes modernes, *oppedere* (péter au nez) devient « se moquer » ; et les dictionnaires, qui édulcorent (« personne obscène » pour *irrumator*), censurent aussi – essayez donc d'y trouver *cunnus*, pourtant appelé à un bel avenir étymologique, ou *colei*, non moins prometteur… Heureux encore que les moines du Moyen Âge aient dévotement recopié ces textes que nous émasculons !

Pour la vie intérieure, les choses, évidemment, sont plus ténues, plus floues, que pour le langage. Prenons, par exemple, les CROYANCES RELIGIEUSES. D'excellents historiens s'interrogent : les Anciens « croyaient-ils à leurs mythes[1] », croyaient-ils à leurs dieux ? Question

---

1. Paul Veyne, *Les Grecs croyaient-ils à leurs mythes ?*, Le Seuil, 1983, et *Dieux et hommes de l'Antiquité*, sous la direction de S. Malick-Prunier et S. Wyler, Les Belles Lettres, 2011.

à laquelle on ne peut apporter qu'une réponse de Normand : cela dépend des moments, cela dépend des gens, et cela dépend des dieux…

Dans la période augustéenne, les hommes cultivés avaient cessé de « croire » aux dieux de l'Olympe en tant que puissances surnaturelles omniprésentes. Tout au plus certains intellectuels, s'inspirant d'Evhémère, concédaient-ils qu'il pouvait s'agir de grands ancêtres aux talents exceptionnels, que les hommes d'autrefois auraient déifiés, à moins que, esprits encore plus éclairés, ils ne fissent, comme Varron ou Plutarque, une lecture symbolique de la mythologie, convaincus que les aventures des dieux étaient autant d'allégories philosophiques. En tout cas, on ne s'amusait pas moins que nous ne le faisons des infidélités de Vénus ou de celles de Jupiter. Lesquelles avaient tout de même le mérite de fournir aux peintres et aux mosaïstes de jolis sujets d'inspiration. Car, de même qu'il n'est pas nécessaire de nos jours de croire en Dieu pour acheter une icône ancienne ou une belle Nativité, de même, au Ier siècle, n'était-il pas indispensable, pour décorer sa salle à manger d'une « Léda et le cygne », de croire que la dame, après sa rencontre avec le roi des dieux, avait pondu deux œufs…

Ce relativisme n'empêchait évidemment pas de demander de l'aide à ces divinités dans les moments de désespoir (les malades qui vont à Lourdes ne sont pas tous, non plus, profondément chrétiens), ni de recourir à la magie[1], ni, surtout, d'honorer les dieux

---

1. Fritz Graf, *La Magie dans l'Antiquité gréco-romaine*, Les Belles Lettres, 1994, et l'ouvrage anonyme, *Manuel de magie égyptienne*, Les Belles Lettres, 1995.

nationaux à date fixe, dans le cadre d'une religion essentiellement civique et identitaire. On peut dire, à cet égard, que les Romains rendaient un culte à Jupiter Capitolin, à la Fortune Virile ou à la déesse Rome de la même façon que nous, Français déchristianisés, rendons un culte à la Laïcité, aux Droits de l'Homme, ou, depuis quelque temps, à la déesse Nature, notre *Bona Dea* moderne, qui, comme chacun sait, est toujours généreuse et absolument raisonnable…

Dans les milieux populaires antiques, les choses étaient sans doute un peu différentes. En bien des occasions de la vie quotidienne, on avait recours à des divinités mineures, souvent locales, des sortes de « saint Antoine de Padoue » (qui rapporte au dévot les objets perdus), de « saint Goussaud » (qui l'aide à trouver « chaussure à son pied »), de « saint Priest » (qui guérit la colique), de « sainte Claire » (qui convoque le soleil les jours de mariage) ou de « sainte Rita » (qui sauve les causes désespérées)… Sans compter que chaque Romain, et dans tous les milieux, honorait ses ancêtres défunts (les dieux mânes) et son « ange gardien », le *genius*; il était même recommandé de prier de temps en temps – par correction – le *génie* de ses amis, de son maître, ou de l'Empereur.

Mais, bien sûr, ce ne sont pas ces « farfadets » qu'on serait allé interroger sur le sens de la vie, la forme de l'univers, la nature de l'Au-Delà – ni même sur la morale. Pour répondre à ces questions-là, il y avait, d'une part, les religions orientales, d'autre part la philosophie (certaines écoles philosophiques, notamment les pythagoriciens, approchaient fort de ce que nous nommons aujourd'hui des « sectes »). Sur les religions orientales, nous ne savons malheureusement plus grand-chose tant les chrétiens, après leur victoire sur les « païens », mirent de soin à effacer leurs traces. Ainsi, entre autres, de la RELIGION ISIAQUE.

Cette religion resta pourtant celle de Séléné : nous pouvons déduire cet attachement de la présence, à Césarée, d'un temple d'Isis, ainsi que des nombreux symboles isiaques qui figurent sur les monnaies émises par le couple royal maurétanien et sur la « coupe d'Afrique » du Trésor de Boscoréale. Reste qu'il est difficile de connaître le corpus de croyances véhiculé par l'isiasme et ses pratiques cultuelles ordinaires (sans parler des « mystères » de l'initiation). Les sources, quoique plus importantes que pour les cultes de Cybèle ou de Mithra, sont relativement peu nombreuses.

Pour les sources écrites, on se réfère à quelques prières, quelques ex-voto, quelques pages de Diodore, mais surtout à Apulée[1] – qui, par chance pour nous, a décrit dans un roman la fête de la « Navigation d'Isis » et, de manière plus elliptique, les étapes d'une initiation –, ainsi qu'à Plutarque[2], dont l'approche

---

1. Apulée, *Les Métamorphoses*, Les Belles Lettres, 2002.
2. Plutarque, *Œuvres morales, Traité 23, Isis et Osiris*, Les Belles Lettres, 1988. C'est à Plutarque que nous devons notamment de bien connaître les interdits alimentaires égyptiens et leurs justifications « rationnelles ».

exégétique est tantôt ethnologique, tantôt philosophique. À quoi il faut ajouter deux ou trois allusions moqueuses des satiristes latins et dix vers de Tibulle sur le succès du culte égyptien auprès des dames.

Quant aux sources archéologiques – en dehors des innombrables statues, statuettes et amulettes représentant la « Madone » assise avec son enfant sur les genoux, et des nombreux sistres en bronze ou cuillers à libations –, elles se limitent à quelques ruines médiocrement parlantes, à trois ou quatre petites peintures assez imprécises retrouvées dans le sanctuaire isiaque de Pompéi, ainsi qu'à des statues représentant des prêtres au crâne nu (ou voilé) et des prêtresses enguirlandées de fleurs. C'est peu pour comprendre : imaginons que, pour reconstituer la religion chrétienne, ses textes saints, son dogme, sa hiérarchie et toute son histoire, nos descendants ne disposent plus que des ruines d'une église orthodoxe roumaine, d'une centaine de médailles de baptême figurant des angelots ou des agneaux, de la photographie de deux prêtres en soutane, du texte de l'Agnus Dei, d'une reproduction du portrait d'Agnès Sorel en Sainte Vierge tous seins dehors, et de quelques pages de *La Religieuse* de Diderot. Les historiens futurs en déduiraient sans doute que les chrétiens adoraient des moutons, des oiseaux à figure humaine, une déesse aux seins nus, et que, pour célébrer leurs offices dans leurs églises à coupoles, ils recouraient à des prêtresses en robe noire dont l'habitude, ou le devoir, était de s'aimer entre elles… Bon, j'exagère, mais ce que nous savons sur Isis ne semble pas à l'abri de quelques révisions ultérieures. Du moins me suis-je efforcée, dans ce roman, de rester au plus près des recherches actuelles sur la question[1].

Si nous ne pouvons guère nous étonner que les « croyances » antiques nous échappent, surtout lorsqu'il s'agit de cultes à mystères, il est plus surprenant que de nombreuses pratiques publiques, fréquentes, répétitives, nous restent également mal connues. Ainsi en va-t-il des fameux combats de gladiateurs, qui n'étaient certainement pas ce que nous en montrent les péplums. Paul Veyne a dit là-dessus tout ce qu'on peut en dire[2]. Je me bornerai à rappeler, par exemple, que le sempiternel « *Ave Caesar, morituri te salutant* » ne fut prononcé qu'une seule fois, et non par des gladiateurs professionnels, mais par des prisonniers de guerre ; la phrase, tout à fait inhabituelle, surprit tellement l'empereur qu'il se voulut poli, rassurant, et provoqua ainsi, à son corps défendant, la première grève des « intermittents du spectacle »… De même, le fameux *Pollice verso* (le « pouce en bas ») qui condamne à mort le gladiateur vaincu, bien qu'abondamment illustré par la peinture et le cinéma, n'est attesté qu'en une ou deux occurrences, et il semble exclu, compte tenu du prix élevé de ces vedettes de la

---

1. F. Dunand, *Clergé et rituel des sanctuaires isiaques* et *Le Culte d'Isis dans le bassin oriental de la Méditerranée*, Paris, 1973, ainsi que l'excellente introduction (*Apport à l'égyptologie*) au Plutarque précité ; voir aussi Robert Turcan, *Les Cultes orientaux dans le monde romain*, Les Belles Lettres, 1989, et *Ancient Mystery Cults*, Fellows of Harvard College (Massachusetts), 1987.

2. Paul Veyne, *Le Pain et le Cirque*, Le Seuil, 1976, et *Sexe et pouvoir à Rome*, Tallandier, 2005.

scène, qu'il ait été de pratique fréquente ou prolongée dans le temps.

À cet égard, dans *Les Dames de Rome*, l'une des difficultés à résoudre était celle du Triomphe d'Octave. Sur ce Triomphe, en ce qu'il eut de particulier (trois jours de défilé, exhibition des proues de vaisseaux égyptiens pris à Actium et de la statue de Cléopâtre morte, production des jumeaux enchaînés, présence des tout jeunes Tibère et Marcellus sur leurs chevaux), l'historien dispose de certains renseignements. Mais les contemporains de l'évènement n'ont pas cru devoir raconter par le menu le reste de la cérémonie, son déroulement « ordinaire » : les Romains savaient bien, n'est-ce pas, ce qu'était un triomphe… Or, aujourd'hui, nous ne le savons plus, ou plutôt nous ne sommes pas sûrs de ce que nous savons. Les informations iconographiques disponibles ne sont pas très nombreuses et elles ne sont pas « en couleur » – elles ne nous renseignent vraiment que sur la forme du char triomphal, sur l'allure des brancards utilisés pour présenter le butin, et sur l'aspect des pancartes portées par les soldats. Mais nous ignorons si ces soldats étaient bien tous habillés de blanc, si le triomphateur se passait le visage (ou bien tout le corps) au minium et pourquoi[1], si les garçons de sa famille qui n'avaient pas encore revêtu la toge virile montaient les chevaux de volée de son attelage ou des chevaux d'escorte, si les exécutions de prisonniers qui avaient lieu à l'issue du

---

1. Mary Beard, *The Roman Triumph*, Harvard University Press (Massachusetts) et Londres, 2007.

défilé ne concernaient que quelques chefs ennemis (dont les noms sont généralement cités) ou si elles englobaient aussi des comparses et des serviteurs. Nous ne savons pas davantage à quoi ressemblait la *tunica palmata* et la *toga picta* que le héros du jour devait revêtir (s'agissait-il du vêtement même de Jupiter Capitolin ?), ni s'il conservait par la suite ce glorieux déguisement ou le restituait (à la statue du dieu ?). Nous ne sommes pas sûrs non plus qu'il y ait toujours eu derrière lui, pour tenir au-dessus de sa tête la couronne de lauriers, un esclave chargé de lui répéter – histoire de le dégriser – « Souviens-toi que tu es mortel, souviens-toi que tu es mortel… ». La phrase est si belle qu'on s'en voudrait de l'omettre, mais était-elle habituelle, occasionnelle, ou tout à fait exceptionnelle ?

Une fois de plus, les sources – littéraires et archéologiques – sont trop rares pour nous permettre de trancher. Car la culture romaine, ou gréco-romaine, a vécu plus de huit siècles. Dans un si long espace de temps, est-il vraisemblable que les pratiques (du triomphe ou de tout autre évènement collectif) soient restées immuables ? Nous-mêmes, fêtons-nous Noël au XXIe siècle comme on le fêtait au XIIIe siècle ? Évidemment pas.

Plus on travaille sur l'Antiquité, plus on est amené à déplorer l'insuffisance des sources, surtout dans la durée. Souvent nous ne disposons, pour montrer une pratique ou établir un fait, que d'un seul témoignage, d'une seule citation : ainsi pour les fonctions de Nicolas de Damas à la cour de Cléopâtre ou pour les six cents masques des funérailles de Marcellus…

S'il y a un adage romain qu'il semble impossible d'appliquer à l'histoire romaine, c'est bien *Testis unus, testis nullus* (« Un seul témoin, pas de témoin »). Certes, chercheurs et professeurs, faisant contre mauvaise fortune bon cœur, parviennent à proposer de stimulantes interprétations des débris qu'ils ont rassemblés, et l'on publie beaucoup sur les sociétés antiques – de forts volumes d'analyse, d'exégèse et de controverse. Passionnants, bien sûr. Et même admirables. Mais quand, ayant lu ces riches commentaires, on revient aux sources, on ne trouve parfois qu'une demi-ligne d'un poète grec ou le décor, à moitié effacé, d'une unique et minuscule timbale pompéienne. La pyramide repose sur sa pointe... Si bien que le lecteur, étonné qu'on puisse débattre autant à partir de si peu, resonge, inquiet, au conte de Fontenelle sur « la dent d'or[1] ».

*

---

1. Fontenelle conte l'emballement qui suit la découverte, en Silésie, d'un enfant auquel a poussé une dent d'or. Il montre les médecins se répandant en conjectures sur les causes du phénomène, les philosophes s'affrontant sur la signification du « miracle », et les historiens analysant les précédents auxquels on peut rattacher l'évènement. Jusqu'à ce qu'un orfèvre s'avise d'aller vérifier la nature de la fameuse dent : il s'avère, bien sûr, qu'il s'agissait d'une supercherie... Mais, conclut Fontenelle, on commence par faire des livres, puis on consulte l'orfèvre : « Rien n'est plus naturel que d'en faire autant sur toutes sortes de matières. Je ne suis pas si convaincu de notre ignorance par les choses qui sont, et dont la raison nous demeure inconnue, que par celles qui ne sont point et dont nous trouvons la raison. [...] Les discussions historiques sont (les) plus susceptibles de cette sorte d'erreur. » (*Histoire des oracles*, Paris, Hachette, 1908.)

Dans « Histoire et roman, où passent les frontières[1] ? », Pierre Nora souligne que « si l'écriture romanesque est celle à qui tout est permis, l'historien est, au contraire, celui qui sait et qui dit ce que l'histoire permet et ce qu'elle ne permet pas ». Le romancier historique, qui est assis entre deux chaises, ne croit sûrement pas, ou sûrement plus, que tout lui soit permis. Néanmoins, lorsqu'il constate que sur tel personnage, tel évènement ou telle période de l'Histoire, l'historien « ne sait pas », ou pas vraiment, il se sent les coudées plus franches. Pour moi, l'Antiquité est l'une de ces périodes-là : j'y respecte, du mieux que je peux, ce qui est établi, mais pour le reste… Pour le reste, osant suivre la magnifique exhortation de Michelet[2], je m'accorde le droit de « faire parler les silences ».

Certaines sources étant communes aux trois volumes de ce roman, l'ensemble de la bibliographie est reporté à la fin de L'Homme de Césarée.

1. Pierre Nora, *Présent, nation, mémoire*, Gallimard, 2011.
2. Jules Michelet, *Journal 1828-1848*, Gallimard, 1959.

Françoise Chandernagor
dans le Livre de Poche

Les Enfant d'Alexandrie (La Reine oubliée *)   n° 33147

De ses amours avec César et Marc Antoine, Cléopâtre eut quatre enfants. Seule Séléné survécut au destin tragique de la reine d'Égypte. Âgée de dix ans lors de la prise d'Alexandrie, elle n'oublia jamais l'anéantissement de sa famille, de son royaume, de sa dynastie, de ses dieux. Prisonnière en terre étrangère, elle vécut dès lors pour venger ses frères et faire survivre dans le monde des vainqueurs la lignée des vaincus. Avec la sensibilité d'écriture et la force romanesque qui ont fait de *L'Allée du Roi* un classique, Françoise Chandernagor s'empare du destin de la dernière des Ptolémées et questionne un passé deux fois millénaire. Une fresque grandiose.

Le Livre de Poche s'engage pour
l'environnement en réduisant
l'empreinte carbone de ses livres.
Celle de cet exemplaire est de :
450 g éq. CO$_2$
PAPIER À BASE DE   Rendez-vous sur
FIBRES CERTIFIÉES www.livredepoche-durable.fr

Composition réalisée par DATAMATICS

Achevé d'imprimer en mai 2014 en France par
CPI BRODARD ET TAUPIN
La Flèche (Sarthe)
N° d'impression : 3005443
Dépôt légal 1re publication : juin 2014
LIBRAIRIE GÉNÉRALE FRANÇAISE
31, rue de Fleurus – 75278 Paris Cedex 06

31/7741/7